Hannah Häffner
Nebelküste

Hannah Häffner

Nebelküste

Roman

GOLDMANN

Sollte diese Publikation Links auf Webseiten Dritter enthalten,
so übernehmen wir für deren Inhalte keine Haftung, da wir uns diese nicht
zu eigen machen, sondern lediglich auf deren Stand zum Zeitpunkt
der Erstveröffentlichung verweisen.

Penguin Random House Verlagsgruppe FSC® N001967

1. Auflage
Originalausgabe März 2021
Copyright (c) 2021 Wilhelm Goldmann Verlag, München,
in der Penguin Random House Verlagsgruppe GmbH,
Neumarkter Str. 28, 81673 München
Gestaltung des Umschlags und der Umschlaginnenseiten:
UNO Werbeagentur, München
Umschlagmotiv: © Manfred Voss / HUBER IMAGES; FinePic®, München
Redaktion: Regina Carstensen
BH · Herstellung: ik
Satz: Mediengestaltung Vornehm GmbH, München
Druck und Bindung: CPI books GmbH, Leck
Printed in Germany
ISBN: 978-3-442-20626-1
www.goldmann-verlag.de

Besuchen Sie den Goldmann Verlag im Netz

1

Die Glühbirne flackerte müde, einmal, zweimal. Dann erbarmte sie sich, den Raum mit einem schlierigen Schein zu überziehen, der die Schatten nur verstärkte. Die Luft roch feucht und abgestanden, als wüchse in den Schränken und hinter den Büchern im Regal das Moos, als wäre das Erdreich schon dabei, sich das Haus einzuverleiben, das Fundament schon zersetzt von Wurzeln und Käfern.

Es riecht nach Tod, dachte Franka, nach Friedhof im Regen, und sie wusste, dass es Einbildung war. Elena war zwar hier gestorben, aber das war Jahre her, sieben, um genau zu sein.

Und doch. Das Haus war so verbunden gewesen mit Elena, so sehr eins mit ihr, hatte durch sie gelebt und geatmet, dass nun vielleicht auch ihr Tod Teil des Gemäuers geworden war. Nichts war mehr übrig von der ausufernden Wärme, dem lauten Lachen ihrer Großmutter. Alles übertüncht von Stille.

Franka zuckte, als sie aus den Augenwinkeln eine Bewegung wahrnahm. Nur ein Weberknecht, der panisch und auf wippenden Beinen hinter eine vertrocknete Pflanze flüchtete, gestört von diesem plumpen Menschenwesen, nach Jahren der Ruhe.

Der modrige Ficus, der dem Spinnentier Schutz bot, war nur eines von vielen toten Gewächsen, eine geschlagene Armee, dahingestreckt auf den stumpfen Dielen und den staubigen Fensterbänken, kein Leben mehr in ihnen.

Eine der Scheiben war gesprungen, vielleicht die Kälte im letzten Winter. Der gehäkelte Vorhang vor dem Fenster war schimmelig, und auch an den Wänden zeigten sich nasse Flecken und fein verästelte Risse, die, wenn man sie lange genug anstarrte, Millimeter für Millimeter zu wachsen schienen, wie gierige, dünne Finger, die sich nach etwas reckten, dem Ende zu, der Erlösung. So sah kein Zufluchtsort aus, aber wer so dringend eine Zuflucht brauchte wie sie, der nahm, was er kriegen konnte.

Franka ging den Flur entlang zum Schlafzimmer. Das Bett war gemacht, ein staubiger, gewebter Überwurf, die Farben verblasst, die Enden ordentlich unter die Matratze geschlagen. Hier hatte sie geschlafen, früher, ganz früher, eng an ihre Großmutter geschmiegt. Das Rascheln von Elenas Nachthemd und der saubere Geruch ihrer Hautcreme hatten sich ihr eingeprägt, der Inbegriff von Geborgenheit, und die Erinnerung daran überschwemmte sie immer, wenn sie sich verloren fühlte, so wie jetzt.

Eine Nacht tauchte aus ihrem Gedächtnis auf, die Bilder klar und scharf vor ihr, wie sie aus dem Schlaf fuhr, nach Luft rang, ein Traum nur, ein gnadenlos böser Traum, wie sie das Bett abtastete und es leer fand, nichts als kühle Laken. Sie rannte im Dunkeln los, knallte mit dem Kopf gegen den Türrahmen und spürte, wie das Blut zu laufen begann, von ihrer Augenbraue strömte es über ihr Gesicht, und sie tastete sich in die Küche, wo Elena saß, über ein Buch gebeugt, im warmen Licht der kleinen Fransenlampe. Elena schrak auf, ein spitzer, leiser Schrei, als plötzlich diese kleine, bleiche Gestalt vor ihr stand, mit grellem Blut überall. Sie zog Franka auf ihren Schoß, hielt sie fest, drückte ein Geschirrtuch auf die Wunde, und dann – und das war er, der Kern ihrer Erinnerung – war alles gut. Von einem Moment auf den anderen war alles gut, sie war nicht mehr verloren, ihr war nicht mehr kalt, ihr tat noch nicht mal mehr etwas weh, denn es war alles gut. Das war Elenas Zauberkraft gewesen, ihre überirdische Begabung. Sie machte, dass alles wieder gut war.

In jener Nacht hatte sie Franka verarztet und sie ins Bett getragen, und jeder Moment davon war in ihrem Kopf verewigt, eingebrannt, und sie entsann sich sogar an den Geruch der Wolldecke, in die Elena sie liebevoll eingepackt hatte, sauberer Lavendel, dazu das leichte Kratzen des Stoffs an ihren Wangen.

Später, als Franka kein kleines Mädchen mehr war, hatte Elena ihr bei jedem Besuch das Schlafsofa im Gästezimmer ausgeklappt, weiche Leinenbezüge auf den indischen Sofakissen, die kleinen Zierspiegel, Perlen und Quasten spürte sie durch den Stoff. Jeden Morgen erwachte sie mit einem zarten Muster an der Schläfe, jeden Morgen kam Franka damit müde in die warme Küche gewankt, und jeden Morgen fuhr Elena sanft mit den Fingerspitzen darüber, sagte, dass sie endlich einmal ordentliche Kissen kaufen müssten, und lächelte ihr Elena-Lächeln. All das war nun so weit weg, so unbeschreiblich weit von Franka und ihrer Realität entfernt, als wäre es eine andere Welt gewesen, eine andere Franka.

Franka holte Luft, doch es wurde ein Schluchzen daraus, heiser und schmerzhaft. Die Einsamkeit war wie kaltes, schweres Wasser, das ihr um die Knöchel flutete, und sie wollte sich einfach fallen lassen, nicht mehr kämpfen, sich fallen lassen und ertrinken. Es musste sich unvergleichlich anfühlen, berauschend und wunderbar. Einfach aufzugeben. Einfach nachzugeben. Nie wieder zu denken. Sich nie mehr zu erinnern.

Doch sie ließ sich nicht fallen. Noch nicht. Sie ging durch den kalten, dunklen Flur zur Haustür hinaus, die schiefen Steinstufen hinunter, von denen eine gebrochen war, zu ihrem Wagen.

Ihr Gepäck befand sich noch im Kofferraum, ein Relikt aus einer anderen Zeit. Dabei war das alles gerade erst passiert: die Geschäftsreise nach Frankfurt, die hektische Abfolge von Terminen, die unruhige Nacht im Hotel, ihre rasenden Kopfschmerzen am nächsten Morgen, noch mehr Termine, die zu einem einzigen verschwammen, dann ihre Rückkehr nach Hamburg, ihre Erschöpfung und die Erleichterung, als sie endlich die Tür aufschloss, sich vornahm, den Koffer später aus dem Wagen zu holen, jetzt erst mal ein Glas Wein, ein Teller Pasta vielleicht.

Doch dann war alles anders als in ihren Gedanken. Da war Vito, so still und weit entfernt und kein Lächeln auf seinem Gesicht, und dann der Moment, in dem er ihr den Boden unter ihren Füßen wegzog. Alles vernichtete.

Der Schock. Das Geschrei. Ihr lautes Weinen, das in ihren Ohren so klang wie das einer Fremden, einer Verrückten.

Jetzt kam es mit Macht zu ihr zurück, aus den Untiefen ihres Kopfes, und sie legte sich die Hände über die Ohren, hielt sie sich fest zu, zitternd, wartend, dass der Lärm verklang.

Als das Schreien verebbt war und sie wieder atmen konnte, hob sie den Koffer aus dem Auto und wandte sich zum Haus. Bei ihrer Ankunft hatte sie es kaum wahrgenommen, aber nun sah sie es, sah es in all seiner traurigen, heruntergekommenen Pracht im Dämmerlicht stehen, sah die Verletzungen, die die Zeit ihm zugefügt hatte, die Schatten in seinen Winkeln, die Erinnerungen, die sich in ihnen versteckten.

Obwohl es nicht besonders groß war, wirkte das Haus herrschaftlich, was an den kleinen Erkern und den rundlich zulaufenden Buntglasscheiben liegen mochte. Die von grob behauenen Natursteinen eingefasste Eingangstür mutete ein wenig wie ein Portal an, wenn auch ein bescheidenes. Franka wusste nicht, wann und von wem das Haus erbaut worden war, aber es war offensichtlich, dass es für damalige Verhältnisse viel Geld gekostet haben musste. Es war nicht als bescheidenes Heim ersonnen worden, selbst wenn es das für Elena und sie schließlich gewesen war. Ein Zuhause, schlicht ausgestattet, zugig im Winter und kühl im Sommer, mit tropfenden veralteten Wasserhähnen und widerwillig polternden Boilern, mit knarzenden Dielen und Fenstern, die sich nur mit Gewalt öffnen ließen, aber ein Zuhause. Ein echtes, lebendiges, atmendes, Wärme ausstrahlendes Zuhause.

Und nun lag das Gebäude vor ihr, trutzig und vorwurfsvoll, längst kein Glanz mehr vergangener Tage, keine Spur mehr von Heimat. Sie hatte es verfallen lassen, hatte es nicht ertragen, hier zu sein, wo Elenas Abwesenheit sie mit verzerrten Mündern aus jeder Ecke niederschrie. Jetzt, da es keinen anderen Ort mehr für sie gab, war sie zurückgekehrt und musste hoffen, noch willkommen zu sein.

Sie riss sich los von dem düsteren, schmerzhaften Anblick. Entschlossen griff sie nach ihrem Koffer und schleifte ihn die Stufen hinauf. Sie würde aufhören nachzudenken. Sie würde sich etwas anderes anziehen als den völlig zerknitterten, fleckigen Hosenanzug. Sie würde sich das Gesicht waschen, wenn aus dem Hahn noch Wasser kam, den Dreck und den Schweiß loswerden. Sie würde sich wieder wie ein Mensch fühlen, ein halber nur vielleicht, immerhin nicht mehr ganz Tier.

Doch als sie den Koffer in Elenas altes Schlafzimmer gezerrt hatte, verließ sie ihre Kraft. Sie wich ganz plötzlich aus ihr, das letzte Überbleibsel dessen, was einmal ihr Lebensmut gewesen war. Was sie aufrecht gehalten hatte, war aufgebraucht. Sie sank auf die klamme, kalte Matratze, rollte sich zusammen und wurde gepackt von einer allumfassenden Taubheit. Sie fühlte nichts. Sie fror nicht. Sie spürte nicht einmal, wie sie atmete.

Keine Tränen, keine Angst. Einfach da sein, einfach existieren, bis es irgendwann vorbei war. Es musste irgendwann vorbei sein, denn alles war irgendwann vorbei. Alles.

Das kühle Morgenlicht fiel durch den Spalt zwischen den Fensterläden, die nicht richtig in den Angeln hingen. Franka hielt den Atem an, eine alte Gewohnheit. Wenn sie den Atem anhielt, konnte sie das Rauschen der Wellen hören. Ruhig oder wild, aber immer vertraut. Wie damals, als sie dachte, das Meer flüstere ihr etwas zu. Sie hatte Worte erkannt, Mantras, geplätschert, geflossen, mit beruhigender Regelmäßigkeit, und aus dem Raunen der Wellen wurde die Stimme ihrer Großmutter, die sie zu sich rief, an den Frühstückstisch, zu heißem schwarzem Tee und salzigem Butterbrot.

Doch sie war nicht zu Besuch bei Elena, sie war nicht mehr dreizehn. Sie war sechsunddreißig und mutterseelenallein. Allein in diesem gottverlassenen Haus, allein mit den Trümmern und Fetzen dessen, was einmal ihr Leben gewesen war. Kein Traum, kein Hirngespinst, sondern die nackte Realität.

Sie setzte sich mühsam auf. Ihr Körper fühlte sich an wie geschunden, von einer brutalen Anstrengung, einem wilden Lauf, und es stimmte ja auch, nichts anderes war ihre Flucht gewesen, gehetzt wie ein Tier, getrieben von Instinkten, raus aus Hamburg, an den einzigen Ort, der Schutz versprach.

Sie biss die Zähne zusammen und stand auf. Der Flur wirkte viel freundlicher als in der Nacht, bunt geflecktes Tageslicht fiel durch die beiden Fenster. Die Dielen knarrten wie früher, und wie früher fing sich die Morgensonne in der mit glitzernden Kristallen besetzten Eule auf dem Regalsims. Immer noch, trotz des Staubs, der sich auf die Flügel gelegt hatte. Die Eule stammte aus Athen, Franka hatte sie Elena geschenkt, nach einer gemeinsamen Reise dorthin, nur sie beide, was waren das für Zeiten gewesen, so zerbrechlich und hell, so voller Glück und Vergänglichkeit. Sie hatte es geliebt, mit Elena zu reisen, die sich nie den Kopf darüber zerbrochen hatte, was ein Tag bringen würde, sondern sich ihm einfach entgegengeworfen hatte, jeden Moment angenommen hatte als neue Erinnerung. Sacht strich Franka über die rauen Flügel der Eule und öffnete dann die Tür zur Küche.

Sie schrie auf, als sie die Gestalt sah. Im Gegenlicht, nur die Umrisse zu erkennen, vor dem Fenster, leicht gebeugt.

Die Person fuhr herum. Eine Frau, älter als sie. Die blonden kurzen Haare standen wirr vom Kopf ab.

»Wer sind Sie?« Franka tastete nach der Tür hinter sich, ging langsam rückwärts. »Was tun Sie im Haus meiner Großmutter?«

Die Frau trat einen Schritt auf sie zu. »Es – es tut mir leid. Ich wusste nicht, dass Sie ...«

»Wer Sie sind, habe ich gefragt.« Franka hörte die Angst in ihrer eigenen Stimme, umfasste fest den Türrahmen.

»Bitte, ich will nichts von Ihnen. Ich habe einfach – sind Sie Elenas Enkelin?«

»Ich will wissen, wer *Sie* sind!«

»Ich bin Iris. Iris Quast. Ich bin ... eine alte Freundin von Elena. Wir haben uns in Indien kennengelernt, damals. Ich ... Elena sagte, ich könnte zu ihr kommen, wenn ich in Schwierigkeiten bin. Hierher.«

»Elena ist tot.«

»Das dachte ich mir.« Der Kummer auf dem Gesicht der Frau schien echt zu sein. »Das Haus war verlassen bei meiner Ankunft. Ich meine – es sah verlassen aus. Ich wusste nicht, dass Sie hier sind.«

»Es sah verlassen aus. Und da brechen Sie einfach ein?«

»Die Tür war nicht abgeschlossen. Ich bin nicht eingebrochen, ich bin einfach hineingegangen, okay?« Die Frau trat einen Schritt auf Franka zu. »Wie heißen Sie?«

»Mein Name ist Franka Gehring«, sagte Franka. »Nicht, dass es Sie etwas angehen würde.«

»Hören Sie, Franka. Ich weiß, das war nicht in Ordnung, aber ich brauchte einen Ort, an dem ich die Nacht über bleiben konnte. Ich wusste nicht, wohin. Das Taxi war weg. Ich dachte, es stört niemanden, wenn ich eine Nacht … Ich habe mich einfach in die Küche gesetzt und nachgedacht. Und dabei bin ich eingeschlafen.«

»Und mein Wagen vor der Garage? Den haben Sie nicht gesehen?«

»Es war dunkel.« Die Frau hob entschuldigend die Hände. »Wirklich, Sie müssen mir glauben. Ich habe einfach nicht damit gerechnet, dass jemand hier ist, so wie das Haus aussah. Ich wollte mich einfach … verkriechen. Nur verkriechen.«

Wie ich, dachte Franka unwillkürlich. Doch dann riss sie sich zusammen. Diese Frau war nicht wie sie. Die Frau war in Elenas Haus eingedrungen, ohne dass sie dort etwas zu suchen hatte, und nun musste sie verschwinden. »Sie haben die Nacht hier verbracht. Und jetzt gehen Sie, sonst rufe ich die Polizei.«

»Ich hatte gehofft, dass ich … dass ich vielleicht hier unterkommen könnte. Nur für einige Tage. Bitte.«

Franka musterte die Person, die vor ihr stand, in zerbeulten Jeans und einem voluminösen Wollpulli, in dem man ihre magere Statur nur erahnen konnte. Die Arme hatte sie schützend vor dem Körper verschränkt, ihr Gesicht sah müde und grau aus.

»Finden Sie das nicht ein klein wenig unverschämt? Ich kenne Sie überhaupt nicht. Ich habe keine Ahnung, wer Sie sind und was Sie hier wollen. Ich werde wohl kaum eine völlig Fremde hier wohnen lassen.«

»Ich weiß nicht, wohin ich sonst gehen soll. Ich …« Sie senkte die Augen, atmete durch. »Bitte, Franka. Lassen Sie mich nicht betteln. Ich werde nicht betteln.«

»Hören Sie, nur weil Sie mir Ihren Namen sagen und behaupten, dass Sie meine Großmutter gekannt haben, haben Sie kein Recht …«

»Dann gehe ich jetzt.« Die Frau, die behauptete, Iris zu heißen, griff nach ihrem zerbeulten armeegrünen Parka, der über der Lehne eines der Küchenstühle hing. »Machen Sie es gut, Franka. Sie sehen aus wie Ihre Großmutter. Aber Sie sind nicht wie sie.« Sie schob sich an Franka vorbei, und sie konnte ihn riechen, den Geruch von altem Zigarettenrauch und ungewaschenen Kleidern, von Erschöpfung und Ungewissheit; dann war er verflogen. Iris war bereits an der Haustür, zog sie auf und ging hinaus, in den hellgrauen Morgen.

Franka stand auf der obersten Stufe der Eingangstreppe und sah zu, wie die Frau über die grasbewachsene Einfahrt ging, in schweren schwarzen Schnürschuhen, die Hände tief in den Taschen. Sie blickte nicht zurück, hatte schon fast die Straße erreicht.

Jetzt war der letzte Moment. Der allerletzte.

»Iris.«

Die Frau drehte sich um. Das kühle Tageslicht ließ ihre Haut noch fahler wirken, die Schatten unter den Augen traten deutlich hervor. »Was ist?«

»Sie haben meine Großmutter gekannt?«

»Ja.«

»Und Sie sind in Schwierigkeiten.«

Iris rieb sich erschöpft die Stirn. »Ja.«

Franka trat zur Seite. »Kommen Sie herein.«

2

Der Löffel, mit dem Iris in ihrem Kaffee rührte, klickte leise an das dünne Porzellan der Tasse. Eine Umdrehung. Noch eine.

Auch vor Franka stand eine Tasse, doch sie trank nicht. Starrte die Tasse nur an, dann wieder die Frau, die ihr gegenübersaß.

Es war verrückt. Wer war diese Person? Was wollte sie, und was in Gottes Namen hatte sie sich nur dabei gedacht, diese Iris bleiben zu lassen? Hier, in diesen Wänden, die ihr eigentlich Schutz bieten und keine neue Bedrohung für sie bereithalten sollten?

Franka war sich nicht sicher, ob Iris eine Gefahr war. Sie konnte alles sein, so viel stand fest. Gut, böse, ehrlich, falsch. Vielleicht war sie von allem ein bisschen. Wie bei einer dieser optischen Täuschungen, Zeichnungen, die je nach Perspektive eine alte oder eine junge Frau, einen Mann mit buschigem Bart oder eine hübsche Dame zeigten.

Die Frau, die behauptete, Iris zu heißen, hatte graue Augen mit Lachfalten drum herum, und unter der Blässe war ein Rest Sonnenbräune zu erkennen. Nicht die Art von Bräune, die man sich am Strand zulegte oder bei einem Picknick im Freien, sondern jene, die mit der Zeit kommt, wenn man sich den Elementen aussetzt, wettergegerbt, wettererprobt. Der Mund schien, als wäre er geübt im Lächeln, auch wenn Iris jetzt keine Miene verzog, sondern einfach dasaß, zuließ, dass Franka sie musterte, sezierte. Die aschblonden kurzen Haare waren zerzaust, und die Erschöpfung, die Iris ins Gesicht geschrieben stand, wirkte glaubwürdig. Doch da war dieser Zug um den Mund, der Franka zögern ließ. Herrisch vielleicht, oder versteckte Ungeduld? Und das, was in Iris' Blick lag – war es Freundlichkeit oder gewollte Freundlichkeit, der Wunsch, sie zu täuschen, sie milde zu stimmen, unvorsichtig zu machen?

Aber wenn es so war, wozu dann das Ganze? Wenn Iris nicht die war, die sie vorgab zu sein, blieb nicht nur die Frage, wer sie dann war, sondern auch, warum sie all das tat. Warum sollte sie, eine völlig fremde Frau, bei Franka auftauchen und sich bei ihr einquartieren wollen, ihr dazu irgendwelche Märchen erzählen? Franka wusste es nicht. Aber ganz gleich, wer Iris war und was sie in Elenas Haus geführt hatte, sie blieb ein Fremdkörper.

Franka schloss halb die Augen, ließ sich vom blassen Tageslicht blenden. Dort, wo sie Iris' Umrisse wahrnahm, hätte Elena sitzen müssen. Die Anrichte hätte nicht von Staub und Spinnweben bedeckt, sondern blitzblank sein sollen, und darauf angeschlagene Blumentöpfe mit wuchernden Kräutern, eine abgedeckte Schüssel mit Teig für einen Apfelkuchen und dazwischen, ganz sicher, ein Buch, eselsohrig und abgegriffen, denn Elena hatte gelesen, wo sie ging und stand, immer zwischendurch, während sie mit einer Hand im Topf rührte oder das Spülbecken wienerte, hatte sich von einer Geschichte nicht lösen können, wenn sie sie einmal begonnen hatte.

Statt dünnem, bitterem Kaffee, hastig angerührt aus Pulver weit jenseits des Verfallsdatums und metallisch schmeckendem Wasser, hätte in den Tassen aromatischer Tee dampfen sollen. Auf Tee hatte Elena Wert gelegt, er war stets von bester Qualität gewesen und immer lose, nie in Beuteln.

Statt mit der Stille zwischen zwei Fremden hätte die Küche mit Elenas Stimme gefüllt sein sollen, mit leisem Gesang, einer atemlos erzählten Anekdote; Elena hatte stets vor der Pointe gelacht und so jeden Witz ruiniert.

Die Fenster hätten nicht blind sein sollen vom Schmutz, sondern klar und sauber, mit dem Meer dahinter, dem gleichgültigen, mit den Wellen in Grau und Grün, mit dem Himmel darüber, der die Endlosigkeit spiegelte. Das Licht hätte warm sein sollen, die Atmosphäre tröstlich und vertraut.

Es war nicht mehr Elenas Haus, das Haus, das Franka so geliebt hatte, und es war es doch, irgendwie. Das türkisblaue Muster der Fliesen hinter dem Herd, stumpf und doch noch gut zu erkennen. Die Gewürzschubladen, die Etiketten von Elenas Hand beschriftet, akkurat und unbeirrbar. Unter dem modrigen, rostigen Geruch der Hauch von etwas anderem, von Zimt, Nelken und Lavendel, wie damals. Es war wie ein Sog in die Vergangenheit, zurück in eine Zeit, an einen Ort, an dem sie nicht allein gewesen war.

Elena, die sie festhielt und beruhigende Worte in ihr Ohr murmelte, immer die gleichen, alles ist gut, alles wird gut, bis Franka wieder atmen konnte.

Elena, die ihr, ohne ein Wort des Vorwurfs, die Hände verband, wenn sie ihrer Wut freien Lauf gelassen hatte.

Elena, die sie in Empfang nahm, wenn Frankas Mutter Livia ihre Tochter absetzte, ohne auch nur aus dem Wagen zu steigen, »Da, nimm das cholerische Balg«, und Elena legte Franka den Arm um die Schultern, mit so viel Würde, und sagte: »Schön, dass du da bist.«

Elena, die sie hielt, wenn sie weinte, Elena, die mit ihr die Scherben auflas, wenn sie in einem Anfall von »Ichweißnichtweiter« wieder einmal etwas zu Fall, zu Bruch gebracht hatte.

Elena, deren Knöchel weiß wurden vor Wut und das Kinn starr, weil Franka ihr mit fünf Jahren erklärt hatte, dass sie ein schreckliches Kind sei, das sei eben so und das hätte ihre Mama ihr gesagt, und dann hatte Franka angefangen zu weinen, weil Elena nur noch geschwiegen hatte, und in der Nacht hatte Franka gehört, wie Elena ins Telefon schrie.

Elena, die fast platzte vor Stolz, als Franka sich machte, als die Wutanfälle langsam weniger wurden, schließlich ganz verschwanden, als Franka sechzehn war. Die immer betonte, wie sehr sie sie bewunderte, ihre Willenskraft, ihr Durchhaltevermögen, ihre Entschlossenheit, die eigenen Dämonen im Zaum zu halten, dabei war es doch Elena, die die Dämonen besiegte, einfach indem sie nie aufhörte, an Franka zu glauben.

Elena, die neben ihr stand, gerade nah genug, und mit ihr auf die Wellen starrte, auf das graue schwere Meer, das sich wie ein Körper träge bewegte, vor und zurück, vor und zurück, während Frankas Gedanken die Form von vier Worten annahmen, nichts anderes mehr als »Meine Mutter ist tot«.

Elena, die wie durch ein Wunder den richtigen Ton fand. Die Franka erklärte, wieder und wieder: »Natürlich hat sie dich geliebt. Auf ihre Weise. Doch, mein Mädchen, sie hat dich geliebt, ich weiß es, ich weiß es. Vergiss es nicht.«

Elena, die ihr, mit schier endloser Geduld, geholfen hatte, ihre Gefühle zu verstehen. Was es hieß, dass sie nun eine Waise war, de facto, denn ihren Vater hatte sie nie gekannt, und für Alexander, den Freund ihrer Mutter, hatte sie nichts als Verachtung übrig. Was es bedeutete, dass sie ihre Mutter hasste und gleichzeitig vermisste, was es mit ihr machte, wenn die Erinnerungen kamen, die wenigen liebevollen. Der Sommer in Frankreich, sie an Mamas Hand, die sie aus den Wellen zog, wenn sie zu heftig wurden. Sie auf ihrem Schoß, einen klebrigen Lebkuchen in der Faust, an einem der wenigen Weihnachtsfeste, die friedlich verlaufen waren; sie musste damals drei oder vier Jahre alt gewesen sein.

Wenige Glücksmomente, denen sie kaum zu trauen gewagt hatte, wissend, dass sie im nächsten Augenblick vergangen, verflogen, zerbrochen sein würden. Und dazwischen die langen Zeiten des Alleinseins, der Unsicherheit, in denen Livia immer wieder verschwand, Gott wusste, wohin, in denen Livia trank, mehr als gut für sie war, das wusste sogar Franka, weil Livia dann bitterböse wurde, laut und schrill, und sich hinterher weinend bei ihr entschuldigte. Zeiten, in denen sie Männer mit nach Hause brachte, die ihrerseits mehr tranken, als gut für sie war, die Franka das Gefühl nahmen, ein Zuhause zu haben, in dem sie sicher war, eine Mutter zu haben, die sich um sie kümmerte.

Und nur Elena als Rettungsanker, Elena, die ihr sagte, dass sie sie liebe und es ihr auch zeigte. Elena, die sie, sooft sie konnte, zu sich holte, bis Livia Tage, Wochen später auftauchte und ihr Kind zurückforderte, plötzlich von der Überzeugung gepackt, doch eine gute Mutter sein zu müssen, zu können. Bis irgendwann – Franka musste zwölf oder dreizehn gewesen sein – die Phasen, die sie bei Elena verbrachte, immer länger geworden waren. Immer seltener wurde Livia von Muttergefühlen übermannt, immer mehr gewöhnte sie sich an die wunderbare Freiheit, kein Kind zu haben und schon gar nicht so ein verstocktes. Bis Elena irgendwann ihren Mut zusammennahm und rundheraus von Livia verlangte, dass Franka ganz bei ihr bleiben solle. Franka hatte von der Treppe aus das leise und angespannte Gespräch der beiden Frauen belauscht, die sich schon lange nichts mehr zu sagen hatten. Sie hatte gehört, wie Elena den alles entscheidenden Vorschlag machte, und als

Livia zugestimmt hatte, einfach so, ohne zu zögern, hatte sie geweint, vor Erleichterung, aber auch vor Traurigkeit darüber, dass sie es nicht mehr leugnen konnte: Sie war ihrer Mutter egal, und es kümmerte Livia nicht, wenn ihre Tochter aus ihrem Leben verschwand, für immer.

Dann, endlich: ein Zuhause. Ein Leben, das fast zu glücklich war, um es als normal zu bezeichnen. Zusammen mit Elena, in dem alten, knarrenden Haus voller Licht. Ein Leben mit einem eigenen Zimmer, das Elena für sie einrichtete. Ein Leben am Meer, das ihr Ruhe gab, die Weite, die ihr fehlte, wenn sich alles in ihrem Inneren eng zusammenzog. Sie konnte die salzige Luft schmecken, konnte schmecken, wenn sie atmete, und wusste so immer, dass sie Luft bekam. Ein Leben mit solch trivialen Dingen wie Frühstück, Badetag, frischer Wäsche, Bratkartoffeln, Pfannkuchen, Schlafenszeit.

Ein Leben.

Franka erinnerte sich an einen Sommertag, es musste Ende August gewesen sein, vor gut achtzehn Jahren. Zum ersten Mal war sie verliebt, in einen jungen Mann aus dem Dorf, das Elenas Haus am nächsten lag. Jannek war genau der Typ, den sie nie gesucht hatte. Aber irgendwann war er in einer der Kneipen aufgetaucht, in die Franka manchmal gegangen war, wenn Elena sie aus dem Haus gescheucht hatte, weil alle jungen Leute mal rausmussten, so zumindest hatte ihre Großmutter es gesehen.

Anfangs hatte sie sich Mühe gegeben, Jannek nicht zu beachten, hatte seine bissigen Kommentare in großer Runde ignoriert, seine Blicke, erst recht sein leises, spöttisches Lachen. Hatte nicht wahrhaben wollen, was in ihr passierte, wenn er sie ansah, so ruhig und voller Zuversicht, dass sie ihn schon erkennen würde als den, der er war. Und irgendwann hatte sie ihn dann erkannt, unter der Fassade aus blöden Sprüchen und schlechten Witzen, hatte aufgehört zu verdrängen, was mit ihr geschah.

Hatte ihn geküsst, in einer windigen, kühlen Sommernacht, betrunken und euphorisch. Hatte ihn am nächsten Tag wieder geküsst, als er vor Elenas Tür gestanden hatte, und danach wieder und wieder. Hatte irgendwann verstanden, dass dieses Gefühl, das sich in ihr ausbreitete, um zu bleiben, dieses wilde, laute, zerbrechliche Gefühl Liebe war. Und dass Liebe nichts war, gegen das man ankämpfen musste, wenn man nicht wollte.

Hatte sich bei lächerlichen Tagträumereien ertappt, die ihr so gar nicht ähnlich sahen, hatte sogar darüber nachgedacht, ob es das jetzt wirklich war, das neue Leben, das sie vielleicht ja doch verdient hatte.

Dieser Sommertag, an den sie dachte, war der Tag gewesen, an dem sie Elena von Jannek erzählt hatte, von ihren Gefühlen, von dem Chaos, von der Tatsache, dass sie nicht mehr schlafen konnte und nicht mehr essen.

Elena, die all das bereits wusste – wie hätte sie es nicht wissen können? –, hatte Franka in die Arme genommen. Hatte sie festgehalten und ihr gesagt, wie sehr sie sich für sie freute. Hatte sie auf den Scheitel geküsst und für ihr kleines Mädchen gebetet, hatte nicht gesagt, was sie wirklich dachte von Jannek, hatte so nicht sein wollen.

Später, in Verzweiflung und Selbsthass, nachdem Jannek einfach aus ihrem Leben verschwunden war, hatte Franka Elena zur Rede gestellt. Hatte es ihr auf den Kopf zugesagt: »Du hast es doch gewusst. Hast gewusst, dass es so kommen wird, hast gewusst, wie er ist.«

Und Elena hatte es nicht abgestritten.

Franka hatte geschrien und geweint – »Warum hast du es

mir nicht gesagt, wenn du es doch gewusst hast?«–, und Elena hatte nur geschwiegen und schließlich gesagt, dass sie es sich nicht erlauben dürfe, Franka ihre eigenen Erfahrungen zu verwehren, auch wenn sie es sich manchmal wünsche, und dass sie im Übrigen nicht glaube, dass sie klüger sei als Franka und alles besser wisse als sie. »Woher hätte ich wissen sollen, dass ich mich nicht täusche?«, hatte sie gefragt.

Und Franka hatte dagestanden, mit hängenden Armen, brennenden Augen und voller Scham, und Elena hatte sie an sich gezogen, hatte sie gehalten, während die Tränen wieder anfingen zu laufen.

All das war hier passiert, in dieser Küche, und Franka hatte das Gefühl, dass all die Worte, all die Liebe, all die Tränen noch hier waren, in den Ritzen, in den Fugen, ausharrten, bis sie sich wieder hervorwagen konnten, bis sie wieder gebraucht wurden.

Iris hatte die ganze Zeit geschwiegen, hatte sie betrachtet, unaufdringlich und geduldig. »Noch da?«, sagte sie jetzt, und der Ton war gleichermaßen höflich wie ironisch.

»Ja«, sagte Franka.

»Sie reden nicht viel, oder?«

»Momentan nicht«, antwortete Franka und fragte sich, ob es ein Fehler gewesen war, die Fremde zurückzuhalten.

»Möchten Sie noch einen Kaffee?«, fragte Iris und deutete auf die Dose mit dem längst verfallenen Pulver, die Franka zuvor aus dem Oberschrank genommen hatte. Sie hatte genau dort gestanden, wo sie immer gestanden hatte, zu Elenas Zeiten.

Franka schüttelte den Kopf. In ihren Ohren rauschte es. So viel Liebe in ihrem Leben, einst, und nun nichts mehr davon. Alles lag in Trümmern, wie schon einmal, nur dass keine Großmutter mehr kommen würde, um sie zu retten. Dieses Mal nicht. Es war vorbei, und sie war allein, unwiderruflich, und die Gewissheit legte sich um sie wie eine Decke aus Blei.

»Ich muss raus«, sagte sie und schob abrupt ihren Stuhl zurück. Es widerstrebte ihr, die Fremde im Haus allein zu lassen, aber sie hatte das Gefühl, dass sie keine Luft mehr bekommen würde, wenn sie blieb.

»Sicher«, sagte Iris.

Was hätte sie auch sonst sagen sollen? Franka spürte, dass Iris ihr nachsah, bis sie die Tür hinter sich zuzog.

3

Draußen jagte der Wind wuchtige Wolken über den grellblauen Himmel und türmte sie am Horizont zu einem beeindruckenden Gebilde auf. Franka lief den schmalen Pfad entlang, den sie schon unzählige Male gegangen war, hinunter zum Strand. Die Luft war klar und kühl, ein herbstlicher Oktobertag, und ihr wurde bewusst, dass sie nur ihren zerknitterten Hosenanzug trug, immer noch, mit nichts als einer dünnen Bluse darunter. Sie schlang die Arme um ihren Körper und lief zügig vorwärts, erst auf das Wasser zu, dann parallel zu den Wellen.

Die Tränen begannen zu fließen, sobald die Bilder aufflackerten.

Vito. Vito mit den stoppelkurz rasierten Haaren, schwarz mit Silber darin, und dem breiten Nacken. Sonst war er grundsätzlich braun gebrannt, das blühende, zufriedene Leben, hatte sie stets geneckt wegen ihrer weißen durchscheinenden Haut, während er nur einmal in die Sonne blinzeln musste, um Farbe zu bekommen. »Italienischer Gassenjunge eben«, hatte er immer gesagt, aber in diesem Moment war er blass gewesen, ein graues bleiches Gesicht. Sie hatte es sofort gesehen, als sie sich ihm genähert hatte.

Sie war am frühen Abend nach Hause gekommen, die harten Tage in Frankfurt noch in den Knochen, hatte nach ihm gerufen. »Vito? Ich bin da«, doch keine Antwort, stattdessen Stille, und dann er, wie er dort saß, auf der Couch, die Ellenbogen auf den Knien und den Kopf gesenkt. Da hatte sie schon gewusst, dass etwas nicht stimmte. Sie war zu ihm gegangen, über den grauen teuren Teppich, der ihre Schritte schluckte, quer durch das große, helle Wohnzimmer, das ihr damals gleich so gefallen hatte, als sie das Haus besichtigten, ihr gemeinsames Haus, ihr Heim, nur ihres.

Sie hatte sich zu ihm gebeugt, hatte ihn küssen wollen, doch dann hatte er ihr das Gesicht ganz zugewandt. Es war unübersehbar gewesen, dass er geweint hatte, und sie hatte sofort das Schlimmste befürchtet. War seine Mutter in Italien gestorben, sein Bruder? War etwas mit Vitos Neffen Leandro und Mattia, die sie beide abgöttisch liebten?

»Was ist los?«, hatte sie gefragt, und weil er nicht reagiert hatte, hatte sie ihre Frage wiederholt. »Was ist los? Ist etwas passiert? Vito, jetzt sag schon!«

Vito hatte sein Gesicht erneut in den Händen vergraben, und ihr waren die Knie weich geworden. Es musste etwas Schreckliches sein, und sie wollte es wissen, musste es wissen.

Schließlich hatte Vito zu reden begonnen. Nicht viel, nur so viel, dass sie verstand, dass es vorbei war. Alles war vorbei. Ihre Beziehung, ihr Leben, wie sie es kannte.

Sabina hieß sie, die andere. Franka erinnerte sich an sie, sie leitete das Cuore, ein Restaurant, das Vitos bestem Freund gehörte. Eine mühelos schöne Frau, schlank, aber nicht mager, mit dunkelblonden Locken und unverschämt makelloser, schimmernder Haut. Weiße Bluse, dunkle, schwere Brille. Und jung, so jung. Sabina also. So hieß es, das Ende.

Sie hatte das Gefühl gehabt, keine Luft mehr zu bekommen. Der überwältigende Drang, alles von sich zu schieben, einfach so zu tun, als wäre all das nie geschehen. Als wäre alles noch wie vorher. Vito einfach einen Kuss auf die Stirn drücken, leg die Füße hoch, ruh dich aus, und sie in der Küche, sprudelndes Nudelwasser im Topf, in der Pfanne Salbei und rote Zwiebeln, gute Butter und Speck, und dann einfach essen, auf der Couch, Vitos Beine über ihren, ein alter, uninteressanter Film, Zweisamkeit. So sollte es sein, doch so würde es nie mehr sein. Nie wieder.

Sie hatte Fragen stellen wollen, all diese Fragen nach dem Warum. Warum nur? Warum liebst du mich nicht mehr? Warum tust du mir das an? Doch ihr waren die Worte nicht eingefallen, und als sie ihr eingefallen waren, hatten sie groß und schwer und sperrig in ihrem Mund gelegen, unmöglich, sie herauszubekommen, sie auszusprechen, als ob sie diese neue Wahrheit besiegeln, sie unwiderruflich machen würden.

Stattdessen hatte Vito weitergesprochen, immer mehr hatte er loswerden müssen, als wäre ein Damm gebrochen, so war es aus ihm herausgeflossen, alles, was er die letzten Monate – oder waren es Jahre? – in sich begraben hatte. Dass er sie, Franka, liebte, über alles. Aber dass Sabina … Sabina war eben Sabina, und er wollte nicht lügen, konnte es nicht mehr, konnte ihr nicht sagen, dass sie nichts bedeutete, denn so war es nicht. Er wolle ehrlich sein, hatte er gesagt, immer wieder, das schulde er ihr, doch in Wahrheit hatte er sich nur befreien wollen von all den selbst auferlegten Geheimnissen, hatte die Erleichterung spüren, seine Last ihr aufbürden wollen, ungeachtet der Tatsache, dass sie wankte, kämpfte. Dass sie es nicht ertragen konnte.

War nicht das der Grund, warum Menschen ihrem Partner die Wahrheit gestanden, nach einer verschwiegenen Nacht, einem verlogenen halben Leben? Nicht um zu retten, was zu retten war, nicht um dem anderen die Klarheit zu geben, die er nie gewollt hatte, da er gar nicht wusste, dass sie ihm fehlte. Sondern um sich selbst sagen zu können, dass man kein Feigling war. Damit man wieder in den Spiegel schauen konnte, das war es, was zählte, ganz gleich, was es für den Betrogenen bedeutete, der von nun an nichts mehr erkannte als Lügen, überall.

In ihren Gedanken diese Bilder. Vito und diese Frau, und weil sie sich schlecht erinnerte, Sabina nur ein-, vielleicht zweimal gesehen hatte, füllte ihr Kopf die Lücken brutal mit Schönheit, wurde diese Frau zum Inbegriff von Anmut und Unerreichbarkeit, und sie sah vor sich, wie Vito sie hielt und küsste, sie streichelte und ihr zärtlich sagte, was er ihr selbst immer wieder ins Ohr geflüstert hatte, über die Jahre. All die Worte voller Liebe und Hingabe, die nun so bedeutungslos waren, so lächerlich bedeutungslos, dass sie in Buchstaben zerfielen, bloße Laute ohne Sinn. Sie wurden zu einem Rauschen, lauter und lauter, tosend, zu Chören, die sangen, schrien, es ist vorbei, alles, was du dir erträumt hast, ist vorbei.

Keine Familie. Kein erster Atemzug, kein schriller erster Schrei, kein warmes Bündel, das man ihr auf die Brust legte. Keine winzigen, zarten Finger, die sich sachte um ihren Daumen legten, keine großen Augen, dunkel wie die von Vito, die verwundert in die Welt blickten und bei ihr Halt suchten. Keine durchwachten Nächte, keine ersten Schritte. Keine Spaziergänge im Park, voller Stolz, die Blicke aller auf ihnen, was für eine schöne Familie, was für ein Glück. Keine feste, kräftige Hand, die ihre hielt, durch Krankheit und Trauer, bis zum Schluss, welcher Schluss es auch hätte sein sollen.

Nichts davon.

Sie hatte angefangen zu zittern, irgendwann, während Vito immer noch sprach, schwallartig seine Gedanken von sich gab, flehte und erklärte, bettelte und bat, dass sie ihn doch anhören möge, ihn verstehen und ihm verzeihen möge. Sie hatte dort gesessen, gebeutelt von ihren Gefühlen, bis sie endlich ihre Stimme wiedergefunden hatte, und dann hatte sie geschrien.

Bilder von der Fahrt tauchten vor ihr auf. Regen in Hamburg, der gegen die Windschutzscheibe ihres Autos klatschte wie aus Eimern, Tränen, die ihr die Sicht nahmen, doch sie hatte den Fuß nicht vom Gas genommen. Sie wollte weg, weg aus der Stadt, weg von allem, dorthin, wo Ruhe war, an den einzigen Ort, der ihr jetzt Sicherheit bot. Sie kannte den Weg auswendig, war ihn so oft gefahren, auch wenn es lange her war.

Seit Elenas Tod war sie nicht mehr in ihrem Haus gewesen, hatte es nicht gekonnt. Zur Beerdigung hatte sie sich geschleppt und es dann zugesperrt, alles weggesperrt, all die Erinnerungen, all die Liebe, all die Leere. Sie war nie zurückgekehrt, obwohl das Haus seitdem ihr gehörte. Sie hatte es nicht verkaufen wollen, niemals, aber sie hatte es auch nicht über sich gebracht, es zu betreten.

Doch jetzt war alles anders. Nun, da ihre Welt um sie herum zerbrach, unter ihren Füßen wegbrach, flüchtete sie an den einzigen sicheren Ort, der ihr noch geblieben war: ihre Vergangenheit.

Als sie das Haus gesehen hatte, so dunkel und einsam, hatte sie gewusst, dass es die richtige Entscheidung gewesen war. Alles war so vertraut, ihr so nah. Der Geruch, Salz und Erde und Sand. Die Luft, die feucht und kühl war, sich leichter atmen ließ als anderswo. Sie spürte den Boden wieder unter den Füßen, hatte nicht mehr das Gefühl, dass alles kippte. Hier hatte sie Halt.

Das wurde ihr nun noch einmal allzu deutlich bewusst. Sie

blieb stehen, blickte aufs Meer und atmete, langsam und tief. Sie war hier. Das war einmal ihre Heimat gewesen, und sie war es immer noch, war bereit, sie wieder aufzunehmen, ohne Fragen, ohne Vorwürfe. Das Meer hatte sie wiedererkannt, die Wellen erinnerten sich noch an ihren Namen, und wenn sie nur nicht nachdachte, einfach nicht nachdachte, konnte sie es schaffen, all das zu überstehen.

Sie spürte den Regen auf der Haut erst, als sie schon komplett durchnässt war. Sie sah an sich herunter, sah, wie der Stoff ihrer Kleidung an ihr klebte. Der Regen rauschte jetzt vom Himmel, trommelte ihr auf den Kopf, aufs Gesicht, kalt, rhythmisch und unnachgiebig. Sie ließ es geschehen, ließ den Regen kommen, der ein so gründlicher Gleichmacher war. Er machte keinen Unterschied zwischen ihr und dem Steg und den Steinen und dem Treibholz und dem Sand. Alle wurden nass, alle waren Teil dieser Welt.

Erst als ihr Körper so kalt war, dass sie ihn nicht mehr spürte, kehrte sie zurück zum Haus.

Als sie eintrat, war es still.

»Iris?«, rief sie, denn sie wollte nicht noch einmal so überrumpelt werden. »Iris, sind Sie da?«

Keine Antwort. Sie sah in der Küche nach, ungeachtet dessen, dass ihr das Wasser aus den Kleidern tropfte und aus ihren Haaren rann und sie überall Pfützen hinterließ. In der Küche war niemand; auch die anderen Räume lagen verlassen da. Sie wollte gerade die Treppe hinaufsteigen, um oben nachzuschauen, als ihr ein Gedanke kam. Sie hielt inne. Hatte sie draußen vor der Garage ihr Auto stehen sehen? Irgendetwas Ungewöhnliches hatte sie vor dem Haus registriert, ohne es benennen zu können, hatte ihm jedoch keine große Bedeutung beigemessen.

Jetzt war sie mit ein paar Schritten an der Haustür. Sie riss sie auf, sprang die Steinstufen hinunter und rannte um die Ecke.

Die Regentropfen prallten auf sie nieder, rannen in ihren Kragen, während sie den leeren Stellplatz anstarrte. Kein Wagen weit und breit.

Sie lachte auf, verzweifelt, wie dumm konnte man eigentlich sein? Aus dem Lachen wurde ein Schluchzen, und sie schlug die Hände vors Gesicht. Was zur Hölle hatte sie sich gedacht? Was hatte sie erwartet? Wie war sie darauf gekommen, einer Fremden zu vertrauen, sie in Elenas Haus zu lassen, sie dort alleine zu lassen?

Sie ging wieder hinein und setzte sich an den Küchentisch, nass, wie sie war, völlig erschöpft. Sie musste nachdenken, doch sie scheute sich vor der Wahrheit wie ein störrisches Pferd. *Dumm. Sie war so dumm.* Sie ließ den Kopf auf die Tischplatte sinken und hielt sich die Ohren zu, nichts hören, nichts sehen, nur für ein paar Minuten Pause von der Welt.

Als die Haustür mit einem lauten Geräusch ins Schloss fiel, fuhr sie hoch. Iris kam herein, stellte zwei prall gefüllte Einkaufstüten ab und strich sich die vom Regen dunklen, strähnigen Haare aus der Stirn. »Alles klar?«

Franka stand auf. »Wo warst du? Wie kommst du dazu, einfach meinen Wagen zu nehmen?«

»Ganz ruhig. Ich war einkaufen, okay? Die Schlüssel lagen auf der Anrichte, und den Supermarkt hatte ich auf dem Weg hierher im Dorf gesehen. Ich wusste nicht, wann Sie zurückkommen würden. Oder vielmehr, wann du zurückkommen würdest, wir scheinen ja beim Du angelangt zu sein. Ich wollte helfen, das ist alles. Es ist nichts zu essen im Haus.«

»Trotzdem hättest du fragen können, verdammt. Man

nimmt nicht einfach ein fremdes Auto und fährt damit weg, *ohne zu fragen.*«

»Ich hab's verstanden.« Iris verschränkte die Arme und lehnte sich an die Anrichte. »Können wir uns vielleicht für die Zukunft darauf einigen, dass ich keine Fremde mehr bin? Du musst mich nicht hier wohnen lassen, Franka, aber wenn, dann versuch doch, mir nicht so abgrundtief zu misstrauen. Ich tu dir nichts, okay? Ich habe das Gefühl, du steckst genauso tief in der Scheiße wie ich, kann das sein?«

Franka antwortete nicht, ließ sich nur wieder auf ihren Stuhl fallen.

»Also habe ich recht.« Iris' Stimme klang jetzt etwas weniger hart. »Wir haben es, glaube ich, gerade beide nicht leicht. Also machen wir es uns doch gegenseitig nicht noch schwerer.« Sie hielt inne. »Warum sitzt du eigentlich tropfnass in der Küche herum?«

Franka spürte, wie der Druck in ihr nachließ. Was, wenn sie es einfach zuließ? Alles konnte plötzlich so viel leichter sein, weniger überwältigend. Es war zu verlockend. Sich nicht alleine durchschlagen zu müssen, zumindest für ein paar Tage eine Verbündete zu haben, so lange, bis sie selbst wusste, wie es weiterging. Sie musste Iris nichts erzählen, sie nicht an sich heranlassen. Sie konnte alles für sich behalten und dennoch ein wenig von dem Gewicht teilen, das auf ihr lastete.

»Ich weiß auch nicht«, sagte sie dann. »Ich war verzweifelt. Überrumpelt. Ich dachte wirklich, du hättest dich mit meinem Auto aus dem Staub gemacht.«

»Hätte ich dann nicht auch dein Portemonnaie mitgenommen?«, fragte Iris und wies auf die schwarze Lederbörse, die sich noch genau dort befand, wo Franka sie am Vorabend abgelegt hatte.

»Ja.« Franka zuckte mit den Schultern. »Vermutlich.«

Iris hob die Hände. »Ein Vorschlag zur Güte: Ich entschuldige mich dafür, dass ich eingekauft habe, ohne dich zu fragen. Du entschuldigst dich dafür, dass du mich als Autodiebin abgestempelt hast.«

Franka nickte.

»Und du stellst dich jetzt unter die Dusche, falls es hier so etwas wie eine funktionierende Dusche gibt«, fuhr Iris fort. »Währenddessen koche ich uns etwas. Essen hilft, glaub mir, Essen hat noch immer geholfen.«

Franka nickte abermals. Sie wollte nicht mehr nachdenken. Vielleicht konnten manche Dinge, so schrecklich sonst alles war, auch gut sein. So sein, wie sie zu sein schienen.

Sie stand unter der Dusche, ließ heißes Wasser über ihren Körper strömen. Als sie den Hahn aufgedreht hatte, war nach einem rostigen Schwall tatsächlich irgendwann ein klarer Strahl gekommen, erst eisig kalt, dann wärmer und wärmer, während der altersschwache Boiler rumpelte und ächzte. Sogar saubere Handtücher hatte sie gefunden, im Wäscheschrank im Schlafzimmer, dort, wo sie immer gewesen waren. Ordentlich gerollt und nur ein bisschen modrig riechend. Duschgel hatte sie zum Glück in ihrem Koffer, sie benutzte stets ihr eigenes, nie das aus dem Hotel, und sie war froh, dass sich in ihrem Gepäck nicht nur Kostüme und Blusen fanden, sondern auch ihr weicher Hausanzug aus Kaschmirwolle, den sie nach langen Arbeitstagen gerne im Hotelzimmer trug.

Das Wasser floss weiter und wärmte sie, und sie dachte darüber nach, wie weit weg sich alles schon anfühlte. Die Reise nach Frankfurt, die vielen Termine, das Händeschütteln, Lächeln, Verhandeln, das Anstoßen auf ein abgeschlossenes

Projekt und auf das nächste. Die Messe war ein voller Erfolg gewesen.

Claire fiel ihr ein, ihre Assistentin, die sich wundern würde. Sie hatte ihr nur eine Nachricht geschickt, ihr geschrieben, dass sie eine Auszeit bräuchte, dass sie sich melden würde, mehr nicht.

Aber Claire war klug, erfahren und sturmerprobt, und vor allem kannte sie Franka schon seit elf Jahren. Sie wusste, dass etwas Außergewöhnliches geschehen sein musste, wenn sie sich so überstürzt ausklinkte. Claire würde sie in Ruhe lassen und alles Geschäftliche, sofern es möglich war, von ihr fernhalten. Sie war mehr als ihre Assistentin, sie war ihre Freundin, ihre Verbündete. Franka wusste, dass Claire es verstehen würde, dass sie alles verstehen würde. Dass Franka Abstand brauchte und keine Nähe, auch wenn Claire, ohne auch nur eine Sekunde zu zögern, zu ihr gekommen wäre, hätte sie sie darum gebeten.

Sie stieg aus der Dusche und wickelte sich eilig in das Handtuch. Das Bad war kalt und zugig, noch hatte sie es nicht geschafft, die Heizung richtig in Gang zu bringen. Dann betrachtete sie sich eingehend im Spiegel. Die langen dunklen Haare fielen ihr nass über die Schultern. Das Gesicht war rundlich wie immer, blass wie immer, doch der Blick war anders, gehetzt, überfordert, ängstlich, verloren.

Sie legte sich die Hände an die Wangen, betastete sachte ihre Haut, fuhr mit den Fingern die Wangenknochen entlang. Sie war noch sie selbst. Auch wenn die Lider geschwollen waren vom vielen Weinen und das Weiß der Augen von roten Äderchen durchzogen, die grauen Schatten unter den hellblauen Augen dunkler. Das war doch sie, Franka, immer noch. Sie war hier, in diesem Badezimmer, spürte die kalten Fliesen unter ihren nackten Füßen, spürte ihren festen Stand. Nahm die Kühle des Spiegelglases wahr, nur Zentimeter von ihrem Gesicht entfernt. Sie atmete, sie existierte. Der Boden war nicht unter ihr weggebrochen, auch wenn es sich so anfühlte, sie trieb nicht zeit- und ziellos durch ein schwarzes Vakuum. Sie war noch da.

Sie konnte sich nicht versprechen, dass alles gut werden würde, aber sie konnte sich sagen, dass es weitergehen würde, das immerhin. Es würde weitergehen, irgendwie, ein Tag würde auf den nächsten folgen, und irgendwann würde vielleicht einer kommen, der sich etwas normaler anfühlte als der davor, und dann, viel später, vielleicht ein glücklicher.

Sie wickelte die noch feuchten Haare zu einem Dutt, schlüpfte in frische Wäsche und in ihren weichen Hausanzug. Als sie in die Küche kam, stand bereits ein bunter Salat auf dem Tisch, in einem Topf auf dem Herd blubberte das Wasser mit den Spaghetti, die Sauce in einer Pfanne duftete verlockend nach Pilzen, Weißwein und Parmesan.

»Ist es nicht seltsam«, sagte Iris, während sie in der Sauce rührte, »dass hier alles noch funktioniert? Also, dass wir Strom haben, meine ich. Du scheinst ja seit Jahren nicht mehr hier gewesen zu sein, trotzdem hat niemand den Saft abgedreht.«

Franka zuckte mit den Schultern. »Ich habe die Rechnungen immer bezahlt. Und ich habe jemanden aus dem Dorf beauftragt, ab und zu nach dem Rechten zu sehen. Dass es nirgends reinregnet, die Rohre nicht einfrieren, dass niemand einbricht und solche Dinge.«

»Obwohl du nie hierherkommst?«

»Ja.«

Iris schwieg eine Weile. Schließlich sagte sie: »Das Haus ist wunderschön. Du würdest sicher … also, wenn du es verkaufen würdest, bekämst du bestimmt eine hübsche Summe dafür.«

»Ich verkaufe es nicht«, sagte Franka barsch, und sie hörte selbst, wie abweisend sie klang. »Ich meine«, fügte sie rasch hinzu, »ich hatte einige Angebote. Aber auch wenn ich ... auch wenn es mir schwerfällt, das Haus zu betreten, könnte ich mich niemals davon trennen.« Sie sah zur Seite. »Das ist das einzige Zuhause, das ich je hatte.«

Das Heim, das sie mit Vito geteilt hatte, zählte nicht. Das Gefühl, dort zu Hause zu sein, war nicht echt gewesen, aufgebaut auf nichts als Lügen.

»Die Küchenwände habe ich mit Elena gestrichen. Die Fliesen haben wir zusammen ausgesucht.« Sie deutete auf die türkisblauen Kacheln über der Anrichte. »Und siehst du die Schramme auf der Arbeitsplatte? Das war ich mit einem Hackmesser. Beim Zerlegen eines Truthahns.«

Iris lächelte leise. Sie schien nachzudenken, dann sagte sie: »Und wie fühlt es sich jetzt an? Hier zu sein, meine ich.«

Franka überlegte. Wie fühlte es sich an? Surreal. Beängstigend. Gut, auf eine Weise, aber auch sehr traurig. »Ich weiß es nicht«, sagte sie schließlich. »Es fühlt sich okay an, denke ich.«

Beide schwiegen. Iris goss die Nudeln ab und stellte die Pfanne auf den Tisch. Sie aßen, still und gierig. Franka wurde bewusst, wie ausgehungert sie war; seit der Rückfahrt aus Frankfurt hatte sie nichts gegessen, das ziehende Gefühl im Magen seitdem ignoriert.

»Wie lange ist Elena schon tot?«, fragte Iris schließlich in die Stille hinein.

Franka war ihr dankbar, dass sie die Tatsachen nicht bemüht umschrieb. Elena war nicht verschieden, nicht von ihnen gegangen, nicht verblichen. Sie war tot.

»Seit sieben Jahren. Im Sommer war ihr Todestag.«

»Und wie ... wie ist sie gestorben?«

»Krebs.« Franka sah Iris direkt in die Augen. »Sie hatte Krebs. Erst zog es sich hin, und wir dachten, wir könnten noch etwas tun, doch dann ging es sehr schnell. Eines Tages ist sie zusammengebrochen, und es war vorbei. Einfach so.«

»Das tut mir leid.«

Über Iris' Gesicht glitt ein Schatten, eine Regung, die Franka nicht gleich zu deuten wusste. Waren es Schuldgefühle? Sie verscheuchte den Gedanken, sie wurde sonst noch paranoid. Iris war vermutlich einfach nur traurig über Elenas Tod, über die schlimmen Umstände. Sie musste aufhören, in jede Äußerung von ihr, in jeden ihrer Blicke etwas hineinzuinterpretieren. Bislang hatte sie ihr keinen Anlass gegeben, ihr zu misstrauen. Sie musste es einfach gut sein lassen, zumindest für den Moment, sonst würde sie noch verrückt werden.

»Wie hast du Elena kennengelernt?«, fragte sie nun.

Iris nahm einen Schluck Wein. »In Indien, in Delhi.«

»Was hast du dort gemacht?«

»Geholfen. So wie Elena.«

»Auch in einem Kinderheim?«

»Nein, ich habe Hilfeleistungen koordiniert. Geldspenden, Sachspenden, aus Deutschland und Frankreich. Dass alles dort ankam, wo es ankommen sollte.«

»Und dabei habt ihr euch kennengelernt?«

»Ich war unter anderem für das Kinderheim zuständig, in dem Elena arbeitete. Wir freundeten uns an. Zwei Frauen aus Europa, unter diesen schwierigen Umständen, weit weg von zu Hause … Es war schön, mit jemandem reden zu können, auch wenn zwischen uns ein ziemlicher Altersunterschied lag. Sie erzählte mir von ihrer Tochter. Ich von meinen Liebschaften. Wir mochten uns einfach.«

»Wann war das?«

Iris dachte kurz nach. »Anfang der Achtziger. Einige Jahre später musste ich Delhi wegen der unruhigen Lage verlassen. Elena muss es genauso ergangen sein. Ich bin später dorthin zurückgekehrt; ich weiß nicht, ob sie das auch getan hat.«

»Das ist ja Ewigkeiten her. Habt ihr euch danach noch einmal gesehen? Oder euch geschrieben? Du hattest doch ihre Adresse.«

»Ich wünschte, es wäre so.« Iris senkte den Kopf, bevor sie weitersprach. »Ich habe immer gedacht, dass der Zeitpunkt schon von alleine kommen würde, verstehst du? Dass sich unsere Wege kreuzen würden, irgendwo. Wir hatten uns damals versprochen, in der Not aufeinander zählen zu können; es war gut zu wissen, dass da jemand ist. Und in den Jahren danach … blieb es so. Dass ich wusste, dass ich im schlimmsten Fall Elena hätte. Als sicheren Hafen. Erst jetzt habe ich diesen Hafen wirklich gebraucht. Dabei hätte ich schon viel früher herkommen sollen. Viel früher. Nicht erst, als ich sie brauchte. Sondern als sie mich brauchte.« Iris' Eingeständnis klang schonungslos, und Franka kam nicht umhin, ihr still Respekt zu zollen. Immerhin beschönigte sie nichts.

»Und das Verrückte ist«, fuhr Iris fort, »dass sie tatsächlich noch hier gelebt hat. Es hätte so leicht sein können, dass sie längst weg ist, unbekannt verzogen, dann hätte ich ohnehin kaum eine Chance gehabt, sie zu finden. Aber so … so wäre es gegangen. Wenn ich nur früher gekommen wäre.« Sie nahm noch einen Schluck Wein, sah Franka dann an. »Entschuldigung. Dass ich so herumlamentiere, meine ich. Es ist deine Großmutter, um die es hier geht.«

»Schon in Ordnung. Du warst ihre Freundin, ihr Tod trifft dich.« Franka schob ihren leeren Teller von sich weg. »Aber wenn ich etwas fragen darf …«

»Bitte.«

»Warum jetzt? Was ist passiert, warum hast du den sicheren Hafen gebraucht?«

Iris schwieg. Franka sah, dass sie mit sich rang.

»Probleme«, sagte Iris schließlich mit einem bitteren Zug um den Mund. »Jene Art von Problemen, bei denen man sich leider nicht sagen kann, dass es so schlimm gar nicht ist.«

Franka wollte nachhaken, doch Iris unterbrach sie: »Es tut mir leid, Franka, ich kann dir nicht sagen, um was es geht. Nur so viel: Ich musste weg. Muss für eine Weile den Kopf einziehen.«

»Eine gescheiterte Beziehung? Stellt dir jemand nach?«

»Ich sagte doch, ich kann nicht darüber sprechen. Und ich will es auch nicht.« In Iris' Stimme schwang eine Schärfe mit, die Franka davon abhielt, nochmals nachzufragen.

»Entschuldige«, sagte sie stattdessen. Dann blieb sie eine Weile stumm, malte nur mit den Zinken ihrer Gabel unsichtbare Muster auf die Tischplatte. Sie brachte die beiden Bilder, die Iris von sich präsentiert hatte, nicht zusammen.

Iris grinste schwach: »Du fragst dich, wie aus der Iris von damals die Iris von heute wurde, oder?«

Franka fühlte sich ertappt, es war ihr unangenehm, dass sie offenbar mit Leichtigkeit zu durchschauen war. »Ja, das stimmt«, gab sie zu. »Was du erzählst, passt für mich nicht zusammen.«

»Es ist ganz einfach«, sagte Iris. »Es gibt eine Verbindung zwischen diesen beiden Personen. Zwischen der Frau, die damals mittellosen Menschen in Indien geholfen hat, zusammen mit deiner Großmutter. Und der Frau, die sich jetzt hier versteckt, die Elenas Hilfe wollte, nachdem sie sich jahrelang nicht um sie geschert hatte.«

»Und welche Verbindung ist das?«

»Schlechte Entscheidungen, Franka. Jede Menge schlechte Entscheidungen.«

Dann wechselte sie abrupt das Thema und ließ Franka mit zahllosen Fragezeichen im Kopf zurück. Sie würde aber, beschloss Franka, nicht weiter versuchen, Iris zum Reden zu bringen. Sie trug selbst genug mit sich herum, worüber sie nicht sprechen wollte, wer war sie also, Iris für ihre Verschlossenheit zu verurteilen? Natürlich, sie hätte darauf dringen können, die Wahrheit zu erfahren, zumal sie es war, die Iris Zuflucht bot. Doch in ihr wurde das Gefühl immer stärker, dass sie dieser Frau trauen konnte. Dass von ihr keine Bedrohung ausging und dass ihre Probleme nicht mehr waren als das: ihre Probleme und nichts, was Franka etwas anging.

Vielleicht war das Wunschdenken. Vielleicht tat es ihr so gut, mit einem Menschen zu sprechen, die Abgründe in ihrem Kopf für einen Moment zu vergessen, dass sie den Gedanken an ein mögliches Risiko einfach beiseiteschob. Es war seltsam, hier zu sitzen, mit Iris, ganz so, als ob sie sich kannten, als ob sie wüssten, wer die andere sei, aber es war auch tröstlich. Spuren eines normalen Lebens, zwei Frauen, die sich unterhielten, eine Flasche Wein zwischen sich, eine trübe Lampe über sich, die ab und zu flackerte, in einer langsam schattiger werdenden Küche voller alter, bedeutungslos gewordener Geschichten.

Iris schaffte es, die richtigen Fragen zu stellen – solche, die Franka sentimental stimmten, ohne sie traurig zu machen, und so berichtete sie von Sommern im Haus, die voller Leichtigkeit gewesen waren, und von Wintern, in denen das Gemäuer im Sturm ächzte und sich kalte Zugluft in den Ecken sammelte wie Staub. Sie erzählte von Elenas Gabe, die Dinge so anzunehmen, wie sie waren, sie nicht zu beschönigen und sie dabei doch besser zu machen. Von ihrer Entschlossenheit, Menschen zu helfen, ohne darüber zu sprechen, von ihrer letzten großen Reise, die sie nach Marokko geführt hatte, und sogar von dem Tag, an dem Franka erfuhr, wie krank Elena wirklich war.

Iris schien die Richtige dafür zu sein, der richtige Nährboden für ihre Worte, denn sie hatte Elena gekannt. Und die Worte wollten heraus, wollten ans Licht, ließen sich nicht mehr aufhalten. Viel zu lange hatte Franka nicht über Elena gesprochen, hatte ihre Gefühle selbst mit Vito nie recht teilen können, und nun war die Zeit dafür gekommen.

4

Ich sitze einfach nur da und lasse die Wärme kommen. Im Zimmer ist es kalt; die Wärme kommt nur von innen, durchströmt mich in strudelnden Kreisen. Es ist die Gewissheit, dass mich Genugtuung erwartet. Noch steht sie mir nicht direkt bevor, noch werde ich mich etwas gedulden müssen. Aber ich werde sie spüren, ganz sicher, und das ist ein Gedanke, der mir großen Frieden verschafft. Einen Frieden, der sich, nach allem, was ich habe ertragen müssen, nach allem, was sie mir angetan hat, wie ein schweres Tuch über mein Inneres legt.

Die Schmerzen, die sie mir zugefügt hat, werden nicht ewig glimmen, das Tuch wird sie ersticken, und dann bin ich wieder frei. Frei von der Wut, frei von der Verzweiflung.

Ich stehe auf und gehe ans Fenster, öffne es und atme die kühle Nachtluft ein.

Eine Erinnerung steigt in mir auf. Ich als Kind, sechs oder sieben Jahre alt. Ein Urlaub am Meer, und ich habe Strandspielsachen geschenkt bekommen, von meinem Vater, der mir den Kopf tätschelt und mich anweist, gut auf meine neuen Besitztümer aufzupassen. Ich trage den roten Eimer und die grüne Schaufel stolz zum Strand und erkenne sofort ihren wahren Sinn: Ich sammle Krebse in dem Eimer und Muscheln, befördere sie mit der Schippe hinein. Klettere über glitschige Felsen, in türkisfarbenen Badesandalen, hangle mich von Vorsprung zu Vorsprung, den Tragegriff in der Ellenbeuge, die Sonne brennend auf der Haut. Ich versenke ein krabbeliges, zappeliges Viech nach dem anderen in ihm, schubse die allzu eifrigen Krebse, die den glatten Wänden entfliehen wollen, vorsichtig wieder zurück und halte konzentriert nach neuer Beute Ausschau.

Bis mir klar wird, dass ich meine Eltern nicht mehr sehe. Ich habe mich, ohne es zu bemerken, von ihnen entfernt und befinde mich nun in einer kleinen Bucht, die mich von allem abschirmt.

Ich schaue mich nach meinen Eltern um, und in diesem Moment rutsche ich von dem glatten großen Felsen ab, auf dem ich stehe. Ich lasse den Eimer los, um mich zu halten, doch es ist zu spät. Mein rechter Fuß steckt fest, zwischen zwei Steinbrocken, steckt so tief in dem schmalen Spalt, dass ich mit den Händen nicht hinkomme, um mich zu befreien. Ich spüre, wie Tränen in mir aufsteigen, und ich beginne zu rufen. Nach meinem Vater, immer wieder, nach meiner Mutter, aber keiner hört mich. Ich sehe, wie mein Eimer davontreibt, wie sich das Getier darinnen verzweifelt zurück ins Wasser kämpft. Wie ein Krebs nach dem anderen mit zappelnden Beinen über die Kante in die Wellen fällt, dem Gefängnis entkommen, während ich festsitze. Eine grausame Wendung, die Umkehrung der Verhältnisse als lapidarer Scherz des Schicksals.

Ich rufe weiter und habe das Gefühl, dass das Wasser steigt. Hat es nicht gerade noch bis zu meinen Knien gereicht? Jetzt schwappt es schon bis zu den Oberschenkeln, und ich spüre, wie mir die Angst die Kehle zuschnürt.

Irgendwann finden sie mich, beruhigen und trösten mich. Mein Vater langt mir eine, als er kapiert, dass der Eimer fort ist, doch mich kümmert es nicht. Hauptsache, ich bin gerettet, muss nicht in den Wellen ertrinken. Noch heute spüre ich die unbeschreibliche, wortlose Angst vor der Weite der Wellen, vor dem Tod in dunkler, unsagbarer Tiefe. Sie hat mich nie mehr losgelassen. Noch immer fällt mir das Atmen schwer, wenn ich am Ufer stehe, das Meer sich vor mir ausbreitet wie eine rollende, schäumende Welt, die mich verschlingen will.

Meine Eltern bringen mich zurück zu unserem Lagerplatz, und meine Mutter wickelt mich in ein sonnenwarmes Handtuch und gibt mir Aprikosen zu essen. Doch ich weiß, dass dieses Gefühl in mir bleiben wird, in mein Inneres gebrannt. Der Anblick des steigenden Wassers, das Empfinden, von allen vergessen, gänzlich verloren zu sein.

So fühle ich mich auch, seit ich verstanden habe, was sie mir angetan hat. Das Ausgeliefertsein. Die ungläubig kreisenden Gedanken, *das kann nicht sein, das darf nicht wahr sein*, immer wieder.

Nur dass keiner kommt, um mich zu retten. Meine einzige Rettung ist, die Angst und die Verzweiflung in Wut zu verwandeln – und das ist es, was in mir geschieht. Ich werde warten, bis die Wandlung ganz vollzogen ist. Dann werde ich mich aufmachen, sie zu suchen, und ich werde sie finden.

5

Als Franka zu Bett gegangen war – es mochte am Wein liegen oder an der ungewohnten Vertrautheit von Elenas altem Bett, die ihre Einsamkeit noch verstärkte –, überwältigte sie der Gedanke an Vito. Sie dachte an sein Grinsen, so breit und bedingungslos und allumfassend. An seine kräftigen Schultern, zu kräftig für Hemden von der Stange; er trug nur welche, die für ihn geschneidert worden waren. Sein kleines Bäuchlein, für das er sich nicht schämte, und auch dafür hatte sie ihn geliebt. An den warmen Farbton seiner Haut und das Grau in seinem schwarzen Bart. Die Brille, die er nur aufsetzte, wenn niemand ihn sah, zum Zwiebelschneiden und Kreuzworträtsellösen, sonst hatte er immer nur die Augen zusammengekniffen, wenn es kritisch wurde. Seine Angewohnheit, mit einer Hand zwischen den Knien zu schlafen, zusammengerollt wie ein kleines Kind. Seine Versessenheit auf Versunkenen Apfelkuchen.

Sie dachte so intensiv an ihn, dass sie seinen Duft riechen konnte, er legte sich über sie, um sie, wie ein Schleier, Moschus und frische Wäsche und Leder, und dann musste sie würgen, weil es sie erstickte, der Duft und die Traurigkeit, und sie schnappte nach Luft.

Sie hatte ihn geliebt. Nein, wem machte sie etwas vor, sie liebte ihn immer noch, so schnell verging so etwas nicht. Gleichzeitig war es unverzeihlich, was er getan hatte, gerade weil er sie kannte. Er wusste, wie schwer es ihr fiel zu vertrauen, hatte Nächte über Nächte damit zugebracht, sie im Arm zu halten und mit ihr zu sprechen, sein Innerstes auszuschütten und ihres auszuloten, ihr das Gefühl zu geben, dass keine Grenzen zwischen ihnen existierten, dass sie eins waren. Dass er sie nicht verletzen konnte, ohne sich selbst zu verletzen.

Sie weinte in ihr Kissen, überwältigt von der Unwiderruflichkeit der Dinge, geschehen war geschehen, und als keine Tränen mehr kamen, lag sie einfach da und starrte ins Dunkel.

Sie hörte, wie Iris oben im Gästezimmer umherging, wie das Schlafsofa knarrte, als es ausgeklappt wurde. Sie hatte ihr einige Laken und Decken herausgesucht; alles befand sich an gewohnter Stelle, und es war noch gut zu verwenden, roch nur leicht muffig und hatte einige Stockflecken. Dann hatte sie ihr das Gästezimmer gezeigt. Es war noch staubiger und kälter als der Rest des Hauses, doch Iris schien das nicht zu stören. Sie hatte sich bedankt und nur gefragt, ob sie sich eines der Bücher aus dem Regal nehmen könne, und sie hatte es ihr erlaubt, hatte ihr George Sand empfohlen und sich dann zurückgezogen.

Jetzt quietschte das Schlafsofa leise, sogar das Rascheln der Laken war zu hören, schließlich Stille.

Konnte sie Iris deswegen ertragen, weil sie Vito nie getroffen hatte? Weil sie nichts von ihm wusste, nichts von der Liebe, die ihn und Franka verbunden hatte und die jetzt in Trümmern lag, zertreten und zerstört?

Elena war immer freundlich zu Vito gewesen, aber er hatte Franka fast nie begleitet, wenn sie zu ihrer Großmutter gefahren war. Er hatte sich oft beschwert, dass Elena ihm gegenüber Vorbehalte hätte, dass die Freundlichkeit nur Fassade sei. Franka hatte ihm stets widersprochen, doch innerlich hatte sie selbst gezweifelt. Elena hatte ihr zwar wieder und wieder versichert, dass sie sich unendlich für sie freue, dass Vito ein absolut netter und vertrauenswürdiger Mensch sei, dass sie ihn von Herzen gern möge, doch bei Franka war eine Unsicherheit geblieben. Wenn Elena jemanden wirklich mochte, verhielt sie sich anders. Was Vito wahrnahm, die leise Zurückhaltung, die widerstrebende Herzlichkeit, war nicht von der Hand zu weisen. Hatte Elena Bedenken gehabt, weil Vito einmal etwas Falsches gesagt hatte? Hatte er ihr einen Anlass gegeben zu glauben, dass er Franka nicht abgöttisch und rückhaltlos liebte? Franka hatte es nie erfahren.

Die Hochzeit hatte Elena nicht mehr miterlebt; ein Jahr zuvor war sie gestorben. Franka hatte deswegen, zum Entsetzen von Vitos Mutter Paola, das große Fest abgesagt und eine kleine, intime Trauung auf dem Standesamt durchgesetzt, nur sie und Vito, und als Trauzeugen Claire und Vitos alter Freund John. Trotz der Tiraden seiner Mutter war Vito einverstanden gewesen. Alles, was seine Braut wollte, war auch sein Wunsch gewesen, alles, was ihr half, sich ein wenig besser zu fühlen, nach diesem furchtbaren Verlust, der sie zutiefst erschüttert hatte.

Die Trauung war schlicht und kurz gewesen, eine schwitzende Standesbeamtin, ockergelber Teppichboden, ein hässliches Gesteck aus roten Gerbera mit Porzellantauben darin. Nichts Besonderes, aber besonders für sie, und hinterher hatten sie sich zu viert zu Hause betrunken, hatten getanzt und gelacht, dazu Pizza vom Lieferdienst. In der Nacht, in ihrer Hochzeitsnacht, hatte sie in Vitos Arm gelegen und geweint und geweint, weil jetzt etwas für immer vorüber war, und auch ein bisschen vor Glück, weil jetzt etwas anderes begann, und er hatte sie nur festgehalten.

Verstrickt in diese Erinnerungen, die so schön und verwirrend waren und darum umso trauriger, schlief Franka ein.

Als sie keuchend aus dem Schlaf fuhr, war es stockfinster im Zimmer, doch sie konnte spüren, dass da jemand war. Eine Präsenz, wo keine hätte sein dürfen. Panisch atmend, tastete sie nach der Nachttischlampe, die sie in ihrer Hektik von der kleinen Kommode neben dem Bett stieß. Sie ging mit einem Klirren zu Bruch.

»He, Franka. Ganz ruhig.« Schritte von ihrem Bett zur Tür. Die Deckenleuchte flammte auf. Iris nahm die Hand vom Schalter und blinzelte in das helle Licht, das müde Gesicht zerknittert und zerdrückt. »Was ist denn eigentlich los?«, fragte sie irritiert, während sie zu Franka zurückkehrte.

»Was machst du hier?« Frankas Stimme war heiser und rau, ihre Kehle schmerzte. »Bist du verrückt geworden? Du kannst nicht einfach hier reinschleichen!«

»Ich wollte dich nur wecken. Du musst schlecht geträumt haben, jedenfalls hast du geschrien wie am Spieß. Es klang, als würde dich jemand abstechen!«

»Ich … ich hab geschrien?« Franka schlang die Arme um die Knie und kauerte sich ans Kopfende ihres Betts. Sie war verschwitzt und spürte, wie sie zu zittern anfing.

»Ja, immer wieder. ›Nein, nein, nicht! Nein, lasst mich!‹ Muss ein furchtbarer Traum gewesen sein.« Mitfühlend sah Iris sie an. »Soll ich hierbleiben?«

Franka schüttelte den Kopf. »Nein, es geht schon.«

»Bist du sicher?«

Sie nickte. Iris ging und zog die Tür hinter sich zu. »Ruf mich, wenn was ist«, sagte sie noch durch den Spalt, dann war sie verschwunden.

Franka zog die Decke enger um sich. Hatte sie wirklich im Schlaf geschrien? Sie erinnerte sich an keinen Traum. Aber welchen Grund hätte Iris sonst haben sollen, nachts in ihr Zimmer zu kommen?

Leise, ganz leise meldeten sich wieder die Zweifel, die sie seit Iris' Ankunft beharrlich zu ignorieren versuchte. War diese Frau wirklich die, die sie vorgab zu sein? Sie würde irgendwann, wenn ihr Kopf klar war, darüber nachdenken müssen, gründlich.

Sie stand auf, nahm sich Elenas alten Morgenmantel vom Haken an der Tür und wickelte sich darin ein. Sie wusste, dass sie nicht mehr einschlafen konnte. Das Adrenalin in ihrem Körper hatte dafür gesorgt, dass sie jetzt hellwach war. Sie sah sich in Elenas Schlafzimmer um, etwas, das sie, das wurde ihr nun bewusst, seit ihrer Ankunft noch nicht getan hatte.

Das schlechte Gewissen regte sich in ihr. All die kleinen liebevollen Details, die Bilder und Zeichnungen, getrocknete und gepresste Blumen hinter Glas. Eine kunstvolle Schmuckschale aus lasierter Keramik auf der Kommode, zierliche Goldringe darinnen, angelaufen und stumpf, bunte Ketten aus Glassteinen, längst glanzlos. Eine kleine Sammlung antiker Glasfläschchen, die aus dem Nachlass eines Wiener Apothekers stammten, zumindest hatte Elena ihr diese Geschichte immer erzählt. Ein goldumrandeter Spiegel mit blinden Flecken und Fliegendreck, der dennoch die Würde seiner Zeit ausstrahlte. Das ochsenblutrote Plaid auf dem verblichenen Cocktailsessel. Der Stapel Bildbände auf der tiefen Fensterbank. Alles wie damals, alles so sehr ein Ausdruck von Elenas Seele, dass es schmerzte. Und sie, Franka, hatte die Dinge dem Zerfall überlassen, dem Zahn der Zeit, ohne die geringste Gegenwehr, hatte diesen Raum in ihren Kopf gesperrt, ihn zugesperrt, ohne ihn jemals zu öffnen. Feige war sie gewesen, zu feige, sich ihrer Traurigkeit zu stellen, aus Angst davor, von ihr überwältigt zu werden, und sie hatte darüber alles nur noch schlimmer gemacht. Hatte die Spuren von Elenas heller und zauberhafter Welt nicht in Ehren gehalten, hatte zugelassen, dass sie verblichen, verrotteten, verschwanden.

Doch auch wenn der Raum inzwischen unter einer dicken Staubschicht lag und sich die Tapeten von den Wänden lösten, war noch zu erkennen, mit wie viel Sorgfalt und Kreativität Elena ihren Rückzugsort gestaltet hatte, und Franka erinnerte sich, wie lange sie allein nach der perfekten Nachtlampe gesucht hatte, mit gelbem gerundetem Glas und warmem Schein, bis sie auf einem Trödelmarkt fündig geworden war. Es war die Lampe, die nun in Scherben auf dem Boden lag.

Franka las die Einzelteile auf und legte sie vorsichtig auf den kleinen Sekretär. Sie würde versuchen, sie wieder zusammenzusetzen. Dann strich sie sachte mit den Fingerspitzen über den marmorierten Füllfederhalter und das mit Elenas Monogramm versehene Büttenpapier. Alles wie damals, als würde Elena jeden Moment hereinkommen und zu schreiben beginnen. Sie erinnerte sich daran, wie sie als kleines Mädchen oft auf Elenas Bett gesessen und gelesen hatte, während ihre Großmutter Briefe schrieb, an alte Freunde und ihre Schwester in England.

Sie zog die Schublade des Schreibtischs heraus und blätterte durch eng beschriebene Seiten, betrachtete Elenas zierliche Handschrift, unterbrochen von kleinen, flüchtig hingeworfenen Zeichnungen, die sie immer angefertigt hatte, wenn sie sich einen Moment oder ein Ereignis unbedingt einprägen wollte – die Bilder halfen ihr, das Geschehene in ihrem Kopf zu verankern, so hatte sie es Franka damals erklärt.

Franka nahm sich vor, irgendwann alles in Ruhe durchzusehen, zu entscheiden, was davon für ihre Augen bestimmt war und was Elenas Geheimnis bleiben sollte.

Sie wandte sich dem hohen, schmalen Bücherregal zu, den Bilder- und Erinnerungsalben, die in den Fächern aufgereiht standen. In ihnen hatte sie früher immer geblättert, fasziniert von den verschiedenen Welten, den verschiedenen Zeiten, die ihre Großmutter erlebt hatte. Sie griff nach einem und schlug es auf. Die Fotos mussten bei einem von Elenas Aufenthalten in Indien entstanden sein. Ihre Großmutter als schöne, in sich ruhende Frau mittleren Alters, lächelnd, in leuchtend bunte Kleider gehüllt. Kinder, die sie im Arm hielt, die strahlten oder schüchtern in die Kamera blickten. Elena, wie sie mit ihnen tanzte. Elena, die eine beeindruckende Gartenanlage besichtigte, Elena auf einem Markt. Dazu alte Faltpläne, Eintrittskarten und Bustickets, liebevoll eingeklebt und beschriftet, eine Chronik eines längst vergangenen Lebens.

Franka betrachtete neugierig Seite um Seite, zu viele Eindrücke, um sie alle aufzunehmen, auch hier würde sie mehr Zeit brauchen, um diesen Schätzen gerecht zu werden. Sie stellte das Album zurück ins Regal und griff nach dem nächsten, als sie plötzlich innehielt. Vorsichtig fuhr sie mit dem Finger über den Rand der Buchrücken. Auf den Alben lag kaum Staub, und das, obwohl sie seit Jahren niemand angefasst hatte. Tastend fuhr sie über die Bände in dem Regalfach darüber und starrte nachdenklich auf die dicke graue Staubschicht, die nun an ihren Fingerkuppen klebte.

Hatte sie seit ihrer Ankunft die Alben schon einmal in der Hand gehabt und erinnerte sich schlicht nicht mehr daran? War es im Schlafzimmer so zugig, dass ein Luftstrom den Staub verwirbelt hatte? Vielleicht bildete sie sich aber auch einfach alles nur ein.

Sie ging in die Küche und machte sich einen Tee. Dann stieg sie die Treppe hinauf und schlich an ihrem alten Zimmer und am Gästezimmer vorbei, aus dem sie Iris laut und entspannt atmen hörte. Dahinter lag noch ein kleines Zimmer, in dem Elena gemalt hatte, bescheidene Aquarelle, die sie an Freunde verschenkt oder für einen guten Zweck auf Gemeindebasaren verkauft hatte. Ihre Staffelei befand sich noch dort, wo sie immer gestanden hatte; ihr Malkittel, ein altes weißes Herrenhemd, hing achtlos über einem Stuhl.

Franka setzte sich auf die tiefe Fensterbank, hielt sich mit beiden Händen an ihrer Teetasse fest. Die Luft im Zimmer war eisig und klamm, doch von hier oben hatte man einen atemberaubenden Blick aufs Meer. Gerade ging die Sonne auf und warf ihre Strahlen aufs Wasser, dort, wo die Nebelschwaden es nicht bedeckten. Wo sie auf die Oberfläche trafen, glitzerte es wie kühles Gold. Einige Möwen schossen Richtung Horizont, über einer noch im Nachtgrau liegenden Welt. Sie erkannte ein großes Stück Treibholz, das über Nacht angespült worden sein musste; gestern war es noch nicht da gewesen. Ganz weit draußen war ein Schiff zu sehen, vielleicht spielten ihre Augen ihr aber auch nur einen Streich, und es war schlicht eine Spiegelung.

Sie nahm noch einen Schluck von ihrem Tee, der tröstlich und bitter schmeckte, und beugte sich dann abrupt nach vorne, um besser sehen zu können. Stand dort unten jemand am Wasser? Sie kniff die Augen zusammen. Es konnte auch einfach ein Fleck im Sand sein. Doch nein, es war ein Mensch. Er bewegte sich vorwärts und war jetzt besser zu erkennen. Eine schmale, hochgewachsene Gestalt.

Franka richtete sich auf. Es war sonst, selbst tagsüber, so gut wie nie jemand an diesem Strandabschnitt; er lag abgelegen von allen Hotels und Ferienhäusern, und wenn man bei den Touristen auf etwas zählen konnte, dann darauf, dass sie zu faul waren, sich weit von ihrer Unterkunft wegzubewegen. War Iris zum Meer hinuntergelaufen? Nein, das dort unten war sie nicht. Franka erkannte jetzt deutlich das schwarze lockige Haar der Person, die einen langen Mantel trug und einen Stoffschal, der im Wind wehte. Eine Frau. Sie hatte die Arme um den Körper geschlungen und näherte sich langsam der Wasserlinie.

Franka starrte atemlos, denn die Frau schien nicht die Absicht zu haben innezuhalten. Beharrlich setzte sie einen Fuß vor den anderen; schon umschloss das Wasser ihre Knöchel. Ein Schritt, noch einer. Wasser bis zu den Knien. Wasser bis zu den Oberschenkeln. Es musste eisig kalt sein, doch die Frau zögerte nicht einen Moment. Ein weiterer Schritt. Dann der nächste. Sie schwankte kurz, fing sich wieder. Sie ragte aus dem bleiernen Wasser, ragte heraus wie eine verkohlte Fackel, der Inbegriff von Einsamkeit. Ein Fleck in all dem Grau, ein verletzlicher, wunder Punkt in dem ewigen Miteinander von Wasser und Sand, Wellen und Wind.

Franka spürte, wie sich ihr Körper verkrampfte. War der Moment gekommen, in dem sie eingreifen musste? Sicher war es das gute Recht der Frau, sich an einem kalten Tag in den frühen Morgenstunden ins Wasser der Ostsee zu stellen, es gab niemanden, der ihr das verbieten konnte. Wen ging es etwas an?

Aber angesichts der Geschwindigkeit und der Entschlossenheit, mit der sich die Person vorwärtsbewegte, war davon auszugehen, dass sie bald bis zum Hals im Wasser stehen würde. Und wenn sie dann noch immer nicht innehielt? Wenn sie wirklich entschlossen war, voll bekleidet aufs Wasser hinauszuschwimmen, bis ihre Kräfte schwanden?

Franka scheute sich davor, das Haus zu verlassen und sich in diesen Wahnsinn zu stürzen. Aber sie würde ganz sicher nicht mit ansehen, wie diese Frau in den Tod ging, falls das ihre Absicht war.

Die Frau war jetzt so weit draußen, dass sie schwimmen musste, ihr Körper wurde von kleinen, ruhigen Wellen hin und her geworfen, ihr heller Mantel blähte sich im Wasser.

Sie schien tatsächlich zum Äußersten entschlossen, und Franka wusste, dass der Augenblick gekommen war. Wollte sie handeln, musste es jetzt sein. Sie sprang von der Fensterbank und lief auf den Flur. Eilig riss sie die Tür zum Gästezimmer auf und schrie, dass Iris aufwachen müsse, sofort, und mitkommen müsse zum Strand. Iris schreckte aus dem Schlaf hoch, doch Franka war schon weitergerannt. Sie eilte die Treppenstufen hinunter, zur Haustür hinaus und um das Gebäude herum. Der sandige Pfad war uneben und rutschig, doch darauf konnte sie keine Rücksicht nehmen. Heftig atmend, erreichte sie den Strand, die kalte Luft brannte ihr in der Lunge. Auf dem Wasser erkannte sie, halb verschluckt von den Wellen, den Kopf der Frau. Ihre Bewegungen schienen schon müder zu werden; vom Ufer war sie sicher bereits dreißig Meter entfernt.

Im Laufen zog Franka den Morgenmantel aus, er würde sie nur behindern. »Hey«, brüllte sie gegen das Rauschen des Blutes in ihrem Kopf an. »Hey, verdammt, was soll das?«

Die Frau reagierte nicht. Panisch sah sich Franka um, sah, dass Iris weiter oben auf dem Weg auftauchte, sich eilig auf den Strand zubewegte. Sie rief ihr zu, dass sie sich beeilen müsse, dann hielt sie die Luft an und rannte ins Wasser.

Wie tausend Eisnadeln stach ihr die Kälte in die Haut. Sie atmete heftig, bemühte sich, nicht zu hyperventilieren. Schwimmen, einfach schwimmen. Sich nicht lähmen lassen von den kalten Wassermassen. Sie spürte, wie schwer ihr die Bewegungen fielen, wie ihr Körper rebellierte gegen die Kälte und die Anstrengung. Ihre Muskeln zogen sich zusammen, und sie musste mit aller Macht gegen den Instinkt ankämpfen, sofort umzudrehen und sich ans Ufer zu retten.

Als sie die Frau fast erreicht hatte, sah sie, dass sie ihren Blick stur auf den Horizont gerichtet hielt, das Gesicht ausdruckslos, die Haut fahl vor Kälte.

»Hey«, schrie sie, verschluckte sich am Salzwasser, schrie noch einmal. »Hey, hör auf mit der Scheiße! Halt an!«

Noch zwei kräftige Züge, dann war sie bei ihr. Sie packte die Frau am Oberarm, die daraufhin panisch versuchte, sich ihrem Griff zu entziehen. Ihre Kräfte mussten jedoch bereits erschöpft sein, denn ihre Gegenwehr war schwach, ihre Bewegungen schwerfällig.

»Hör auf, verdammt. Ich will dir helfen!« Franka mühte sich ab, den kalten, steifen Körper an sich zu ziehen. Die Abwehrbewegungen der Frau wurden immer fahriger, sie schluchzte unkontrolliert und schnappte nach Luft, als ihr Kopf unter Wasser geriet. Franka zerrte an dem Mantel, um die Frau daraus zu befreien, er wogte mit den Wellen und wickelte sich um Frankas Beine. Er würde es unmöglich machen, die Frau ans Ufer zu bringen.

»Bitte«, flehte Franka, »mach mit, mach ein bisschen mit. Mach dich nicht so steif.«

Ihre Hände fanden keinen rechten Halt an dem Körper, sie glitten immer wieder ab, und das wächserne Gesicht der Frau tauchte ein in das dunkle Wasser.

»Bitte.« Franka war den Tränen nahe. Verzweifelt krallte sie sich in den nassen Stoff des Pullovers, den die Frau trug, zerrte daran, zerrte den kalten Körper an die Oberfläche. »Bitte, halt dich an mir fest.« Sie griff nach dem Arm der Frau, legte ihn sich um den Hals und registrierte dann erschrocken, wie schwer die Last war, die sie plötzlich nach unten zog. Der Körper hing an ihr wie ein Bleigewicht, und sie wurde panisch, als ihr klar wurde, dass sie nicht genug Kraft hatte, um sie beide zu retten. Sie würde sich von der Frau lösen müssen, würde sie versinken lassen müssen, ganz bewusst, das ausdruckslose Gesicht würde von der Schwärze des Wassers geschluckt werden. Bei dem Gedanken wurde sie so hysterisch, dass sie kaum noch Luft bekam. Das hier passierte wirklich. Der Tod passierte wirklich, und sie hatte ihm nichts entgegenzusetzen.

Dann, auf einmal, war Iris da. Das nasse Haar klebte ihr am Kopf, die Augen waren weit aufgerissen, aber fokussiert.

»Reiß dich zusammen«, fuhr sie Franka an. »Tu, was ich dir sage. Pack sie um die Taille und halte sie gerade, damit ich an sie rankomme. Pass auf ihre Arme auf.«

Franka gehorchte. Alles fühlte sich schlagartig viel leichter an. Sie war nicht mehr allein; da war jemand, der ihr sagte, was sie zu tun hatte, jemand, der ihr half, die Last zu tragen. Sie musste sich einfach an das halten, was Iris ihr zurief, dann würde alles gut werden.

Sie trat nach unten, um sich Auftrieb zu verschaffen, und versuchte, den Körper der Frau, so gut es ging, aufrecht zu halten, damit sich Iris ihr nähern konnte. Nun griff Iris von hinten unter dem Arm der Frau hindurch und legte ihr die Hand unter das Kinn, um den Kopf nach oben zu zwingen. So zog sie sie mit sich, rückwärts schwimmend, Richtung Ufer. Franka folgte ihr, spürte, wie ihre eigenen Bewegungen immer schwächer wurden, während Iris die Unbekannte zügig mit sich schleppte, dabei darauf achtete, dass das Gesicht nicht unter Wasser geriet.

Als sie das Ufer erreichten, schloss Franka mit letzter Kraft zu Iris auf und half ihr, den leblosen Körper aufs Trockene zu zerren. Sie schleiften die junge Frau über den Sand, dorthin, wohin die Wellen nicht gelangten, und fielen mit ihr auf die Knie.

»Atmet sie?«, fragte Franka, während sie selbst nach Luft rang.

Iris wischte das nasse Haar aus dem Gesicht und beugte sich über den halb geöffneten Mund. »Ich … ich kann es nicht sagen.« Eilig schob sie den störrischen nassen Mantelärmel der Frau hoch und tastete am Handgelenk nach dem Puls.

In diesem Moment bäumte sich die junge Frau auf, keuchte und röchelte, ein Geräusch, das in all seiner Verzweiflung in Frankas Ohren schmerzte. Sie packten sie bei den Schultern und hielten sie, während sie Wasser erbrach, bis sie nur noch trocken würgte. Dann sackte sie in sich zusammen, sank in den Sand, die Arme um den Körper geschlungen, leise zitternd. Iris und Franka betrachteten die reglose Gestalt, schweigend, heftig atmend.

»Also«, sagte Iris irgendwann, »ich habe keine Ahnung, was das eben war.« Sie blickte Franka an, die immer noch nach Luft rang. »Aber wir müssen sie ins Haus schaffen. Pack mit an.«

Mit vereinten Kräften zogen sie die Frau auf die Beine, legten sich ihre Arme um den Hals und schleppten sie mehr, als dass sie sie stützten, über den Strand, dann den sandigen Pfad entlang und ins Haus.

6

Ich weiß, wo sie ist. Ich weiß es, weil es so sein muss. Sie muss dort sein, damit ich sie finde, und nur wenn ich sie finde, kann alles gut werden. Nein, nicht gut, aber gerecht. Gut wird es nicht mehr, nie wieder, aber Gerechtigkeit kann ich schaffen, ich allein, solange ich noch lebe. Ich habe Zeit gebraucht, um zu verstehen, dass ich kein Recht habe zu trauern. Trauer steht mir nicht zu, nur Wut. Ich darf nicht träge und vermessen trauern, nicht, bis ich nicht alles in meiner Macht Stehende getan habe, um sie zu bestrafen. Ich habe gewartet, gezögert, beinahe zu lange, doch nun habe ich verstanden.

Gut kann es nicht mehr werden, aber gerecht. Das weiß ich längst. Der Punkt, an dem alles noch hätte gut werden können, ist vorbei. Vielleicht gab es ihn auch nie. Vielleicht war von Anfang an klar, dass es für mich dieses *gut* niemals geben würde. Vielleicht bin ich unter den falschen Sternen geboren, die zueinander noch den falschen Abstand hatten. Vielleicht hat sich das Universum im entscheidenden Moment auf einer seiner Achsen verschoben. Vielleicht bin ich auch einfach nur ein schlechter Mensch und habe es nicht verdient, dass alles oder etwas wieder gut wird.

Ich weiß es nicht, und ich habe aufgehört, darüber nachzudenken. Glück ist mir nicht bestimmt, scheint es nie gewesen zu sein, und *wieder gut* ist nicht mein Ziel, nicht das, worauf ich hoffen kann. Dennoch muss ich etwas tun, denn nichts zu tun wäre viel schlimmer. Nichts zu tun ist das, was mir den Schlaf raubt, was dafür sorgt, dass ich mir mit den Fingernägeln über die Kopfhaut fahre, wieder und wieder, bis sich Schorf bildet. Nichts zu tun hat mich hierhergebracht, in diese Dunkelheit, und an diesem Ort will ich nicht bleiben. Ich muss etwas in Gang setzen, auch wenn ich nicht weiß, wohin es führen, worauf ich hoffen soll. Zumindest auf ein wenig Achtung vor mir selbst, das ist das Mindeste, Achtung und weniger Hass.

Ich werde sie finden. Ich werde sie finden, bevor es zu spät ist, denn sie ist schuld. Hat Schuld auf sich geladen wie blutiges Gepäck. Das steht fest, und es gibt mir Sicherheit. Lässt mich glauben, dass doch so etwas wie Wahrheit existiert, eine unumstößliche. An ihr kann ich mich festhalten. Die Wahrheit wankt nicht.

Sie ist schuld, doch mir ist nicht klar, was sie getrieben hat. Ob es Hass war oder Gleichgültigkeit. Oder dieser Nervenkitzel, den Menschen verspüren, wenn ihnen bewusst wird, dass sie das Leben eines anderen in den Händen halten. Mit ihm spielen, es manipulieren können. Ein Schalter umgelegt, ein Knopf gedrückt. Eine Entscheidung getroffen. Und schon ist alles anders, das Leben, der Mensch und man selbst, denn man hat jetzt Macht, man hat einmal an ihr geleckt, hat sie gespürt wie einen winzigen Stromstoß, der durch den ganzen Körper geht, jeden Winkel erreicht, der bis in die Fingerspitzen fährt, bis unter die Haarwurzeln, bis ins Mark. Überall verändert er die Molekülstruktur des Gewebes, schreibt es emsig um, programmiert es neu, ein klein wenig Chaos, das für immer bleibt. Und man wird süchtig nach dem Gefühl, süchtig nach dieser zuckrigen Süße der Macht, süchtig nach dem Film, den sie auf der Seele hinterlässt.

Ich glaube, das hat sie gespürt. Sie kann verändern. Verändern, was niemand rückgängig machen kann. *Unwiderruflich* ist ein großes Wort, vor allem aber ist es ein großes Gefühl, eines, das einen Abdruck in dir hinterlässt, den nichts anderes füllt. Unwiderruflich ist dein ganz eigener Fluch, dein eigener Segen, dein Kokain. Ich selbst habe nie Unwiderrufliches getan, aber jetzt bin ich dazu bereit, in letzter Konsequenz. Ich werde sie finden und tun, was ich tun muss, wonach alles in mir verlangt. Und ich werde damit leben, was es mit mir macht. Meine Hoffnung ist, dass es mich nicht anfixt, dass es mir kein Hoch verschafft, sondern Alpträume. Dass es mich zerstört, mich anwidert, statt mich süchtig zu machen, denn das hieße, dass noch ein Rest Menschlichkeit in mir ist, mehr, als in ihr je war.

Als ich ihr das erste Mal begegnete, damals, sah ich keine Grausamkeit in ihr. Sie hat sie gut versteckt. Menschen können so vieles verbergen, das ist etwas, das mich schon immer fasziniert hat. In ihnen, diesen Gerüsten aus Knochen, gefüllt mit Fleisch und Organen und bespannt mit Haut, in ihren Köpfen, in denen übereifrige Zellen nutzlose Impulse erzeugen, die wir als Gedanken missverstehen, in diesem organischen Haufen Müll lauern Abgründe tief wie der Tod. Dort liegen Geheimnisse atemberaubenden Ausmaßes begraben, dort liegen Geschichten, dort liegt Schuld, dort liegen Leben, von denen keiner etwas weiß. Menschen liegen dort, tote und lebendige, Massengräber sind es, und der Schutt, der sie bedeckt, besteht aus heimlichem Hass, heimlicher Liebe und anderem nutzlosen Zeug. Menschen verbergen ganze Welten. Warum hat es mich dann überrascht, dass es ihr gelungen ist, ihre Grausamkeit so geschickt zu verstecken? Es hätte mich nicht überraschen dürfen.

Vielleicht hat die Hoffnung mich auf eine falsche Fährte gelockt. Vielleicht hat sie meinen Blick verklärt; ich war schon immer einer jener Dummen, die sich von Wünschen leiten lassen, schwach genug, um der falschen Realität nichts entgegensetzen zu können, um die wahre zu leugnen.

Ich bin nicht klug. Ich weiß wenig, zu wenig, um die großen Zusammenhänge zu durchschauen, doch immerhin bin ich mir dieses Makels bewusst. Und auch wenn ich nicht viel weiß, weiß ich, dass ich zu ihr muss, dass ich die Zeit nutzen muss, die mir noch bleibt. Ich bin ihr schon nah, so nah, doch noch habe ich sie nicht erreicht. Ich muss zu ihr, sonst werde ich es ewig bereuen.

7

»Sie schläft«, sagte Franka, als sie zu Iris in die Küche kam. Sie hatten die junge Frau ins Haus gebracht, ihr geholfen, sich ihrer nassen Kleidung zu entledigen, und sie dann, in Decken gehüllt, auf die Couch im Wohnzimmer gelegt.

Iris hatte ihr nasses T-Shirt abgestreift und trug nun wieder die Jeans und den Pulli vom Vortag.

»Du musst dir auch etwas anderes anziehen«, bemerkte sie, während sie Teewasser aufstellte.

Franka sah an sich herunter. Sie hatte noch ihren Pyjama an, der in Falten an ihr klebte und tropfte. Rasch ging sie in Elenas Schlafzimmer und schälte sich aus ihren nassen, kalten Sachen. Sie rieb sich mit einem rauen Handtuch trocken, bis die Haut brannte und nicht mehr völlig gefühllos war. Nur langsam realisierte ihr Hirn, was gerade eben tatsächlich geschehen war. Was für ein absoluter, haarsträubender Wahnsinn. Ihr wurde noch kälter bei dem Gedanken daran, wie knapp alles gewesen war. Wäre sie nicht aus dem Schlaf geschreckt, um dann in Elenas Atelier ziellos aus dem Fenster zu starren, hätte die Frau keine Chance gehabt. Dann wäre sie jetzt tot, ihr Körper mitgerissen von den Wellen, ohne dass die Welt davon gewusst hätte. Vielleicht wäre sie irgendwann angespült worden, an einem der Strände in der Nähe oder ganz woanders, in Dänemark oder Polen, aber bis dahin hätte keiner etwas geahnt, von ihr und ihrer Verzweiflung, dem Ende ihres Lebens und der Lücke, die sie irgendwo gerissen haben musste.

Franka schlüpfte in Jogginghose und Pullover, wickelte sich ein Handtuch um die nassen Haare. Langsam wurde ihr Körper wieder etwas wärmer.

Sie fand Iris im Wohnzimmer, sie stand dort mit ihrem Tee und trank bedächtig, mit nachdenklichem Blick auf die schlafende Unbekannte.

»Sie ist völlig erschöpft«, sagte Franka, als sie neben Iris trat. »So etwas muss wahnsinnig viel Kraft kosten. Ich meine nicht nur, dass sie beinahe ertrunken wäre. Sondern die Entscheidung. Sich dazu durchzuringen, dem eigenen Leben ein Ende zu setzen, und es dann auch wirklich durchzuziehen. Das verlangt einem doch alles ab, oder?«

Iris nickte. »Sie ist sicher ziemlich entkräftet. Und sie ist betrunken.«

»Betrunken?« Franka runzelte die Stirn. »Meinst du?«

»Das riecht man doch. Sie muss vorher kräftig zugelangt haben. Womöglich, um sich Mut anzutrinken. Was mich erleichtert.«

»Warum bist du deswegen erleichtert?«

»Weil das heißen könnte, dass sie in nüchternem Zustand ganz froh darüber ist, dass es nicht geklappt hat. Dass sie uns keine Vorwürfe macht, weil wir sie gerettet haben. Wenn ein Mensch dagegen bei klarem Verstand beschließt, aus dem Leben zu scheiden, dann könnte man es doch auch so sehen, dass das sein gutes Recht ist, oder nicht? Was haben andere sich einzumischen?«

»Da denke ich vollkommen anders.« Franka schaute Iris mit gerunzelter Stirn an. »Menschen, die so verzweifelt sind, brauchen vielleicht einfach nur eine Perspektive. Jemanden, der ihnen zuhört, ihnen hilft zu sehen, dass sie nicht so alleine sind, wie sie denken.«

Iris zuckte mit den Schultern. »Ich finde so eine Einstellung ziemlich arrogant. Wer sind wir, dass wir glauben, alles besser zu wissen? Wir stecken nicht in ihrer Haut.« Sie wies auf die schlafende Frau auf der Couch. »Wir haben keine Ahnung, ob sie womöglich unheilbar krank ist. Ob sie allen Grund hat, ihrem Leben ein Ende zu setzen. Wir nehmen einfach an, dass ein Leben weitergelebt werden sollte, weil wir das so sehen. Und dann rennen wir ins Wasser, klettern mit auf das Hochhausdach, das Brückengeländer und mischen uns ein.«

»Aber du hast mir doch geholfen, sie zu retten.«

»Ja, das hab ich. War wohl ein alter Reflex.« Iris nahm noch einen Schluck Tee und trat näher an die Schlafende heran. »Hast du sie schon mal gesehen? Kennst du sie?«

Franka kniff die Augen zusammen, sah genauer hin. Die Frau war Anfang zwanzig. Sie hatte helle, sommersprossige Haut und gelocktes, dunkles Haar. Dichte schwarze Wimpern und Brauen, ein hübsches, längliches, jedoch etwas eingefallenes Gesicht. Sie war hochgewachsen, mindestens eins achtzig und sehr schmal.

»Noch nie gesehen«, entgegnete Franka. »An jemanden wie sie würde man sich doch erinnern, sie ist wunderschön. Das heißt aber nicht, dass sie nicht aus der Gegend sein kann. Ich bin ja schon seit Ewigkeiten nicht mehr hier gewesen.«

Schweigend verließen sie das Wohnzimmer, und Franka zog leise die Tür hinter sich zu.

Als sie am Küchentisch saßen, sprach Franka aus, was beide dachten: »Müssten wir nicht die Polizei rufen? Oder einen Arzt? Ich meine, das ist es doch, was man in so einem Fall macht, oder nicht?«

»Eigentlich schon. Aber sie scheint mir nicht verletzt zu sein. Und bist du dir sicher, dass sie mit der Polizei zu tun haben will? Vielleicht ist es gerade die Polizei, vor der sie wegläuft.«

Franka hob eine Augenbraue. »Kann schon sein. Aber wenn du ehrlich bist, legst du auch keinen großen Wert darauf, dass Polizisten hier aufkreuzen, oder?« Sie sah Iris herausfordernd an. »Du erzählst mir nicht, vor wem du dich versteckst, aber ich kann mir denken, dass du gerade lieber nichts mit Behörden zu tun haben möchtest.«

»Ich wollte noch nie in meinem Leben etwas mit Behörden zu tun haben. Noch nie.«

»Weich mir nicht aus.«

»Franka, ich habe dir schon versucht zu erklären, dass ich nicht sagen werde, vor wem ich davonlaufe. Entweder du kannst damit leben oder nicht. Entweder du kannst mir vertrauen, oder du lässt es. Aber wenn du es nicht kannst, sag es bitte gleich. Dann gehe ich.«

Franka spürte ein Flattern in ihrer Magengrube und stellte zu ihrer eigenen Überraschung fest, dass ein Anflug von Angst sie überkam. Sie wollte nicht, dass Iris ging. Nicht nur, weil sie die einzige Person war, die sie davon abhielt, in ihrer Einsamkeit zu versinken. Nicht nur wegen der leblosen Gestalt, die nebenan im Wohnzimmer auf der Couch lag. Sondern weil sie sich langsam daran gewöhnte, dass Iris da war. Wollte sie ehrlich zu sich sein, musste sie sich eingestehen, dass sie ihre Mitbewohnerin zu mögen begann. Iris war kein einfacher Charakter, das hätte sie selbst vermutlich sofort unterschrieben. Es war ihr anzumerken, dass sie es gewohnt war, alleine zu agieren oder zumindest den Ton anzugeben. Aber ihre spröde Unerschrockenheit tat Franka gut. Iris mochte in Schwierigkeiten stecken, aber sie hatte zumindest etwas an sich, das vermuten ließ, dass sie in ihrem Leben bereits Schwierigkeiten jeglicher Art einigermaßen unbeeindruckt überwunden hatte.

»Und überhaupt«, fuhr Iris fort, »woher soll ich wissen, dass es bei dir nicht genauso ist? Du verkriechst dich in diesem alten Kasten, in dem offensichtlich seit Jahren niemand mehr gewesen ist. Du warst seit Ewigkeiten nicht mehr hier. Und jetzt plötzlich bist du's, aber ohne Plan, ohne richtiges Gepäck. Das Haus ist eine Bruchbude. Du hast nicht lange im Voraus geplant, dich an diesen Ort zurückzuziehen, du bist hierher geflohen, Franka.« Sie sah Franka geradewegs an. »Du wirfst mir vor, dass ich dir gegenüber nicht offen bin. Dabei bist du keinen Deut besser.«

Franka zog die Schultern hoch. »Das hier ist mein Haus. Und es steht mir zu, hier zu sein. Ich bin dir keine Rechenschaft schuldig«, sagte sie eine Spur zu patzig, wahrscheinlich, weil Iris nicht ganz Unrecht hatte.

Iris schüttelte den Kopf. »Das behaupte ich auch gar nicht. Ich sage nur, dass du mir nicht das vorwerfen kannst, was du genauso machst. Du rückst nicht damit raus, was Sache ist. Ich gebe wenigstens zu, dass da was ist, auch wenn ich dir nicht erklären kann, was. Du dagegen tust so, als wäre das hier ein verquerer Kurzurlaub für dich, als sei es völlig üblich, dass man ohne viel Gepäck und ohne Plan in einem baufälligen Haus unterkriecht, ganz spontan. Machst du normalerweise so Ferien?«

»Nein, mache ich nicht.«

»Was willst du dann hier? Vor wem läufst du weg?«

»Keine Ahnung. Wahrscheinlich vor meinem Leben.«

»Was ist damit, hast du es kaputtgemacht?«

»Ich nicht.« Franka hörte selbst, wie scharf ihre Worte klangen.

Iris nickte, einigermaßen zufrieden. »Ein Mann also.«

»Ja. Mein Mann, wenn man ihn noch so bezeichnen will.«

»Willst du aber nicht.«

»Vito und ich sind noch verheiratet. Aber es fühlt sich an, als ... hätte ich einen Mann gehabt. Ich hatte einen Mann. Und ich hatte ein Leben. Ein ziemlich glückliches und manchmal auch nur irgendwie zufriedenes Leben. So ein Leben, wie ich es mir gewünscht hab, als ich klein war. Vielleicht wünschen sich andere viel verrücktere Sachen. Abenteuer und Weltreisen. Eine Hollywood-Karriere und einen reichen Mann. Ein Schloss und ein Pferd, was weiß ich. Ich wollte das nie. Ich wollte nur, dass alles okay ist. Dass ich morgens weiß, was der Tag bringt. Dass ich abends weiß, dass ich ein Bett zum Schlafen habe. Dass ich einen Mann habe, der auf mich achtgibt und ich auf ihn. Dass wir aufeinander aufpassen, uns respektieren. Dass immer genug Geld da ist, um etwas zu essen zu kaufen. Dass ich ein Zuhause habe, das sauber und warm ist und wo nicht der Strom abgestellt wird. Das klingt verdammt langweilig, ich weiß, aber das war mein Traum. Und genau dieser Traum ist wahr geworden. Und er ist wahr geblieben, bis vorgestern.« Ihre Stimme brach, und sie verstummte.

»Was war vorgestern?«, fragte Iris geduldig.

»Vorgestern war plötzlich alles vorbei.« Franka zog die Nase hoch. »Von einem Moment auf den anderen war alles ... weg. Alles, worauf ich gezählt hatte.«

»Er hat dich verlassen?«

»Verlassen? Nein, er hat mich lediglich betrogen«, präsisierte Franka leicht spöttisch. »Da hätte ich mich doch freuen können, oder? Er wollte mich gar nicht verlassen, er wollte mir nur mitteilen, dass er noch eine andere hat. Und dass es nicht nur eine kleine Liebschaft ist, nein, er liebt sie, nicht so wie mich, aber er liebt sie. Er weiß nicht weiter, was soll er nur tun, und so weiter und so fort. Und alles, was ich denken kann, ist, dass es vorbei ist. Einfach so. Alles, von dem ich dachte, dass es für immer sei. Ist das nicht selten dämlich? Ich habe wirklich geglaubt, es sei für die Ewigkeit.«

Iris sagte nichts. Stattdessen stand sie auf und nahm eine Flasche Rotwein und zwei Gläser aus dem Regal.

»Es ist noch früh am Morgen«, protestierte Franka, doch sie hörte selbst, dass ihr Widerspruch schwach ausfiel.

»Wenn man trinkt, sollte man sich nicht nach der Uhrzeit richten«, entgegnete Iris. »Sondern danach, ob man was zu trinken braucht.« Sie stellte ein Glas vor Franka hin und goss großzügig ein. »Rotwein ist vielleicht nicht ganz das Richtige, aber wir haben nichts anderes da.«

Franka griff nach ihrem Glas und trank hastig. Der Wein war herb und kratzte in der Kehle. Sie verzog das Gesicht, bevor sie noch einen großen Schluck nahm.

»Kennst du sie?«, fragte Iris, stellte das Weinglas vor sich auf den Tisch und wischte sich mit dem Ärmel über den Mund.

»Ich hab sie mal gesehen. Vielleicht auch zweimal.«
»Und?«
»Zum Kotzen hübsch.«
»Natürlich. Was auch sonst.«
»Blonde Locken.«
»Klar.«
»Blaue Augen, Hornbrille.«
»Verstehe.«
»Also das Gegenteil von mir.«
»Denkst du, das hat er gesucht?«

Franka schwieg einen Moment, bevor sie antwortete. »Vielleicht. Vielleicht war es auch Zufall. Dass sie so anders ist als ich, meine ich. Womöglich hat er sich in sie verliebt, weil sie so ist, wie sie ist.« Es fühlte sich seltsam an, es auszusprechen. *Er hatte sich verliebt. Verliebt.*

»Hast du etwas geahnt? Ihm etwas angemerkt?«

»Geahnt? Nein. Überhaupt nicht. Man wundert sich immer, wenn man so etwas liest oder hört. Denkt, dass man selber niemals so blind sein könnte. Dass man das doch merken muss. Aber ich hab nichts gemerkt. Ich war überzeugt davon, dass ich das große Los gezogen habe. Hättest du mir letzte Woche erzählt, dass Vito eine Affäre hat, hätte ich dich ausgelacht. Niemals hätte ich dir geglaubt.«

»Glaubst du ihm, wenn er sagt, dass er dich noch liebt?«

»Keine Ahnung. Das müsste ich wissen, oder? Aber ich habe das Gefühl, dass ich gar nichts mehr weiß. Der Vito, den ich kenne, existiert doch überhaupt nicht. Womöglich hat er nie existiert.«

»Ich bin davon überzeugt«, sagte Iris und nahm noch einen Schluck Wein, »dass niemand irgendjemanden wirklich kennt. Das klingt vermutlich etwas fatalistisch, aber es ist so. Es sind immer nur Bruchstücke, die wir erfassen. Die wir einander zeigen. Es sind immer nur Momentaufnahmen. Du nimmst einen Menschen wahr, wie er in diesem einen Augenblick ist, und du siehst nur das, was er von sich preisgibt. Das ist lächerlich wenig, verglichen mit dem, was da wirklich ist. Was man wissen könnte.«

Franka schwieg. Was Iris behauptete, klang deprimierend und tröstlich zugleich. Wenn keiner je wirklich wusste, wen er vor sich hatte, war es auch nicht ihre Schuld, dass sie sich in Vito getäuscht hatte. Es lag in der Natur der Dinge.

»Weißt du«, sagte Iris in die Stille hinein, »ich war auch mal verheiratet.«

»Du?« Franka kräuselte die Stirn. »Wirklich?«

»Wirklich.« Iris drehte ihr Weinglas in den Händen. »Nicht, dass ich ihm nachtrauern würde, aber manchmal frage ich mich schon, was aus uns geworden wäre, wenn wir durchgehalten hätten.«

»Wann war das?«

»Geheiratet haben wir 1996. Die Scheidung war … 1999 war das, glaube ich.«

»Und warum habt ihr euch getrennt?«

»Weil wir beide nicht genügend Geduld füreinander hatten. Er war ein fantastischer Mensch. Zutiefst ehrlich. Bedacht und respektvoll. Klug, sehr klug. Aber umständlich, mein Gott! Nichts durfte spontan passieren. Alles ging seinen geordneten Gang, und er hatte seine Prinzipien, die unter keinen Umständen angetastet werden durften, Himmel noch mal! Er hat mich wahnsinnig gemacht. Und irgendwann mussten wir einsehen, dass wir uns noch die Köpfe einschlagen, wenn wir uns nicht trennen.« Iris grinste. »Oder vielmehr ich ihm. Er war grundsätzlich der Ruhige, Beherrschte von uns beiden.«

»Wie hieß er?«

»Nathan. Nathan Healy. Ein kluger, sturer, unerschütterlicher Ire. Ja, es war nicht einfach mit ihm, aber geliebt hab ich ihn schon. Sehr sogar.«

»Wie habt ihr euch kennengelernt?«

»Eine Zeit lang habe ich als Journalistin gearbeitet. Kultur, Reisen, Gesellschaft, so etwas. Für Tageszeitungen und Magazine. Ich war für eine Reportage in Westafrika unterwegs, und Nathan war der Fotograf.«

Iris begann zu erzählen, und Franka hörte zu, wehmütig und ein wenig verschämt, dass ihre Biografie keine solchen Geschichten zu bieten hatte. Sie hatte immer nur normal sein wollen, ein normales, sicheres Leben haben wollen, eines, auf das man zählen konnte. Und nun musste sie sich eingestehen, dass ihr nicht einmal das gelungen war. Was übrig blieb, war Leere, ein schwarzes Loch. Ein Nichts, das sie verschlucken würde, in ihrer ganzen Bedeutungslosigkeit.

Iris war verstummt und hatte ihr schweigend beim Nachdenken zugesehen. Dann stellte sie ihr Glas ab und richtete sich auf. »Hörst du das?«

Stille, bis auf das leise Rauschen des Windes. Dann ein leises Knarren der Dielen.

»Ich geh nachsehen«, sagte Franka und stand auf. Halb erwartete sie, die Couch im Nebenzimmer leer zu finden, die Decken zerknüllt ans Fußende geschoben, das Fenster offen, der Raum kalt. Wer hätte es der Unbekannten verdenken können, wenn sie sich aus dem Staub machte, um der Schmach, dem Mitleid und all den neugierigen Fragen zu entgehen?

Doch sie lag noch dort, regungslos und schmal, die Hände neben dem Gesicht, fast kindlich, und Franka wurde bewusst, wie jung sie war, fast noch ein Kind. Ihr wurde kalt bei der Vorstellung, was in ihr vorgegangen sein musste, die endgültigste aller Entscheidungen zu treffen.

»Schläft sie noch?«, fragte Iris, als Franka wieder in die Küche trat und sich zu ihr an den Tisch setzte.

Franka nickte. »Warum tut man so was?« Sie sah Iris an. »Was kann so schlimm sein, dass man nicht die Möglichkeit sieht, dass … es wieder besser wird? Dass es sich lohnt zu hoffen.«

»Hast du noch nie darüber nachgedacht? Niemals?«

Franka senkte den Blick. »Ich meine nicht den Gedanken daran. Ich meine, dass man es wirklich macht. Dass man beschließt, dass jetzt der Moment gekommen ist.«

»Es gibt eben Dinge, die noch schwerer zu ertragen sind als eine solche Entscheidung.«

Beide schwiegen nun. Draußen fuhr eine Windbö ums Haus und ließ etwas klappern.

Franka fixierte die rissige Wand hinter Iris. »Glaubst du, dass sie uns sagt, was ... was sie dazu gebracht hat?«

Iris schüttelte den Kopf. »Ich glaube noch nicht mal, dass sie mit uns reden wird. Es würde mich nicht wundern, wenn sie einfach verschwindet. Sobald sie aufwacht, sobald sie sich aufgewärmt hat. Irgendwann dann.«

»Das würde voraussetzen, dass sie einen Ort hat, an den sie gehen kann.«

»Man braucht kein Ziel, um vor etwas davonzulaufen, oder?«

Franka schwieg, dachte aber, dass Iris recht hatte. Überhaupt schien sie zu wissen, wovon sie redete. Als hätte sie selbst schon eine solche Verzweiflung kennengelernt, als wäre sie jenen Dämonen bereits begegnet, würde auf ihren grausamen Zauber darum nicht mehr hereinfallen.

»Ist es nicht seltsam?«, fragte Franka dann. »Das alles, meine ich. Genau jetzt. Genau an diesem Ort. Wäre ich nicht hergekommen, vorgestern, wärst du nicht hier aufgetaucht, wäre sie jetzt tot.«

»Suchst du einen Sinn dahinter?«

»Es kann doch sein, dass es einen Grund gibt. Dass all das so passiert, damit ich sie sehe. Damit wir rechtzeitig da sind, um sie zu retten. Damit sie weiterleben kann.«

Iris lächelte, aber nicht spöttisch. »So kann man es betrachten.«

»Aber das tust du nicht?«

»Es gibt Menschen, die glauben nicht an Zufälle. Vielleicht gehörst du auch dazu. Ich denke aber, dass Zufälle nichts sind, an das man glauben müsste. Zufälle sind Fakt. Wie die Schwerkraft, wie die Evolution, wie die Tatsache, dass die Erde keine Scheibe ist. Dinge geschehen. Manche ergeben einen Sinn, weil sie menschengemacht oder von der Natur so gewollt sind. Andere aber sind reiner, blanker Zufall. Auch wenn es uns schwerfällt, das so hinzunehmen. Weil es uns Angst einjagt.«

»Ich denke tatsächlich, dass ein Sinn dahintersteckt. Dass wir da waren, sie gerettet haben.«

»Momentan wissen wir nicht einmal, ob sie uns dafür danken wird, dass sie noch am Leben ist.«

»Leben ist immer besser als sterben«, beharrte Franka. Sie war nicht bereit, von dieser Überzeugung abzuweichen.

Iris nickte. »Ich verstehe, dass du das glauben möchtest.« Die Stille, die sich ausbreitete, war zu bedeutsam, um angenehm zu sein.

Sie wechselten das Thema. Sie sprachen über das Leben an der Küste, das Franka seit ihrem Umzug nach Hamburg so vermisste, auch wenn sie als Jugendliche die Einöde des kleinen Dorfs oft verflucht hatte. Iris wollte mehr über das Haus wissen, das sie trotz Kälte, Staub und Vernachlässigung als schön und beeindruckend empfand.

»Als Kind habe ich mich hier manchmal ein wenig gegruselt, nachts zumindest«, gab Franka zu. »Es hat ständig geknarzt und geknackt, auch wenn kein Wind ging. Als hätte er sich über die Jahrzehnte in den Balken verfangen, um von dort aus zu wüten.«

»Wann wurde das Haus denn erbaut?«, wollte Iris wissen.

»Ich bin mir sicher, dass Elena mir das irgendwann mal erzählt hat«, antwortete Franka zögerlich, »aber vermutlich habe ich es schlicht vergessen. Ich erinnere mich nur noch, dass ihr Großonkel es damals gekauft hat, nach seiner Hochzeit, von einem verschuldeten Kaufmann. Aber wer es gebaut hat und wann, kann ich nicht sagen.«

»Von der Bauart würde ich auf spätes 19. Jahrhundert tippen.«

»So was erkennst du?«

»Nur geraten. Aber ein paar Details weisen darauf hin.«

Franka zog die Beine an und schlang die Arme darum. »Als ich klein war, hab ich mir immer vorgestellt, dass hier schon vor Hunderten von Jahren Menschen gelebt haben. Herzoginnen, Prinzessinnen und so, natürlich vollkommener Quatsch, und das wusste ich auch, aber ich fand den Gedanken toll. Und der Keller war das Verlies, wo die Räuber und bösen Ritter gefangen gehalten wurden. Nicht gerade einfallsreich, was?«

»Na ja – die Kellerräume sind doch sicher gemauert, oder? Mit vergitterten Fenstern und massiven Holztüren, schätze ich. Dass man das als Kind als Verlies interpretiert, ist doch naheliegend.«

»Kann sein. Jetzt steht da vermutlich alles voller alter Möbel und Kisten mit nutzlosen Unterlagen.« Franka schüttelte sich. »Irgendwann muss ich mich da wohl mal runterwagen und gucken, was in den Kellerräumen vor sich hin modert.«

»Vielleicht Elenas geheime Geldreserven.« Iris lächelte ironisch.

»Wohl kaum. Eher jede Menge unbrauchbares Zeug. Aber durchwühlen muss ich mich wohl trotzdem.«

»Wenn du länger hierbleiben willst oder das Haus irgendwann verkaufen möchtest, vermutlich schon. Es sei denn …« Iris hielt inne, denn nun war tatsächlich zu hören, was sie sich zuvor nur eingebildet hatten. Die Federn des Wohnzimmersofas quietschten leise, dann knarrten Dielen.

In der halb offenen Tür der Küche erschien die schmale,

hochgewachsene Gestalt der jungen Frau. Sie hatte sich in eine der Decken gewickelt, in ihrem Gesicht standen Misstrauen und Angst.

»Ich ... kann ich etwas zum Anziehen haben?« Ihre Stimme klang heiser, brüchig und sehr verletzlich.

Franka verfluchte sich dafür, dass sie zwar die nassen Kleider der Unbekannten im Bad aufgehängt, jedoch nicht daran gedacht hatte, ihr etwas zum Anziehen hinzulegen. Die Frau musste sich schrecklich ausgeliefert fühlen: ein fremdes Haus, Menschen, die sie nicht kannte, von denen sie nicht wusste, ob sie ihr wohlgesonnen waren. Dazu das Bewusstsein, dass völlig Fremde in die Abgründe ihrer Seele geblickt hatten, dass es nichts zu beschönigen gab, denn diese Menschen kannten die Wahrheit.

»Ich gehe gleich und hole etwas.« Franka sprang auf, ohne zu wissen, woher sie frische Kleider nehmen sollte. Ihr Koffer hatte nicht mehr viel zu bieten, und Elena war deutlich kleiner gewesen, von ihren Sachen würde dieser Frau nichts passen.

Franka erinnerte sich schließlich daran, dass im Kofferraum ihres Wagens ihre Sporttasche lag, darin sicher noch eine frische Jogginghose und ein Kapuzenshirt. Sie lief nach draußen, um die Tasche zu holen.

Als sie zurückkam, stand die Frau noch immer an derselben Stelle. Sie schien sich nicht gerührt zu haben und fixierte Iris mit starrem Blick. Ihre Augen hatten eine ungewöhnliche schlammbraune Farbe.

»Sie hat keinen Ton von sich gegeben«, informierte Iris Franka in einem seltsam unbeteiligten Ton, ganz so, als seien sie unter sich.

»Oh, okay«, sagte Franka, weil sie nicht wusste, was sie sonst sagen sollte. Sie reichte der jungen Frau die Sportsachen und kam sich komisch dabei vor, als würde sie Almosen an eine Bettlerin verteilen, dabei wusste sie nichts, rein gar nichts über diese Person. Sie mochte bedürftig sein, in diesem Moment, doch wer wusste, ob sie nicht in Wahrheit wohlhabend war oder sogar sagenhaft reich? Vielleicht war sie die Erbin eines Firmenimperiums oder eine erfolgreiche Schauspielerin.

»Danke«, sagte die Frau und verschwand Richtung Wohnzimmer. Die Küchentür zog sie sorgsam hinter sich zu.

Iris und Franka warteten schweigend, bis sie wieder auftauchte. Sie trug nun Frankas Laufleggings und ihre pinkfarbene Kapuzenjacke. Sie sah darin noch jünger aus, fast wie ein Teenager.

»Soll ich … uns einen Tee machen?«, fragte Franka, denn mehr fiel ihr nicht ein, um die Stille zu brechen. Sie bekam keine Antwort, außer von Iris, die sagte, dass ein Tee nicht schaden könne, also setzte Franka Wasser auf.

»Du könntest uns deinen Namen sagen«, schlug Iris vor, als sie um den Tisch saßen, jede eine Tasse Darjeeling vor sich.

»Ich heiße Oda.« Die Frau starrte in ihre Tasse, als läge dort, auf dem Grund, die Wahrheit aller Dinge oder zumindest eine hübsche kleine Muschel.

»Und weiter?« Iris ließ nicht locker.

»Oda und nichts weiter.«

»Okay. In Ordnung«, sagte Iris zu Frankas Überraschung. »Dann also Oda und nichts weiter.«

Wieder breitete sich Stille aus, unterbrochen nur von dem leisen Klicken des Teelöffels, den Franka in ihrer Tasse kreisen ließ.

»Und«, fuhr Iris fort, »möchtest du uns sagen, was los ist?«

»Nein.«

Franka und Iris wechselten einen Blick.

»Vielleicht können wir dir helfen«, sagte Franka vorsichtig.

»Ihr könnt mir nicht helfen.« Oda klang trotzig und verloren zugleich.

»Wir haben dir schon geholfen.« Iris zog die Augenbrauen hoch. »Falls du dich erinnerst. Wir haben dich da draußen aus dem eiskalten Wasser gezogen.«

»Ich habe euch nicht darum gebeten.«

»Hätten wir dich ertrinken lassen sollen?« Iris schnaufte. »Du hast ...«

Franka unterbrach sie. »Bitte, Iris. Oda, du musst uns nichts erzählen. Du musst dich auch für nichts bedanken. Du hast recht, du hast uns um nichts gebeten. Aber wir wollen doch nur mit dir reden. Und verstehen, was in dir vorgeht.«

»Nichts versteht ihr. Absolut nichts. Und ich weiß nicht, was ich hier eigentlich soll.« Oda stand abrupt auf. Ihr Blick fiel auf ein gerahmtes Foto an der Wand. Franka hatte direkt nach ihrer Ankunft in Elenas Haus den Staub von Rahmen und Glas gewischt, denn es zeigte sie und ihre Großmutter, beide mit einem strahlenden Lächeln, jene Art von Lächeln, die man sich nicht für ein Foto abringt, sondern das aus dem Innersten kommt. Reines, glasklares Glück, ein Moment völlig unberührt von Vergangenheit und Zukunft, und Franka waren die Tränen gekommen, als sie es betrachtet hatte. Erinnerungen, so viele Erinnerungen an nichts, was noch von Bedeutung war.

Jetzt starrte Oda auf das Bild und riss sich dann los. »Wo sind meine Kleider?«

»Sie hängen im Badezimmer zum Trocknen. Oda, sie sind sicher noch klatschnass. Lass uns doch erst mal ... abwarten. Zur Ruhe kommen. Was weiß ich.«

Doch Oda war schon draußen in der Diele und probierte alle Türen, auf der Suche nach dem Bad.

Franka stand auf. »Wir können sie doch nicht so einfach gehen lassen! Was, wenn sie es wieder versucht?«

»Sie wird immer einen Weg finden, Franka, wenn sie es will. Wir können sie schlecht hier einsperren.«

»Aber wenn ihr etwas passiert, sind wir schuld!«

»Dann ruf die Polizei. Einen anderen Weg gibt es nicht.« Iris schien nicht einmal sonderlich aufgewühlt zu sein.

Es stimmte, was sie sagte, auch wenn es Franka nicht passte.

»Wenn du mich fragst«, sagte Iris, »kommt sie zurück.«

»Woher willst du das wissen?«

»Nur so ein Gefühl.«

»Wie kannst du so ruhig bleiben? Willst du schuld sein, wenn sie es beim nächsten Mal wirklich schafft?«

Iris antwortete nicht.

Franka fand Oda nicht draußen vor dem Haus, sondern im Badezimmer. Sie hockte auf dem Rand der Wanne, ihre feuchten Kleider auf ihrem Schoß. Sie sah nicht auf, als Franka hereinkam.

»Hier bist du«, sagte sie und setzte sich neben sie. »Du bist noch da.«

Oda zuckte mit den Schultern. »Erbärmlich, nicht? Wenn man einen großen Abgang hinlegt und einem dann wieder einfällt, dass man nirgendwohin kann.«

Oda wandte Franka das Gesicht zu. Im blassen Licht, das durch das Fenster fiel, traten die Schatten unter ihren Augen und die dunklen Sommersprossen noch deutlicher hervor. Obwohl sich Franka sicher war, dass sie sich noch nie begegnet waren, wurde sie das Gefühl nicht los, dass Oda ihr irgendwie bekannt vorkam, dass ihr Gesicht Erinnerungen weckte. Es war der Ausdruck, der ihr vertraut war. Oda, das war offensichtlich, war genauso verloren wie sie.

8

»Und jetzt?«, fragte Iris und sprach damit aus, was alle dachten. Sie saßen in der Küche um den alten Esstisch. Oda schaute an allen vorbei aus dem Fenster. Sie wirkte schmal, erschöpft und hilflos in ihrer Ablehnung, und Franka kam sich vor wie eine Voyeurin. Als wäre Oda nackt, und in einem gewissen Sinne war sie es ja auch, bar jeglichen Schutzes, jeglichen Rückzugsorts, entblößt in ihrer Einsamkeit.

Sie erinnerte Franka an sich selbst als junge Frau, als Mädchen, verletzlich und verletzt, gegen sich und die Welt wütend, immerzu ein stiller Sturm in ihr, und nichts ergab Sinn, nicht das Leben, nicht sie selbst. All das sah sie in dem leeren, müden Gesicht, aber vielleicht sah sie es auch nicht, wollte es nur sehen, bildete sich all das nur ein.

»Vielleicht stellen wir uns einfach erst mal vor?«, sagte Franka. »Auch wenn es banal klingt: Wir wissen, wer Oda ist. Oda dagegen weiß nicht, wer wir sind ...«

Bevor sie fortfahren konnte, schaltete sich Iris ein. »Wir wissen nicht wirklich, wer sie ist«, schnaufte sie. »Gar nichts wissen wir.«

»Wir wissen immerhin ihren Namen«, entgegnete Franka. »Und Oda kennt unsere nicht.« Sie räusperte sich und suchte kurz nach Worten, die nicht zu förmlich, zu befangen klangen.

»Also, ich bin Franka. Das hier ist das Haus meiner Großmutter. Nein, eigentlich war es das Haus meiner Großmutter, jetzt ist es meines, irgendwie. Mein Haus.« Es hörte sich noch immer falsch an. Schnell fuhr sie fort: »Das da ist Iris. Sie war mit meiner Großmutter befreundet und ist nun für ein paar Tage zu Besuch.«

Oda schwieg und sah sich um. Dann sagte sie: »Alles ist so runtergekommen. Was ist mit dem Haus?«

»Ich … ich habe es ein wenig vernachlässigt. Ich war seit Jahren nicht mehr hier.«

»Warum bist du es jetzt?«

Franka verschränkte die Arme, und Iris antwortete für sie: »Das ist ihre Sache, Oda. Mich interessiert ohnehin viel mehr, warum du heute Morgen voll bekleidet ins Meer marschiert bist. Ich weiß …«, sie hob beschwichtigend die Hände, als Oda ihr ins Wort fallen wollte, »ich weiß, dass du darüber nicht sprechen willst. Das verstehe ich, Gott weiß, wie sehr ich das verstehe. Aber du musst auch uns verstehen. Wir haben dich aus dem Wasser gezogen und hierhergebracht. Dafür musst du uns tatsächlich nicht danken, wir haben einfach getan, was nötig war. Aber wir haben keine Lust, das noch mal zu tun. Wir haben keine Lust, dich irgendwann irgendwo zu finden, bewusstlos oder tot. Wir haben keine Lust, dich in jedem Moment im Blick haben zu müssen, weil du dir sonst etwas antust. Wenn du fürs Erste hierbleiben möchtest, musst du ehrlich zu uns sein. Sonst musst du gehen.«

In der Küche wurde es dämmrig. Franka versuchte die Regung auf Odas Gesicht zu deuten, doch, ob es nun an den Schatten liegen mochte oder nicht, aus ihren Zügen war nichts zu lesen.

Schließlich sagte Oda: »Ich werde es nicht noch einmal tun.«

»Und das sollen wir dir glauben? Alle Gründe, die du hattest, haben sich plötzlich in Luft aufgelöst?«

»Das meine ich nicht.«

»Was meinst du dann?«

»Ich meine, dass ich gesehen habe, wie es ist.«

Sie sagte es nicht laut, dennoch dröhnte danach die Stille. Franka hoffte, dass Oda nicht weitersprach, denn sie wollte es nicht hören, wollte nicht wissen, wie es war, dort, wo das Leben an den Rändern schon dunkel wurde und zu kippen begann, an diesem unsagbaren Ort, der auf schmerzhafte Weise tröstlich und zugleich so bedrohlich war, dass die Gedanken sich scheuten, dorthin zu gehen.

Oda tat ihr den Gefallen und schwieg. Dabei drückte sie mit dem Daumennagel Rillen in die Maserung des Tischs, und Franka erinnerte sich daran, dass sie als Kind genau dasselbe getan hatte, wieder und wieder, bis Elena geschimpft hatte, dass der Tisch bald nur noch aus Kerben bestehen und irgendwann zusammenbrechen würde.

»Ich werde es nicht wieder tun. Ihr könnt mir das glauben oder nicht. Wenn ihr mir nicht glaubt, muss ich eben gehen. Ich werde nicht betteln, hierbleiben zu dürfen.«

Franka und Iris wechselten einen Blick.

»Ist da niemand, zu dem du gehen kannst?«, fragte Franka.

»Niemand. Seltsam, nicht wahr? Jeder müsste doch jemanden haben. Irgendjemanden. Aber da ist niemand.«

Franka sah, wie Oda das Kinn ein wenig reckte, als wäre sie entschlossen, sich dieser Wahrheit nicht zu schämen. Franka wusste, wie sie sich fühlte, oder glaubte es zu wissen. Sie selbst hatte niemanden, nicht wirklich. Auch Iris schien niemanden zu haben. Es war wie ein hämischer Scherz einer höheren Gewalt, die sie mit spitzen Fingern zusammengeworfen hatte, auf dass sie hier festsäßen, alle drei ganz unten angekommen, alle drei ohne eine Perspektive, ohne einen anderen Ort, an den sie gehen konnten, nach Luft schnappend, hineingespült in eine Schicksalsgemeinschaft ohne Sinn und Verstand, die genauso gut ihr Untergang sein konnte.

Franka blickte von Iris zu Oda und wieder zurück. Iris' Gesicht wirkte unter dem hellen, störrischen Haar grau und müde. In ihren Augen lag wieder dieser leise, ungläubige Spott, als könnte sie es nicht fassen, dass das ihr Leben war, nach allem, was sie bereits durchgestanden, nach allem, was sie überlebt hatte. Franka sah ihn vor sich, jenen Ort, an den Iris eigentlich gehörte, einsam und wild, weitab von jeder Zivilisation, windumtost, abenteuerumwittert. Dafür war Iris gemacht, nicht für eine heruntergekommene Küche in einem alten Haus an der Ostsee, nicht für die undankbare Rolle der Babysitterin von zwei vom Leben überforderten Fremden. Doch auch wenn sie offenkundig müde war und auf kräftezehrende Weise mit ihrer Realität haderte, war da doch Wut. Ein Funke, ein Zeichen, dass in ihr noch etwas am Leben war.

Oda dagegen schien völlig von jeglicher Kraft verlassen, als hätte das Eingeständnis ihrer Einsamkeit ihr das Letzte abverlangt. Sie leckte sich angestrengt die trockenen, spröden Lippen, ansonsten blieb sie regungslos und starrte vor sich hin, als wäre nun alles gesagt, als läge es nun nicht mehr in ihrer Verantwortung, was aus ihr wurde.

Und sie selbst, da machte sich Franka keine Illusionen, war auch nicht diejenige, die aus diesem jämmerlichen Splittertrupp ein harmonisches Ganzes machen konnte.

Nein, hier konnte keine der anderen eine wirkliche Stütze sein. Hier war keine der Antrieb für die anderen, keine von ihnen war dazu in der Lage, die anderen zu schützen. Ihnen ging es nur um das eigene kümmerliche Überleben, doch immerhin waren sie darin vereint.

»Du kannst bleiben, wenn du möchtest«, sagte Franka, an

Oda gewandt. »Bis es dir bessergeht. Bis du einen Plan hast. Ich werde niemanden wegschicken, der nirgends hinkann.«

Sie sah Iris an, dass sie an ihrer Entscheidung zweifelte, doch wer war sie, diese in Frage zu stellen? Nur aufgrund eines solch waghalsigen Entschlusses war sie selbst überhaupt hier, auch sie profitierte von Frankas Unfähigkeit, sich vom Schicksal anderer, entgegen aller Vernunft, nicht berühren zu lassen.

»Oda kann bleiben«, bekräftigte Franka noch einmal, ohne dass ihr jemand laut widersprochen hätte.

Oda nickte. »Danke«, sagte sie heiser, mehr nicht, und Franka fragte sich, ob sie diese Entscheidung bereuen würde. Dann fiel ihr ein, dass sie sich genau das schon bei Iris gefragt hatte, und sie beschloss, nicht mehr darüber nachzudenken. Einfach abzuwarten, bis der Moment kam – und er würde kommen –, in dem sie sich selbst sagte, dass sie es doch gewusst hatte. Dass es ein Fehler gewesen war.

In der Nacht schlief Franka wie eine Tote. Es war, als fiele all der Druck von ihr ab, als hätte sie die Dinge akzeptiert, so verwirrend und beängstigend sie auch waren. Sie gab sich ihnen hin, und es war gut so, wie es war, und darum schlief sie. Tief und traumlos, ein schützendes, sie umhüllendes Vakuum dunkler Farben und sonst nichts, keine Iris, keine Oda, kein Vito. Keine Spuren dessen, was noch bis vor Kurzem ihr Leben gewesen war. Nur diese Leere, und als sie erwachte, sehnte sie sich nach ihr.

Das Licht, das ins Zimmer fiel, war grell und kühl, aus der Küche drang leises Geklapper, und Franka wusste, dass das die Realität war, mit der sie leben musste, dass die Dunkelheit, aus der sie gekommen war, nicht mehr sein konnte als ein kurzer, flüchtiger Trost.

Als sie in die Küche trat, war dort Iris zugange. Sie nickte Franka wortlos zu und stellte ihr eine Tasse Kaffee hin.

»Danke«, sagte Franka und setzte sich.

Das Sonnenlicht fiel durchs Fenster, Staub tanzte in der Luft. Von draußen hörte sie, ob real oder eingebildet, das Rauschen der Wellen, und wenn sie die Risse in den Wänden, die dreckigen Scheiben und die Schimmelflecken an der Decke ignorierte, war da fast ein scheuer Hauch von Normalität. Was, wenn sie einfach so tat? Ein normaler Morgen, normale Menschen, ein normales Leben. Normale Gedanken, an Einkäufe und die Wäsche, statt wilder Gedankenstrudel, die in ihrem Kopf um sich griffen, sie leidenschaftlich und gründlich lähmten.

Elenas Haus war immer ihr Hafen gewesen, wenn das Leben sie unerbittlich herumwarf wie eine stürmische See einen kraftlosen Körper, sie gegen Felsen schmetterte und von Planken spülte, während sie zappelte, mit Salzwasser in den Augen und der Lunge, mehr hustend als schreiend, kurz vor dem Untergang. In dieses Haus, in Elenas Welt, hatte sie sich dann gerettet, blutend und auf allen vieren, hatte erschöpft die vertraute Luft geatmet, hatte gewusst, dass sie es mal wieder geschafft hatte. Warum konnte es nicht auch jetzt ihre Rettung sein? Elena war stets stark gewesen, und vielleicht war ihre Stärke noch hier, wirkte nach, schwächer werdend, leise vibrierend. Vielleicht war noch genug davon übrig, um zu retten, was zu retten war, von Frankas Leben. Vielleicht war sogar noch genug übrig, um auch Iris und Oda vor dem Ertrinken zu bewahren. Vielleicht erschöpfte sich die Kraft dieses Ortes aber auch in der bloßen Hoffnung, war dieser tröstliche Gedanke alles, was Elena ihr noch geben konnte – und in Wahrheit war der Untergang längst unabwendbar, wer wusste das schon.

Franka erinnerte sich, dass Elena den Menschen aus dem nahe gelegenen Dorf immer mit Wärme und Interesse begegnet war, doch nie enge Freundschaften zugelassen hatte. Sie hatte sie einmal gefragt, warum sie nie jemanden zum Tee einlud oder auf ein Stück Kuchen, warum nie jemand vorbeikam, auf ein bisschen Tratsch oder zum Abendessen. Elena hatte sich nicht abgesondert, sie hatte nahezu jeden im Dorf gekannt, hatte alle gegrüßt, hatte stets gebacken für Gemeindefeste und beim Schmücken für das Dorfjubiläum geholfen. Sie hatte gesungen im Frauenchor, hatte gestrickt für den guten Zweck, und doch war es nie hinausgegangen über das, über diesen geordneten, von ihr vorgegebenen Rahmen. Nie war jemand zu Besuch gekommen, und wenn doch, waren es alte Freunde von Elena, die von weit her anreisten, niemand aus dem Dorf.

Die Frage hatte sie mit einem sanften Schulterzucken beantwortet. Sie hatte Franka die Haare aus der Stirn gestrichen, mit vom Geschirrspülen feuchten Händen, hatte kurz überlegt und dann gesagt: »Ich weiß es nicht, mein Liebling. Ich denke, dass ich vielleicht das Bedürfnis nach Mauern habe. Nach einem Rückzugsort, an dem ich sicher bin, an dem wir sicher sind, der nur unserer ist. Unsere Insel, wenn du es so willst.« Für eine Weile schwieg sie, dann fuhr sie fort: »Ich glaube, dass es wichtig ist, Liebe und Freundlichkeit in die Welt hinauszutragen. Aber ich glaube auch, dass all diese Liebe und Freundlichkeit einen Ort brauchen, um zu entstehen.«

Und das war eine dieser Antworten, die, typisch für Elena, nichts weiter weckten als die Lust nach mehr Fragen, denn woher kam dieses Bedürfnis, und woher kam Elena, und wie war sie so geworden, wie sie war? Eine wirklich befriedigende Antwort gab es nicht, auch wenn ihre Großmutter sich redlich bemühte, erzählte, wenn Franka fragte, berichtete und beschrieb, ihre Kindheit, nicht weit entfernt, in einem ähnlich kleinen, ähnlich bescheidenen Dorf, bei Eltern, die nicht wussten, wie man liebte, und es doch so gerne gewusst hätten. Der Bruch mit ihnen, ihre Zeit außerhalb von allem, was sie kannte, ihre Jahre in Indien, das, was sie ihr gelassen und gegeben hatten, die Neugierde, die Unerschütterlichkeit und der Geruch von Erde und Gewürzen, von Regen und Hitze, der sie manchmal, ganz plötzlich, aus dem Nichts überkam.

Ein wenig geschmeichelt von Frankas Interesse, erzählte sie von den Begegnungen, die sie geprägt hatten und die sie akribisch in ihrem Gedächtnis sammelte, von Menschen, die ihr Böses gewollt, und von solchen, die ihr das Gute in sich gezeigt hatten. Von Gefahren und Nächten voller Angst, von Zweifeln und Sorgen, von Tagen voller Licht. Doch ganz gleich, wie viel Franka wusste oder zu wissen glaubte, es blieb ein Rest Mysterium, als sei es ihr nicht auszutreiben, als gehörte es zwangsläufig dazu, dass man Elena nie ganz verstand, auch nicht, wenn man sie liebte, vielleicht sogar erst recht nicht, wenn man sie liebte.

»Bist du das?«, fragte Iris und unterbrach damit Frankas Gedanken.

Franka drehte sich zu ihr um. Iris deutete auf ein Foto, das auf einem Regalbord neben den Teedosen stand, in einem schlichten, ungelenk von Kinderhand bemalten Holzrahmen.

Franka nickte. Das war sie, mit sieben, vielleicht acht Jahren, in bunter kurzer Hose und T-Shirt, so dürr, dass es fast schon lächerlich wirkte, Spinnenbeine, Zweigarme, dazu der viel zu große Kopf und die großen, leicht hervorstehenden Zähne, als wären sie ihr vorausgewachsen. Und doch grinste ihr jüngeres Ich, grinste breit und selbstvergessen, noch unberührt von allen Unsicherheiten und Verletzungen der späteren Jahre.

»Das bin ich, ja.« Sie griff nach dem Bild und betrachtete es eingehend. »Meine Güte, wie sah ich da nur aus.«

Iris lachte. »Besonders gefallen mir die Haare.«

Franka verdrehte nur die Augen. Die Aufnahme zeigte sie mit wuchernden Haaren, die störrisch und drahtig in alle Richtungen abstanden, mehr schlecht als recht gebändigt von einem violetten Samthaarreif, den sie, daran erinnerte sie sich, unbedingt hatte haben müssen, war sie doch überzeugt davon gewesen, dass er sie ungemein erwachsen aussehen ließ.

»Ich habe eine Weile gebraucht, um mit mir selbst klarzukommen. Auch mit meinen Haaren.«

»Ich finde, du siehst ganz bezaubernd aus.« Iris betrachtete noch immer das Foto. »Hat Elena es gemacht?«

»Hat sie. Stell es bitte zurück, ja? Ich will nicht, dass es runterfällt.«

Iris stellte das Bild zurück und ging hinaus.

Der Rest des Tages verschwand in einem fedrigen Nebel aus Nichtstun und simulierter Normalität. Franka nahm sich die alten Briefe aus Elenas Schreibtisch und setzte sich mit ihnen auf die breite Fensterbank im Schlafzimmer. Draußen war es klar und kalt, ein grellblauer Himmel, der nur am Horizont einige grauschwarz gezeichnete Makel aufwies.

Iris stapfte grimmig am Strand entlang, der armeegrüne Parka ein dunkler Fleck gegen den hellen Sand. Sie muss jämmerlich frieren, dachte Franka, denn sie sah, dass der Wind Kräusel und Wirbel aufs Wasser peitschte und das Gras bog, und Iris trug weder Mütze noch Schal. Doch es schien sie nicht zu stören, sie lief weiter, mit entschlossenen, eiligen Schritten, hin und her, einem geheimen, sehr verwirrenden Plan folgend.

Oda schlief noch oder vielmehr wieder. Sie war nur kurz aufgetaucht, um ein Glas Wasser zu trinken, und hatte sich dann wieder ins Wohnzimmer zurückgezogen, wo sie, das hatte ein Blick durch den Türspalt bestätigt, still und völlig entspannt schlief, verschlungen in einen Wust gehäkelter und gestrickter Decken, wie ein Kind nach einem langen Tag am Strand. Oder, dachte Franka, wie ein Mensch, der mit letzter Kraft dem Tod entronnen ist und nun wieder ins Leben finden muss.

Franka ordnete die Briefe vorsichtig, Kante auf Kante, und strich sie glatt. Sie waren vergilbt und rochen alt, wie nur Papier alt riechen kann, und an manchen Stellen sah man wabernde, wolkige Spuren von Feuchtigkeit.

Es war nur ein Bruchteil der Briefe, die im Haus sein mussten. Elena hatte alle aufbewahrt, alles, was handgeschrieben war, denn sie war unfähig, so hatte sie es erklärt, all die Zeit und Gedanken, die jemand in sie investiert hatte, einfach zu entsorgen. »Einen persönlichen Brief wegzuwerfen fühlt sich an, wie ein Buch zu verbrennen«, hatte sie Franka erklärt. »Es ist ein Sakrileg. Wenn dir jemand einen Brief schreibt, von Hand, dann bewahre ihn auf, sonst fehlt ein Baustein im Weltall, verstehst du?«

Franka, die damals etwa zehn Jahre alt gewesen sein musste, hatte nur genickt und sich fest vorgenommen, sich an diese Regel zu halten.

Der erste Brief war von Elenas Schwester aus England. Er musste Elena kurz vor ihrem Tod erreicht haben, und es war herzzerreißend, wie beiläufig Mina aus ihrem Alltag plauderte. Elena hatte, das wusste Franka, Mina nie von dem wahren Ausmaß ihrer Erkrankung erzählt, hatte auch nie erwähnt, dass es ihr in den letzten Wochen und Monaten immer schlechter gegangen war. Mina musste, als sie diese Zeilen verfasst hatte, absolut ahnungslos gewesen sein, dass dies vielleicht das letzte Mal sein würde, dass ihre Gedanken ihre Schwester erreichten.

Franka blätterte durch weitere Briefe, darunter einige Todesanzeigen entfernter Bekannter, eine Verlobungsankündigung von der Tochter einer alten Freundin und schließlich ein älterer Brief ihrer Schwester, der aus jener Zeit stammen musste, als Elena Vito gerade erst kennengelernt hatte.

Und tatsächlich erwähnte Mina den neuen Freund ihrer Großnichte. Elena musste zuvor ihre Bedenken geäußert haben, denn Mina schalt ihre Schwester in sanft-spöttischem Ton, ihm eine Chance zu geben. Sie verstünde ja, dass Elena sich einen anderen Mann für Franka gewünscht hätte, aber da Franka nun mal wild entschlossen und offensichtlich verliebt sei, sei es Elenas Aufgabe als Großmutter, Vito, wenn auch mit Zähneknirschen, in die Familie aufzunehmen.

Franka wusste, dass Elena ihr Bestes getan hatte, doch Vito hatte gespürt, dass sie ihm gegenüber reserviert blieb. Auch wenn Franka ihn damit getröstet hatte, dass kein Mann jemals gut genug für sie gewesen war, hatte er es persönlich genommen, sehr persönlich – weil er sie liebte, weil er alles für sie geben wollte und weil man ihm das nicht glaubte. Sie hatte ihm wieder und wieder versichert, dass es ihr gleich war, was andere sagten, und hatte irgendwann erstaunt festgestellt, dass es tatsächlich stimmte: Es *war* ihr egal, was Elena dachte, was sie von Vito hielt, und es war vermutlich das erste Mal in ihrem Leben, dass sie so empfand.

Als sie Vito kennengelernt hatte, war ihr nicht ansatzweise klar gewesen, wie sehr, wie schmerzlich sie ihn einmal lieben würde. Es war auf der Geburtstagsfeier einer Kollegin gewesen, einer Kollegin, die sie noch nicht einmal mochte. Sie war voll und ganz darauf eingestellt gewesen, alles und jeden dort unmöglich zu finden und unerträglich. Und so war er dann auch gewesen, auf den ersten Blick: unerträglich. Viel zu sehr von sich eingenommen, viel zu laut, viel zu distanzlos. Er hatte sie aufgezogen, damit, dass sie so verloren herumstand, dass sie sich offensichtlich nicht wohlfühlte zwischen all den Leuten, und sie hatte ihn spontan und allumfassend gehasst. Ihn, seine Art zu reden, seine läppischen Kommentare, die ausgebeulte Jeans und den Gürtel mit der viel zu großen Schnalle. Den völlig deplatzierten silbernen Ohrring, das Parfum, das auf eine billige, aufdringliche Art männlich roch. Und das alles sagte sie ihm. Sagte ihm, wie ätzend sie ihn fand, und er besaß die Unverschämtheit, davon nicht im Geringsten berührt zu sein, im Gegenteil, es schien sein Interesse umso mehr zu wecken, dass sie ihm die Wahrheit um die Ohren schlug. Irgendwann hatte sie genug gehabt und war gegangen, und als ihre ungeliebte Kollegin ihr Vitos Nummer gegeben und beste Grüße ausgerichtet hatte, hatte sie den Zettel einfach im Büro liegen lassen, bis er sich an den Rändern zu wellen begann und die Schrift verblasste. Und dann, irgendwann, als sie sehr, sehr betrunken und sehr spät noch im Büro gesessen hatte, hatte sie sich gedacht, in exakt diesen Worten, scheiß drauf, was soll's. Und sie hatte ihn angerufen, und dann waren all die Dinge passiert, die ihr Leben erst neu aufgebaut und es dann bis auf die jämmerlich bröseligen Grundmauern eingerissen hatten, sie aus der Bahn geworfen und weit hinausgeschleudert hatten, in die Weiten des Weltalls, in die Bedeutungslosigkeit. Und nun war da nichts. Ein schwarzes, bodenloses Nichts, über dessen Ränder sie nicht hinausdenken durfte. Es war da, dieses Nichts, und doch würde sie ihre Gedanken davon fernhalten, würde so weit nicht gehen, da war diese Sperre in ihrem Kopf, und die war ihre Rettung. Sie würde das, was da lauerte, einfach umgehen, umdenken, nicht mehr berühren, nicht einmal im Schlaf. Sie würde diese Briefe lesen, und dann käme etwas anderes, an das sich ihre Gedanken klammern konnten, und dann wieder etwas anderes, was immer es sein mochte. Sie würde nicht mehr an ihn denken, nicht an ihn, nicht an das, was sie gewesen waren.

Am späten Nachmittag krabbelte Oda unter ihren Decken hervor und wirkte schon wieder ein bisschen lebendiger. Iris, die sich in der Küche aufwärmte, sagte ihr das auch gleich: »Hey, du siehst gar nicht mehr aus wie tot.« Oda verzog nur ihr Gesicht zu einer Grimasse und verkroch sich in den Samtsessel, der am Küchenfenster stand.

»Hast du keinen Hunger?«, fragte Franka, und Oda schüttelte den Kopf. Sie sprach wohl grundsätzlich nicht viel. Sie versank in den Anblick, der sich ihr draußen bot, und Franka hätte gerne gewusst, ob sie die graue Weite, die Wellen, die sie fast verschluckt hatten, beängstigend fand, aber sie wagte nicht zu fragen.

Als es dunkel wurde, erfuhren sie schließlich, womit Iris ihre Zeit am Strand zugebracht hatte. Sie scheuchte Oda und Franka aus dem Haus und hinunter ans Wasser, und ihre Aufregung war fast kindlich, ließ sie plötzlich sehr jung wirken.

»Ein Lagerfeuer?« Franka zog die alte Jacke, die sie aus Elenas Wintertruhe genommen hatte, am Hals fester zu.

Iris nickte, die Hände in den Taschen ihres Parkas, die schmalen Schultern hochgezogen. Vor ihr türmte sich getrocknetes Treibholz, schief zu einem Haufen aufgeschichtet, darunter lugten dürre, silbern verdorrte Grasbüschel hervor, die wohl als Zunder dienen sollten.

»Ich weiß nicht, ob man hier überhaupt ein Feuer machen darf«, wandte Franka ein, doch in Wahrheit sehnte sie sich jetzt schon danach, ein Zündholz an die Scheite zu halten, die Flammen hoch auflodern zu sehen, bis in den Nachthimmel, zurückgeworfen in ihrem Schein von der dunklen, bleiernen See. Oda sagte nichts, doch auch ihr Gesicht hellte sich auf, eine kindliche Vorfreude, die für einige Momente die Leere füllte.

Dann war es so weit. Iris entzündete, fluchend, beim vierten Versuch das Streichholz, und die Flammen schlugen und leckten in Richtung Himmel, höher, viel höher, als sie gedacht hatten. Franka sah die flackernden Lichter und Schatten auf den Gesichtern der anderen, sah, wie Iris zufrieden grinste, wenn sie mehr Holz ins Feuer warf, sah Oda und fragte sich, ob das seltsame Gefühl, das sich in ihr ausbreitete, echte Wärme war oder nur von dem Rotwein kam, den Iris mit heruntergebracht hatte.

Oda wandte sich ihr zu, die Augen tief in den vom Feuer gemalten Höhlen. »Sag mal, warum steht das Haus hier so alleine? Hier ist sonst nichts, gar nichts. Dabei ist dieser Ort so schön. Unglaublich schön.«

Sie ließ den Blick den dunklen Strand entlangwandern, metallische Wellen und nasser Sand, beschienen nur vom Mond, und weit und breit keine Menschenseele, niemand, der sich ihnen anschließen oder sie vertreiben wollte, niemand, der wusste, dass sie da waren.

»Weiter die Straße runter stehen ein paar Häuser«, wandte Iris ein.

»Aber die sind doch ein ganzes Stück entfernt«, sagte Oda. »Hier, an diesem Strandabschnitt, steht nur Frankas Haus.«

»Es ist nicht mein Haus«, sagte Franka ganz automatisch und wunderte sich selbst, wie reflexhaft sie diese Antwort gab.

»Natürlich ist es dein Haus.« Iris zog die Augenbrauen hoch. »Hör doch endlich auf mit diesem Quatsch. Es gehört dir, keinem sonst.«

Franka vergrub ihre Hände in den Jackentaschen. »Gut, es gehört mir. Es fühlt sich nur nicht so an.« Sie drehte sich um, zu dem Haus, das über dem Strand thronte, trutzig und geschunden, ungerührt von allem Menschlichen, grau nicht nur in der Nacht, sondern von all der Zeit, die es überdauert hatte. Die schweren Balken waren verwittert, die dunklen Fenster schauten finster drein, die ein oder andere blinde Scheibe verstärkte den Eindruck. Müde, dachte Franka. Müde und alt wirkt es, nicht alt auf eine erhabene Weise, sondern schlecht gealtert, betrogen von der Welt um bessere Jahre, um all die Jahre, die noch hätten kommen sollen. Kein Vergleich mit der unwiderstehlichen Wärme, dem leicht chaotischen, verschrobenen Charme, der Lebendigkeit, die das Haus zu Elenas Zeiten verbreitet hatte, als schlüge unter Holz und Ziegeln, Zement und Stein ein warmes, wahrhaftiges, blutiges Herz.

»Es wurde gebaut, bevor das Gelände zum Naturschutzgebiet erklärt wurde«, sagte sie in das Schweigen der anderen hinein. »Es wird hier nichts mehr genehmigt, aber Elenas Haus stand eben schon, als dieses Verbot erlassen wurde.«

»Irgendwie komisch. Diese Einsamkeit, meine ich.« Oda bohrte ihre Schuhspitze in den Sand. »Ich meine, als wäre es ein Versehen gewesen. Als wäre dieses eine Haus irgendwie … an allem vorbei passiert. Als hätte es keiner gewollt.«

»Ist doch fantastisch.« Iris' Augen wirkten schwarz im unruhigen Licht der Flammen. »Abseits von allem. Alle lassen dich in Ruhe.«

»Ruhe ist das eine. Einsamkeit ist etwas ganz anderes.« Franka fragte sich, ob Elena je einsam gewesen war. Ob sie die Weite rund um ihr Haus immer als Geschenk oder manchmal auch als Fluch betrachtet hatte. Franka selbst hatte es als Kind geliebt, das alte, knorrige Haus, vor dem die anderen Gebäude respektvoll Abstand hielten. Hatte es geliebt, zumindest in den ersten Jahren, dass da niemand war außer ihnen. Aber sie hatte auch Elena gehabt, die ihr immer genug gewesen war, mehr hatte sie nie gebraucht. War es Elena genauso ergangen? Oder hatte sie das laute, das überbordende, das unmittelbare Leben, das sie aus Indien kannte, in all dieser Leere hier vermisst?

Sie sah, wie Oda langsam vom Feuer wegwanderte, hin zum Wasser, zu den kalten letzten Ausläufern der Wellen, die es nun bis zu ihren Füßen schafften. Sie ließ den Blick schweifen, die Arme um den Körper geschlungen, um sich selbst und eine der bunten Decken aus Elenas Wohnzimmer, die ihr um die Schultern lag. Schmal und verloren und ein kleines bisschen würdevoll stand sie da, mager gegen den dunklen Himmel und das Wasser, eine verlorene Königin ohne Reich, grüne und orangefarbene Häkelblumen als kümmerliche Insignien, und Franka spürte einen kurzen, aber heftigen Anfall von hilfloser Liebe, schwesterlich, mütterlich vielleicht, ehrlich in jedem Fall.

Iris war anders. Sie war anstrengend und manchmal zu direkt. Wenn man für sie Gefühle entwickeln konnte, dann vielleicht eine Art zähen Respekt. Oda war das Gegenteil. Sie war zornig und traurig und still und zart. Sie war so vieles und dabei auch nichts, sodass sie alles sein konnte.

Man kann sich in ihr sehen, dachte Franka, oder zumindest kann ich es. Ob sie das weiß? Ob sie das vielleicht sogar will?

»He.« Iris trat neben sie und reichte ihr die Weinflasche, die inzwischen fast leer war.

Franka nahm zwei Schlucke, der Wein schmeckte schal und bitter. Dann blickte sie Iris an. »Was ist?«

»Willst du mir nicht endlich sagen, was los ist?«

»Was meinst du damit?«

»Du weißt, was ich meine. Was mit *dir* los ist.«

»Ich habe dir doch schon erzählt, dass mein Mann mich betrogen hat.«

»Und das ist deine Reaktion auf das Ganze? Deine vollkommen normale, gesunde Reaktion? Du haust ab und versteckst dich in einem heruntergekommenen Haus, in dem seit Jahren niemand mehr war?«

»Ich weiß nicht, ob es eine gesunde Reaktion ist. Aber es ist nun mal meine Reaktion.«

Iris war einmal um das Feuer gewandert und drehte sich jetzt zu Franka um. »Warum schaust du nie auf dein Handy?«

»Ich will nicht mit ihm sprechen.«

»Du könntest auch einfach seine Anrufe ignorieren. Stattdessen hast du das Handy nicht mal an. Was ist, wenn jemand anderes dich erreichen will? Was ist mit Freundinnen? Oder Kollegen?«

»Gut, ich korrigiere mich: Ich will mit niemandem sprechen. Nicht mit ihm, nicht mit meinen Freundinnen, nicht mit meinen Kollegen.«

»Kein Mensch bricht alle Kontakte ab, nur weil er betrogen worden ist.«

»Ich weiß nicht, was ich dir sagen soll, Iris.« Franka starrte angestrengt in die Flammen, bis das grelle Licht ihr auf der Netzhaut wehtat und ihr Gesicht vor Hitze glühte. »Mein Leben, wie es war, wie ich es gelebt habe, ist vorbei. Vollkommen vorbei. Alles, was ich wollte, was ich mir aufgebaut hatte, ist jetzt nur noch Müll. Schutt. Es kann sein, dass andere Menschen darauf anders reagieren als ich. Es kann sein, dass man darauf anders reagieren sollte als ich. Aber ich kann nicht anders, okay? Das ist meine Art, damit umzugehen, ob es dir nun passt oder nicht.«

»Du brauchst nicht gleich eingeschnappt zu sein. Ich frage doch nur.«

»Seltsame Art zu fragen.«

Iris sah sie von der Seite an. »Ganz ehrlich, Franka. Du rufst niemanden an. Du nimmst keine Anrufe entgegen. Du sprichst mit niemandem, außer mit zwei dahergelaufenen Fremden. Das wirkt nicht, als hättest du mit deinem Mann gebrochen. Das wirkt, als hättest du mit allem gebrochen.«

»Du sprichst doch auch mit niemandem außer uns.« Franka ärgerte sich, dass ihre Stimme trotzig klang.

»Ich behaupte aber nicht, dass ich bis vor wenigen Tagen ein ganz normales Leben hatte.«

»Was hattest du dann?«

»Lenk nicht ab. Es geht hier nicht um mich.«

»Ich lenke nicht ab, ich lasse nur nicht zu, dass du mich in die Ecke drängst. Du tust so, als wäre ich völlig schräg, total aus der Art gefallen. Als ob du normal wärst!«

Franka kratzte sich mit kalten Fingern eine feuchte Strähne aus dem Gesicht, die ihr im Mundwinkel klebte.

»Warum bist du hier?«, fragte sie dann, und die Worte kamen schneller, als sie selbst denken konnte.

»Wie bitte?«

»Warum du hier bist.«

»Das weißt du. Ich wollte zu deiner Großmutter.«

»Warum wolltest du zu ihr?«

»Du weißt auch, dass ich dir das nicht sagen kann.« Iris sprach langsam und übertrieben geduldig.

»Gut, dann sagst du mir nicht, warum du zu ihr wolltest. Aber verrate mir doch, warum du *zu ihr* wolltest. Warum gerade sie? Nach all den Jahren?«

»Wir waren Freundinnen. Alte Freundinnen.«

»Hast du keine anderen Freunde?«

»Manchmal braucht man einen ganz bestimmten Menschen in einem ganz bestimmten Moment. Kennst du das nicht, dieses Gefühl?«

»Klar kenne ich das.« Franka schwieg und zuckte dann kurz zusammen, als Iris ein Stück Holz aufs Feuer warf und die Funken zischend stoben.

Schließlich sagte sie: »Sie hat dich nie erwähnt.«

Iris runzelte nur fragend die Stirn.

»Elena«, präzisierte Franka. »Sie hat dich nie erwähnt. In all den Jahren. Nicht ein Wort über dich.«

»Was willst du damit sagen? Dass ich ihr nicht wichtig war?«

Franka zuckte mit den Schultern. »Oder dass ihr vielleicht gar nicht befreundet wart.« Warum tat sie das? Warum konnte sie es nicht einfach gut sein lassen? Sie verstand sich selbst nicht. Die Fragen kamen einfach.

Iris verzog das Gesicht. »Moment mal, ganz langsam. Ich tauche also hier auf. Im Haus einer Frau, die ich nicht kenne. Eine Frau, die ich augenscheinlich völlig willkürlich ausgewählt habe. Nicht in einer schicken Villa, in der es etwas zu holen gäbe, nein, in einer baufälligen Hütte, die seit Jahren leer steht. Ganz zufällig weiß ich aber, wie die Frau heißt und dass sie zur selben Zeit am selben Ort in Indien war wie ich. Ist das nicht ein bisschen sehr weit hergeholt?«

»Das meine ich nicht. Ich glaube schon, dass du sie kanntest. Ich bin mir nur nicht sicher, ob ihr wirklich befreundet wart. Sie hat mir von vielen Menschen aus ihrem früheren Leben erzählt. Aber nie von dir. Nicht ein einziges Mal.«

»Gut, Franka. Alles klar. Dann sag mir eines. Eine Sache nur. Warum, zur Hölle? Warum sollte ich irgendetwas von dem, das du gerade zusammengesponnen hast, tun? Warum sollte ich einfach hier aufkreuzen?« Sie hatte ihre Hände in die Taschen ihres Parkas gerammt und sah Franka direkt ins Gesicht. Nicht wütend oder herausfordernd, sondern so, als zweifelte sie ernsthaft an ihrem Geisteszustand. »Ich weiß, dass das hier alles viel für dich ist. Das Ende deiner Ehe, nicht zu wissen, was dann kommt, ich verstehe das, das ist hart. Aber wenn du nicht aufhörst, Gespenster zu sehen, wo keine sind, wirst du noch verrückt. Wenn du mir nicht traust, dann schick mich weg, das habe ich dir schon mal gesagt. Ich bin die Letzte, wirklich die Allerletzte, die nicht verschwindet, wenn man ihr sagt, dass sie gehen soll. Aber dann sprich es aus. Sag es mir ins Gesicht, statt so dämliche Fragen zu stellen, ganz ehrlich.«

Franka schwieg. Iris brummte noch etwas Unverständliches und wandte sich dann Richtung Haus. Sie schien ehrlich getroffen von Frankas Vorwürfen, und Franka konnte es ihr nicht verdenken. Sie wusste selbst nicht, warum dieses elendige Misstrauen plötzlich wiederaufflammte. Iris hatte seit ihrem Auftauchen nichts getan, um es zu verdienen.

Franka sah ihr nach. Sie bereute ihre Fragen. Dennoch war sie sich nicht sicher, ob sie sie nicht wieder stellen würde, irgendwann.

»Ihr kennt euch gar nicht.« Oda trat aus dem Halbdunkel ans Feuer und klang nicht so, als erwartete sie eine Antwort.

»Wie bitte?«

»Das begreife ich jetzt erst. Ihr seid euch vor alldem hier noch nie begegnet.« Oda streckte die blassen Hände in Richtung der Flammen und drehte und rieb sie, um sie zu wärmen. »Iris ist eine Fremde für dich, genau wie ich.« Sie sah Franka an. »Warum tust du das? Dein Mann trennt sich von dir, und du rettest dich in das alte Haus deiner Großmutter. Diesen

Teil verstehe ich noch. Aber warum lässt du zwei völlig fremde Menschen bei dir unterkommen? Was hast du davon?«

Franka überlegte eine Weile, bevor sie antwortete. »So ganz weiß ich das selbst nicht. Es ging mir nicht um Gesellschaft, glaube ich. Ihr wart einfach auch alleine, wie ich. Besser kann ich es nicht erklären.«

»Gibt es denn niemanden, der auf dich wartet? Zu Hause?«

»Doch, schon. Aber eben Menschen, die ich jetzt nicht sehen will. Die nur Fragen stellen, die ich nicht beantworten kann.«

»Verstehe.« Oda nickte. »Verstehe.«

Die Wellen rauschten und klickerten ein klein wenig leiser, fand Franka, aber vielleicht bildete sie sich das auch nur ein.

»Alleinsein kann befreiend sein, weißt du«, fuhr Oda jetzt fort. »So befreiend, dass es wie ein Rausch ist. Der Rausch darf nur nicht aufhören. Man muss in ihm aufgehen, muss ihn atmen. Ihn sein lassen, ihn lieben. Man darf nicht den Fehler machen, an ihm zu zweifeln, man darf sich nicht selbst hinterfragen. Wenn du anfängst, die Risse im Bild zu sehen, die Sprünge im Lack, ist es zu spät. Dann wird dir klar, dass du in Wahrheit nicht allein bist. Sondern einsam.« Beide schwiegen und starrten in die Flammen, umsirrt von schwirrenden, verirrten Funken. »Jetzt ist da niemand mehr«, sagte Oda schließlich. »Und ich kann noch nicht einmal dran verzweifeln, denn ich war es ja selbst.«

»Du hast den Kontakt abgebrochen? Zu allen Menschen in deinem Leben?«

»Es war keine bewusste Entscheidung, von einem Tag auf den anderen. Ich habe es passieren lassen. Habe es vorangetrieben.«

»Warum hast du das gemacht?«

»Weil ich es verdiene, denke ich.«

»Mein Gott, Oda.« Franka spürte, wie ihr die Kehle eng wurde. »Wie kommst du denn auf so was? Wie kannst du das sagen?«

»Tu doch nicht so.« Oda klang spöttisch und dabei fast ein wenig liebevoll. »Du bist doch ganz genauso. Du glaubst doch auch, dass du all das hier verdienst, oder nicht? Dass das hier das Einzige ist, was dir zusteht.«

Franka ärgerte sich, dass Oda vielleicht recht hatte, und sie ärgerte sich, dass ihr keine kluge Erwiderung einfiel.

»Mir ist kalt«, sagte Oda schließlich. »Ich gehe hinauf zum Haus. Kommst du mit?«

»Geh ruhig schon vor.«

Oda stapfte davon, ihre Decke wehend wie ein Umhang, und Franka sog die feuchte Luft ein, die nach Salz schmeckte und Tang, nach Sand und Asche. Der Geruch war der gleiche wie immer. Das Meer, das uralte, unendlich weite Meer war dasselbe wie immer, und doch war es anders als zuvor. Es war, als hätte es nicht mehr die Macht, sie zu trösten.

9

Als die massive Tür mit einem leisen, feinen Quietschen hinter ihr zufiel, fuhr Franka herum. Die kühle, modrige Luft des Kellerraums fühlte sich noch kälter an, als sie nach der Klinke griff und sie nach unten drückte. Verschlossen. Sie spürte, wie ihr heiß wurde, wie das Adrenalin ihren Körper flutete, ihr rauschend in den Kopf stieg. Ruhig. Atmen. Noch einmal die Klinke. Ganz nach unten. Verschlossen. Noch einmal die Klinke, dieses Mal lehnte sie sich mit ihrem ganzen Körper gegen die Tür, drückte mit aller Kraft. Verschlossen. Sie rüttelte und riss an der Klinke. Verschlossen.

»Hey!«

Sie rief, so laut sie konnte, denn die Mauern waren dick. »Hey, Iris! Iris! Oda! Hört ihr mich?«

Sie schlug mit den Händen gegen das rissige Holz der Tür, trommelte dann mit den Fäusten. »Hey, hört ihr mich? Ich bin hier unten, die Tür ist zugefallen!«

Sie hörten sie nicht. Kein Laut drang von oben zu ihr herunter, und sie ging davon aus, dass auch kein Laut von ihr nach oben drang.

Ruhig. Ganz ruhig. Sie hasste enge Räume, hatte sich überwinden müssen, überhaupt in den Keller zu gehen, hatte sich schließlich einen Ruck gegeben.

Kistenweise stapelten sich hier unten Elenas alte Unterlagen, brüchige alte Kartons, modrige Holzkästen, voll mit persönlichen Unterlagen. Steuererklärungen und Taschenkalender, Fotos und Baupläne, Reiseführer und Weihnachtspost, alles ohne erkennbares System, alles ohne Sinn und Verstand verstaut.

Sie war sich schon nach den ersten Minuten in diesem feuchten Halbdunkel lächerlich optimistisch vorgekommen. Hatte sie wirklich geglaubt, mit ein paar Griffen Elenas alte Tagebücher zu finden? Nicht die aus den letzten Jahren vor ihrem Tod, die standen oben in den Regalen, staubig, aber wohlbehalten. Sondern jene, die von ihrem früheren Leben erzählten, dem Leben vor Franka, dem Leben, in dem Iris eine Rolle gespielt hatte, gespielt haben wollte. Sie glaubte Iris ja, hatte sie sich gesagt, glaubte ihr wirklich, aber besser, als ihr zu glauben, war, es sicher zu wissen. Elena hatte Iris nie mit einem Wort erwähnt, und auch in den Fotoalben in ihrem Bücherregal hatte sich keine Spur von Iris finden lassen, dort hatte Franka nachgesehen, bevor sie sich in den Keller hinuntergewagt hatte. Und obwohl Franka wirklich kein Grund einfiel, warum Iris hätte lügen sollen, so hätte sie sich doch besser gefühlt, mit einem Beweis, in Elenas akkurater Schrift, schwarz auf weiß, dass es diesen Menschen, der Iris behauptete zu sein, in Elenas Leben wirklich gegeben hatte. Oda und Iris hatten nur genickt, als sie ihnen erklärt hatte, einige alte Tagebücher ihrer Großmutter suchen zu wollen. Beide waren verkatert von der Nacht zuvor, vom Wein am Lagerfeuer, hatten, blass und stumm, ihren eigenen Gedanken nachgehangen, keine von ihnen würde sich wundern, wo Franka blieb.

Und nun stand sie hier, ihren Puls und ein panisches Klingeln in den Ohren, und versuchte krampfhaft, die Ruhe zu bewahren. Die Kartons türmten sich vor ihr auf, versperrten ihr den

Weg zu dem altersblinden Fenster, aus dem man, wenn man sich auf die Zehenspitzen stellte, in den Garten lugen konnte. Es war vergittert, aber wenn sie es dorthin schaffte, konnte sie zumindest nach draußen rufen, ohne dass die dicken Mauern ihre Stimme dämpften. Sie schob einen Stapel Kartons beiseite, wobei die feuchte, schimmelige Pappe des untersten nachgab und riss. Der Stapel kippte, und eine Flut von Papieren ergoss sich über ihre Füße. Sie fluchte, schob die Blätter, so gut es ging, zu einem Haufen zusammen und stieg über sie hinweg.

Als sie das Fenster erreichte, löste sie den rostigen Riegel und zog sich an den Gitterstäben hoch. Sie rief erst, dann schrie sie, doch niemand schien sie zu hören. Es kam keine Antwort.

Sie ließ sich wieder auf ihre Füße fallen und sah sich um. Im Schein der nackten Glühbirne lag der Keller kahl und schmucklos vor ihr. Es gab keine zweite Tür, kein anderes unvergittertes Fenster. Es gab kein Werkzeug, und selbst wenn sie welches gefunden hätte, hätte sie der massiven Tür wohl höchstens ein paar Kratzer zufügen können.

Vorsichtig stieg sie über einen Karton und bahnte sich einen Weg zurück zur Tür, um diese genauer zu betrachten. Kein Schnappmechanismus, kein Riegel, sondern lediglich ein Schlüsselloch; der Schlüssel musste von außen stecken. Fiel so eine Tür ins Schloss, ließ sie sich normalerweise problemlos wieder öffnen, verriegelte sich nicht. Oder war von außen etwas gegen die Tür gekippt? Sie versuchte sich zu erinnern, was sie in dem düsteren Vorraum gesehen hatte, von dem die Türen zu den einzelnen Kellerräumen abgingen. Doch, er war leer gewesen. Abgesehen von der toten Spinne, die an einem einzelnen Faden von der Decke gebaumelt hatte, und dem Flackern der Neonröhre auf den kahlen Wänden, erinnerte sie sich an nichts.

Warum aber war die Tür ins Schloss gefallen? Die Luft war schal und unbewegt hier unten, es ging kein Luftzug. Türen fielen nicht einfach so zu. Sie war als Kind, wenn auch widerwillig, öfter hier unten gewesen, hatte Marmelade aus dem Vorratskeller geholt oder die Winterkleider in Schränken verstaut, und nie, nicht ein einziges Mal war so etwas passiert. Sie wäre außer sich gewesen vor Angst, da war sie sich sicher, hätte panisch nach ihrer Großmutter gebrüllt, hätte aus der Dunkelheit schon die Schatten schnappen sehen und hätte sich geweigert, jemals wieder nach unten zu gehen. Stattdessen war sie nach jedem Botengang eilig die Treppenstufen hinaufgehuscht, hatte die Kellertür fest hinter sich zugezogen und stumm gebetet, dass viele Tage vergehen würden, bis Elena sie wieder hinunterschickte.

Nein, die Tür fiel nicht von alleine ins Schloss. War jemand Fremdes im Haus? Wurde sie tatsächlich langsam verrückt?

Dann war er da, der Gedanke, und sie fragte sich, ob er schon länger in ihrem Kopf gewesen war und sie es nur nicht gewagt hatte, ihn zu denken.

Es gab nur eine logische Erklärung: Sie hatte sich geirrt. Hatte sich von Wünschen leiten lassen, von dem Wunsch, nicht allein zu sein, in ihrer Verzweiflung Verbündete zu haben, die ihre Bürde und ihre eigenen Lasten mit ihr teilten.

Doch wer war Iris? Wer war Oda? Sie wusste nichts über sie, hatte ihnen dennoch vertraut, hatte sogar ihr Leben für Oda riskiert, und nun saß sie hier, fühlte sich hilflos und dumm, so unendlich dumm und verloren. Sie wischte Rotz und Tränen mit dem Ärmel weg und schlug noch einmal wütend gegen die Tür. »Oda! Iris! Verdammt, was soll das?«

In welcher der beiden Frauen hatte sie sich getäuscht? In

beiden vielleicht? Machten Oda und Iris gemeinsame Sache, oder wurde sie jetzt vollkommen paranoid?

Sie spürte, wie ihr noch kälter wurde. Die Wände rund um sie, die nackten Ziegel, begannen am Rand ihres Gesichtsfelds zu flimmern, das Atmen fiel ihr schwerer; es kam ihr vor, als würde die Luft rasend schnell stickig, als blieben ihr nur noch Minuten.

Aus ihrem Ärger war längst Angst geworden. Panisch begann sie wieder gegen die Tür zu schlagen, trommelte unkontrolliert mit beiden Händen gegen das Holz, bis sie zu schmerzen begannen, brannten und pochten, und doch machte sie weiter. Ihre Stimme überschlug sich, während sie rief, schließlich schrie und brüllte, irgendwann nur noch schluchzte. Es mussten inzwischen Stunden vergangen sein, seit Stunden war sie in diesem verfluchten Keller gefangen. Was, wenn aus den Stunden Tage wurden? Wenn niemand sie fand? Niemand würde sie vermissen, und wenn doch, vermutete sie niemand in diesem Keller. Sie war Iris und Oda ausgeliefert, hatte sich in ihrer Umnachtung entschieden, sich ihnen auszuliefern, und nun rächte sich ihre Leichtgläubigkeit, rächte sich ihr Bedürfnis danach, doch nicht ganz verloren zu sein. Irgendwann brannte die Birne mit einem leisen, bedauernden Zischen durch, der Raum versank in wortloser Dämmerung. Sie sackte an der Wand zusammen und weinte leise.

Sie schrak hoch, als die Tür aufgerissen wurde. Sie schirmte ihre Augen mit den Händen gegen das grelle Licht ab, das hereindrang, versuchte, die schattigen Umrisse zu deuten, die sich dagegen abhoben.

»Franka?« Iris tastete an der Wand nach dem Lichtschalter, ließ ihn vergeblich klicken.

»Ich … bin hier.« Franka rappelte sich auf, spürte nach Stunden auf dem kalten Boden ihre Beine kaum noch, schwankte und fasste, Halt suchend, hinter sich. Sie fühlte sich benebelt, in ihr nichts als eine schwammige, widerliche Leere, und gleichzeitig überwältigten sie aus dem Nichts die Gefühle. Erleichterung, dass sie nicht in einem feuchten, modrigen Keller sterben würde, ein Aufbäumen der Angst, die sie über Stunden im Griff gehalten hatte, noch nicht bereit, ihren so willigen Wirt zu verlassen, und Wut, Wut auf sich und alle.

»Lasst mich raus. Lasst mich vorbei, verdammt!«

Sie drängte sich an Iris vorbei in den Vorraum und eilte die Treppe hinauf, stolperte auf der vorletzten Stufe, die schon immer uneben gewesen war, zog sich am Geländer hoch und war dann endlich oben. Sie atmete zittrig durch, atmete die Luft, die nach Luft schmeckte und nicht nach Moder und Fäulnis, spürte die Wärme, sah draußen das Meer, keine Wände mehr, endlich keine dunklen Wände mehr, sondern Meer und Himmel.

Oda und Iris kamen hinter ihr her, wechselten Blicke, die Franka nicht entgingen.

»Franka, was ist denn los mit dir? Warum bist du …?«

Franka fiel ihr ins Wort: »Ich war Stunden da unten eingesperrt! Warum habt ihr das gemacht? Ich wusste nicht, was los ist! Wann ihr wiederkommt! Ob ihr jemals wiederkommt, verdammt! Ich hab gedacht, dass ich da unten vielleicht sterben muss, dass mich niemals jemand findet. War das ein kranker Scherz? Wollt ihr mich kleinkriegen? Ich … ich habe …« Sie schluchzte auf und hasste sich dafür.

»Franka.« Iris trat auf sie zu, mit beruhigend erhobenen Händen, wie um sie zu beschwören, und doch wich Franka zurück. »Nicht näher.«

»Franka, was ist los mit dir? Niemand will dir etwas tun. Du warst unten im Keller, und wir waren spazieren, am Strand. Erst als wir zurückkamen und dich nicht finden konnten, haben wir im Keller nachgesehen.« Oda schien ehrlich verwirrt. »Glaubst du, wir hätten dich eingesperrt?«

»Was soll ich denn glauben?« Franka zwang sich, ruhiger zu atmen. »Ich bin dort unten, und plötzlich fällt die Tür zu. Sie war nicht nur eingerastet, sie war verschlossen. Fest verschlossen. So was passiert nicht einfach so, zufällig. Das muss jemand getan haben.«

»Die Tür war nicht verschlossen«, sagte Iris ruhig.

»Wie bitte?«

»Die Tür hatte sich verkeilt. Ich musste kräftig ziehen, um sie aufzukriegen, aber sie war nicht verschlossen.«

»Und das soll ich dir einfach so glauben?« Der Zorn in ihrer Stimme überschlug sich. »Ich habe gegen die Tür geschlagen, hab dran gerüttelt, dran gerissen. Aber sie hat sich keinen Millimeter bewegt. Nicht einen Millimeter!«

»Es war so, Franka. Sie war nicht verschlossen.«

Da war er wieder, dieser beschwörende Ton, als wäre sie ein tobendes Kind oder ein wildes Pferd, und Franka hasste Iris dafür. »Rede nicht so mit mir!«

»Wie rede ich denn?«

»Als wäre ich verrückt! Ich bin nicht verrückt. Ich weiß, was war. Das bilde ich mir nicht ein! Ich war über Stunden da unten eingesperrt, und jetzt kommt ihr und erzählt mir, dass ich die ganze Zeit hätte herausspazieren können, einfach so?«

Iris hob die Schultern. »Ich bin nicht hier, um dir zu sagen, was du erlebt hast, Franka. Nichts dergleichen. Das weißt nur du. Ich kann dir lediglich versichern, dass wir nichts getan haben. Wir waren nicht einmal im Haus.«

»Es könnte der Wind gewesen sein«, warf Oda ein, um Frieden bemüht.

»Es ging kein einziger Luftzug dort unten.«

»Es gibt eine Erklärung, Franka«, sagte Iris. »Es gibt immer eine Erklärung. Das Wichtigste ist, dass du nicht an dir zweifelst und nicht an uns. Du hast erlebt, was du erlebt hast. Ich verstehe, dass dich das geängstigt hat. Aber Oda und ich waren das nicht. Wir hatten nichts damit zu tun. Warum sollten wir dir solch einen Schrecken einjagen?«

»Ich weiß es nicht. Ich weiß gar nichts mehr, okay? Wie soll man hier noch irgendetwas wissen?«

Franka lief hinaus und hoffte, dass ihr die anderen nicht folgten.

Als Franka Stunden später zu Bett ging, war sie immer noch aufgewühlt. Sie hatte den Rest des Tages in einem seltsamen Zwischenzustand zugebracht, nicht wissend, wie sie Iris und Oda begegnen sollte, die betont freundlich und gelassen mit ihr umgingen, was sie nur noch mehr aufbrachte.

Mittlerweile hatte sich aus dem Wust der Gefühle eines herausgeschält, das nun dominierte: klare, unerbittliche Scham. Sie schämte sich. Geweint und getobt wie ein Kind hatte sie, hatte sich aufgeführt wie eine Sechsjährige, und obwohl es erst wenige Stunden zurücklag, schaffte sie es kaum noch, ihr eigenes Verhalten vor sich selbst zu rechtfertigen.

Die ersten Zweifel hatten sich schon recht bald eingeschlichen – hatte sie wirklich mit aller Kraft gegen die Tür gedrückt? War sie vielleicht einfach zu schnell panisch geworden? Schon bald kam es ihr absurd vor, dass sie dort unten so verzweifelt war. Es hatte sich angefühlt, als hätte sie eine Ewigkeit im Keller verbracht, doch in Wahrheit waren es nur drei Stunden gewesen. Und in Wahrheit hatte sie womöglich auch überzogen reagiert, wenn sie ehrlich war, hatte ihren Ängsten freien Lauf gelassen, statt sich selbst zur Ordnung zu rufen, sich zu besinnen, auf Realitäten und Wahrscheinlichkeiten. Hatte Iris und Oda Unrecht getan, die ihr das glücklicherweise nicht nachzutragen schienen, sondern so taten, als wäre alles normal, so normal, wie es in ihrem seltsamen, rein zufällig entstandenen Dreierleben eben sein konnte.

Franka zog sich noch eine Strickjacke über, bevor sie ins Bett stieg, und spürte, wie unendlich müde sie war. So müde, dass ihr ganzer Körper schmerzte. Auch wenn die Gefahr nicht real gewesen war, hatte sie sie am eigenen Leib gespürt, hatte sie durchlitten. Ihre Muskeln, ihre Lunge, ihr Herz waren völlig erschöpfte Zeugen ihrer Empfindungen, hatten Panik und Verzweiflung durchgestanden, ohne zu versagen, und nun waren sie am Ende, und ihr Körper schrie nach Schlaf.

Als sie gerade das Licht gelöscht hatte, hörte sie ein sachtes Klopfen. Sie fuhr wieder hoch. »Wer ist da?«

»Ich bin es nur.« Oda schob die Tür auf. »Kann ich kurz reinkommen?«

Franka tastete nach der Taschenlampe, die sie sich als Ersatz für das zerbrochene Nachtlicht bereitgelegt hatte, doch sie musste unters Bett gerollt sein.

»Ja, aber mach das Licht an.«

»Wenn es dich nicht stört, lasse ich das Licht lieber aus.« Oda trat leise ans Bett und setzte sich auf die Kante.

»Was ist denn los?«

»Ich möchte nicht, dass Iris merkt, dass wir ... dass wir noch miteinander reden. Ich glaube, sie wüsste gleich, worum es geht.«

Franka war nun endgültig hellwach. »Worum denn?«

Und Oda berichtete ihr, was sie gesehen hatte, kurz nachdem Franka im Keller verschwunden war. Wie sie Iris durch den Türspalt in Elenas Schlafzimmer beobachtet hatte, vertieft in eines der Regale.

»Ich habe sie angesprochen. Sie meinte, dass sie etwas verlegt hat. Aber sie hat doch gar nichts«, sagte Oda zweifelnd. »Was kann sie also groß verlieren? Ich glaube schon, dass sie etwas gesucht hat. Aber es wirkte mehr so, als suchte sie etwas in den Unterlagen deiner Großmutter. Sie hatte einen Stapel Dokumente in der Hand.«

Franka schwieg.

»Ich fand es jedenfalls seltsam, darum wollte ich dir davon erzählen. Es soll nicht so klingen, als wollte ich Unfrieden stiften. Und vielleicht hätte ich auch besser meinen Mund gehalten. Aber es ist so schwierig ...« Sie schwieg für einen Moment. »Es ist so schwierig zu wissen, wem du traust. Wem ich trauen soll.«

Franka dankte Oda für ihre Offenheit. Mehr sagte sie nicht, aus dem einfachen Grund, weil sie selbst nicht wusste, was es dazu zu sagen gab. Iris hatte Elenas Sachen durchsucht. Oder nicht. Oda hatte sie dabei beobachtet. Oder auch nicht. Es gab keine Gewissheit. Woher hätte Franka wissen sollen, ob Oda die Wahrheit sagte? Sie hatte keinen Grund, Franka anzulügen, aber genauso wenig hatte Iris einen Grund, Elenas persönliche Sachen zu durchsuchen, zumindest keinen, den Franka kannte. Wollte Oda sie nur verunsichern? Wollte sie Zweifel säen in dem ohnehin schon brüchigen Terrain zwischen ihr und Iris? *Brauchte* sie vielleicht gar keinen Grund, um Unfrieden zu stiften, sondern genoss einfach den Unfrieden an sich, genoss es, die Unsicherheit in Frankas Stimme zu hören, sie in ihrem Kopf wachsen zu lassen?

War Oda schlicht manipulativ? Oder war es genau das, was Iris Sicherheit gab – dass Franka Oda nicht glaubte, egal, was sie sah?

Als Franka nichts mehr sagte, ging Oda leise hinaus. Franka lag wach und starrte in die Dunkelheit. Ihre Gedanken kreiselten. Sie wusste nichts über Iris, nichts über Oda, abgesehen von den Dingen, die sie ihr selbst erzählt hatten. Märchen mochten das sein oder genauso gut die Wahrheit, und die Grenzen verschwammen zwischen beidem, alles wurde austauschbar, bedeutungslos, wenn man das eine nicht mehr vom anderen unterscheiden konnte.

War es nicht immer so gewesen? Dass man, um Menschen vertrauen zu können, ignorieren musste, dass man letztlich nichts über sie wusste, nichts als das, was sie zu zeigen und preiszugeben bereit waren? Die oberste Schicht sah man nur, dünn und brüchig, und alles, was darunterlag, blieb verborgen, so schön und abgründig, kaputt und vollkommen es auch sein mochte.

Niemandem konnte man trauen. Nicht einmal sich selbst konnte sie trauen, ihrem eigenen Gefühl, ja, da war noch nicht mal mehr ein Gefühl, ihre Instinkte waren getrübt, hatten sie wehrlos und verwundbar zurückgelassen. Was geblieben war, war ein gewaltiges Vakuum, ein düsterer, luftleerer Raum, in dem alle Menschen sinnlos umherirrten, getrieben von dem unbändigen Verlangen, zu jemandem zu gehören.

Hatte sie jemals einem Menschen bedingungslos vertraut? Sie hatte Vito geliebt, aber hatte sie wirklich gewusst, was in ihm vorging? Dass er derjenige war, den sie in ihm sah? Oder war das, wie so vieles, Wunschdenken gewesen, der nackte, panische Wunsch, dass alles einen Sinn ergab, dass da jemand war, irgendjemand?

Elena hatte sie vertraut, rückhaltlos. Sie wusste, dass Elena alles für sie getan hätte, und sie wusste, dass ihre Liebe für sie unantastbar gewesen war, völlig frei von Erwartungen, von Bedingungen. Elena hatte sie geliebt, wie man nur einen Menschen lieben konnte. Die Quittung dafür war die Leere nach Elenas Tod gewesen, eine Leere, die sie erfüllt hatte, ausgefüllt hatte bis an die Ränder ihrer selbst, die schließlich durchsichtiger und zarter wurde, aber nie ganz verschwand.

Vielleicht war das die Antwort auf alles. Dass es sich immer rächte, grausam rächte, wenn man vertraute, ganz gleich, ob das Vertrauen enttäuscht wurde oder nicht, denn am Ende stand man alleine da, vollkommen und unwiderruflich.

Wie überlebte der Mensch in dieser Einsamkeit, die er niemals ablegen, niemals überwinden konnte? War es nicht grausam, ein Wesen zu schaffen, das sich an etwas nährte, das es nicht geben konnte? Dessen elementarstes Grundbedürfnis wieder und wieder aufs Brutalste enttäuscht werden musste, denn was es brauchte, um zu sein, existierte nicht, konnte nicht existieren.

Angst und Liebe, dachte Franka. Das eine kann es ohne das andere nicht geben, und die Angst behält immer recht.

Über dieser düsteren Erkenntnis, die wohl jeder schon einmal gehabt und dann wieder verdrängt hatte, schlief sie ein.

10

Ich bin am Ziel und bin es nicht. Alles ist anders, nichts ist, wie es scheint. Ich bin kein fantastischer Illusionist, nicht der Urheber dieser verwirrenden Welten, stattdessen bin ich in ihnen gefangen, verfangen wie in klebrigen Spinnwebenfetzen, die sich auf meine Haut legen und kleine, giftig-rote Male hinterlassen. Ich muss kämpfen, um klarzusehen. Ich muss kämpfen, um nicht aus den Augen zu verlieren, wofür es sich zu leben lohnt.

Ich bin am Ziel und bin es nicht. Sie ist nicht da und ist es doch. Ich tröste mich damit, dass ich ihr nahe sein kann, auf meine Weise. Ich tröste mich damit, dass meine Rache dennoch ihr Ziel finden wird, aus mir heraussickern wird wie Eiter aus einer Wunde. Ich tröste mich damit, dass die Wege unergründlich sind, nicht Gottes Wege, denn an ihn glaube ich nicht, habe nie an ihn geglaubt. Nein, die Wege an sich, und dafür, dass sie so unergründlich und verwirrend und verschlungen sind, dafür, dass ich auf ihnen schon unzählige Male gerutscht und gestürzt bin, dass ich schon unzählige Male von ihnen abgekommen bin und mich verlaufen habe, finde ich mich gut zurecht. Ich bin am Ziel, auch wenn es ein anderes ist, als ich geglaubt habe.

Ich bin ihr nahe, und es tut weh, denn sie ist Teil meiner Vergangenheit, tief verwurzelt der Hass, er regt sich wie ein längst vergessener Schmerz. Es ist, als würde eine alte Wunde wieder beginnen zu pulsieren, weil Regen kommt oder weil man sich dem Schlachtfeld nach all den Jahren noch einmal nähert und der Kopf die verblassten, blutigen Bilder noch einmal flackern lässt. Sie ist nicht weit. Sie ist nicht weit. Sie, die mit ihrer Kälte, mit dieser grausamen, glatten Kälte unser Schicksal besiegelt hat, mich zu dem gemacht hat, was ich nun bin, einsam, voller Reue, voller überquellender, galliger Bitterkeit, aber nicht mehr hilflos.

Ich stehe im Wind, doch er macht mir den Kopf nicht frei, sondern treibt Bilder in ihn hinein, Bilder von früher. Sie ist nicht darauf zu sehen, die Bilder reichen weiter zurück, viel weiter, in meine Kindheit.

Ich gehe mit meiner Mutter in die Kirche. Draußen ist es heiß und hell, die Farben sind so grell, dass sie in meinen Augen schmerzen. Mein Kopf hämmert und schrillt, so aggressiv ist die Hitze, und es flimmert, überall flimmert es. Ich schwitze in meinem Sonntagshemd, habe das Gefühl, dass mir der Kragen die Luft abschnürt, dass der Stoff so heiß wird, dass er sich in meine Haut brennt, mit ihr verschmilzt, klebriges, für immer verbundenes Gewebe, und es wird bluten, wenn sie es mir vom Leib reißen, bluten, weil sie die Haut mit abziehen, und ich spüre, tief in meiner Kehle, dass ich weinen muss. Weil ich es nicht will, mein Hemd soll nicht mit meiner Haut verschmolzen sein, und überhaupt will ich nicht hier sein, ich will überhaupt nicht hier sein, aber sie zwingen mich.

Die Sonne schreit, schreit mir ins Gesicht, und dann umfängt mich die gnädige, kalte Dunkelheit der Kirche. Ich greife unwillkürlich nach der Hand meiner Mutter, die dicht neben mir geht. Mein Arm streift ihren weiten, schwingenden Rock, der zarte Stoff ist überraschenderweise ganz kühl, wie hat sie es geschafft, dass er so kühl geblieben ist, da draußen, in der Sommerhölle?

Sie umfasst meine Hand, und ich spüre ihre, auch sie ist kühl und feucht nur von dem Weihwasser, mit dem sie sich bekreuzigt hat, nicht vom Schweiß.

Sie hält meine Hand ganz fest. Wir gehen den Mittelgang entlang, und über mir erhebt sich die reich geschmückte Decke, in Gold und Rot und Blau, und es kommt mir vor, als hätte ich all das noch nie gesehen. Alles ist düster und erhaben, und trotz des glänzenden Goldes und der bunten Farben wirkt es nicht fröhlich, sondern bedrohlich und wütend, so als hätte ich etwas Schlimmes getan, was ich bestimmt auch habe.

Ich entdecke einen Engel, dort oben, mit verdrehten Augen und verzerrtem Gesicht. Er schaut zu mir herab, und ich habe das Gefühl, dass er mich mit Blicken verfolgt, nur mich, und dass er mich hasst.

Der Weihrauchduft umfängt mich, metallisch und dunkel. Er dreht mir nicht den Magen um, aber den Kopf schon, und plötzlich verengt der Engel seine Augen zu Schlitzen und reckt seine speckigen, rosigen Hände nach mir.

Meine Mutter schiebt mich energisch in eine der Bankreihen, doch der Blick des Engels lässt mich nicht los. Ich starre und starre und sehe, dass sich alles um ihn herum zu bewegen beginnt. Die reich mit Gold verzierten Deckenmalereien drehen sich um den Engel, sie verschwimmen wie Wasserfarben auf Papier. Die prächtigen Farben verlaufen ineinander, zu dunklen, wütenden Wolken, und der Engel zeigt mir seine Zähne, spitze, kleine Zähne, er fletscht sie, und dann muss ich angefangen haben zu schreien, denn meine Mutter zerrt mich nach draußen und schimpft mich aus. Sie glaubt mir kein Wort, sagt sie, aber ich weiß, dass sie mir doch glaubt, ein bisschen zumindest, denn sie sieht nicht nur wütend aus, sondern auch besorgt, und besorgt ist man eben, wenn Dämonen das eigene Kind aus der Kirche treiben.

Diese Erinnerung, so seltsam es klingt, bedrückt mich nicht, sondern spendet mir Trost. Sie zeigt mir, dass mich nicht meine Fehler hierhergeführt haben, nicht mein Versagen, nein, es war mir vorbestimmt.

Wenn Gott und seine Engel dich nicht wollen, nie wollten, dann bist du nicht vom rechten Pfad abgewichen, sondern warst nie darauf. Ich musste irgendwann hier ankommen, hier, an diesem Punkt, an dem es keinen Ausweg mehr gibt, an dem die Hoffnung endet. Ich musste.

Die Kälte ist in mir, sie ist um mich. Sie ist unauslöschlich. Ich kann das Meer riechen, und ich kann es hören, und ich weiß, dass es mich immer schon so traurig gemacht hat. Die Unendlichkeit, die Beständigkeit sind für mich nicht beruhigend; sie jagen mir Angst ein, denn sie sagen mir, dass nichts jemals ein Ende findet. Es wird weitergehen, alles wird weitergehen, nur nicht für sie.

11

Der nächste Tag war windig und kalt. Vor allen Dingen war er leer, denn ihnen wurde immer deutlicher, dass sie nicht nur verloren waren, sondern auch verloren in ihrer Zeit. Da war nichts, was es zu tun gab, denn wer kein Leben hatte, hatte keine Pflichten, keine Aufgaben.

Iris bestand darauf, dass sie einen Plan bräuchten, dass sie nicht einfach so existieren konnten, ohne Ziele, irgendetwas müssten sie doch tun, um etwas zu ändern, irgendwohin musste das alles doch führen. Doch Franka und Oda widersprachen ihr, vielleicht waren sie klüger, in diesem Moment, weil sie unerfahrener waren, jünger, weil sie nicht das Bedürfnis hatten, dass alles irgendwohin führen musste.

Iris schnaubte resigniert und fuhr einkaufen, mit etwas Geld in der Tasche, das Franka ihr gab. Oda und Franka gingen hinunter ans Wasser, ließen sich von dem Wind die Seele aus dem Leib peitschen, und Oda erklärte Franka, gegen die Wellen anschreiend, dass Kälte half und Schmerz, alles, was man dringlicher fühlte als die eigenen Ängste, denn diese traten dann in den Hintergrund, so lange zumindest, bis der Schmerz nachließ und die Kälte verklang.

Sie redeten nicht über das, was Oda am Abend zuvor erzählt hatte. Oda brachte es nicht noch einmal zur Sprache, und Franka wusste nicht, was sie dazu hätte sagen sollen, wusste nicht, wem oder was sie glauben sollte. Also beließ sie Odas Beobachtungen in einem Zustand, in dem es keinen Unterschied machte, ob sie real oder erfunden waren, ließ sie schweben, über den Dingen, behielt sie im Kopf, in der hintersten, dunkelsten Ecke. Dort würden sie vielleicht Staub ansetzen und vergessen werden, doch genauso gut konnten sie in jedem Augenblick wieder hervorbrechen, um sie hämisch daran zu erinnern, dass sie gewarnt gewesen war, aber nichts davon hatte hören wollen.

Als sie wieder zum Haus hinaufstapften, atemlos und mit vom Wind wund geriebenen, rotfleckigen Gesichtern, mit verfilzten, verwehten Haaren und eiskalten Händen, hatte Franka das unerklärliche Gefühl, einer Täuschung aufgesessen zu sein. Doch sie wusste nicht, ob sie selbst es war, die sich täuschte, oder Oda oder einfach das Leben.

Sie umrundeten das Haus und erreichten den Eingang, als Iris gerade auf den Hof fuhr. Sie trugen die Einkäufe hinein, und Iris und Franka machten sich daran, die Lebensmittel in den Schränken zu verstauen, wofür sie die längst verfallenen Konserven, Nudeln und Gewürze, die noch aus Elenas Zeiten stammten, einfach nach hinten schoben.

Oda stand da und tat nichts. Sie schaute sich nur um. »Etwas ist anders«, sagte sie schließlich, zögernd. Sie stand mitten im Raum, drehte sich langsam und bewusst einmal um sich selbst, noch einmal. »Ich bin mir sicher. Etwas ist anders.«

»Was meinst du damit?« Iris runzelte die Stirn.

»Hier haben sich Dinge verändert. Das Geschirrtuch lag vorhin dort drüben. Die Vorhänge am linken Fenster waren zu, jetzt ist da ein Spalt.« Sie sagte es mit ruhiger, neutraler Stimme, ganz so, als wäre sie nur eine Beobachterin, die nichts davon betraf.

»Bist du dir sicher?« Franka blickte sich um. Für sie sah alles genauso aus wie zuvor: so unordentlich, dass einem solche Details eigentlich unmöglich auffallen konnten, es sei denn, man hatte ein fotografisches Gedächtnis.

»Ich bin mir sicher.«

»Iris, warst du noch mal hier in der Zwischenzeit?« Franka hoffte auf eine simple Erklärung, die Oda beruhigen würde.

Iris schüttelte den Kopf. »Ihr habt gesehen, wie ich gegangen bin. Und ich bin eben erst zurückgekehrt, zwischendurch war ich nicht hier.« Sie schaute sich um. »Hattet ihr die Haustür abgeschlossen?«

Franka wechselte einen Blick mit Oda, dann schüttelten beide den Kopf.

»Theoretisch kann also tatsächlich jemand hereingekommen sein. Aber ich erkenne hier keinen Unterschied.« Iris überlegte einen Moment. »Vielleicht erinnerst du dich einfach falsch. So was kann sich doch kein Mensch merken. Ob die Vorhänge auf oder zu waren, meine ich.«

»Ich sagte, ich weiß es genau.«

»Und ich denke, dass man sich sicher sein und trotzdem falschliegen kann. Man kann sich auch Dinge einbilden.«

»Ich bin nicht durchgeknallt, falls du das meinst. Ich bilde mir keine Dinge ein. Der Vorhang war zu. Das Geschirrtuch lag woanders.«

Zu Frankas Überraschung lenkte Iris ein. »Okay, nehmen wir mal an, dass es so war. Was heißt das für uns? Niemand bricht in ein Haus ein, das so in die Jahre gekommen ist. Hier ist doch offensichtlich nichts zu holen. Und nichts ist verwüstet, gestohlen wurde auch nichts, soweit wir das sehen können. Also ...« Sie zögerte.

»Also was?«, hakte Franka nach.

»Also muss es um etwas anderes gehen.« Iris atmete tief aus. »Um eine von uns. Wenn wir davon ausgehen, dass jemand hier war, dann interessierte er sich womöglich nicht für Geld, sondern für dich, Franka. Für dich, Oda. Oder für mich.« Sie sagte es so, dass es fast pragmatisch klang, und vermutlich hatte sie recht. Vermutlich war das die einzig mögliche logische Schlussfolgerung aus der Situation, in der sie sich befanden. Eine Realität angesichts der Tatsache, dass sie alle nicht einfach so hier gelandet waren, sondern jede getrieben von ihrer eigenen Geschichte, die für die anderen im Dunkeln lag.

Iris dachte kurz nach, dann fuhr sie fort: »Mir fällt keine andere Erklärung ein. Euch?«

»Womöglich jemand, der einfach neugierig war? Jemand aus dem Dorf, der gesehen hat, dass das Haus wieder bewohnt ist, und sich umsehen wollte.« Franka hörte selbst, wie dünn ihr Vorschlag klang, wie sehr von Wünschen getrieben. Warum sollte jemand so etwas tun? »Oder man wollte uns Angst einjagen. Vielleicht … will derjenige nicht, dass wir hier sind? Will uns vertreiben?«

»Aber hier ist niemand.« Oda hob die schmalen Schultern. »Es ist nicht einmal ein anderes Haus in Sichtweite. Wer könnte ein Problem damit haben, dass wir hier sind? Oder denkst du, die Leute aus dem Dorf stören sich an Fremden?«

»Nein.« Franka schüttelte entschieden den Kopf. »Ich bin keine Fremde. Die Leute aus dem Dorf kannten Elena, und sie kennen mich, auch wenn es Jahre her ist, dass ich hier war. Sie wissen, dass ich es bin, die sich im Haus aufhält, sonst hätten sie schon längst die Polizei vorbeigeschickt. Oder wären selbst aufgetaucht.«

Franka spürte, wie sich ein dunkles Gefühl in ihr ausbreitete, langsam in ihr aufstieg, immer höher, Richtung Kehle. Ein

Gefühl, dem sie keinen Raum geben durfte, wenn sie die Kontrolle behalten wollte. Nicht nachgeben. Nicht weiterdenken als bis ins Jetzt. Sie existierte, sie spürte sich selbst, sie war nicht verloren. Sie war nicht allein. Und sie würde überstehen, was sie überstehen musste. Sie würde es überstehen. Was danach kam, lag nicht in ihrer Hand. Sie atmete, tief, atmete die Dunkelheit weg, konzentrierte sich auf Dinge, die sie mit eigenen Augen sah. Die feinen Linien in Iris' Gesicht, wenn sie es verzog, weil sie nachdachte, so wie jetzt. Das Zittern von Odas Locken, wenn sie durchatmete, angestrengt, so wie jetzt. Das Licht, das hereinfiel, gestreut in einen breiten Fächer, in dessen Schein der Staub schwebte, ungerührt von allen Gefahren.

Iris brach das ratlose Schweigen. »Tatsache ist, dass wir jetzt gerade nichts tun können«, sagte sie ein wenig ruppig. »Es sind zu viele Unbekannte. Vielleicht war es nichts, vielleicht irrt sich Oda. Vielleicht war etwas, aber es ist vorbei, es ist nichts passiert, und wir sind hier in Sicherheit.«

Sicherheit. Sie sprach es aus, das Wort, das bislang niemand in den Mund genommen hatte. Zu groß war die Scheu vor dem Gedanken, dass sie womöglich nicht mehr sicher waren, in dem alten Haus, das nicht nach sicherem Hafen aussah, aber langsam begonnen hatte, sich so anzufühlen. Sie waren doch sicher, oder? Franka musste die dunklen Gefühle in Schach halten, sie musste, doch sie glitten immer wieder durch die Schlingen ihres Hirns, entwischten den Zungen und Fingern ihrer Vernunft. Sicherheit. War sie hier sicher? Wollte sie nur sicher sein, sehnte sich mit solcher Macht danach, dass ihr Kopf Trugbilder erschuf?

Für einen Moment flackerte ein wahnwitziger Gedanke in ihr auf. Was, wenn sie sich alles nur einbildete? Alles? Wenn das Haus in Wahrheit leer war, bis auf sie selbst, wenn Oda und Iris nicht aus Fleisch und Blut waren, sondern leibhaftige Inkarnationen ihrer Angst vor der totalen Einsamkeit?

Was, wenn jemand, der sie durchs Fenster beobachtete, sah, wie sie mit Schatten sprach, mit einem leeren Stuhl, mit einem Spiegel?

Sie presste sich die Handballen auf die Augen und rieb, bis weiße Lichtflecken zu wabern begannen. Sie blinzelte heftig, blinzelte die grellen Lichter fort, und da waren Iris und Oda, sie waren wirklich da, sie waren echt, es sei denn, Frankas Gehirn war ein verdammtes Genie, ein Meister der Illusion.

»Wir warten einfach ab«, fuhr Iris nun fort. »Halten uns bedeckt, lassen uns nicht verrückt machen. Hört ihr? Wir lassen uns nicht verrückt machen. Wenn nichts mehr passiert, hat sich die Sache erledigt. Dann hat sich Oda das alles wahrscheinlich nur eingebildet. Oder es war jemand, der einfach neugierig war, nur mal gucken wollte, was weiß ich. Taucht noch mal jemand auf, wissen wir, dass wirklich etwas nicht stimmt. Und dann können wir uns immer noch den Kopf zerbrechen.«

Franka hatte den Verdacht, dass Iris versuchte, sicherer zu klingen, als sie es war. Vermutlich hätte es nicht in ihr Weltbild gepasst, ins Zweifeln zu geraten, selbst wenn es dafür jeden Anlass gegeben hätte. Iris weigerte sich zwar zu sagen, vor wem sie sich versteckte, aber sie versteckte sich ganz offensichtlich. Was, wenn man sie gefunden hatte? War das der Gedanke, der sich hinter ihren kühlen grauen Augen ausbreitete? Die Angst, entdeckt worden zu sein, von wem auch immer?

Von Oda wusste sie ebenfalls nicht so richtig, was sie hinter sich gelassen hatte. Aber dass da etwas war, stand außer Frage, etwas, das groß und bedrohlich genug war, um sie in die Wellen zu treiben, ihr das Unsagbare abzuverlangen. Man sah sie ihr an, die Anspannung, unter der sie in jedem Augenblick stand, ihre schmalen, verkrampften Schultern, der angestrengte Zug um den Mund, ihr Ton, der willkürlich sprang zwischen kühl und ungerührt und dann wieder zögerlich und verletzt, als rotierten in ihrem Kopf die Gedanken, gehetzt und auf der Suche nach einem Ausweg.

Franka registrierte, wie Oda die Zähne zusammenbiss. Sie wirkte nicht sehr glücklich, doch sie schien bereit, Iris zu vertrauen, wenn auch aus bloßer Notwendigkeit heraus. Es gab keine andere Möglichkeit. Also folgte sie der Frau, die so tat, als wüsste sie, was sie tat, doch in Wahrheit wusste keiner von ihnen, was zu tun war. Wie sollte man es auch wissen, inmitten dieses luftleeren Raums fernab jeder Realität, in dem alles und auch nichts passieren konnte, zu jeder Zeit?

Es lag eine gedämpfte Unruhe in der Luft, an diesem Tag und am nächsten. Franka fühlte sich wie unter Wasser, als wäre alles langsamer als sonst, schärfer und verschwommen zugleich. Es war, als hätten die Mauern, die die alte Welt draußen hielten, Risse bekommen, ohne dass sie wusste, ob sie standhalten würden. Was, wenn sie nachgaben? Und dann konzentrierte sie sich rasch auf etwas anderes, etwas, das in ihrer Macht lag, und sagte sich, dass es nichts war, nichts sein konnte, dass Oda sich geirrt haben musste, denn Oda war eben Oda. Oda, die manchmal minutenlang ins Leere starrte, als läge dort eine Wahrheit verborgen, die sie alle oder zumindest Oda selbst zu retten vermochte.

Als sie das Haus verließen, das sie fest verriegelt hatten, traten sie in gleißend weißes Oktoberlicht, ganz als wollte ihnen die Welt sagen, dass es sie noch gab. Dass Himmel und Erde noch ihren Abstand hatten und dass das Licht und die kalte Luft das Dazwischen füllten, so wie es sich gehörte.

Franka trat nach Oda ins Freie und ging hinter ihr auf dem schmalen Weg ums Haus herum und dann hinunter zum Strand. Im Vorbeigehen riss sie einen Strandhaferhalm ab, eine alte schlechte Gewohnheit, knickte ihn, schlang ihn sich um den Finger, bis sich das Blut staute. Danach zerrieb sie das Gras zwischen den Fingern und roch daran. Es roch nach früher, nach Kindsein. Nach Elena, nach heißem Sommer und rennen, einfach nur rennen, bis einem schlecht wurde und man Seitenstechen bekam. Sie spürte, wie es in ihrer Kehle brannte, so sehr sehnte sie sich nach dieser Zeit, in der eine Umarmung, ein sanftes Wort alles wiedergutgemacht hatte, als es jemanden gegeben hatte, in dessen Macht es stand, sie zu retten, vor sich selbst, vor allem.

Stattdessen war sie hier, in einer absurden Realität, die sie weniger und weniger begriff, mit Menschen, denen sie vertrauen *wollte*, vielleicht sogar vertrauen musste, doch die Zweifel waren nadelspitz und fanden immer neue Nahrung.

Hatte Iris Odas Bedenken nicht sehr leichtfertig abgetan? War es wirklich vernünftig zu bleiben, wenn sie nicht wussten, ob jemand in das Haus eingedrungen war? Oder war Iris die einzig Vernünftige, der es gelang, nüchtern zu denken? Sah sie eine Wahrheit, die Franka entging, sah sie, ob Oda ehrlich war oder log? Und war es tatsächlich klug, jetzt das Haus zu verlassen, demonstrativ, nur um herauszufinden, ob wieder etwas geschah?

Franka strich sich eine Haarsträhne aus dem Gesicht, spürte kaum ihre eisigen Hände auf der kalten Haut ihrer Wangen. Vor ihr balancierte Oda an der Kante der Wellen entlang, die Locken kraus von der Feuchtigkeit, auf den bleichen Wangen ein Hauch bläuliches Rot, und auch wenn sie nicht lächelte, sah Franka, dass Oda es sich gestattete, den Augenblick zu genießen. Neben ihr ging Iris, stumm und ein wenig grimmig, wie immer die Hände in den Taschen ihres Parkas vergraben, und der Wind stellte ihr die kurzen Haare auf und untergrub renitent ihre Ernsthaftigkeit.

Irgendwann, ohne besonderen Grund, wandte Iris sich um, schirmte ihre Augen mit den Händen gegen die kühle Oktobersonne ab und fragte ganz ruhig: »Seht ihr das?«

Franka wandte sich um, und auch Oda blickte zurück zum Haus. Nichts als gleißendes, flirrendes Licht in Kreisen und scharfe Schatten. Dann, als sich die Augen daran gewöhnt hatten, die Umrisse des Hauses, der Holzstapel neben der Veranda, der kleine, knorrige Apfelbaum. Und dann, daneben, ein Mensch.

»Da ist jemand.« Franka kniff die Augen zusammen, sie täuschte sich nicht. Jemand stand im Garten, ein dunkler Umriss nur, mehr war nicht zu erkennen, und im nächsten Moment spürte sie, wie Iris sie streifte, wütend an ihr vorbei Richtung Haus marschierte. Ohne nachzudenken, lief Franka ihr hinterher.

»He!«, brüllte Iris. »He! Was wollen Sie hier?«

Sie verfiel in einen Laufschritt, erreichte Elenas Garten und war mit wenigen Schritten bei der Gestalt, die zurückwich, aber keine Anstalten machte zu verschwinden.

Franka war zurückgefallen, kam jetzt erst nah genug heran, um etwas zu erkennen, sah, dass es ein Mann war, in Jeans und einer schwarzen Lederjacke, und dann, dass er es war. Er. Sie hielt abrupt inne, starrte ihn an und konnte es nicht glauben. Er.

Iris hatte ihn am Arm gepackt und stieß ihn nun von sich.

Es schien sie nicht zu stören, dass sie mindestens einen Kopf kleiner war als er.

Er wehrte sich nicht, hatte Franka jetzt entdeckt. Er steckte einen weiteren Stoß von Iris ein, ohne zu weichen, fixierte Franka, mit hängenden Armen und diesem Blick, diesem bestimmten Blick, und sie spürte, wie die Wellen der Vergangenheit mit der ihnen eigenen Macht über ihr zusammenschlugen. Er. Tatsächlich er.

»Franka.« Er sprach ihren Namen aus, wie er ihn immer ausgesprochen hatte. Klar und kantig, leicht belustigt, als könne er nicht glauben, dass sie so hieß, dass es sie gab, dass sie vor ihm stand.

Sie sagte nichts, denn da war nichts in ihr, nur Leere.

Iris trat einen Schritt zurück. »Wer ist das, Franka? Ist das …?«

»Nein.« Franka spürte, dass Oda neben sie trat, nah und warm. »Nein, das ist Jannek.«

Iris schwieg, wartete.

Franka fuhr fort, ohne wirklich zu wissen, was sie sagen sollte. Zu lange war es her, zu lange für Worte. »Jannek und ich … wir waren ein Paar. Damals. Es ist ewig her.«

»Er ist dein Ex?«

»Franka und ich waren zusammen, als wir fast noch Kinder waren.« Jannek verschränkte die Arme, verlagerte sein Gewicht auf das andere Bein. »Und ich weiß ehrlich gesagt nicht, was das hier soll.« Er bedachte Iris mit einem spöttischen Blick, von dem Franka nicht wusste, ob er echt war oder ob Jannek dadurch nur seine Unsicherheit kaschieren wollte. »Was haben Sie für ein Problem? Wer sind Sie überhaupt?«

Franka trat zwischen die beiden. »Jannek, das ist Iris, eine Freundin von mir. Und das …«, sie wandte sich kurz um und wies hinter sich, »ist Oda.«

»Netter Empfang, ich muss schon sagen.« Jannek fuhr sich über die kurz rasierten Haare, kratzte sich im Nacken, und für einen Moment sah Franka die Ader an seiner Schläfe pochen, wie früher, nur dass die Stoppeln, in denen sie sich verlief, jetzt grau waren statt schwarz. Jannek war alt geworden, älter, als er den Jahren nach hätte sein dürfen, aber vielleicht kam es ihr auch nur so vor. Er war immer noch groß und schmal, trug immer noch einen ungepflegten, stoppeligen Bart, doch die Konturen seines Gesichts traten jetzt schärfer und härter hervor, er wirkte hager, müde.

»Ich bin ehrlich gesagt ein bisschen überrumpelt, Franka. Ich wollte einfach nur sehen, ob es stimmt. Dass du wieder da bist, meine ich.«

»Sie hätten sich ankündigen können. Hätten wieder gehen können, als Ihnen klar wurde, dass keiner zu Hause ist.« Iris war nicht gewillt lockerzulassen.

Jannek hob die Hände. »Ich wusste nicht, dass ich vermintes Gelände betrete. Ich wollte mich nur ein bisschen umsehen. Ich war ewig nicht mehr hier. Ich ...«

»Würde ich auch behaupten«, unterbrach ihn Iris.

»Was?«

»Dass ich nur mal gucken wollte. Genau das würde ich an Ihrer Stelle auch sagen.«

»Wie bitte?« Jannek hob die Augenbrauen.

Franka seufzte, zog ihre Jacke enger um sich. »Du kennst die Hintergrundgeschichte nicht. Es ... es war jemand im Haus, glauben wir. Gestern. Jemand muss eingedrungen sein. Darum sind wir alle ein bisschen nervös.«

»Ach, und jetzt glaubt ihr, dass ich das war? Dass ich gestern schon mal hier war?« Jannek trat ein Stück zurück. »Das ist doch lächerlich. Ich wollte nur kurz vorbeischauen.«

»Ich behaupte gar nichts. Ich ziehe lediglich Dinge in Betracht«, sagte Iris, die sehr zufrieden mit sich wirkte. Franka war klar, dass sie selbst kein richtiges Gespräch mit Jannek würde führen können, solange Iris mit misstrauischem Blick und Oda mit großen, fragenden Augen danebenstanden.

»Geht schon mal rein. Ich komme gleich nach«, sagte sie deshalb. Iris sträubte sich erst, doch dann gab sie nach, zog Oda mit sich. Franka ahnte, dass eine von beiden in der Küche stehen würde, nach draußen spähend, nur um sicherzugehen.

Sie liefen hinunter zum Strand. Jannek ging vor ihr, wie früher die Hände in den Jackentaschen, die Schultern zurückgezogen, das Kreuz gerade. Damals hatte sie immer gedacht, dass er diese enorme Präsenz besaß, dass jeder ihn sah, ihn wahrnahm, dass er jeden Raum mit sich füllte, doch jetzt kam es ihr vor, als wäre all das Fassade gewesen. Zumindest war von dieser Ausstrahlung nichts mehr übrig.

Sie trat neben ihn, ließ den Blick wandern, von einem Ende des Horizonts zum anderen. »Fühlt sich verdammt seltsam an«, sagte sie, und die Worte blieben hilflos und blass, scheiterten kläglich daran zu erfassen, was tatsächlich in ihr vorging. Es fühlte sich nicht nur seltsam an, sondern auch lächerlich und sinnlos, verrückt und beängstigend und zugleich tieftraurig. Wie lange hatte sie Jannek nicht gesehen? Ihre Trennung lag eine Ewigkeit zurück, und nicht ein Mal hatten sie in der Zwischenzeit miteinander gesprochen. Am Anfang hatte sie ihn in ihren Träumen gesehen, panische Träume, Träume voller Tod und Einsamkeit, und wenn sie wach war, hatte sie an ihn gedacht, hatte ihn unsäglich vermisst und sich verflucht, dafür, dass sie nicht die geringste Ahnung hatte, warum er gegangen war. Irgendwann war er, war seine Gegenwart in ihren Gedanken weniger geworden. Er war nur noch aufgetaucht, wenn sie etwas an ihn erinnerte, ein Lied, ein bestimmter Geruch, ein Mann, der vor ihr ging und von hinten genauso aussah wie er. Dann fing ihr Herz an zu rasen, bis er den Kopf drehte und sich als Niemand zu erkennen gab.

Jahrelang hatte sie keinen Blick auf das Meer werfen können, nicht bei Wind und Sturm, nicht in gleißendem Sonnenschein, ohne an ihn zu denken, daran, wie sie stundenlang im Sand gesessen und geredet hatten, wie sie sich geküsst und gestritten hatten, gegen die Wellen an, wie sie sich geliebt und gehasst und dann wieder geliebt hatten. Wie Jannek sie das erste Mal an sich gezogen hatte, in seine Arme, und sie hatte das Salz gerochen und ihn und seine Wärme, und nichts anderes hatte mehr gezählt, nichts anderes hatte mehr existiert. Gott, wie erbärmlich man doch war, wenn man verliebt war, wie sehr man glauben wollte, dass es das jetzt war, und sich jeder Realität entzog, als könnte man ohne sie auskommen, sich eine Parallelwelt schaffen, glänzend, ohne Risse. Sie fühlte Mitleid mit sich, mit ihrem lächerlichen Selbst, das tatsächlich geglaubt hatte, die Antwort zu kennen, ohne die Fragen je verstanden zu haben.

Als sie Vito kennengelernt hatte, hatte sie aufgehört, an Jannek zu denken. Kein anderer Mann hatte das vorher geschafft, keinem war es gelungen, Jannek zu überstrahlen; für Vito war es ein Kinderspiel gewesen. Vielleicht war die Zeit auch einfach reif gewesen, vielleicht war sie, endlich, darüber hinweggekommen, über ihre Liebe zu Jannek, seine Feigheit, seine Entscheidung, sie einfach fallen zu lassen, sie allein zu lassen, ohne ein Wort. Es fühlte sich nach Verrat an, auch wenn sie sich in den Monaten und Jahren nach dem bitteren Ende immer um dieses Wort gedrückt hatte. Wir haben uns getrennt, er hat mich verlassen, nichts als hilflose Euphemismen, denn die Wahrheit war, er hatte sie verraten, hatte ihre Liebe verraten, so klar, so kalt, so unausweichlich.

Vito nahm dieser Wahrheit die Wucht, den Stachel, begrub sie unter seiner sperrigen, allumfassenden Liebe, von der sie damals annahm, dass sie echt war, begrub ihre Vergangenheit unter einer strahlenden Zukunft. Und sie war nie ehrlich genug gewesen, sich zu fragen, ob sie Janneks Verrat je wirklich hatte verwinden können oder ob schlicht Vito ihr Leben so erfüllte, dass sie das Loch, das Jannek gerissen hatte, nicht mehr sah.

Unabhängig davon, und das jedenfalls konnte sie nicht leugnen, hatte Jannek Spuren hinterlassen. Er hatte sie geprägt, unwiderruflich. Kein Muster, keine Hieroglyphen, sondern Kratzer, hässlich und tief, Schrammen und Risse. Sie war nicht mehr dieselbe, war es nie mehr geworden, und jetzt stand sie hier und sagte diesen lächerlichen Satz, *fühlt sich verdammt seltsam an*, und sie wusste nicht einmal, ob er die Unzulänglichkeit, die Ironie dieser Worte erkannte. Er stimmte ihr einfach nur zu, nickte, ja, verdammt seltsam, wie recht sie doch hatte.

»Gott, diese Erinnerungen«, sagte er dann, und für einen kurzen Augenblick wankte seine Stimme, mitten in einem Lächeln. »Weißt du noch, wie wir hier einmal mit einer Flasche Korn und einer Packung Kekse versackt sind? Du hast ins Wasser gekotzt.«

»Du doch auch.«

»Ich?«

»Aber sicher. Sogar dreimal.«

»Also, daran erinnere ich mich nicht.« Jannek verschränkte mit gespielter Entrüstung die Arme.

»Du meinst, du willst dich nicht erinnern. Weil es dir peinlich ist. War es dir damals schon.«

»Gut, kann sein«, lenkte Jannek ein. »Aber als wir hier mit Fränzi und dem Jochen waren, hat es dich heftiger erwischt.«

Er lachte leise, und sie wunderte sich, dass es gar nicht vertraut klang. »Du bist nackt ins Wasser gerannt, weißt du noch? Und dann hast du …«

Sie unterbrach ihn. »Du bist nicht hier für eine Runde *Weißt du noch*, oder? Du tauchst doch nicht nach Jahren hier auf, nur um mir zu erzählen, wie ich damals nackt in der Ostsee herumgesprungen bin wie eine Irre.«

Er schwieg. Sein Blick wanderte über das Wasser, als wollte er dort draußen die richtigen Worte entdecken. Dann sagte er: »Ich hatte keine Ahnung, dass ich einen Grund brauche, um zu dir zu kommen.«

»Doch, den brauchst du. Damals hättest du keinen gebraucht. Jetzt brauchst du einen.«

»Ich bin hier, weil ich dich sehen wollte. Mit dir reden wollte. Wissen wollte, wie es dir geht, wie es dir ergangen ist.«

»Mir geht es gut, danke der Nachfrage.«

»Bist du … bist du noch verheiratet? Ich weiß, dass es da jemanden gab. Aber du trägst keinen Ring.«

»Wir haben uns getrennt.«

»Das tut mir leid.«

»Muss es nicht. Es ist meine Sache, okay? Für dich ohne Belang.«

Sie schwiegen. Eine Möwe schrie, vorwurfsvoll, doch das Meer ließ sich nicht aus dem Rhythmus bringen.

Jannek schien die Stille nicht ertragen zu können. »Interessiert es dich gar nicht, was aus mir geworden ist? Hast du nie an mich gedacht?«

»Mich interessiert vor allem, was du wirklich hier willst. Nach all den Jahren.«

»Franka, da ist noch so vieles. So vieles, das wir nie ausgesprochen haben und das wir vielleicht ...«

»Oh nein.« Sie war nicht bereit, das so stehen zu lassen. »Ich habe dir alles gesagt. Alles. Ich habe es dir ins Gesicht gesagt, zu deinem Fenster hochgebrüllt, ich habe dir zwei Dutzend Briefe geschrieben, in denen es stand, ausbuchstabiert, ich habe es, soweit ich mich erinnere, sogar einmal stockbetrunken deiner Mutter erklärt, und sie hat zumindest so getan, als würde sie mich verstehen. Du weißt, was damals in mir vorging. Was du mit mir gemacht hast. Da gibt es nichts mehr zu besprechen.«

Jannek schwieg. Die Wellen, sanft und eisengrau, liefen ihnen gelassen entgegen und zogen sich zurück, ein unwiderstehlicher Sog, eine schwerfällige Bewegung, die Franka schwindlig werden ließ, als schwankte die Erde im Takt der Wellen.

»Es tut mir leid, Franka. Du weißt, dass es mir wirklich leidtut, wie es damals zwischen uns gelaufen ist.«

»Das hast du mir nie gesagt. Du hast dich nie bei mir entschuldigt. Nie.«

»Dann sage ich es dir jetzt: Es tut mir leid, Franka. Wirklich. Es war damals nicht alles so, wie es dir erschienen ist.«

»Ach, ich habe das alles also falsch verstanden? Du hast mich verlassen, ohne ein Wort, hast mich verdammt noch mal einfach sitzen lassen, als wäre ich das Allerletzte. Aber ich hab da was falsch verstanden, ja? Ist es das, was du mir sagen willst?«

»Nein, das behaupte ich doch gar nicht.« Es war ihm deutlich anzumerken, wie er sich zur Ruhe zwang. »Das meine ich nicht.«

»Was meinst du dann?«

»Franka, ich hätte schon lange ... Ich wollte schon ewig mit dir darüber sprechen, was damals eigentlich war, aber ich war immer zu feige. Und dann warst du irgendwann einfach weg, bist nicht mehr aufgetaucht, damals nach Elenas Beerdigung. Und als ich jetzt gehört habe, dass du wieder da bist ...«

Sie unterbrach ihn: »Wer hat dir das überhaupt erzählt?«

»Wie bitte?«

»Woher wusstest du, dass ich wieder da bin? Habt ihr beim Bäcker über mich getratscht?«

»Ich ... nein, ich wohne gar nicht mehr im Dorf. Ich bin nach Kiel gezogen.«

»Ach, und woher wusstest du, dass ich hier bin?«

»So was kriegt man doch mit.«

»So was kriegt man mit, wenn einem jemand davon erzählt. Und wer hat dir davon erzählt?«

Jannek atmete resigniert aus. »Sven.«

»Sven? Der alte Sven? Was hast du denn mit dem zu schaffen?«

Der alte Mann lebte seit Ewigkeiten oben an der Straße, die von Elenas Haus zum Dorf führte. Sein düsterer Hof hatte Franka damals schon Angst gemacht, und sie wunderte sich, dass Sven dort noch lebte und nicht längst gestorben oder in ein Altersheim verfrachtet worden war.

»Ich habe ihn gebeten, mir Bescheid zu geben, wenn du hier auftauchst. Ich hatte ja keine Telefonnummer von dir und keine Adresse.«

»Du hast was?«

»Jetzt tu nicht so. Ich habe ihn lediglich gebeten, ein Auge drauf zu haben, ob du hier aufkreuzt.«

»Ich mag es nicht, wenn man mir hinterherspioniert. Wann ich wo bin, geht dich einen Dreck an.«

»Franka, ich wollte doch nur mit dir reden, und ich hatte keine Ahnung, wie ich sonst an dich rankommen soll. Ich hätte nie ...«

»Ich möchte, dass du gehst.« Sie wandte sich zum Haus. Sie zitterte vor Wut, konnte kaum glauben, dass es das gewesen sein sollte, das Wiedersehen, von dem sie damals in den Nächten geträumt und tagsüber fantasiert hatte, das sie herbeigesehnt und gefürchtet hatte, nach der bitteren Demütigung, die seine Flucht aus ihrem Leben gewesen war. Und jetzt, da er vor ihr stand, hatte er nichts anderes zu sagen, als dass sie sich geirrt hatte, dass sie alles nur falsch verstanden hatte. Er schämte sich noch nicht einmal dafür, dass er einen alten Mann darauf angesetzt hatte, sie auszuspähen.

»Franka, jetzt warte doch.« Jannek tauchte neben ihr auf. »Okay, vielleicht war es daneben, was ich gemacht habe. Aber was hätte ich sonst tun sollen? Ich will einfach nur, dass wir miteinander reden. Dass wir endlich miteinander reden!«

»Vergiss es, Jannek. Du glaubst, du kannst hier mir nichts, dir nichts so auftauchen und alles ist vergeben und vergessen? Ganz sicher nicht!« Sie hielt nicht inne, verlangsamte ihren Schritt auch nicht.

Als sie das Haus erreicht hatten, gab Jannek auf. Mit hochgezogenen Schultern stapfte er an ihr vorbei, zu seinem Auto. Franka widerstand dem Drang, ihm nachzusehen. Sollte er doch verschwinden. Sollte er bloß verschwinden und nie wieder aufkreuzen. Sie brauchte keine Antworten mehr, jetzt nicht mehr.

»Ist er weg?« Iris trat aus dem Haus, die Haare noch wild vom Wind.

Franka nickte.

»Was wollte er denn?«

»Keine Ahnung. So genau habe ich nicht verstanden, was ihn hierhergetrieben hat.«

»Du hast nicht gefragt?«

Franka lehnte sich gegen die kalte Ziegelmauer neben dem Eingang. »Er hat davon gefaselt, dass damals alles nur ein großes Missverständnis gewesen sei. Dass ich alles nur falsch verstanden hätte, was absolut lächerlich ist.« Sie stieß sich von der Wand ab. »Lächerlich. Er hat mich verlassen, ohne zu sagen, warum. Ist einfach abgehauen und hat danach nie wieder mit mir geredet. Was gibt es da falsch zu verstehen?« Bevor Iris etwas sagen konnte, beantwortete Franka ihre Frage selbst. »Nichts. Da gibt es absolut nichts falsch zu verstehen, und ich weiß nicht, was es da noch zu besprechen gäbe.«

»Du hättest ihn bitten können, es dir zu erklären.«

»Er hat zugegeben, dass er den alten Mann die Straße runter damit beauftragt hat, ihm Bescheid zu geben, wenn ich hier auftauche. Als ob es ihn etwas anginge. Er hat kein Recht, mich in meinem eigenen Haus beobachten zu lassen.« Sie sah zu Iris hinüber. »Da hab ich ihn weggeschickt, statt mir noch irgendetwas erklären zu lassen. Ganz ehrlich, ich brauche Jannek nicht. Nicht hier, nicht jetzt, nie wieder. Ich habe damals lange gebraucht, um über ihn hinwegzukommen, verdammt lange. Und wenn er jetzt hier aufkreuzt, nur um ...« Sie verlor den Faden. »Ach, was weiß ich. Ich will ihn jedenfalls nicht in der Nähe haben.«

Iris nickte, und Franka war froh, dass sie sie verstand oder zumindest so tat.

»Glaubst du«, fragte Iris dann, »dass er es war?«

»Dass er im Haus war, meinst du?« Franka schüttelte den Kopf. »Nein, das kann ich mir nicht vorstellen. Warum sollte er das tun?«

»Er hat doch definitiv gezeigt, dass er bereit ist, hinter dir herzuspionieren, um dir nahezukommen. Vielleicht tut er das auch auf andere Weise.«

Franka widersprach Iris, doch sie hörte selbst, dass es nicht mehr so vehement klang. Sie wusste nicht, ob sie es sich wirklich nicht vorstellen konnte, dass Jannek zu so etwas fähig war, oder ob sie es sich schlicht nicht vorstellen wollte. Sie hatte sich schon einmal in ihm getäuscht. Wer sagte, dass ihr das nicht erneut passieren würde?

12

Als Franka am nächsten Morgen die Diele betrat, barfuß, das von Tausenden Schritten blank polierte Holz glatt und kühl unter ihren nackten Füßen, fiel das erste Licht des Tages durch das pastellfarbene Bleiglas des Oberlichts und warf zart verwischte Farbflecken auf den geknüpften rohweißen Läufer. In der Küche war es still, Iris und Oda mussten noch schlafen. Aus einer Laune heraus versuchte Franka das alte Radio einzuschalten, und tatsächlich, es rauschte und knisterte beruhigend. Die Musik klang in Fetzen zwischen den Störungen hindurch, erst etwas, das entfernt an Jazz erinnerte, dann klassische Musik, eine perlende, eilige Melodie, vielleicht Händel.

Sie machte Kaffee, schickte ein Dankgebet an die alte, brummige Maschine, dafür, dass sie ihren Geist nicht aufgab, sondern ihren Dienst weiter versah, stoisch und von den Jahren unbeeindruckt. Sie durchwühlte den Brotkasten und fand einige Scheiben, die sie im Toaster röstete. Eine uralte Dose Bohnen musste für Baked Beans herhalten, aus den drei Eiern, die noch aus Iris' Einkauf übrig waren, machte sie Rührei. Es war zwar zu wenig für alle drei, aber es war schließlich der Gedanke, der zählte. Der gedeckte Tisch, in all seiner Normalität, berührte etwas in ihrem Inneren, und sie betrachtete ihn nachdenklich. Er wirkte wie ein Überbleibsel aus einer Zeit, in der so etwas eine Alltäglichkeit gewesen war. Eine Zeit voller wunderbarer

Belanglosigkeiten – Restaurantbesuche, Kurzurlaube, Konzerte und Abende mit Freunden bei Wein und fettigen, salzigen Erdnüssen. Aus dieser so süßen und ahnungslosen Welt hatte sie sich selbst herausgerissen, über die Mauern hinauskatapultiert in ein sinnloses, haltloses Chaos. Es kam ihr vor, als hätte sie keine Wahl mehr, als stellte sich ihr nur noch eine Frage, nämlich die, ob sie in dieser neuen Welt leben konnte oder nicht.

Sie würde nicht darüber nachdenken. Nicht darüber, ob es diese Normalität jemals wieder für sie geben würde, nicht darüber, ob sie sie überhaupt noch würde ertragen können.

Stattdessen überlegte sie, dass dem gedeckten Tisch etwas fehlte, eine Kleinigkeit, vielleicht etwas Süßes. Ihr fiel ein, dass sie im Handschuhfach ihres Autos noch eine halbe Packung Schokoladenkekse haben musste. Wenn sie die auf einem Teller ausbreitete, dann war das zwar keine Apfeltarte, kein Stapel frischer Pancakes, aber immerhin etwas Besonderes.

Sie griff sich die Autoschlüssel, die auf der Anrichte lagen, und lief hinaus in die Diele. Dann, mitten im Schritt, hielt sie plötzlich inne. Dort lag etwas, nicht weit von der Teppichkante entfernt. Auf den honigbraunen, hölzernen Dielen lag etwas.

Sie ging vorsichtig näher. Drei winzige schiefrunde Gegenstände. Sie sahen aus wie kleine, blanke Vogeleier, bläulich schimmernd, mit feinen Sprenkeln. Noch näher. Keine Vogeleier. Dafür waren sie zu unregelmäßig, eines oval, eines eher kugelig, eines deutlich kleiner als die anderen. Noch näher. Es waren Steine. Drei durchscheinende, nahezu absurd glatte zartblaue Kieselsteine. So unschuldig, so vollkommen fehl am Platz, so wunderbar geeignet, alles zum Einsturz zu bringen.

Sie trat einen Schritt zurück, sah sich um. Was sollte das? Was bedeuteten diese Steine, hier in ihrem Haus, wer hatte sie dort hingelegt? Hatte sie sie wirklich auf ihrem Weg in die

Küche übersehen, oder lagen sie erst seit wenigen Minuten dort auf den Dielen? War jemand im Haus?

Sie tastete nach der Wand hinter sich, lehnte sich an, atmete. Möglichkeiten. Was waren die Möglichkeiten?

Oda hatte manchmal seltsame Anwandlungen. War das ihr Werk? Vielleicht irgendein Aberglaube, ein schräges Ritual? Konnten die Steine versehentlich dorthin geraten sein? Zufällig?

Sie zweifelte daran. Sie zweifelte auch an sich, war sich plötzlich nicht einmal mehr sicher, ob die Steine dort wirklich lagen. Hatte sie sich das alles nur eingebildet? Hatten ihre Sinne, überreizt, wie sie waren, ihr einen Streich gespielt? Fast wünschte sie es sich, auch wenn es eine Menge über ihren Zustand verraten hätte. Doch als sie abermals nachschaute, sich vergewisserte, dass sie nicht verrückt war, zumindest nicht auf diese Weise, lagen sie immer noch dort, hart, glatt, unverrückbar.

Franka ging in die Knie. Vorsichtig nahm sie einen der Steine in die Hand, drehte ihn zwischen den Fingern, spürte, wie kühl er war, kühl und seidig. Die Sprenkel waren winzig und dunkelblau, hoben sich fein von der lichtblauen Fläche ab, die so hell war, dass es fast weiß schien. Ein feiner Riss zog sich quer durch den Kiesel, an dieser Stelle war das Weiß nicht durchscheinend, sondern stumpf und satt. An einem der anderen Steine klebte noch ein wenig Erde oder Sand. Sonst waren sie perfekt, allesamt, perfekt und absolut nichtssagend.

Sie legte den Stein zurück und richtete sich auf. Es gab eine Erklärung. Es gab immer eine Erklärung. Sie wusste nur nicht, ob es eine war, mit der sie leben konnte.

Kurz darauf standen sie zu dritt in der Diele und starrten auf die runden kleinen Kiesel.

Iris kniete sich hin und nahm einen davon prüfend in die Hand, genau wie es Franka wenige Minuten zuvor getan hatte, rollte ihn zwischen ihren Fingern hin und her. »Ganz normale Steine.«

»Das sagte ich doch.«

Iris griff sich auch die beiden anderen Kiesel und erhob sich wieder.

»Was machst du mit ihnen?«, fragte Oda, die bislang geschwiegen hatte.

»Ich werfe sie weg. Was soll ich sonst damit tun? Wollen wir noch länger hier stehen und sie angaffen? Das bringt doch nichts.«

Sie öffnete die Haustür und warf die Steine ins Gebüsch.

»Eine Katze. Oder Ratten.« Sie saßen um den Küchentisch, ratlos, und Iris präsentierte alle Erklärungen, die ihr einfielen.

»Ich habe hier noch nie auch nur eine Ratte gesehen. Noch nie.« Franka trank einen Schluck von ihrem Kaffee, der inzwischen kalt geworden war. »Wir hätten doch längst bemerkt, wenn es hier solche Viecher gäbe.«

»Gut, keine Ratten.« Iris zuckte mit den Schultern. »Dann Kinder.«

»Kinder? Das ist doch lächerlich. Warum sollte ein Kind so etwas tun?«

»Nicht ein Kind. Eine Gruppe von Kindern. Kinder können ganz schön böswillig sein, vor allem, wenn sie sich zusammentun. Als ich klein war, haben wir mal einen Nachbarn terrorisiert. Nicht einen Tag oder eine Woche lang, bestimmt über ein Jahr. Ich, meine Brüder, die Nachbarsjungen. Steine durchs Fenster, den Hund entführt, die Eingangstür beschmiert, keiner von uns hat auch nur einmal überlegt, was das soll. Gefragt, warum wir das tun. Oder ob es in Ordnung ist. Wir fanden den Mann einfach gruselig, er hatte diesen ungepflegten Bart und eine Brille mit Sprung, und die Fensterläden waren immer zu, sodass man nicht hineinsehen konnte. Das war uns Grund genug. Wir haben ihn echt fertiggemacht, und es hat sich großartig angefühlt. Wir hatten immer neue Ideen, was wir ihm antun konnten, und haben uns dafür gefeiert, wenn ein Plan funktioniert hat. Wir waren furchtbar. Gott, waren wir furchtbar!«

Franka brauchte einen Moment, um diese Geschichte zu verarbeiten. Dann fragte sie: »Und du glaubst … Kinder aus dem Dorf wollen uns einen Schrecken einjagen und legen uns deshalb Steine ins Haus? Das Dorf ist zwei Kilometer entfernt. Abgesehen davon: Denkst du wirklich, dass Kinder ein paar Kieselsteinchen verwenden würden, um uns zu ärgern? So perfide sind die doch nicht. Die würden doch eher … ich weiß nicht, Hundehaufen vor die Tür legen oder so.«

»Ich glaube gar nichts. Ich sage nur, was sein könnte.« Dann schwieg Iris. Sie alle schwiegen. Hätte es eine Wanduhr im Raum gegeben, wäre ihr Ticken ohrenbetäubend gewesen, doch so hörten sie nur sich selbst atmen und, gedämpft und leise, das stoische Rauschen des Meeres.

»Und wie hätten Kinder ins Haus kommen sollen?«, fragte Franka schließlich. »Es ist kein Fenster kaputt, wir haben alle überprüft. Im Keller steht auch nichts offen. Wie hätten sie das machen sollen?«

Iris dachte kurz nach. Dann fragte sie: »Warst du, bevor du die Steine entdeckt hast, draußen im Freien?«

»Ich? Nein. Ich bin gewissermaßen über die Steine gestolpert, als ich das Haus verlassen wollte.«

»Als ich die Steine hinausgeworfen habe, habe ich die Tür einfach aufgezogen. Sie war nicht abgeschlossen.«

Franka überlegte. Die alte Haustür verriegelte sich nicht automatisch, wenn man sie ins Schloss zog. Man konnte sie von innen und außen öffnen, es sei denn, man schloss sie ab.

»Die Tür stand also offen«, sagte sie dann. »Die ganze Nacht?« Sie sah ungläubig von Iris zu Oda. »Ich weiß, dass ich gestern Abend abgeschlossen habe. Sagt mir bitte, dass ihr mir glaubt. Ich habe abgeschlossen, das weiß ich mit absoluter Sicherheit.« Sie spürte, wie ihr das Blut in den Kopf schoss, die Wangen heiß wurden. Was ging hier vor sich? Sie *wusste*, dass sie die Haustür abgeschlossen hatte, erinnerte sich sogar noch an das verschnörkelte Metall zwischen ihren Fingern, an das leise Quietschen, als sie den Schlüssel im Schloss gedreht hatte. Doch plötzlich war sie sich nicht mehr so sicher – war das wirklich am Abend zuvor gewesen? Oder spielte ihr Kopf, im verzweifelten Versuch, etwas Hilfreiches zu konstruieren, eine Erinnerung ab, die in Wahrheit weiter zurücklag? Nein, sie hatte die Tür abgeschlossen. Sie musste aufhören, sich zu hinterfragen, sonst wurde sie wirklich noch verrückt.

»Du hast nicht abgeschlossen«, warf Iris ein. »Oder jemand anderes hat sie aufgeschlossen. Sagtest du nicht, dass jemand aus dem Dorf einen Schlüssel hat, um nach dem Rechten zu sehen?«

»Ja, schon.« Franka hob die Augenbrauen. »Ein Ehepaar, er hatte früher mal einen Hausmeisterdienst im Dorf und verdient sich immer noch ein bisschen was dazu. Aber die beiden sind uralt und lammfromm. Ich kann mir nicht vorstellen, dass sie irgendetwas mit der Sache zu tun haben.« Sie zögerte. »Mich würde viel mehr interessieren, ob jemand von euch gestern Nacht noch mal draußen war.«

Iris schüttelte entschieden den Kopf. »Ich nicht.«

Oda hob die Schultern. »Ich ... ich glaube, ich auch nicht.«

»Du *glaubst, dass du nicht draußen warst?*« Franka hielt kurz inne. »Was soll das heißen?«

»Manchmal, wenn ich schlecht schlafe, werde ich zwischendurch wach und mache Dinge, an die ich mich am nächsten Tag dann nicht erinnern kann«, gab Oda nervös zu. »Früher war hin und wieder am nächsten Morgen der Fernseher an, obwohl ich am Abend zuvor nicht ferngeschaut hatte. Oder ich habe morgens Schokoladenpapier gefunden, auf dem Küchenboden, ohne dass ich bewusst etwas gegessen hätte.«

»Du bist dir also nicht sicher«, sagte Franka und bemühte sich nicht zu verbergen, wie lächerlich sie das fand.

»Du bist dir doch auch nicht wirklich sicher, ob du abgeschlossen hast.« Oda war blass, fast schon bleich, und ihre Haut schimmerte wächsern. Aus ihrer Stimme klang eine Schärfe, die Franka so noch nie von ihr gehört hatte, und sie wollte verärgert etwas erwidern, als Iris sie sachlich unterbrach: »Es kann also sein, dass Oda gestern Nacht noch draußen war«, sagte sie. »Es kann auch sein, dass Franka gar nicht erst abgeschlossen hat. Was bleibt, ist eine ziemlich hohe Wahrscheinlichkeit, dass jemand einfach so hereinspazieren konnte.« Sie stand auf und ging ans Fenster, sprach weiter, während sie hinaussah, als läge dort die Wahrheit oder zumindest ein brauchbarer Hinweis darauf, wie sie weitermachen sollten. »Es kann also jeder gewesen sein. Jeder, der wollte, konnte hereinkommen und die Steine dort zurücklassen.« Sie sagte es fast belustigt, ungläubig darüber, in dieser Situation gelandet zu sein.

»Nicht nur das«, wandte Oda ein. Sie klang weniger feindselig als noch Augenblicke zuvor. »Wer hier drin war, hätte leicht auch in jedes der Zimmer gehen können. Hätte uns sonst etwas antun können. Hätte an unseren Betten stehen und uns anstarren können, und wir hätten nichts davon bemerkt.« Es musste sie viel Beherrschung gekostet haben, diese offensichtliche Wahrheit so ruhig auszusprechen.

»Vielleicht hat derjenige das ja auch getan. Das wissen wir nicht.« Iris setzte sich wieder und beugte sich konzentriert nach vorne. Franka fiel wieder auf, was für eine seltsame Farbe ihre Augen hatten, dieses blanke Steingrau, das auf eine befremdliche Art hätte schön aussehen können, an Iris aber oft nur kühl und teilnahmslos wirkte.

»Wir müssen uns dringend einige Fragen stellen«, sagte sie ruhig. »Um wen von uns geht es? Was hat es mit den Kieseln auf sich, soll das eine Botschaft sein? Und schließlich: Warum sind wir alle noch hier?«

Die Stille, die folgte, wurde nicht unterbrochen, dehnte sich zäh aus, bis, laut und grell, das scheppernde Geräusch der Türklingel sie durchschnitt.

Franka schreckte auf, und auch Oda zuckte zusammen. Selbst Iris wirkte erschrocken, fing sich dann aber sogleich wieder.

»Franka? Franka, ich bin es. Bitte mach auf.« Die Stimme klang dumpf von draußen herein.

»Das ist Jannek«, sagte Franka, und sie fühlte, wie die Hitze des Schreckmoments nachließ, sie ruhig wurde, ihre Arme und Beine schwer. Jannek. Nur Jannek. Sie stand auf, um zur Tür zu gehen, doch Iris hielt sie zurück.

»Wir wissen nicht, ob nicht er hinter alledem steckt«, sagte sie eindringlich. »Willst du wirklich mit ihm sprechen?«

»Ich werde ihn nicht hereinlassen.«

»Ach, und es ist besser, wenn du alleine mit ihm draußen bist?« Iris hob die Brauen. »Entschuldige, Franka, ich habe dir nichts vorzuschreiben, du kannst tun und lassen, was du willst. Aber ich kann Dummheit ansprechen, wenn ich sie sehe.«

»Ich werde nichts Dummes tun. Ich will noch nicht mal mit ihm reden. Ich will ihm nur sagen, dass er mich von nun an in Ruhe lassen soll.«

Iris sah nicht überzeugt aus, doch sie trat beiseite. »Bitte, wenn du meinst.«

Franka öffnete die Tür und sah, dass Jannek schon auf dem Weg zurück zu seinem Wagen war, den er oben an der Straße geparkt hatte.

Als er sie hörte, wandte er sich um, kam wieder ein Stück näher. Sie ging die Stufen der Eingangstreppe hinunter, stand nun nicht mehr weit von ihm entfernt. Er sah unausgeschlafen aus, der Bart länger als sonst, die Augen müde.

»Du bist ja doch zu Hause«, sagte er. »Ich dachte, da wäre niemand.«

»Doch. Ich habe nur einen Moment gebraucht.«

»Du musstest dir erst klar werden, ob du überhaupt mit mir sprechen willst?«

»Wie ich dir schon gesagt habe, ich glaube nicht, dass wir viel zu bereden hätten. Ich will dir lediglich sagen, dass ich nicht möchte, dass du noch einmal herkommst.« Sie war kurz davor, ins Haus zurückzumarschieren und die Tür hinter sich zuzuschlagen.

»Franka, lass uns bitte ganz normal miteinander sprechen. Ich weiß, ich hätte Sven nicht bitten sollen, ein Auge auf das Haus zu haben. Und es tut mir leid. Aber kannst du mir nicht für einen Moment zuhören?«

»Nein.«

»Verdammt, Franka.« Jannek rieb sich mit beiden Händen übers Gesicht, bis hinunter zum Hals. »Ich verlange doch nicht so wahnsinnig viel. Ich verstehe nicht, warum du so abweisend bist. Es ist, als würdest du mich nicht mal mehr erkennen. *Ich bin es*, Jannek. Wir hatten unsere Schwierigkeiten, ja, die Trennung ist scheiße gelaufen, ja. Aber wir kennen uns schon ewig. Haben verdammt viel zusammen durchgemacht. Das muss doch irgendetwas bedeuten!«

Franka schwieg. Jannek sah so anders aus, anders als früher und doch irgendwie gleich. Es war, als hätte sie ihn in diesem Leben nie gekannt, aber in einem früheren jeden Moment mit ihm verbracht. Sie spürte, wie ihre Wut verblasste und eine diffuse Sehnsucht an ihre Stelle trat.

»Ist es wegen dieses ... Rumtreibers, der euch Sorgen macht?«, fragte er. »Glaubst du immer noch, dass ich im Haus gewesen bin?«

»Es ... es ist wieder passiert.«

»Wie bitte?«

Sie schluckte. Vermutlich war es nicht klug, Jannek von dem Vorfall zu erzählen, aber ohne zu wissen, warum, tat sie es dennoch. »Es war wieder jemand im Haus.« Ihre Augen brannten, und sie spürte auf einmal, wie erschöpft sie war.

»Bist du dir sicher?«

»Absolut sicher«, sagte sie heiser. »Es gibt keine andere Erklärung. Wir ... wir haben etwas gefunden, in der Diele. Das jemand dort hingelegt haben muss. Jemand Fremdes war im Haus, Jannek. Jemand Fremdes.«

»Mein Gott, Franka.« Mit wenigen Schritten war er bei ihr, und sie ließ es zu, dass er sie in die Arme nahm. Der Geruch seiner Jacke wie früher, herber Zigarettenrauch, Leder und Mottenkugeln. Die kühle Haut seines Halses an ihrer heißen Wange, ein Reißverschluss, der sie kratzte, und doch fühlte sich der Augenblick auf eine hinterhältige Art vollkommen an, viel zu vollkommen.

Jannek hielt sie fest, murmelte Worte in ihr Haar, die sie nicht verstand und doch erkannte, und es tat so gut, gehalten zu werden, dass ihr die Knie weich wurden vor Erleichterung. Warum konnte das Leben nicht so sein? So einfach, dass eine Umarmung alles wieder heil machte?

Jannek löste sie sanft von sich und hielt sie auf Armeslänge. »Franka, he. Schau mich an. Ich kenne dich so überhaupt nicht. Du bist gar nicht mehr du. Ich kenne die ungestüme Franka, die durchgeknallte, die wütende, die widersprüchliche, die streitlustige Franka. Die liebevolle Franka. Aber diese Franka, die, die solche Angst hat, kenne ich nicht. Was immer hier passiert, verändert dich.«

»Ich bin einfach … verunsichert. Ich habe Angst.«

»Was tust du dann noch hier? Warum fährst du nicht zurück nach Hamburg?«

»Ich kann im Augenblick nicht weg. Ich kann dir das nicht erklären, aber es ist so.« Sie wischte sich mit dem Ärmel über ihre brennenden Augen.

Jannek legte einen Arm um sie, zog sie ein paar Schritte weg vom Haus. »Sei mir nicht böse, Franka, ich muss das fragen. Vertraust du diesen beiden Frauen, mit denen du hier bist? Dieser Oda und – wie hieß die andere noch?«

»Iris. Sie heißt Iris.«

»Iris, ja. Wie lange kennst du die beiden? Kannst du dir wirklich sicher sein, dass du ihnen trauen kannst?«

»Wieso fragst du das?«

»Weil du völlig verstört und verängstigt bist. Deshalb kann ich doch nur zu dem Schluss kommen, dass dir die beiden nicht guttun, dir vielleicht sogar schaden. Ist doch klar, dass ich mir da meine Gedanken mache.«

»Sie haben nichts damit zu tun.«

»Bist du dir sicher? Sieh mir ins Gesicht und sag mir, dass du dir absolut sicher bist. Ich meine«, er zögerte, bevor er weitersprach, »ich kenne die beiden nicht. Und ich kann nicht sagen, was sie vorhaben. Aber es kommt mir so verdammt seltsam vor, du hier, mit diesen Frauen, und ihr steigert euch da in etwas hinein, und du kannst gar nicht einschätzen, wo die wahre Bedrohung liegt.« Er taxierte Franka von der Seite. »Du kennst sie tatsächlich noch nicht lange, oder?«

»Stimmt«, gab Franka zu, wenn auch widerwillig.

»Wie seid ihr euch begegnet?«

»Sie sind einfach hier aufgetaucht. Iris ist eine alte Freundin von Elena, sagt sie. Und Oda ist … wir mussten ihr helfen, weil es ihr nicht gut ging. Dann habe ich sie hierbleiben lassen, weil sie nirgends hinkonnte. Hör zu, Jannek«, sie sprach über seine Worte hinweg, als er sie unterbrechen wollte, »ich weiß, das klingt alles total schräg. Wahnsinnig schräg.« Es klang wirklich lächerlich, und sie war sich dessen vollkommen bewusst. »Aber es gibt keinen Grund, den beiden zu misstrauen. Sie machen schwere Zeiten durch wie ich. Warum sollten wir uns nicht gegenseitig unterstützen?«

Jannek schwieg kurz. Dann sagte er: »Iris ist eine alte Freundin von Elena?«

»Ja.«

»Sie sagt es, aber du weißt es nicht sicher.«

»Warum sollte sie lügen?«

»Warum? Herrje, Franka, Leute haben tausend Gründe zu lügen, vor allem, wenn sie damit in das Leben eines Menschen eindringen können! Und diese Oda … taucht einfach hier auf, aus dem Nichts. Und du hast nichts Besseres zu tun, als sie aufzunehmen, nur weil es ihr schlecht geht? Mein Gott, Franka, sag mir, dass du selbst siehst, wie absurd das ist!«

Sie hob die Schultern, auf denen noch immer schwer Janneks Arm lag. »Ja, vermutlich ist es absurd.«

»Es ist mehr als das. Es ist Irrsinn! Wenn du dich hier nicht sicher fühlst, dann komm mit mir! Ich weiß nicht, was in deinem Leben gerade schiefläuft, aber ich will dir helfen. Was es auch ist, wir kriegen das hin. Komm mit zu mir, da kannst du in Ruhe nachdenken. Wir reden über alles, und zusammen finden wir eine Lösung. Versprochen! Du kannst mir vertrauen, Franka.« Er zog sie näher an sich. »Du kannst mir vertrauen. Wie in alten Zeiten.«

Franka schloss die Augen. Es wäre so einfach. Ein Ausweg, wo zuvor keiner gewesen war. Weg aus diesem Haus, das plötzlich kein sicherer Hafen mehr sein wollte. Weg aus dieser Ungewissheit.

Jannek sah, dass sie zögerte. »Keine Chance, Franka. Ich lass dich hier nicht alleine. Du bist völlig neben der Spur. Was immer es ist, was ihr hier veranstaltet, es tut dir nicht gut. Nichts davon tut dir gut. Und ich habe dich nicht all die Jahre vermisst, um dich in solch einem Schlamassel zurückzulassen.«

Dieser Geruch, so vertraut. Sein Atem, so vertraut, ein fast vergessener Rhythmus. Oben an der Straße sein Auto, verrückterweise noch dasselbe alte Ding wie damals. Sie konnte noch den rauen, gerillten Stoff der Sitze unter ihren Fingern spüren, hatte den Geruch in der Nase, nach Zigarettenrauch und Vanille-Wunderbaum, nach altem Stoff, Benzin und heißem Motor. Sie hörte das Quietschen des Lenkrads bei jeder Linkskurve, das Klappern des Auspuffs. Jannek und sie auf holprigen Straßen, die Fenster heruntergekurbelt wegen der unerträglichen Sommerhitze, das schwarze Plastik des Armaturenbretts glühend aufgeheizt, und von draußen wehte staubige Luft herein, die nach frisch gemähten Feldern und Dreck roch, nach gegrilltem Fleisch und verdorrtem Gras. Sie sah, wie Jannek sie angrinste, verschwitzt und mit aufgekrempelten Ärmeln, und sie selbst, die Haare hochgebunden, das Sommerkleid zerknittert, die Haut auf der Nase verbrannt. Sie sang lauthals, sang, was das Kassettendeck hergab, in dem eine selbst aufgenommene Pearl-Jam-Compilation feststeckte, schon immer. Es war Glück gewesen, reines, unverfälschtes Glück, das es nicht mehr gab, weil Jannek es zerstört hatte. Und doch sehnte sie sich nach seinem Nachhall, seinen zitternden letzten Strahlen, sehnte sich danach, sich so wieder fühlen zu können, so wie damals.

»Komm«, sagte Jannek. »Komm mit mir. Du musst an nichts denken. Du musst nichts einpacken. Darum kümmern wir uns später. Steig einfach ein. Du schläfst dich bei mir aus, und dann sehen wir weiter, in Ordnung?«

Er brachte sie zu seinem Auto und öffnete ihr die Tür. Sie stieg ein, spürte die Federn des durchgesessenen Sitzes, spürte die Wärme, die sich im Wagen gesammelt hatte, obwohl es draußen kühl war, spürte alles so überdeutlich, als hätte jemand die Zeit verlangsamt und die Kontraste hochgedreht.

Jannek kletterte auf den Fahrersitz und schlug seine Tür so heftig zu, dass der Wagen wackelte. Dann drehte er den Schlüssel um, der noch steckte, und der Motor kämpfte sich keuchend ins Leben zurück.

Sie wandte sich zum Haus um. Es stand dunkel und wuchtig gegen den hellen Himmel gemalt, die Fenster schattige Höhlen. Iris und Oda mussten sie sehen, sicher spähten sie hinaus, fast rechnete sie damit, dass Iris herauseilen würde, um sie aufzuhalten, dass Oda sie verzweifelt bitten würde zu bleiben. Doch nichts geschah.

Dunkle Balken, brüchiges Dach. Der verwilderte Garten, völlig überwuchert, nur noch vage Spuren von Elenas behutsamem, umsichtigem Wirken. Die Tür, die noch offen stand, immer offen gestanden hatte, all die Jahre. Die Einsamkeit, die über allem lag, wie ein matt glimmender Widerschein.

»Stopp.« Sie sagte es, als müsste sie sich selbst überzeugen, doch dann sagte sie es noch einmal, entschlossener. »Stopp.«

»Was ist?«

»Ich kann das nicht. Ich … ich kann das nicht.« Sie langte nach dem Türgriff und zog daran, doch die Tür ließ sich nicht öffnen. »Was soll das? Warum hast du die Tür verriegelt?« Sie rüttelte an dem Griff, aber er gab nicht nach. »Lass mich raus, verdammt! Jannek, ich hab gesagt, du sollst mich rauslassen.«

»Mein Gott, Franka.«

Jannek stieg aus und war mit wenigen Schritten um den Wagen herumgelaufen. Mit einem heftigen Ruck riss er die Tür auf. Sie verhedderte sich beim Aussteigen im Gurt, doch dann war sie endlich draußen.

»Herrje, Franka. Die Tür klemmt, das ist alles.«

Sie atmete heftig, spürte, wie die Enge in ihrer Brust nachließ, wie sie wieder Luft bekam.

»Was ist bloß los mit dir? Ich habe wirklich keine Ahnung, was das soll.« Jannek verschränkte die Arme vor der Brust.

»Ich weiß es doch selbst nicht.«

»Weißt du, was? Das glaube ich dir sogar. Dass du selbst nicht die geringste Ahnung hast, was Sache ist.« Er betrachtete sie mit einem gequälten Grinsen. »Ich sollte jetzt gehen. Aber da ich nicht weiß, ob wir uns jemals wiedersehen werden, sage ich dir jetzt, warum ich hier bin. Worüber ich mit dir sprechen wollte, die ganze Zeit.«

Sie lehnte sich an das Auto. »Dann sag es, Jannek. Sag es, bevor du erst in zehn Jahren wieder hier auftauchst und mir dringend etwas erzählen musst.«

Er schüttelte den Kopf, resigniert. »Du verstehst es nicht. Nicht, wie wichtig es ist. Wie viel es ändert. Ich habe mich damals nicht von dir getrennt, weil ich es wollte.«

»Ach ja? Wer wollte es dann?«

»Hör mir bitte einfach zu, okay? Ich weiß, dass es schräg klingt, aber ich sage die Wahrheit. Ich wollte mich nicht trennen. Ich war so was von verknallt in dich, falls du das nicht gemerkt hast, ich hätte alles für dich getan. Und dann wollte ich zu dir, an einem Nachmittag, und du warst nicht da. Aber Elena war da.«

»Und?«

»Sie sagte, dass sie mit mir reden muss. Dass es dir nicht gut geht mit mir. Dass ich dir nicht guttun würde.«

»Das hat sie niemals gesagt.«

»Doch, das hat sie. Dass dich unsere Beziehung wieder in alte Muster zurückgeworfen hätte. Wut, Verlustängste, Panikattacken, all das. Wie damals bei deiner Mutter, als sie dich zurückgelassen hat, und dann noch mal bei ihrem Tod. Dass ich dich aus der Bahn geworfen hätte und dass sie Angst hätte, dass es noch schlimmer werden könnte.«

»Aber das stimmt doch überhaupt nicht. Mir ging es gut mit dir.«

»Ich sage doch auch nicht, dass es so war. Ich sage nur, was Elena mir gesagt hat.«

»Aber warum hätte sie dich anlügen sollen? Das ist doch Wahnsinn!« In ihren Ohren rauschte das Blut, und sie hatte das Gefühl, dass der Boden unter ihren Füßen leicht kippte, ein klein wenig nur, aber genug, um ihren Füßen den sicheren Stand zu rauben.

»Ich weiß es nicht, Franka. Ich weiß nur, dass ich damals nicht schuld sein wollte. Ich wollte nicht der Grund dafür sein, dass du vor die Hunde gehst.«

»Nur mal angenommen, Elena hat das wirklich gesagt, und denk nicht, dass ich dir glaube – warum hast du dann nicht mit mir darüber gesprochen?«

»Sie meinte, dass ich das nicht tun soll. Dass dich das nur noch mehr aufbringen würde, dass wir dich gemeinsam schützen müssten. Und dass es das Beste wäre, wenn ich Abstand von dir halte, zumindest für eine Weile. Aber in Wahrheit meinte sie wohl für immer.«

»Das ist doch lachhaft.« Und sie lachte tatsächlich, aber es war ein gequältes, ungläubiges Lachen, das ihr aus der Kehle kroch. »Du glaubst wirklich, du kannst hier ankommen und alles auf Elena schieben? Den Mist, den du damals gebaut hast? Warum sollte ich dir diese Geschichte glauben, nach all den Jahren? Nach allem, was ich deinetwegen durchgemacht habe?«

»Ich habe damals das getan, von dem ich dachte, dass es das Richtige für dich ist. Glaub, was du willst, aber ich hab dich wirklich geliebt. Ich wollte, dass es dir gut geht, darum habe ich auf Elena gehört, auch wenn es mich fertiggemacht hat. Erst viel später habe ich angefangen, das alles zu hinterfragen. Das, was Elena gesagt, was sie von mir verlangt hatte. Ich habe mich gefragt, ob sie gelogen hat, ob sie einen Grund hatte, uns auseinanderzubringen, und irgendwann war ich an dem Punkt angelangt, an dem ich mir sicher war, dass sie nicht die Wahrheit gesagt hat.«

»Warum hätte sie das tun sollen? Warum, Jannek? Merkst du nicht, dass das alles überhaupt keinen Sinn ergibt?« Frankas Gedanken rotierten, hilflos und hektisch. Was erzählte er da? Wenn er log, und es gab keine andere Erklärung, was versprach er sich dann davon? Elena war seit Jahren tot – warum erzählte er Lügen über sie, warum zerstörte er ihr Andenken? Wieso wollte Jannek sie zu etwas machen, was sie nie gewesen war?

»Ich kann es mir nicht erklären, warum sie das getan hat«, sagte Jannek zögernd. »Womöglich hatte sie Angst, dich zu verlieren. Oder sie dachte wirklich, dass ich nicht gut für dich bin, und wollte dich beschützen.«

»So war sie nicht. Sie wusste, dass ich meine eigenen Erfahrungen machen muss! Sie hätte niemals in dieser Weise über meinen Kopf hinweg gehandelt!«

»Doch, das hat sie, Franka. Frag mich nicht, warum. Das kann ich dir nicht sagen. Ich kann dir nur sagen, dass es einer der größten Fehler meines Lebens war, dass ich auf sie gehört habe. Dass ich dich verlassen habe.«

Sie schwiegen. Es war ein zielloses Schweigen, ein ratloses.

»Mir war klar, dass du mir nicht glauben würdest«, sagte Jannek schließlich. »Aber ich wollte es wenigstens einmal aussprechen. Um es loszuwerden. Und ich glaube auch, dass du die Wahrheit verdienst, ganz gleich, was du damit machst.«

»Wahrheit? Was soll ich damit? Soll ich dir um den Hals fallen und dich dafür um Entschuldigung bitten, dass ich dir nie verziehen habe? Wo es doch eigentlich gar nicht deine Schuld war? Du konntest ja nichts dafür, die böse Elena hat dich dazu gebracht, mich fallen zu lassen, da bist du natürlich fein raus.«

»Lass gut sein, Franka.« Jannek blinzelte in die blasse Herbstsonne. »Ich habe dir erzählt, wie es war. Mehr wollte ich nicht.«

Er öffnete die Tür seines Wagens. Vermutlich hatte er recht – sie würde ihn nicht wiedersehen. Aber er hinterließ ihr einen Wust aus Lügen und Halbwahrheiten, eine toxische Dosis nagenden Zweifels, für den sie ihn noch verfluchen würde. Sie verfluchte ihn ja jetzt schon.

Jannek wandte sich ihr noch einmal zu. »Weißt du, dass ich es nie geschafft hab?«

»Was, Jannek? Was?« Sie war erschöpft, so erschöpft.

»Über dich hinwegzukommen. Manchmal, wenn ich sehr ehrlich bin oder sehr besoffen, gesteh ich's mir ein. Dass ich dich irgendwie immer noch liebe. Hab nie damit aufgehört, Franka. Ich hab nie damit aufgehört.«

Er stieg ein und fuhr davon, ohne dass sie noch etwas sagte. Selbst wenn sie noch etwas hätte sagen wollen, hätte sie die Worte nicht gefunden. Nicht in dem Sturm, der in ihrem Kopf tobte.

13

Sie ließ den Blick wandern. Janneks Auto war längst nicht mehr zu sehen. Die blasse, flirrende Sonne an allen Rändern, die Kontraste, die im hellen Licht die Farben tauschten, flackerten, wenn sie die Augen leicht zusammenkniff, plötzlich im Negativ, das Haus mit grellweißen Balken vor dunklem Himmel, dann wieder heller Himmel, dunkler Himmel, heller Himmel, ihr eigenes kleines Stroboskop im Kopf.

Nichts war, wie es schien. Nicht hier, nicht in diesem Moment, nicht einmal in der Vergangenheit.

Was passierte, wenn man ein Steinchen aus dem Turm zog, der ihr Leben war? Was passierte, wenn das Steinchen an seinem Platz blieb, aber einen Riss hatte? Wann stürzte alles zusammen, auch wenn man sich mit dem Rücken gegen die Fassade des eigenen Lebens stemmte, auf dass da noch etwas war, irgendetwas blieb, damit da nicht nichts war?

Es hatte schon begonnen. Ihr Hirn begann, jede noch so kleine verfügbare Erinnerung wieder und wieder zu prüfen, zerrte längst vergessen geglaubte Fetzen ans Licht, ein Gespräch mit Elena, ein Tag mit Elena, ein Moment mit Elena – war er wirklich so gewesen und nicht vielleicht anders? Hatte Elena, die die Einzige gewesen war, die sie jemals wirklich geliebt hatte, sie überhaupt geliebt? Oder hatte sie sie nur kontrolliert? Hatte sie sie zwar geliebt, aber vielleicht zu viel, zu sehr, auf die falsche Weise? Und gab es eine falsche Weise überhaupt, wenn es wirklich Liebe war?

In ihrem Kopf ratterten die Bilder wie auf alten Filmrollen in einem altersschwachen Projektor. Elenas fleckige Schürze, an der sie sich die nassen Hände abwischte. Ein gedeckter Tisch, mit Kerzen, mit Spaghetti Bolognese und Tiramisu, und Elena, die »einfach so« sagte, sie bräuchten keinen Anlass, sie hatten ja sich. Die Bank im Garten und der Kater darauf, ein Streuner, schnurrend, während Elena ihm die grauen Ohren kraulte.

Die ersten Sonnenstrahlen, die es in die Küche schafften, nach einem langen Winter, und Elena, wie sie lesend in den Lichtflecken auf dem Boden lag, ungerührt über die Seiten flog, als wäre es das Normalste der Welt, und vielleicht war es das auch. Elena, die ihr sanft die geballten Fäuste entfaltete, die Finger behutsam aufbog, um die Wunden zu begutachten, Löcher gebohrt in Frankas Haut, von ihren eigenen Nägeln, und Elena trug gelassen und routiniert die heilende Salbe auf und verband die Hände mit Gaze. Elena in den Wellen, laut kreischend. Elena, die ihr den Kopf hielt, als sie sich nach ihrer ersten Schulparty mit viel zu viel Alkohol keuchend übergab. Elena, die ihr zuhörte.

Was davon war real? Es war alles passiert, das wusste sie, aber wie *echt* war es? Und wie viel Sinn ergab es, sich diese Fragen nun zu stellen, so viele Jahre nach dem Tod ihrer Großmutter?

»Er hat was gesagt?« Oda stellte ihr Wasserglas ab und beugte sich nach vorne.

Sie saßen am Tisch, wo Franka die anderen beiden gefunden hatte, in Gedanken versunken, schweigend, wartend.

»Er hat gesagt, dass er sich damals nur von mir getrennt hat, weil Elena das so wollte.«

Iris und Oda wechselten wortlos einen Blick.

»Das ist doch völlig lächerlich«, stieß Franka hervor. »Was denkt er sich? Dass er hier einfach so reinplatzen und mal eben mein ganzes Leben über den Haufen werfen kann? Mir erzählen kann, dass der einzige Mensch, der mich je geliebt, der sich je um mich gesorgt hat, in Wahrheit gar nicht mein Bestes wollte, sondern versucht hat, mir alles kaputtzumachen?«

Sie stand auf, stieß fast ihren Stuhl dabei um. »Und das Schlimmste ist, dass er es weiß. Er weiß es genau. Dass Elena mein Ein und Alles war. Dass ich nur sie hatte. Dass mich ihr Tod ... fast verrückt gemacht haben muss. Und er denkt, es wäre das Richtige, mir diese Geschichte nun, nach all den Jahren, aufzutischen. Damit ich alles infrage stelle, oder was? Damit ich gar nichts mehr habe? Was für ein Arschloch. Was für ein verdammtes Arschloch!«

»Hat er gesagt, warum er dir jetzt erst davon erzählt?«, fragte Oda vorsichtig.

Franka schnaubte verächtlich. »Er behauptet, er hätte Elena damals geglaubt, als sie ihm zu verstehen gab, dass er mir nicht guttun würde. Dass ich besser ohne ihn dran sei. Und erst im Lauf der Jahre fing er an, es zu hinterfragen.« Sie fuhr sich mit sämtlichen Fingern durch die Haare. »Ich *weiß* einfach, dass Elena so etwas niemals getan hätte. Ich frage mich nur, warum er mir so was erzählt. Warum ausgerechnet jetzt?«

Iris hatte bislang geschwiegen. Nun sagte sie bedächtig: »Hast du in Betracht gezogen, dass er vielleicht die Wahrheit sagt?«

»Wie kommst du darauf? Du warst mit Elena befreundet! Du weißt, was für ein Mensch sie war!«

»Ja. Aber ich weiß auch, dass jeder Mensch zu allem fähig ist. Ausnahmslos. Da schließe ich mich mit ein, dich, Oda. Alle.

Wenn man sich bedroht fühlt, wenn man kurz davorsteht, das zu verlieren, was man liebt, dann ist man zu allem fähig. Das ist nur menschlich.« Sie lehnte sich auf ihrem Stuhl zurück. »Du tust dir keinen Gefallen, wenn du Elena verklärst, Franka. Sie war ein Mensch. Sie hatte Gefühle. Jeder hat das. Vielleicht hat sie in einem schwachen Moment einfach das Falsche getan, aus welchen Gründen auch immer. Womöglich hatte sie einfach Panik, dich zu verlieren. Du weißt es nicht. Du wirst es niemals wissen.«

Damit sprach Iris genau das aus, was Franka Angst machte. Was, wenn Elena nicht der Mensch gewesen war, für den sie sie gehalten hatte? Was, wenn die Mauern der Überzeugung in ihrem Kopf nicht standhielten, wenn sie nachgaben und sie vor der unerträglichen Wahrheit stünde, schon immer allein gewesen zu sein?

Sie kamen zu keinem Schluss, denn es gab keinen Schluss, konnte keinen geben, und Franka spürte, wie hilflos sie war, während ihr alles entglitt, erst ihre Gegenwart, nun auch noch ihre Vergangenheit. Iris versuchte ihr zu erklären, dass es entscheidend war, sich auf jene Dinge zu konzentrieren, die relevant waren, nämlich dass es offenkundig jemanden gab, der ihnen nachstellte.

»Wenn du dir über Jannek den Kopf zerbrechen willst«, sagte sie, »dann zerbrich ihn dir doch darüber, ob er verrückt genug ist, uns zu beobachten. Hier ins Haus einzubrechen, während wir schlafen. Das ist es, was wir wirklich wissen müssen.«

Oda blieb währenddessen seltsam still. Nur ab und zu warf sie etwas ein, stellte vorsichtig eine Frage, ohne, so schien es, die Antworten wirklich hören zu wollen.

Irgendwann wurde das Summen in Frankas Ohren so laut, dass sie nach draußen musste. Gegen Iris' entschiedenen Einspruch ging sie alleine hinunter zum Strand, ließ den schneidenden Wind an sich heran, in der Hoffnung, dass er ihr einen klaren Kopf bescheren würde. Doch nichts dergleichen geschah, ihr wurde nur kalt. Sie starrte über das grell reflektierende Wasser, bis ihr die Augen tränten.

Erbärmlich, dachte sie. Gott, ist das alles erbärmlich. Ein Leben, das zerfiel, und sie stand da und tat nichts, konnte nichts tun, konnte nur zusehen.

Die Wellen blieben unverschämt stumm, warfen ihr lediglich ihre Fragen zurück, ohne Antworten, ohne Trost. Was sie sonst immer als beruhigend empfunden hatte, das Symmetrische, Kontinuierliche, kam ihr in diesem Moment wie Gleichgültigkeit vor. Nichts würde sich ändern, nichts würde sich hier jemals ändern, und ob sie wütete, Angst hatte, verzweifelte, ob sie lebte oder starb, machte keinen Unterschied. Es hatte nie einen Unterschied gemacht.

Als sie zurückkehrte, durchgefroren und mit vom Wind verfilzten Haaren, nahm Oda sie lange und fest in die Arme. Franka spürt den knochigen Körper, der sich an sie drückte. »Es tut mir leid«, wisperte Oda. »Es tut mir so leid, was du gerade durchmachen musst.«

Dieses leise Zeichen des Mitgefühls durchbrach alle Dämme. Franka begann zu weinen, haltlos und hässlich zu weinen, dass es sie schüttelte, und Oda hielt sie fest, mit erstaunlicher Kraft, hielt sie, bis die Schluchzer langsam nachließen und sie wieder Luft bekam. Oda strich ihr die nass geheulten Strähnen aus dem Gesicht und sagte ihr, dass alles gut werden würde, und Franka akzeptierte die Lüge, die so offensichtlich war, dankbar, diese Worte zu hören, auch wenn sie jeder Grundlage entbehrten.

In einem der Küchenschränke hatte Oda eine Flasche Schnaps entdeckt und fand wohl, dass jetzt der richtige Zeitpunkt war, um ihn herauszuholen. Er schmeckte widerlich und brannte in der Kehle, doch er machte die Dinge warm und golden, mit weicheren Kanten. Obwohl sie es besser wusste, gab Franka nach und ließ sich noch einmal einschenken. Dann schloss sie die Augen, legte den Kopf zurück auf die Sofalehne und hörte Odas heller, spröder Stimme zu. Es war das erste Mal, dass sie etwas von sich preisgab, und auch wenn es nur Bruchstücke waren, half es Franka, Oda etwas klarer zu sehen. Noch war es kein stimmiges Bild, noch zerfiel es in Punkte, die nicht so richtig zusammenpassen wollten. Aber zumindest einzelne Bruchstücke nahmen Schärfe an, sodass man Details erkennen konnte.

Oda erzählte von einer Katze. Von einer dicken Katze, die nur eineinhalb Ohren hatte, die gerne in offenen Schubladen schlief und Spaghetti aus dem Topf fraß, wenn man nicht aufpasste. Frankas müdem, waberndem Hirn gelang es nicht, final zu definieren, ob es die Katze noch gab oder ob sie Oda gehört hatte, als diese ein kleines Mädchen gewesen war. Aber es klang so, als hätte Oda die dicke Katze sehr geliebt, und das war es doch, was zählte, oder nicht? Außerdem sprach sie von einem Mann, den sie einmal geliebt hatte, der aber sie nicht geliebt hatte, oder war es andersherum gewesen? Die Worte verschwammen zu einem beruhigenden Strom, und Franka dämmerte vor sich hin, dankbar, dass die Stimmen in ihrem Kopf leiser wurden, nicht mehr so laut schrien, ihr keine Angst mehr machten.

Am Abend erklärte Iris, dass sie wach bleiben würde, um alles im Blick zu halten. Nachdem sie zweimal kontrolliert hatte, dass alle Fenster und Türen auch wirklich verschlossen waren, brachte sie Franka ins Bett. Als Franka in der Diele beinahe stolperte, packte Iris sie fester und zog sie wieder hoch. Sie sagte nur kurz: »Schsch, ist ja gut«, als Franka sich wortreich entschuldigen wollte, die Worte aber nicht fand, und dann war sie endlich im Bett. Iris deckte sie sogar zu, und für einen kurzen Moment dachte Franka, dass sie unglaubliches Glück hatte, nicht völlig allein zu sein. Dann war sie auch schon eingeschlafen.

In der Nacht träumte sie einen fürchterlichen Traum. Nichts darin ergab Sinn, außer dass alles, jedes Element, seinen Teil zu der unbeschreiblichen Tragik und dem Wahnsinn beitrug, die sich zu einem brutalen Kunstwerk verwoben, zart und zerbrechlich und unerbittlich. Da war Blut, viel Blut, da waren Menschen, die nichts hörten, einfach nicht hören wollten, egal wie laut sie schrie. Da waren Tiere, Tausende und Abertausende Ratten, Schlangen, Hunde und Vögel, die tot auf einem See trieben, und sie konnte nicht sagen, was sie umgebracht hatte.

Natürlich musste sie durch den See hindurch, musste einfach, ohne zu wissen, warum. Sie watete durch die Körper, hüfttief, blutverschmiert, doch dann drehte sich die Welt, und die Körper regneten von oben, regneten tot auf sie herab. Sie schrie und schrie, bis sie aufwachte, und um sie war es still.

Schluchzend tastete sie nach dem Lichtschalter, bis ihr einfiel, dass die Nachttischlampe ja zerbrochen war. Sie kletterte aus dem Bett, die Beine schwach und zittrig, und schaltete das Deckenlicht an. Es flackerte erst, flammte dann auf und tauchte den Raum in beruhigende Normalität. Alles war wie immer, das vormals liebevoll eingerichtete und dekorierte Zimmer, an dem sich inzwischen die Verwahrlosung und der Zahn der Zeit gütlich getan hatten, die stockfleckigen Vorhänge, die vergilbten Tapeten, die verendeten Pflanzen, darüber die flüchtige Schicht Zivilisation, die sie selbst hinzugefügt hatte, ihre Kleider, über Stühle und Sessel verteilt, ihr Waschbeutel, ihr Koffer. Eine halb leere Packung Gummibärchen auf dem Nachttisch. Eine seltsame Mischung aus damals und jetzt, und auch wenn es nur ein Traum gewesen war, natürlich nur ein Traum gewesen war, so lag doch der Schrecken wie ein feiner Sprühnebel aus Blutstropfen über allem, verwischte die Sicht, war zu schmecken und zu riechen.

Jetzt erst ebbte das Adrenalin ab, und sie begann zu spüren, dass ihr Kopf pochte und ihr übel war, dass sie eindeutig zu viel getrunken hatte. In ihr schwappte eine Welle, die sie schwindlig werden ließ, alles begann sich zu drehen. Sie hielt inne, wartete, ob sie sich übergeben musste, doch es kitzelte und kratzte nur kurz in ihrer Kehle, ohne dass sie ein Würgereiz überkam. Sie griff sich das Glas Wasser vom Nachttisch und trank es in einem Zug aus. Gerade als sie wieder ins Bett steigen wollte, bleimüde von der Anstrengung des Traums, hörte sie Stimmen.

Auf immer noch schwachen Beinen trat sie in den Flur und lauschte. Tatsächlich, gedämpfte Stimmen. Für einen Moment kehrte das Adrenalin zurück, jagte ihr den Herzschlag hoch in den Hals. Schlich dort jemand herum? War jemand im Haus, um sie wieder in Angst zu versetzen oder Schlimmeres zu tun? Nein, das war Iris, die sprach, und nun antwortete ihr Oda. Sie erkannte nicht allein die Stimmen, auch wenn sie nur leise zu hören waren, sondern auch den Tonfall, der von Iris forsch, Odas fragend, mit leisen Höhen am Ende jedes Satzes.

Leise ging sie durch die Diele zur Küche, deren Tür einen Spalt offen stand. Gedämpftes Licht fiel heraus. Sie wusste selbst nicht, warum sie sich solche Mühe gab, kein Geräusch zu machen, aber sie tat es. Schlich über den Flur, vermied die Dielen, von denen sie wusste, dass sie knarren würden, als wäre sie der Eindringling, als wäre das hier nicht ihr Haus, ihr Zuhause.

Sie wagte kaum zu atmen. Durch den Spalt sah sie Iris und Oda, die zusammen am Küchentisch saßen, die Köpfe einander zugeneigt. Sie redeten, doch Franka verstand nicht, was sie sagten, nichts als undeutliches Gemurmel. Es hätte alles sein können, Belanglosigkeiten, vielleicht aber auch Dinge, die Franka nicht hören sollte, Dinge, die nur hier und jetzt gesagt werden durften, in der Nacht, während sie vermeintlich im Bett lag und schlief.

Sie hätte hineingehen, hätte sich zu ihnen setzen können, die Worte lagen ihr schon auf den Lippen: »Mein Gott, hatte ich einen schrecklichen Traum, ihr könnt euch nicht vorstellen, wie schlimm das war.« Womöglich hätte sie aus ihren Blicken etwas lesen können, hätte erkennen können, ob sie sich ertappt fühlten, doch irgendetwas hielt sie davon ab.

Iris und Oda sahen so vertraut aus. Viel vertrauter als sonst, und sie fragte sich, ob ihr etwas entgangen war, ob etwas die beiden verband, ob da was war, zwischen ihnen, etwas, das sie hätte sehen müssen, um die größeren Zusammenhänge zu verstehen. Etwas, das sie ausschloss, das die Dinge änderte.

Statt sich bemerkbar zu machen, ging sie leise rückwärts, hinein in die schützende Dunkelheit. Vorsichtig tastete sie sich zum Schlafzimmer zurück, löschte das Licht und legte sich in ihr Bett, das noch immer warm und feucht war vom Angstschweiß.

Sie lag im Dunkeln und starrte ins Leere. Es dauerte, bis sie einschlief.

Als sie am nächsten Morgen erwachte, war das Haus noch still. Es fielen keine Sonnenstrahlen ins Zimmer, also musste es draußen grau sein, und aus irgendeinem Grund freute sie das. Sie mochte die See, wenn sie widerborstig und wütend war, jedem zeigte, dass sie sich niemals würde zähmen lassen. Als sie aus dem Fenster schaute, sah sie, dass sie recht gehabt hatte: kein grelles Blau, kein Sonnenlicht auf den Wellen, sondern wogendes, mattes Anthrazit unter fedrigem Nebel und ein grau verhangener Himmel darüber, über den einzelne Wolken in noch dunklerem Grau jagten.

Seltsamerweise ging es ihr gut, ihr Kopf war wattig und schwerfällig, aber nicht auf unangenehme Weise. Keine Kopfschmerzen, keine Übelkeit mehr, nur ein wenig weiche Knie und eben die Watte im Kopf, aber was machte das schon? Die Watte deckte die Gedanken zu.

Sie griff sich die alte Strickjacke vom Haken an der Tür, wickelte sich ein und ging in die Küche.

Die Stille im Haus war greifbar, und verwoben in sie schwebte etwas, das sich fast nach Alltag anfühlte. Nach Normalität. Nichts aber war normal, und dabei sehnte sie sich doch so sehr danach. So sehr, dass es wahr werden *musste*. Wenn sie etwas sehr wollte, mit aller Kraft wollte, konnte es dann nicht einfach so sein? Zumindest für einen Augenblick? Sie würde sich einen Kaffee machen, aus den letzten Bohnen, die sie hatten. Sie würde sich ein Buch nehmen, etwas Leichtes, würde sich auf das Fensterbrett in der Küche setzen und lesen und einfach so tun, als sei ihr Leben noch ihr altes. So lange, bis Iris und Oda auftauchten und sie zwangen, sich der Tatsache zu stellen, dass gar nichts normal war in ihrem Leben, schon lange nicht mehr.

Der Kaffee war viel zu heiß, als sie ihren ersten Schluck nahm. Sie verbrannte sich den Mund und fluchte, aber dennoch war sie nicht bereit, den Morgen verloren zu geben. Sie ging durch die Diele, nur ein kurzer Blick nach draußen, den Tag begrüßen. Machte man das nicht so?

Doch als sie die Tür öffnete und nach draußen trat, spürte sie etwas Weiches unter ihrem nackten rechten Fuß, etwas, das nachgab und leise knirschte, als brächen winzige Zweige.

Sie wusste, dass sie hinschauen musste, sie würde hinschauen, es war unvermeidbar. Sie zögerte den Moment hinaus, um ein paar Augenblicke nur, es war zu schön gewesen, zu schön der Morgen, an dem alles irgendwie alltäglich gewesen war, oder zumindest so gewirkt hatte.

Dann trat sie einen Schritt zurück und sah nach unten. Ein Vogel. Ein winziges Vögelchen, zart und tot, bläuliches Gefieder, die Augen weiß, der Körper flach verformt, das Gerippe zerquetscht von ihrem Gewicht, und ihr kam alles hoch. Sie machte einen großen Schritt über das tote Tier hinweg ins Freie und erbrach sich auf die Treppe, sauer und ekelerregend, wieder und wieder, bis ihr Magen leer war und sich nur noch vergeblich zusammenzog.

Atmen. Einfach atmen. Sie strich sich zitternd die Haare aus dem Gesicht, es klebten Bröckchen darin, sie musste sie waschen, sofort. Mit der einen Hand hielt sie reflexhaft den Griff der Tasse umklammert, nun stellte sie sie vorsichtig auf der obersten Stufe ab und beugte sich zu dem toten Vögelchen hinab.

War es gegen eine der Glasscheiben in der Tür geflogen und hatte sich das Genick gebrochen? Das war früher nie passiert, die Scheiben waren getönt und gerillt, sie waren nicht durchsichtig, für Vögel eigentlich nicht zu übersehen.

Dann sah sie genauer hin. Ein kleiner metallener Stab, nicht dicker als eine Stricknadel, steckte in dem gefiederten Körper, war diagonal durch ihn hindurchgeschoben worden, mit Gewalt. Dieser Vogel war nicht gegen die Scheibe geflogen. Jemand hatte ihn gefangen und getötet, auf denkbar brutale Weise, und dann hatte er die kleine Leiche hier abgelegt, vor ihrer Tür. Es gab keine Zweifel mehr. Die Zeit der Zweifel war vorbei.

Sie spürte, wie ihr kalt wurde, von innen heraus. Wie sich die Kälte ausbreitete, aus dem Bauch in ihre Beine und Arme kroch, sie taub machte, sie spürte, dass ihr das Atmen schwerfiel. Trotz der Kälte begann sie zu schwitzen, ein öliger Film auf ihrer Haut, und sie wischte sich übers Gesicht und richtete sich auf.

Obwohl Wolken am Himmel standen, blendete sie das Licht, das ihr so grell erschien, als sei sie gerade erst aus einem dunklen Raum in die Helligkeit getreten. Sie schirmte ihre Augen mit den Händen ab, um ihren Blick schweifen zu lassen. War noch jemand hier? Stand jemand zwischen den Bäumen, die die Einfahrt säumten? Oder verbarg sich in den Büschen neben der Garage? Blitzte dort drüben, zwischen den Zweigen, nicht etwas auf? Wurde sie beobachtet? Oder waren ihre Sinne nur überreizt?

»Hey!« Sie rief es erst, dann brüllte sie, so laut sie konnte: »Hey! Wer bist du?« Sie lief die Stufen hinunter und stellte sich in die Mitte des Hofes, den nassen, kalten Kies unter den nackten Füßen. »Komm raus, komm endlich raus! Ich hab die Schnauze voll! Ich hab die Schnauze so verdammt voll von all dieser Scheiße hier. Wenn du was willst, dann komm her!«

»Was ist los, verdammt?« Iris erschien in der halb offenen Tür. »Was schreist du hier herum? Bist du verrückt geworden?«

Franka wandte sich, schwer atmend, zu ihr um. Es hatte zu regnen begonnen, und die dicken Tropfen fielen schwer und satt auf den Boden, es roch nach Erde und nassem Sand.

»Ich will, dass er sich zeigt.«

»Wer, zur Hölle?«

»Der Irre, der uns den toten Vogel vor die Tür gelegt hat.«

Iris schaute nach unten, trat dann, als sie das tote Tier sah, hektisch einen Schritt zurück. »Mein Gott, das ist ja widerlich.«

»Vielleicht ist er noch hier. Und beobachtet uns. Hörst du? Du kannst rauskommen, wir sind alle hier!«

»Mach dich nicht lächerlich, Franka. Hör auf, dich so aufzuführen, und komm rein!«

»Was ist los mit ihr?« Oda tauchte verschlafen neben Iris im Türrahmen auf. Sie rieb sich das Gesicht. »Ist sie jetzt völlig durchgeknallt?«

»Ich bin nicht durchgeknallt! Ich hab einfach nur die Schnauze voll!« Franka drehte sich um sich selbst, und es fühlte sich tatsächlich albern an, aber es tat auch gut, wütend sein zu dürfen. Die Wut stieg ihr zu Kopf wie billiger Sekt, sie fühlte sich auf einmal leicht, fast schwebend, und unbesiegbar.

»Hörst du?«, schrie sie, und der Regen störte sie nicht, kein bisschen. »Ich hab es satt. Zeig dich endlich!« Ihre Stimme kippte, und dann war Iris bei ihr und packte sie am Arm. »Himmel, Franka, lass das jetzt.« Sie zog sie ins Haus, und kaum waren sie drinnen, spürte Franka förmlich, wie das Adrenalin verebbte. Sie begann zu zittern, das Hoch, das ihr die Wut beschert hatte, war verflogen.

Sie ließ sich von Iris in die Küche schieben und auf einen Stuhl drücken. Auch Oda wurde in den Raum gescheucht, sie stellte sich ans Fenster.

Dann ergriff Iris das Wort: »Ihr hört mir jetzt zu. Alle beide.« Sie legte Franka die Hand unters Kinn und zwang ihr Gesicht zu sich. »Ich weiß nicht, ob ihr beide ganz sauber tickt, ich hab da so meine Zweifel. Aber das hier ist ernst, also reißt euch zusammen. Wir haben jetzt Gewissheit. Alles, was vorher war, waren keine Zufälle. Wir haben es uns nicht eingebildet. Und wir können es uns auch nicht mehr schönreden. Da ist jemand, der uns, nicht gerade subtil, zu verstehen gibt, dass er uns beobachtet. Dass er es nicht gut mit uns meint oder mit einer von uns. Ich sage nicht, dass wir jetzt panisch werden sollten, Panik ist nie die richtige Reaktion. Aber wir sollten es ernst nehmen, okay?«

»Und wenn es nur Streiche sind?« Oda drehte sich vom Fenster weg, zu ihnen, und das blasse Licht fiel auf ihr Gesicht, als sei es dafür gemacht. Es war ein unpassender Moment, aber Franka fiel wieder auf, wie schön Oda war. Nicht hübsch, nicht gut aussehend, sondern auf eine anrührende Weise schön.

»Aha.« Iris ließ sich auf einen der Stühle fallen. »Streiche also. Harmlose Streiche von Jugendlichen. Und es kommt dir nicht so vor, als sei es ein sehr großer Zufall, dass es gerade uns trifft? Uns, uns drei, die wir uns hier verkrochen haben, jede mit einem Arsch voll Problemen und einer Vergangenheit, über die keiner reden will?«

»Wir wissen nicht, ob noch andere Menschen betroffen sind!«, wandte Oda ein. »Vielleicht tut derjenige das Gleiche auch anderswo. Schleicht durch Häuser, legt dort, was weiß ich, tote Katzen vor die Tür.«

»Es stimmt, das wissen wir nicht«, gab Iris zu. »Aber dennoch. Ich glaube nicht, dass wir Zufallsopfer sind. Dass es nur darum geht, irgendwem Angst einzujagen. Das Ganze ist so gezielt. Das ist nicht willkürlich. Nicht zufällig.« Sie schwieg, und Franka und Oda schwiegen mit ihr.

Schließlich sagte Oda in die Stille hinein: »Vielleicht ist es dein Mann, Franka.«

»Mein Mann?«

»Ja, vielleicht ist er wütend, weil du gegangen bist. Er treibt sich hier rum, um dir Angst einzujagen.«

»Er hat doch mich betrogen. Warum sollte er sich an mir rächen?«

»Weil du ihn verlassen hast.«

»Das ist doch lächerlich. Das würde Vito nie tun. Er war … am Boden zerstört und hat sich fürchterlich geschämt. Er hat mich um Verzeihung gebeten, Dutzende Male.«

»Aber er hat dir auch gesagt, dass er diese andere Frau liebt, oder?« Oda sah Franka ernst an.

»Dass er sie ebenfalls liebt, ja.« Franka merkte, wie diese Wahrheit sie schmerzte.

»Und er hat nicht gesagt, dass er sie nie wiedersehen will.«

»Was meinst du damit?«

Oda zuckte sacht mit den Schultern. »Ich meine damit, dass es sie … noch gibt. Dass sie weiterhin im Spiel ist. Vielleicht ist sie es.«

»Sabina? Das ist doch verrückt. Erst nimmt sie mir den Mann weg, und dann versucht sie, mich fertigzumachen? Das ergibt überhaupt keinen Sinn.«

»Vielleicht ergibt es für sie schon einen Sinn. Vielleicht wäre es für sie besser, wenn du keine Bedrohung mehr für sie wärst.« Odas Ton war viel zu leicht in Anbetracht der Schwere ihrer Worte.

»Du behauptest einfach mal so, dass da draußen eine wildfremde Frau ist, die mich umbringen will?«

»Na ja, vielleicht nicht gerade umbringen. Womöglich will sie dir nur Angst machen. Damit du dich von Vito fernhältst.«

»Ich halte mich doch fern. Ich bin abgehauen aus Hamburg. Deutlicher kann ich nicht zum Ausdruck bringen, dass ich nichts mehr mit ihm zu tun haben will. Dass ich mit ihm abgeschlossen habe.«

»Gut, dann ist es nicht diese Sabina. Aber dass es Vito ist, kannst du unmöglich ausschließen. Vielleicht ist er einfach durchgedreht.

»Ist er nicht.«

»Das weißt du schlicht nicht, Franka.«

»Ich kenne ihn.« In Frankas Kopf rotierten die Worte. Es konnte nicht sein. Nicht Vito. *Nicht Vito.*

»Wir kennen niemanden wirklich«, wandte Iris ein. »Niemanden. Das musst du doch inzwischen verstanden haben. Ich kenne euch nicht, egal wie viel ihr mir erzählt. Und auch wenn ich irgendwann alles über euch weiß – ich werde euch niemals wirklich kennen. Also, ich würde für niemanden meine Hand ins Feuer legen, noch nicht einmal für mich selbst.«

Franka atmete durch, versuchte ruhiger und geordneter zu klingen, als sie sich fühlte. »Ich weiß, dass es Vito nicht ist. Warum beißt ihr euch so an ihm fest? Iris, was wolltest du denn hier? Nach all den Jahren tauchst du hier auf, bei Elena, und willst hier untertauchen. Das macht man doch nicht einfach so. Du sagst, du hast Probleme, aber du rückst nicht damit raus, welche das sind. Vielleicht hat es jemand auf dich abgesehen? Vielleicht bist du, was weiß ich, eine Auftragsmörderin. Oder eine Dealerin, die ein Geschäft in den Sand gesetzt hat. Vielleicht ist dir die Mafia auf den Fersen, keine Ahnung! Du bist jedenfalls nicht die Richtige, um mir vorzuwerfen, dass ich nicht ehrlich mit euch bin. Du bist diejenige, die aus allem ein großes Geheimnis macht. Und du!« Sie wandte sich zu Oda um, die den Kopf gesenkt hielt. »Dich ziehen wir aus dem eiskalten Wasser, und welche Erklärung hast du dafür, dass du reinmarschiert bist? Keine! Nicht ein Wort darüber, was dich dazu getrieben hat. Nicht ein Wort darüber, was in deinem Leben so entsetzlich schiefgelaufen ist, dass du ihm ein Ende setzen willst. Und ihr beide wollt mir erzählen, dass es jemand auf mich abgesehen hat, weil meine Ehe in die Brüche gegangen ist?«

»Das Problem ist doch«, räumte Iris ein, »dass wir alle nicht ehrlich sind. Wir sollten einander die Wahrheit sagen.«

»Ach, und du fängst damit an?«, fragte Franka schnippisch.

»Das hatte ich vor, ja. Genau das hatte ich vor. Es bringt nichts, wenn wir uns vor lauter Misstrauen zerfleischen. Diese Lügerei muss aufhören. Das Schweigen muss aufhören!« Iris' Stimme geriet kurz ins Wanken, was ungewöhnlich war, und sie hielt inne, um einen Schluck Wasser zu trinken. Ihr kurzes Haar war zerwühlt und, wie Franka auffiel, verschwitzt. Iris sah alt aus und müde, aber sie schien sich entschieden zu haben, reinen Tisch zu machen. Und wenn sie sich für etwas entschieden hatte, so viel hatte Franka inzwischen verstanden, zog sie es auch durch.

»Ist keine große Sache. Also, eine große Sache ist es für mich schon, aber schnell erklärt. Keine komplizierten Verstrickungen, keine Sorge.« Iris räusperte sich. »Ich bin hierhergekommen, weil ich zu meiner alten Freundin Elena wollte. Ich musste zu Hause weg, für eine Weile. Ich wusste nicht, für wie lange, das weiß ich immer noch nicht.« Sie sah Franka an. »Ich bin abgehauen. Ich verurteile dich also nicht dafür, dass du dich hierher geflüchtet hast, ohne zu wissen, wie es weitergehen soll. Ich hab es genauso gemacht.« Sie ließ ihren Blick schweifen, suchte vermutlich nach den richtigen Worten, dem richtigen Anfang.

»Ich habe einen Stiefsohn. Sein Vater ist tot, schon seit Jahren, wir waren auch gar nicht so lange zusammen. Aber Steffen ist geblieben. In meinem Leben, meine ich. Er hat sonst niemanden. Er ist das, was man als herzensguten Menschen bezeichnen würde, aber immer mit einem Aber. Er will niemandem etwas Böses, *aber*. Er hätte es schaffen können, *aber*. Aber die Umstände. Aber seine verkorkste Jugend. Aber die falschen Freunde. Und so weiter. Steffen taucht immer mal wieder bei mir auf, wohnt bei mir, dann ist er für eine Weile verschwunden, was weiß ich, was er treibt. Er kann machen, was er will, er ist schließlich erwachsen. Meistens kommt er zu mir, wenn er in der Scheiße sitzt, um sich auszuheulen, auszuschlafen, satt zu essen. Um mal in einem richtigen Bett zu schlafen, um zu duschen, um Geld zu schnorren. Aber das letzte Mal steckte er richtig tief drin. Er war panisch. Nahezu hysterisch. Er hatte sich mit den falschen Leuten angelegt, schuldete ihnen Geld. Sagte, dass sie ihn umbringen würden, wenn er nicht zahlen würde, und ich glaubte ihm. Ich kannte den Typen, auf den er sich eingelassen hatte, einer, der so tut, als sei er der Heiland des Viertels, und dabei in Wahrheit in Drogen macht. Übler Kerl, und Steffen, der Trottel, hat nicht kapiert, dass nicht die große Karriere auf ihn wartet, sondern dass er sich nur immer tiefer reinreitet.

Ich weiß nicht, was genau schiefgegangen ist. Ich weiß noch nicht mal, was er eigentlich vorhatte. Aber er schuldete diesem Typen Geld, und er hatte das Geld nicht. Ich hatte das Geld nicht. Aber ich dachte, ich könne es irgendwie auftreiben, also habe ich Steffen gesagt, dass er abhauen soll, so weit weg, wie er es nur schafft, und dass ich mich kümmern würde. Dass ich das irgendwie geradebiegen würde. Ich bin dorthin, Gott weiß, was mich geritten hat, und hab um Aufschub gebeten. Hab dann bei den Banken gebettelt, bei all meinen Bekannten. Erbärmlich war das, aber was hätte ich machen sollen?

Natürlich hab ich das Geld nicht auftreiben können, nicht mal einen Bruchteil. Natürlich wollte dieser Typ das Geld von mir, weil Steffen ja verschwunden war. Und darum hab ich mich auch vom Acker gemacht.«

Auffordernd sah sie in die Runde. »Und hier bin ich jetzt. Die dämliche Alte, die alles aufs Spiel gesetzt hat für ihren dämlichen Stiefsohn. Die sich nicht mehr in ihr Zuhause zurücktraut, weil sie da jederzeit eins in die Fresse kriegen könnte. Ich mag meine Finger.« Sie sah auf ihre Hände, die flach vor ihr auf der Tischplatte lagen. »Ich mag meine Hände, mit allen Fingern dran. Ich mag meine Knie ungebrochen. Versteht mich nicht falsch, ich habe kein Problem damit, mit einem Messer neben dem Bett zu schlafen. Aber es kommt der Moment, in dem man einsehen muss, dass auch ein Messer nicht mehr reicht.«

Sie lachte trocken, dann war es still, und Franka und Oda saßen nur da und sahen sie ungläubig an.

»Aber ...«, sagte Franka schließlich und rang um die richtigen Worte. »Aber das ist ja Wahnsinn. Du hast doch nichts gemacht. Wie können die ... ich meine, wie können die ...?«

»*Die* können alles, Franka. Das ist keine Parallelwelt, die abgekapselt von unserer besteht. Es gibt eine Welt, nur eine, und wenn man sich in dieser mit den Falschen anlegt, bezahlt man dafür. Und ich ... will nicht bezahlen. Darum bin ich hier.«

Es war wieder still. Alle drei schauten gedankenverloren vor sich hin. Die Tropfen aus dem alten Wasserhahn, der sich nicht mehr ganz zudrehen ließ, prallten ohrenbetäubend laut in das metallene Becken. Die Rohre in der Wand gluckerten, und irgendwo draußen kreischte eine Katze.

Franka ließ ihren Blick wandern, bis er Iris erreichte. Sie saß mit leicht hängenden Schultern auf ihrem Stuhl, den Rücken immerhin gerade. Zum ersten Mal fiel Franka auf, wie schmal Iris war und wie klein. Sie täuschte mit ihrer Art darüber hinweg, wirkte zäh und entschlossen, eher drahtig als zierlich. Ihr wettergegerbtes Gesicht, der entschiedene Zug um den Mund und die Narbe an ihrem Arm, die man nur sah, wenn sie ihre Ärmel zurückschob, zeigten, dass sie schon viel erlebt und nicht die Absicht hatte, sich ohne Weiteres übel mitspielen zu lassen. Was sie erzählt hatte, bestätigte nur Frankas Auffassung, dass Iris hart im Nehmen war. Auch wenn sie sich in Elenas Haus gerettet hatte – wer hatte schon den Mumm, sich für einen anderen Menschen überhaupt in so eine gefährliche Situation zu begeben? All dies nur, um ihrem schrägen Stiefsohn zu helfen, der, wie Iris selbst zugab, ein Händchen dafür zu haben schien, sich in unmögliche Situationen zu bringen, an seinem gegenwärtigen Dilemma also nicht unschuldig war.

Trotz all ihrer Widerstandskraft schien Iris nun tatsächlich ratlos. Es gab für sie keinen Weg zurück, nicht solange sie das Geld nicht auftrieb, und woher sollte es kommen? Sie konnte sich auch nicht ewig verstecken … oder hatte sie gerade das vor? Einfach fortbleiben, für immer? Das passte aber so gar nicht zu ihr, und Franka wollte sie gerade fragen, ob sie denn einen Plan hatte, irgendeinen, als Oda das Wort ergriff.

»Puh«, sagte sie. »Okay. Also, ich habe nichts so Abenteuerliches zu berichten. Bei mir ist das … nicht so spektakulär. Eher traurig.«

Sie blickte an Franka und Iris vorbei. »Ich habe überhaupt keine Lust, mit euch drüber zu sprechen. Aber vermutlich muss es raus, irgendwann muss es sowieso raus, also warum nicht jetzt.« Sie zog die Ärmel ihres Pullovers über ihre Hände und schlang ihre Arme um sich. »Ich bin auch abgehauen, und zwar deshalb, weil ich niemanden mehr hatte. Und das war meine Schuld.«

Sie machte eine lange Pause, und Franka fragte sich, ob Oda ermutigt werden wollte weiterzusprechen, doch da fuhr sie schon fort: »Ich hab es irgendwann zu Hause nicht mehr ausgehalten. Weil sie es einfach nicht verstanden haben, meine Eltern nicht, mein Bruder nicht. Meine Freundinnen nicht, keine von ihnen. Darum bin ich von zu Hause weg, und in Hamburg hab ich Theo kennengelernt. Ich habe ihn geliebt«, sie wischte sich mit dem Ärmel über die Nase und schniefte, »aber er hat es auch nicht verstanden. Keiner hat es verstanden.«

»Was verstanden?« Iris traute sich zu fragen, bevor Franka den Mut dazu aufbringen konnte.

»Dass es da nichts zu reparieren gibt. Nichts zu helfen. Weil es in mir drin ist. Es ist ein Teil von mir, und alle wollten es wegzaubern. Wegbehandeln. Wegbeten, was weiß ich. Aber da gibt es nichts zu beseitigen. Weil das ja ich bin. Ich weiß, dass es mich auffrisst. Dass es mich … krank macht, immer schon krank gemacht hat. Aber wenn man daran reißt, es herausreißt, zerreißt man mich. Es ist ein Teil von mir. Und das haben sie nicht verstanden.«

»Was, Oda? Was ist ein Teil von dir?«

»Das, was war.«

Iris und Franka wechselten einen Blick.

»Es ist, wer ich bin. So einfach ist das. Es macht mich zu dem Menschen, der ich bin. Zu einem … schlechten Menschen.« Oda blickte auf ihre Hände, die sie so verknotet hatte, dass es schmerzhaft sein musste. »Keiner von ihnen weiß, woher es kommt. Sie sehen nur, wie ich bin. Dass ich falsch bin, wie ich bin. Und ich konnte irgendwann nur noch sehen, dass ich entweder kaputtgehe, wenn sie weiter versuchen, das aus mir rauszukriegen. Dieses Dunkle. Oder dass ich eben abhauen muss. Darum bin ich abgehauen, und in Hamburg hab ich dann Theo getroffen. Und da hab ich dann irgendwann begriffen, dass es nicht aufhören wird. Dass, egal wer mich liebt, derjenige immer versuchen wird zu bohren, was da ist. Versuchen wird, es mir auszutreiben. Aber das geht nicht. Es ist ein Teil von mir. Und den kann man nicht lieben, versteht ihr? Keiner kann diesen Teil lieben. Und darum musste ich weg, auch von Theo. Es geht nur, wenn ich allein bin. Es ist aber verdammt beschissen, allein zu sein.« Sie schniefte wieder. »Ich dachte, ich komme damit klar.« Sie lachte kurz und bitter auf. »Sieht man ja, wie fantastisch ich damit klargekommen bin.«

Sie wandte sich zu Franka und Iris. »Und jetzt bin ich hier, bei euch. Und weiter weiß ich auch nicht.«

Franka holte Luft, um etwas zu fragen, doch Iris brachte sie mit einer Geste zum Schweigen. »Ich weiß, was du denkst, Oda«, sagte sie. »Du glaubst, dass wir jetzt weiterbohren. Aber das werden wir nicht tun. Wenn du uns irgendwann mehr erzählen willst, wirst du uns mehr erzählen.«

Franka dachte, dass Oda ihnen eigentlich gar nichts erzählt hatte. Was wussten sie denn nun wirklich? Aber vermutlich hatte Iris recht – es war sinnlos, weiter nachzufragen. Oda hatte gesagt, was sie sagen wollte.

14

»Und was ist mit dir?« Oda durchbrach die Stille, die sich zwischen ihnen ausgebreitet hatte.

»Was soll mit mir sein?«

»Wir alle waren ehrlich. Jetzt bist du an der Reihe.«

Franka fuhr sich durchs Haar und zupfte an einer verknoteten Strähne herum, an der ihre Finger hängen geblieben waren.

»Ich weiß wirklich nicht, was das soll. Ihr wisst, warum ich hier bin. Was war. Was wollt ihr denn noch?«

»Warum«, fragte Oda zögerlich, »schaust du dann nie auf dein Telefon? Warum hast du keinen Kontakt mit jemandem aus deinem Leben? Es ist doch nicht so, dass keiner wissen darf, wo du bist. Du hast dich von deinem Mann getrennt, na und? Was soll's? Wozu also diese Heimlichtuerei?«

»Es ist keine Heimlichtuerei. Ich will einfach in Frieden gelassen werden.«

»Und für wie lange? Willst du ewig hier hocken und dich vor allen verstecken?«

»Ich weiß es nicht. Ich weiß nur, dass ich meine Ruhe will. Dass ich mit alldem erst mal klarkommen muss.«

»Und dass hier ein Verrückter herumläuft, der uns tote Tiere vor die Tür legt, stört dich dabei nicht?«

Oda klang selbstgerecht, und Franka hatte Mühe, ihr beherrscht zu antworten. »Natürlich stört es mich. Was hat das eine mit dem anderen zu tun?«

»Es geht darum, dass ich keine Lust habe, irgendwann davon wach zu werden, dass dein Vito hier die Tür eintritt.«

»Er ist nicht mehr *mein Vito*.«

»Aber er ist *unser Problem*.«

»Ist er nicht. Hört doch endlich auf damit!«

»Wir hören damit auf, wenn du aufhörst, uns Märchen zu erzählen«, sagte Iris. »Natürlich geht uns das nichts an. Nicht unter normalen Umständen. Normalerweise würde ich mich nicht mal dafür interessieren, was passiert ist. Das hier sind aber keine normalen Umstände. Und darum schuldest du uns eine Erklärung.«

»Ich schulde euch gar nichts! Ihr könnt jederzeit gehen, wenn ihr euch nicht sicher fühlt. Niemand zwingt euch hierzubleiben.«

»Franka, wir wollen doch nur, dass du ehrlich zu uns bist. Mehr ist es doch gar nicht.« Odas Stimme klang sanft, und doch blitzte eine Schärfe unter ihr hervor, die Franka deutlich heraushörte.

In Frankas Ohren begann es leise zu klingeln, ein stechendes, schrilles Geräusch.

»Die Wahrheit. Mehr wollen wir gar nicht«, sagte Iris, und ihr Gesicht war auf einmal so weit weg.

»Die Wahrheit«, sagte Oda.

»Die Wahrheit«, sagten Iris und Oda, und ihre Stimmen hallten von den Wänden wider, die langsam näher zu rücken schienen. Ihre Gesichter hatten auf einmal keine Ränder mehr, füllten alles, zerflossen, waren allgegenwärtig. Franka blinzelte hektisch, doch das Bild blieb verworren, wirr. Die Luft, die sie umgab, fühlte sich schwer an, als drückte sie sie zu Boden, als komprimierte sie sie, ihren ganzen Körper. Die Knochen ächzten, die Gefäße verformten sich, verbogen sich, ihre Lunge machte sich klein, und sie bekam keine Luft mehr.

Sie sprang auf und sah Lichtpunkte, gleißend weiß und bunt, die vor ihren Augen tanzten und sie ins Wanken brachten. Sie stolperte beinahe über ihren Stuhl, dann war sie im Flur und schließlich, nachdem ihre schwitzigen Hände zweimal von der Türklinke abgerutscht waren, im Freien.

Sie rannte los, Richtung Strand, sog die Luft ein, die mit jedem Schritt salziger, kühler wurde, und hielt erst an, als sie mit holperndem Herzen und pumpender Lunge direkt am Wasser stand.

Atmen. Atmen.

Da war Raum um sie, und sie konnte atmen. Niemand schrie, niemand rückte ihr zu nahe. Das Klingeln in ihren Ohren ebbte ab.

Atmen. Atmen.

Das hier war ihr Zuhause. Hier gehörte sie hin. Die See bewegte sich wie immer, die Wellen rollten in dem Rhythmus, der seit Jahrmillionen der ihre war. Kriege waren auf ihr ausgefochten worden, Schiffe waren in ihr versunken, Menschen verrottet. Es war ein ewiger Kreislauf aus Bewegung, Tod und Wiedergeburt, und sie, Franka, richtete nicht das Geringste daran aus. Sie zählte nicht. Sie war unbedeutend, völlig unbedeutend, für den Lauf der Wellen, für den Lauf der Zeiten. Sie lebte, sie würde irgendwann sterben, und nichts davon machte einen Unterschied. Das Meer war riesig. Der Himmel war weit. Das Universum war unendlich, und sie spielte keine Rolle darin, ihre Angst, ihre Vergangenheit, ihre Schuld spielten keine Rolle, nichts davon war wichtig, nichts davon würde auch nur den Hauch eines Kratzers in der Oberfläche der Zeit hinterlassen. Es war egal.

»He!« Der Ruf schreckte sie auf, und sie fuhr herum. Iris und Oda standen nicht weit von ihr. Der Wind zerrte an ihren Haaren, Oda hatte sich eng in ihren Pullover gewickelt, der eigentlich Frankas war, und Iris' grüner Parka schlug wütend nach dem Wind.

»Was ist los mit dir? Warum haust du einfach ab?« Iris kam näher heran, Oda im Schlepptau. »Wir wollten reden. Wir wollten ehrlich sein.«

»Warum könnt ihr mich nicht für einen Augenblick in Ruhe lassen? Ich komme gut alleine zurecht!«

»Daran zweifle ich nicht. Ich bin nicht hier, weil ich glaube, dass du nicht alleine zurechtkommst. Ich bin hier, weil ich es satthabe, dass du uns ausweichst. Dass du uns nicht die Wahrheit sagst.«

»Welche Wahrheit? Da ist keine Wahrheit, die ihr nicht schon kennt. Mein Mann liebt eine andere. Ich habe ihn verlassen. Ende der Geschichte.«

»Okay.« Iris atmete durch. »Hör zu. Es geht doch in erster Linie darum, dass wir herausfinden, wer sich hier herumtreibt. Wer es ist und wie ernst er es damit meint, uns Angst einzujagen.«

»Es kann genauso gut einer von den Typen sein, denen du Geld schuldest. Oder Odas Exfreund, den sie einfach hat sitzen lassen. Was weiß ich.« Warum ließen sie sie nicht endlich in Frieden?

»Wäre es einer von den Typen, die hinter mir her sind, würden die sich nicht mit solchen Spielchen aufhalten, das kann ich dir versprechen. Aber es muss ja auch nicht Vito sein. Ich will nur verstehen, warum du ihn so vehement verteidigst. Jeder wäre zu so etwas fähig und damit genauso gut dein Mann.«

»Er ist es nicht.«

»Hör auf, dir die Dinge schönzureden, Franka. Du weißt, dass ...«

»Er ist es nicht.«

»Franka! Jetzt hör mir doch mal zu, wir müssen ...«

»Er ist es nicht!« Franka schrie die Worte heraus, dem Rauschen der Wellen entgegen. »Er ist es nicht! Weil er tot ist! Ich habe ihn getötet!« Die Laute wurden vom Wind davongetragen, und Franka schloss die Augen.

Die Bilder. Da sind die Bilder. Die Bilder, die immer da waren, die sie nicht hat sehen können, sehen wollen. Die Bilder, die einzeln flackern, sich in ihre Augen einbrennen, auf dass sie nie verblassen, sich nie wieder verdrängen lassen, nicht noch einmal. Die Bilder. Detailaufnahmen, mit grausamer, liebevoller Hingabe zusammengesetzt aus bunten Lichtpunkten, wie Kunst, nur unvergänglicher, unzerstörbar.

Kompositionen in Grau und Weiß, Schwarz und Hellrot, ein Teppich aus Klängen darübergebreitet, ein entfernter Schrei, hämmerndes Schluchzen. Und dann Stille, diese Stille, die sie nie vergessen wird.

Sie erinnert sich an die Wut, an die Wut in ihr, heiß und flüssig, grellweiß. Die Angst, dunkel und wie ein Nebel, der sie umklammert. Der Zorn, der alte, unvergängliche, ihr bester Freund, ihr schlimmster Feind, gekommen, um sie in ihrer düstersten Stunde zu retten und sie in Sicherheit zu bringen, fort von hier, ins ewige Verderben.

Die Wut, die sich nicht aufhalten lässt. Er liebt sie nicht liebt sie nicht liebt sie nicht. Er, dem sie vertraut hat. Dem sie geglaubt hat, dass er sie meint, dass er sie sieht, dass er bei ihr bleiben will, für immer. Dabei sieht er sie nicht, liebt sie nicht, will fort von ihr.

Die Wahrheit, die wirklich zählt, ist aber eine ganz andere. Eine, die sie seit Langem kennt, die sie, wider besseres Wissen, in sich begraben hatte, die sie versucht hatte zu vergessen. *Dass da niemand ist. Niemand. Dass sie alleine ist. Dass die Einsamkeit zu ihr gehört, ein Teil von ihr ist, für alle Zeit.*

Das ist sie, die Realität. Elena hatte ihr die Spitzen, die scharfen Klingen genommen, Vito hat ihr die Kraft ausgesaugt. Doch jetzt ist sie wieder da, stärker als je zuvor.

Du bist allein. Er liebt dich nicht. Niemand liebt dich, und bevor die Wut unter Traurigkeit erstickt, flammt sie noch einmal auf, reißt alles mit sich, reißt alles ein.

Vito steht vor ihr, sieht sie an, mit diesem Blick, den man nur hassen kann, bittend, flehend, dass sie ihm verzeihen möge, dass er nicht anders gekonnt hätte, und die Wut hilft ihr, die Wut macht alles möglich.

Er sagt: »Bitte glaub mir. Ich liebe dich. Ich liebe dich.« Und das lässt die Wut nicht zu, diese Lügen, lässt nicht zu, dass sie sie ertragen muss, und mit wenigen Schritten sind sie bei ihm, sie und die Wut, und obwohl sie zuvor still war, ungläubig still, schreit sie jetzt, schreit mit der Wut im Chor. Sie geht auf ihn los, weil sie ihn verletzen will, wie er sie verletzt hat, weil sie ihm zeigen will, dass sie es nicht hinnehmen, es nicht einfach geschehen lassen wird.

Sie will auf ihn einschlagen, auf ihn einprallen, wie eine entfesselte Gewalt, will ihm die Nase brechen, ihm die Lippen blutig schlagen – die Wut macht etwas aus ihr, das sie noch nie gewesen ist.

Mit all ihrer Kraft rammt sie die Fäuste gegen seine Brust, und er, der sonst nicht wankt, niemals wankt, gerät ins Stolpern, denn da sind die Treppenstufen, die nach unten führen. Er greift nach ihr, nach ihrer Hand, ein letztes Flehen, doch sie schlägt sie weg. Ein Reflex, die Wut schlägt die Hand weg, nicht sie selbst, und Vito stürzt. Stürzt rückwärts, wie in Zeitlupe, und fällt und fällt.

Sie weiß in diesem Moment, dass sie dieses Bild niemals vergessen wird. Es ist für immer in ihrem Kopf, eine ewige Schleife.

Vito, wie er fällt, die Augen weit aufgerissen, die Arme ausgebreitet, die Finger gespreizt wie im Krampf. Sein Mund zu einem Schrei verzerrt, doch sie hört nichts. Er fällt und fällt. Fast ist es lustig, sie möchte schreien vor Lachen, wie er da hängt in der Luft, es ist zu komisch, aber dann hängt er nicht mehr, sondern schlägt auf. Sein massiger Körper kracht auf die Treppe, in einem unmenschlichen Winkel, und das Geräusch ist ohrenbetäubend, zumindest in ihrem Kopf. Er kracht auf die Stufen, rutscht weiter, hilflos verdreht, rutscht bis zum Treppenabsatz und bleibt da liegen.

Sie steht oben, auf der obersten Stufe, und sieht hinab. Das Bild, das sich ihr bietet, ergibt keinen Sinn. Es zersplittert in Farben und geometrische Formen, die nicht zusammenhängen und sich langsam gegeneinander verschieben, als würden sie schweben. Ein roter Kreis. Ein schiefer Winkel. Eine zerteilte Linie. Kein Mensch mehr. Kein Mensch.

Sie weiß nicht, wie lange sie da steht. Sie schaut nicht hin und schaut doch. Sieht, wie die abstrakten Formen verschwimmen und zu einem realen Bild gefrieren. Ein Mann, der sich nicht rührt. Ein Mann, dessen Körper Winkel bildet, die kein Körper bilden sollte. Ein Mann, dessen Gesicht zur Seite gedreht ist, zu weit zur Seite. Das, was sie davon sehen kann, ist so blass, dass es nahezu weiß wirkt.

Sie sieht, doch erträgt es nicht, kann es nicht ertragen, darum zerfällt das Bild wieder gnädig in seine Bestandteile, die pflichtschuldig auseinanderdriften. Dann ist da nichts mehr zu sehen, nichts, das einen Sinn ergibt.

Sie schaut trotzdem. Irgendwann kann sie nicht mehr stehen und setzt sich mit tauben Beinen auf die oberste Stufe, ohne den Blick vom Treppenabsatz zu wenden. Ihre Gedanken wandern, aus Verzweiflung, weg von hier, weg von diesem Ort. Nach Hause zu Elena, in eine andere Zeit.

Eine stürmische See, und der Wind zerrt an ihren Jacken und Haaren. Sie versteht nicht, was Elena ihr zuruft, erst als sie es ihr ins Ohr schreit, versteht sie es. »Ist es nicht wunderbar?« Das ist es, was Elena meint, und sie deutet auf die wütenden, bleigrauen Wellen, vermischt mit Grün und Braun, die sich am Horizont kaum mehr von den dunklen Wolken trennen lassen. »Es ist wunderbar.« Elena lacht jetzt und breitet die Arme aus, damit der Wind sie vor sich herschieben kann.

So wild ist das Wetter selten, und Franka genießt es genau wie Elena, genießt, dass Wind und Wellen so laut sind, dass sie ihre Gedanken nicht hören kann. Irgendwann packt Elena sie bei der Hand und zieht sie zur Wasserlinie hinunter, wo sie sich von den heranrollenden Wellen jagen und erwischen lassen, bis die Beine ihrer Jeans bis hinauf zu den Knien nass, kalt und steif sind. Elena lacht, bis sie keine Luft mehr bekommt, und Franka muss mitlachen, ob sie will oder nicht.

Als sie ins Haus zurückkehren, besteht Elena darauf, dass Franka heiß duscht, als wäre sie ein kleines Mädchen, dabei ist sie schon vierzehn. »Eine heiße Dusche und dann ein heißer Tee, Kind«, und ihr Ton macht auf liebevolle Weise deutlich, dass sie keine Widerrede duldet.

Wenig später sitzt Franka auf dem Sofa, die Haare im Nacken feucht, die Wangen glühend. Sie hat sich in eine Wolldecke gewickelt, nur die Füße in dicken Socken schauen heraus. Elena bringt den Tee und Zimtbrötchen, und dann macht sie den Fernseher an, obwohl es erst fünf ist. Es läuft die Wiederholung der Wiederholung einer uralten Serie, und Elena lacht und kichert an den dämlichsten Stellen, während Franka dasitzt und daran denken muss, dass es ein verdammt perfekter Moment ist. Dass sie sich noch nie so gefühlt hat. So, als könnte ihr nichts passieren, nie wieder. Als wäre da eine kleine, warme Welt in der großen dunklen Welt, eine, in der sie ganz und gar beschützt ist.

Ohne dass sie es bemerkt, fangen die Tränen an zu laufen, und als sie es dann bemerkt, ist es ihr peinlich. Sie wischt sich mit dem Ärmel über das Gesicht, und Elena tut so, als würde sie nichts mitbekommen, aber dann nimmt sie doch, ganz beiläufig, Frankas Hand und drückt sie.

Franka schreckt hoch aus ihren Gedanken. Hat er sich bewegt? Hat er sich eben nicht bewegt? Doch da ist nichts. Nichts als Stille. Denn Vito ist tot. Sie hat es gewusst, von dem Moment an, als er fiel. Dass es vorbei ist. Dass man so etwas nicht überleben kann. Dass es den Mann, den sie geliebt hat, der sie geliebt hat, nicht mehr gibt.

Sie müsste seinen Puls fühlen, macht man das nicht so? Aber sie traut sich nicht. Sie kann es einfach nicht. Allein der Gedanke an die kalte Haut lässt alles in ihr starr werden. Die Haut, die sich, als sie noch warm war, Tausende Male an ihre geschmiegt hat. Ein Herz, das mit ihrem geschlagen hat, ein Atem, vermischt mit ihrem, und nun ist da nur noch Tod, und sie springt auf und rennt ins Badezimmer. Sie übergibt sich in die Toilette, würgt, bis ihr die Kehle brennt. Ein Tropfen saurer Spucke rinnt ihr das Kinn runter.

Sie wäscht sich das Gesicht und spült sich den Mund aus. Im Spiegel sieht sie sich, ohne sich zu erkennen. Sie ist bleich, und ihre Haare hängen strähnig und verschwitzt herunter. Sie streicht sie mit nassen Händen zurück und starrt sich an.

Wer bist du?

Wer bist du?

Sie hat nichts mehr mit dem Menschen zu tun, der sie noch vor drei Stunden war. Ihre Rückkehr aus Frankfurt kommt ihr unendlich weit weg vor. Das ganze Vorher, die letzten Tage, die Termine, die Gespräche mit Claire, Milchkaffee und Croissants im Hotel – alles bedeutungslos. Ein anderes Leben, gelebt von einer anderen Frau. Plötzlich steht sie auf der anderen Seite und betrachtet diese Frau wie durch rauchiges Glas.

Nichts weiß sie, nichts hat sie geahnt, eine dumme, unglaublich dumme Frau. Eine ahnungslose Frau. Eine glückliche Frau.

Jetzt ist nichts davon übrig. Nichts mehr von der Frau. Nichts mehr von ihrem Leben. Sie erkennt sich nicht mehr, und für einen kurzen Moment ist da diese gewaltige Einsicht, dass sie sich nicht mehr erkennt, weil sie eine andere ist. Sie ist nicht mehr Franka. Sie kann sie nicht mehr sein. Franka hätte niemals einen Menschen getötet. Hätte niemals oben an der Treppe gestanden und gestarrt, statt Hilfe zu holen.

Sie ist eine andere, aber sie weiß nicht, wer. Sie weiß nur, dass sie wegmuss, weil es zu viel ist. Zu viel für sie, zu viel, um es zu verstehen. Zu viel, um damit zu leben.

Sie weiß, dass es nur den einen Weg nach unten gibt. Sie muss an ihm vorbei.

Hinterher weiß sie nicht, wie sie es gemacht hat. Wie es ging. Sie muss es an ihm vorbeigeschafft haben, ohne sein Gesicht zu sehen, ohne ihn wirklich zu *sehen*, aber das ist nicht möglich. Sein schwerer Körper hat den ganzen Absatz blockiert, sie muss hingeschaut haben, sonst wäre sie auf ihn getreten, sie muss ihn berührt, zumindest gestreift haben. Und doch – keine

Erinnerung daran, ihm so nahe gekommen zu sein, ihm, dem Toten. Vielleicht hat sich ihr Kopf in diesem Moment ausgeklinkt oder hat die Erinnerung, als sie noch ganz frisch war, nur wenige Sekunden alt, gnädig gelöscht. Wenn es so war, hasst sie ihren Kopf dafür, dass er ihr die anderen Bilder gelassen hat.

Sie sitzt im Auto und fährt. Es gibt nur einen Weg, weil es nur ein Ziel gibt, nur eines, das ihr einfällt. Es ist Wahnsinn, und es ist sinnlos, aber sie muss etwas tun, weil sie nicht nichts tun kann. Sie kann nicht dort im Haus sitzen bleiben und auf den toten Menschen starren, der dort liegt, und warten, bis er zerfällt.

Warum sie nicht die Polizei gerufen und die Wahrheit gesagt hat, weiß sie später nicht mehr. Es wäre so einfach gewesen: »Hallo, mein Name ist Franka Gehring, mein Mann ist die Treppe hinuntergestürzt, bitte kommen Sie schnell.«

Vielleicht hätten sie Fragen gestellt, vielleicht wären sie misstrauisch geworden. Vielleicht, vielleicht auch nicht.

Aber sie denkt nicht so weit, weil sie nicht so weit denken will. Sie ist schuld, nur das weiß sie, darum will sie fort, und darum geht sie.

Und dann ist es zu spät, so einfach ist es. Dann kann sie nicht mehr zurück, denn dann würden sie ganz sicher Fragen stellen. Warum sie nicht gleich Hilfe gerufen hat. Warum sie ihn hat sterben lassen. Warum sie geflohen ist.

Sie versucht, es von sich zu schieben. Was sie getan hat und was sie hätte tun können. Tun sollen. Stattdessen leistet ihr Gehirn Fantastisches. Es spinnt ein zartes Lügenmärchen, nur für sie. Wobei es weniger Lügen sind, denn ihr Kopf behält einen Teil, es lässt nur manches weg. Was bleiben darf, ist der Verlust, und sie trauert, oh, wie sie trauert, um diesen Mann, um den Menschen, den sie in ihm gesehen hat. Wie sie ihn verflucht, innerlich, weil er sie verlassen hat. An allem anderen rührt sie nicht. Alles andere bleibt versiegelt, unter einer weißen kalten Leere, die sich in ihrem Kopf ausbreitet, sobald ihre Gedanken jenem Moment auch nur zu nahe kommen. Es bleibt fern von ihr.

Bis jetzt.

»Du hast was?« Odas Stimme war so tonlos, dass man ihre Frage kaum als Frage erkannte. Es klang mehr wie eine unglaublich tragische Tatsache.

Franka starrte an ihr vorbei. Aus den Augenwinkeln sah sie Iris, die mit hängenden Armen dastand, einfach nur dastand.

»Du. Hast. Was?« Odas Stimme nun schärfer. Sie will ihre Antwort, dachte Franka, obwohl sie sie schon kennt.

»Was soll das, Oda?« Iris' Gesicht seltsam unbewegt. »Sie hat uns doch gerade gesagt, was geschehen ist. Also, worauf willst du hinaus?«

»Worauf ich hinauswill? Sie hat ihren Mann getötet. Das ist … das ist doch Wahnsinn. Und sie hat uns angelogen. Sie hat uns Geschichten erzählt, von ihrem Ehemann, der sie betrogen hat, und …«

»Aber er *hat* mich betrogen.«

»Bevor du ihn umgebracht hast, mein Gott. Das hast du uns mal eben verschwiegen.«

»Was hätte ich denn tun sollen?«

»Was du hättest tun sollen? Vielleicht ihn nicht die Treppe runterstoßen, das zum Beispiel. Oder, wenn du ihn schon stößt, hinterher den Krankenwagen rufen. Oder uns wenigstens die verdammte Wahrheit sagen, statt uns hier tagelang etwas vorzuspielen. Was glaubst du, wie sich das anfühlt? Zu erfahren, dass man mit einer Person unter einem Dach lebt, die jemanden umgebracht hat? Die einem ins Gesicht gelogen hat, wieder und wieder?«

Franka schwieg. Dann sagte sie langsam: »Was glaubst du, wie sich das alles *für mich* anfühlt?« Sie wollte die Worte schreien, aber sie beherrschte sich, wenn auch mühsam. »Glaubst du, ich habe mir das leicht gemacht? Glaubst du, mich macht das nicht wahnsinnig? Die Schuld? Die Angst? Glaubst du, ich wollte euch anlügen? Ich wusste einfach nicht, was ich tun sollte.« Sie zitterte vor Kälte, und vor Anspannung. »Es … das alles ist so … das macht mich fertig. Es zieht mir den Boden unter den Füßen weg, wenn ich daran denke, darum habe ich versucht … nicht daran zu rühren. Weil ich damit nicht leben kann, was ich getan habe, okay? Ich kann so nicht leben. Ich kann nicht … diese Person sein. Ich bin es aber, und das macht mich wahnsinnig.«

»Ehrlich gesagt, ist es mir gleich, wie es sich für dich anfühlt. Ein Mensch ist tot, Franka. Und du tust so, als sei nichts gewesen? Du hast jemanden umgebracht, verdammt.«

Iris, die bislang geschwiegen hatte, ergriff das Wort. »Komm mal runter, Oda.«

»Wie bitte?«

»Du sollst dich beruhigen. Du übertreibst.«

»Ich übertreibe? Sie hat jemanden umgebracht. Und uns belogen. Sie ist … was weiß ich, eine Psychopathin. Wie kann man jemanden die Treppe runterstoßen und dann ganz entspannt in sein Haus am Meer fahren, um dort ein paar nette Tage zu verbringen? Das ist doch krank!«

»Das hat sie nicht getan. Sie hat nicht kaltblütig jemanden ermordet. Du tust so, als hätte sie ihn vergiftet oder ihn hinterrücks erstochen. Er ist gefallen. Das war nicht ihre Absicht. Und jetzt ist sie völlig traumatisiert. Sie ist aus dem Tritt geraten, wie es jedem von uns passiert wäre. Ich bin auch nicht glücklich darüber, dass sie uns nicht die Wahrheit gesagt hat. Aber andererseits sollten gerade wir beide nicht mit dem Finger auf jemanden zeigen, der nicht gleich die Wahrheit sagt.« Sie sah Oda eindringlich an. »Weder du noch ich.«

»Das ist doch …« Oda stapfte ein paar Schritte durch den Sand und hob die Arme, bevor sie sich wieder zu Franka und Iris umwandte. »Du stellst dich ernsthaft auf ihre Seite?«

»Es geht hier nicht um Seiten, Oda.« Iris rieb sich mit den Handballen die geröteten Augen. »Das musst du kapieren. Das müssen wir alle kapieren. Es geht darum, dass wir alle hier irgendwie heil herauskommen. Und das funktioniert nur, wenn wir uns nicht gegenseitig an die Kehle gehen. Ich weiß«, sie hob beschwichtigend die Hände, als Oda ihr ins Wort fallen wollte, »es sind schlimme Dinge geschehen. Frankas Mann ist tot. Und das ist tragisch. Aber was hilft es uns, sie deswegen fertigzumachen?«

»Du tust so, als sei das etwas völlig Normales. Als hätte jede von uns schon mal jemanden die Treppe runtergeworfen.«

»Ich sage nicht, dass es etwas vollkommen Normales ist. Ich sage nur, dass wir alle Dreck am Stecken haben. Dass wir alle schon Dinge getan haben, die wir bereuen. Die uns nicht schlafen lassen. Wer kommt schon durchs Leben, ohne Dinge zu tun, die ihn bis an sein Ende verfolgen? Ich glaube nicht, dass das jemand schafft. *Ich* habe es jedenfalls nicht geschafft.«

Oda kniff die Augen zusammen. »Hast du schon mal jemanden umgebracht?«

Iris sah sie lange und durchdringend an. »Die Frage, die du dir vielmehr stellen solltest, ist, ob es etwas ändern würde. Wäre ich ein anderer Mensch? Nein. Du kennst mich so, wie ich bin. Alles, was ich getan habe, habe ich getan, und du weißt nichts darüber. Also akzeptiere das, oder sprich nie wieder mit einem Menschen, denn du wirst niemanden finden, der keine Geheimnisse hat.«

Oda schwieg. Sie alle schwiegen, und Franka hatte das Gefühl, dass sie wieder atmen konnte, ein klein wenig zumindest, dass Iris ein Gewicht von ihr genommen hatte, das Gewicht, kein Mensch mehr zu sein. Sie hatte etwas Schreckliches getan, aber es schien Menschen zu geben, die bereit waren, sie dafür nicht zu hassen. Zumindest einen Menschen gab es, und sie war unglaublich dankbar dafür.

Sie standen nicht weit vom Wasser, ein loses Dreieck aus Menschen, die nichts voneinander wussten und doch zu viel, die voller Misstrauen und Widerwillen waren, die einander dennoch zu brauchen schienen, sosehr sie sich selbst dafür auch verabscheuten. Drei Menschen, die einander nicht wollten, aber ohne einander verloren gewesen wären.

Schließlich sagte Oda zu Iris, in das gleichgültige Summen der Wellen hinein: »Du wirkst kein bisschen überrascht.«

Iris hob die Schultern. »Weil ich es mir gedacht habe.«

»Wie bitte?« Oda drehte sich ganz zu ihr um, und in ihrem Gesicht war ungläubige Erschöpfung zu erkennen. Sie war zu müde, um sich weiter aufzuregen, und so klang ihre Frage mehr resigniert als empört.

»Ich habe es mir gedacht. Nicht genau, aber so in etwa. Es war offensichtlich, dass da mehr war. Mehr als nur eine Trennung. Dass sie etwas mit sich herumgeschleppt hat. Dass sie vor etwas Angst hatte.«

»Und warum hast du nichts gesagt?«

»Weil ich es nicht sicher wusste. Und weil ich dachte, dass sie schon irgendwann rausrückt mit der Sprache. Hat sie ja auch getan.«

Oda schüttelte den Kopf und wandte sich ab. »Ihr seid verrückt. Alle beide. Ich bin scheinbar die Einzige, die hier halbwegs klar denkt.«

»Es steht dir frei zu gehen.« Iris' Stimme klang weder kalt noch verärgert. Es war schlichtweg die Wahrheit. »Du kannst bleiben und dich damit arrangieren, dass Franka und ich ziemlich verkorkst sind, genau wie du auch. Oder du redest dir ein, dass du etwas Besseres bist, und verschwindest von hier.«

Oda blieb. Sie ging nicht an jenem Tag. Es lag nicht daran, dass sie Franka plötzlich mehr Verständnis entgegengebracht hätte. Es lag vielmehr daran, dass sie sonst nicht wusste, wohin. Es gab keinen anderen Ort für sie, also blieb sie, und sie schien nicht die Kraft zu haben, Franka auf ewig ihre monströse Verfehlung nachzutragen.

Vielleicht war es auch die bloße Notwendigkeit, die sie dazu trieb, nach einem in vorwurfsvollem Schweigen verbrachten Tag wieder mit Franka zu sprechen, zunächst einsilbig und spröde, dann zunehmend wieder in ganzen Sätzen. Schließlich sogar in einem Ton, der nicht mehr all den Hass und die Herablassung der Welt enthielt.

Irgendwann, als sie in der Küche saßen, fragte sie unvermittelt: »Wie fühlt es sich an?«, und Franka vermochte nicht zu sagen, ob echtes Interesse mitschwang oder kalte Grausamkeit. Vermutlich eine Mischung aus beidem.

»Was meinst du?«, erwiderte sie, obwohl sie ziemlich genau wusste, worauf Oda hinauswollte.

»Ich meine, dass er fort ist, für immer. Und dass du … dass er fort ist wegen dir.« Oda starrte in ihr leeres Wasserglas, bevor sie den Blick hob und Franka direkt ansah. »Er kommt nicht mehr zurück. Es ist so … endgültig. Du hast etwas so Endgültiges getan. Was ist das für ein Gefühl?«

»Ich möchte nicht darüber sprechen.« Franka sah auf ihre Hände, die ihr plötzlich grotesk vorkamen, wie zwei Fremdkörper.

»Du willst nicht, oder du kannst nicht?« Wieder diese kühle Neugierde, die auch schonungslose Härte hätte sein können.

»Ich möchte nicht darüber sprechen«, wiederholte Franka und widerstand dem Drang, aufzustehen und den Raum zu verlassen. Sie konnte Oda nicht aus dem Weg gehen. Sie musste mit ihr klarkommen, auch wenn es ihr gerade schwerfiel. Sie hatte die junge Frau, die so verletzlich wirkte, von Anfang an gemocht. Ihre leise, nachdenkliche Art, die aber nicht zögerlich war, sondern eben das: nachdenklich. Ihre Stärke, die sie, trotz aller Schwächen, an den Tag legte, ihre Entschlossenheit, nicht unterzugehen, nun doch nicht unterzugehen. Sie hatte ihr nicht vertraut, nicht vollständig, aber sie hatte das Gefühl gehabt, ihr irgendwann vertrauen zu können, später.

Aber nun war alles anders. Auch wenn Oda sich etwas beruhigt zu haben schien, war da doch diese Feindseligkeit, die noch unter ihren Worten, in ihren Blicken lag. Eine Feindseligkeit, die fast schlimmer war als eine offene Konfrontation, weil man nie genau wusste, an welcher Stelle, in welchem Moment sie wieder zutage treten würde.

Sollte sie Oda hinauswerfen? Sie konnte sie hinauswerfen, es war ihr Haus. Es war nicht das erste Mal, dass ihr der Gedanke kam, aber sie musste ihn auch zu Ende denken: Wenn sie Oda die Tür wies, würde sie dann die Polizei verständigen? Den Beamten erzählen, was sie getan hatte, würde Oda ihnen ihren Namen nennen, damit Polizisten in Hamburg vor ihrem Haus vorfahren konnten, um die Tür aufzubrechen und drinnen unsagbaren Gestank und unsagbare Traurigkeit vorzufinden?

Vermutlich würde sie das. Nein, nicht vermutlich, mit Sicherheit. Sie konnte Oda nicht fortschicken, nicht mehr. Nicht mit dem, was sie wusste.

Außerdem hatte Franka das Gefühl, dass sie es verdiente. Dass sie es verdiente, dass da jemand war, der sie verurteilte, der sie verabscheute, denn nichts anderes war die richtige Reaktion. Iris' Abgeklärtheit tat ihr gut, aber gleichzeitig wusste sie, dass dieses Verhalten nicht normal war. So reagierten Menschen nicht, wenn sie so etwas erfuhren, außer sie hatten ähnlich dunkle Schatten über ihrem Leben hängen, anders war es nicht zu erklären.

»Was, wenn er nicht tot ist?«, sagte Oda plötzlich in die Stille hinein.

Franka runzelte die Stirn. »Er ist tot. Das habe ich euch doch erzählt.«

»Du hast seinen Puls nicht gefühlt, oder? Was, wenn er den Sturz überlebt hat? Nur bewusstlos war? Und dann, als er wieder zu sich kam und sich erinnert hat, wurde ihm klar, dass du ihn gestoßen hast und verschwunden bist.«

»Er war tot.«

»Ich weiß nicht, Franka. So, wie du Vito beschrieben hast, war er ein kräftiger, großer Mann. Glaubst du wirklich, dass ihn ein Sturz auf der Treppe umbringt?«

»Er. War. Tot. Und jetzt hör auf damit.«

»Verschweigst du uns noch etwas?« In Odas Augen blitzte etwas auf, das Franka schwer zu deuten wusste. Jagdeifer?

»Was willst du damit sagen?«, fragte sie.

»Ich glaube, du weißt, was ich damit sagen will.«

»Nein, das weiß ich nicht. Hör auf, kryptische Andeutungen zu machen. Sag mir einfach, was du mir vorwirfst.«

Oda schien kurz zu zögern, ob sie tatsächlich aussprechen sollte, was sie bereits angedeutet hatte. »Ich meine ja nur.«

»Was?«

»Dass Iris und ich nicht wissen, ob es wirklich so war.«

»Warum zur Hölle sollte ich etwas Derartiges erfinden? Was hätte ich davon?«

»Nein, ich meine, ob es genau so abgelaufen ist. Vielleicht ist dein Mann die Treppe runtergestürzt. Und dann lag er da, bewusstlos. Und du hast ... ein bisschen nachgeholfen, was weiß ich. Weil du wütend warst. Weil du die Gelegenheit hattest. Weil ... es eben über dich kam. Und dann erst war er tot.«

»Du behauptest, ich hätte ihn absichtlich umgebracht? Mit meinen eigenen Händen?«

Oda zuckte leicht mit den Schultern. »Ich behaupte das nicht. Es ist einfach eine Möglichkeit. Ich kenne dich doch gar nicht. Ich habe nicht nur das Gefühl, dass ich dich nicht kenne. Ich kenne dich tatsächlich nicht. Ich habe keine Ahnung, ob du ein guter Mensch bist, der einfach das Pech hatte, im entscheidenden Moment das Falsche zu tun. Oder ob du eine Psychopathin bist, die ihren Mann umbringt und dann ein paar Tage Urlaub am Meer macht.«

Franka war aufgestanden. »Das ist ... wie kommst du dazu, so etwas zu sagen? Ich habe nie, niemals ...«

Iris, die die Szene von der Tür aus beobachtet hatte, unterbrach sie. Sie kam zu ihnen, zog sich einen Stuhl heran und faltete die Hände vor sich auf der Tischplatte.

»Setz dich hin«, sagte sie zu Franka, die, weil sie nicht wusste, was sie sonst tun sollte, gehorchte.

»Du musst damit aufhören«, sagte Iris dann und sah Oda eindringlich an. »Hör. Damit. Auf.«

»Womit denn?«

»Mit diesen Unterstellungen. Diesen Sticheleien. Wenn du wirklich glaubst, dass Franka eine kaltblütige Mörderin ist, dann kannst du hier nicht bleiben.«

»Ich habe nicht gesagt, dass sie das ist. Ich habe nur gesagt, dass ich nicht weiß, was wirklich passiert ist.«

»Doch, du weißt, was passiert ist. Franka hat es dir gesagt. Wenn du ihr nicht glaubst, dann verschwinde. Wenn du bleibst, gehe ich davon aus, dass du zu dem Schluss gekommen bist, dass du Franka vertrauen kannst. Ein für alle Mal.«

Oda sagte nichts. Sie starrte auf ihre Fingernägel, die, wie Franka jetzt erst wahrnahm, bis auf das Fleisch abgenagt waren.

»Okay«, sagte sie schließlich. »Okay, dann war es so, wie sie sagt. Aber selbst wenn es so war, wie soll es denn weitergehen? Was will sie machen? Will sie sich hier verkriechen und warten, bis sie sie irgendwann holen? Oder glaubt sie, die finden den Typen nie? Er ... fängt ja an zu stinken, oder nicht? Und seine ... ich meine, seine Freunde und Kollegen müssen doch merken, wenn er nicht auftaucht. Die und diese Sabina. Wie lange ist das Ganze eigentlich her? Eine Woche? Was denkt sie denn, wie lange sie sich hier verstecken kann? Vielleicht suchen sie schon nach ihr!«

Iris hob eine Augenbraue. »Was fragst du mich das? Frag sie doch selbst, sie sitzt direkt vor dir.«

Oda schnaubte genervt. »Gut, wie du meinst.« Übertrieben deutlich wandte sie sich an Franka: »Was willst du machen, Franka? Sag's mir. Willst du hier sitzen und warten, bis sie dich gefunden haben? Willst du dir die Decke über den Kopf ziehen und laut singen, sodass du nicht hörst, wenn sie kommen? Was denkst du dir denn?«

Franka antwortete nicht. Sie sah die Staubkörner, die im Licht schwebten. Sah die Kratzer in der Tischplatte, uralt, die

Wasserringe, die Maserung des Holzes. Sah, dass alles real war. Dass das hier das Leben war, kein Traum, die grausamste aller Erkenntnisse.

»Ich weiß es nicht«, sagte sie schließlich. »Ich ... ich bin weggelaufen, weil ich Angst hatte. Panik hatte. Weil mir klar war, dass ich etwas Furchtbares getan hatte. Aber mir war nicht klar, was ... was ich danach tun sollte. Wie ich es schaffen sollte, nicht wahnsinnig zu werden. Vor Schuld, vor Angst. Darum hab ich so getan, als wäre es nicht passiert. Hab euch erzählt, dass Vito«, ihre Stimme brach weg bei seinem Namen, »dass er und ich uns getrennt haben. Habe mir selber eingeredet, dass wir uns einfach bloß getrennt haben. Weil es nicht anders ging. Wie hätte ich damit leben sollen? Wie soll ich jetzt damit leben?« Sie atmete tief aus. Es kamen keine Tränen, obwohl sie hätten kommen müssen, obwohl sie hätte weinen müssen, um Vito und um sich, um alles, was sie verloren hatte, unwiederbringlich.

Iris betrachtete sie mit einer Mischung aus Zweifel und resigniertem Mitgefühl. Auch Odas Gesicht wurde ein klein wenig weicher.

»Es tut mir leid«, sagte Oda schließlich. Sie murmelte nicht, nuschelte nicht. Sie sagte es klar heraus, und Franka war ihr dankbar dafür. »Es tut mir leid, dass ich gesagt habe, du hättest ihn umgebracht. Absichtlich, meine ich. Das ... das glaube ich nicht. Ich glaube dir, dass es so nicht war.«

Franka nickte stumm. Das war mehr, als sie je hätte verlangen können. Dass ihr jemand überhaupt etwas glaubte. Sie hatte das Gefühl, sich in allem zu verlieren, vollkommen zu verschwimmen. Sie spürte ihre eigene Begrenzung nicht. Wo hörte sie auf, wo fingen die Lügen an? Was war noch sie, was war das, was sie getan hatte? Gab es überhaupt einen Unterschied?

Wer war sie schon? Wer war sie, um auf Gnade zu hoffen, auf Vergebung, darauf, nicht gehasst zu werden? Sie hatte kein Recht darauf.

Sie hatte gekämpft, ihr Leben lang, gegen die Dämonen, die ihr das Schicksal mit auf den Weg gegeben hatte, als kaltherzige, unnachgiebige Begleiter. Hatte gekämpft gegen die Umstände, wie man es nannte, gegen all die Steine auf ihrem Weg, hatte gekämpft mit all ihrer Kraft, hatte Licht gesehen, war sich sicher gewesen, es geschafft zu haben, zu sicher. Und all das nur, um doch hier zu landen. An diesem Punkt, an dem widerwilliges Mitleid das einzige Zugeständnis war, auf das sie hoffen konnte.

»Hörst du mir zu, Franka?« Oda klang ungeduldig. »Ich glaube dir, dass es nicht so war. Trotzdem brauchst du einen Plan. Oder zumindest eine vage Ahnung, wie du aus der Sache wieder rauskommst. Wenn du das wirklich durchziehen willst … wenn du wirklich von der Bildfläche verschwinden willst, dann mach's richtig. Dann hau ab. Irgendwohin, wo man dich nicht findet. Oder du könntest dich stellen. Aber sich hier zu verkriechen und zu glauben, dass auf magische Weise einfach nichts geschieht – was soll das bringen?«

Franka schwieg. Sie wusste nicht, was sie sagen sollte. Sie wusste nicht, wie es weitergehen sollte. Sie wusste nichts. Da war keine Überzeugung in ihr, noch nicht einmal eine Ahnung, was der richtige Weg sein konnte, vermutlich, weil es keinen gab.

Der Nebel in ihrem Kopf ließ sie schwindlig werden. Es war so viel, so vieles, was sie fühlte, was sie überwältigte. Ein wirrer Wust aus Traurigkeit, Angst, Verwunderung, Schuldgefühlen und einer völlig fehlgeleiteten, irrationalen Hoffnung, die zwischendrin ganz plötzlich aufblitzte, der Hoffnung, dass, auf wundersame Weise, ihr Leben doch noch nicht ganz verloren war.

15

Die Menschen glauben, sie könnten hinter sich lassen, was sie getan haben. All diese Menschen haben nicht verstanden, wie das Leben funktioniert. Sie wissen nichts darüber.

Niemand kann hinter sich lassen, was er getan hat, denn alles, was wir tun, wird zu einem Teil von uns. Wenn wir hassen, wird der Hass Teil von uns und bleibt es auch dann, wenn das Gefühl längst verflogen ist.

Wenn wir einen Menschen verletzen, bleibt diese Verletzung auf immer, nicht nur ihm, sondern auch uns. Seine Narben spiegeln sich, bleiben auf unserer Haut, in unserem Inneren, sie gehen nicht weg.

Ich habe getan, was ich getan habe. Ich muss es ertragen, muss es mit mir tragen, und ich weiß noch nicht, ob ich es schaffe. Ich spüre, wie die Wahrheit meines Tuns mich zu überwältigen droht, aber ich darf nicht nachgeben, darf nicht hinsinken und weinen, schreien und mich hassen, denn ich habe eine Aufgabe. Das ist das Einzige, was ich mir niemals verzeihen könnte – wenn ich an dieser Aufgabe scheitere. Alles andere kann ich mir nachsehen, irgendwann vielleicht, mit allem anderen kann ich leben. Nicht damit.

Ich habe getan, was ich getan habe. Ich versuche, es anzunehmen. Ich rieche es, schmecke es. Es schmeckt metallisch und kühl, als hätte ich Blut zwischen den Zähnen, und es schmeckt nach Erde. Ursprünglich. Weil es etwas so Ursprüngliches ist, so alt wie die Zeit, älter als alle Menschen.

Ich spüre noch etwas, etwas, das mir Angst macht. Ich habe keine Ahnung, wie ich es nennen soll, dieses Gefühl, das von mir Besitz ergriffen hat, in jenem Moment, und das mir so viel über mich verrät. Darüber, wer ich bin. Darüber, dass ich bin wie alle anderen.

Mächtig. Ich fühle mich mächtig. Ich schäme mich dafür, doch es ist so. Ich kann es nicht leugnen. Es ist die Macht des Unwiderruflichen, und sie ist verlockend. So kenne ich mich nicht, so bin ich nicht. Doch was habe ich geglaubt? Dass ich immun bin gegen alle Verheißungen? Dass es nichts in mir verändern würde? Da ist dieser Teil von mir, dieser verschwindend kleine Teil, der nicht hasst, der nicht bereut, der sich nicht grämt, sondern der es genießt. Der in dem Moment versinkt, sich darin suhlt, so dreckig und klein er auch war, er war mein Moment, und ich schäme mich für diesen Gedanken, schäme mich, dass er in mir Platz findet und leise Impulse durch mein Inneres sendet.

Ich kann sie von hier aus sehen. Immer wieder sehe ich sie, sehe sie aus der Ferne und bin ihr doch nahe. Ich sehe, wenn sie aus dem Haus tritt, kurz erschrocken innehält, wenn die kalte Luft sie umfängt. Ich sehe, wie der Wind ihr dunkles Haar erfasst und damit spielt, es umherwirbelt, und dann streicht sie es energisch hinter die Ohren, wo es nicht lange bleibt.

Ich bin weit weg, und doch sehe ich ihre von der Kälte geröteten Wangen, sehe, wie sie ihre Arme um sich schlägt, wie sie auf dem unebenen Boden vor dem Haus stolpert. Ich sehe, wie sie sich bückt und etwas aufhebt.

Es wirkt so unschuldig. Alles an ihr wirkt so unschuldig, und es macht mich wütend. *Sie ist nicht unschuldig.* War es nie. Ich möchte zu ihr gehen und sie packen und schütteln, es ihr ins Gesicht schreien, dass sie nicht unschuldig ist, dass sie niemals wieder unschuldig sein wird.

Später bin ich allein, sie ist nicht zu sehen und auch niemand sonst. Ich denke über den Tod nach. Es ist sinnlos, aber ich tue es trotzdem. Der Tod ist einfach da, er ist da wie die Luft, wie das Meer, wie die Erde. Er ist um uns, seit Jahrmillionen, und dennoch haben wir es nie geschafft, die lähmende Angst vor ihm abzulegen und ihn normal zu finden.

Der Tod bricht in unser Leben ein, und wir schreien um Hilfe und betteln um Gnade, flehen und weinen uns die Augen aus, als wäre es ein singuläres Ereignis, als wären wir die Einzigen, die jemals so etwas Furchtbares erleben müssten, dabei wird gestorben gestorben gestorben, schon seit ewigen Zeiten. Vielleicht ist das die Kraft des Todes. Dass es ihm gelungen ist, seinen eigenen Mythos aufrechtzuerhalten, dass er weiterhin Angst und hysterische Panik verbreitet, obwohl er seit Anbeginn das stets Gleiche tut, ohne Unterlass, ohne Variation. Menschen sterben und sterben und sterben, und doch sind wir überrascht und überwältigt und gramgebeugt, als hätte noch nie ein Mensch aufgehört zu atmen.

Ich denke über den Tod nach und frage mich, was ich von ihm halten soll. Er hat mich nicht immer gerecht behandelt. Er hat mein Leben zu dem gemacht, was es ist. Da ist keine Wut, keine Verzweiflung in mir, wenn ich an ihn denke. Ich sehe nicht die Traurigkeit, die in seinen Spuren wächst. Ich sehe seine Notwendigkeit.

16

»Hört ihr das?« Oda saß plötzlich aufrecht, lauschte konzentriert mit halb geöffnetem Mund. »Ein Auto. Da kommt doch ein Auto.«

Augenblicke später hörte es auch Franka, ein Motorengeräusch, das sich näherte, dann das Knirschen von Reifen auf dem Kies vor dem Haus, und schließlich verstummte der Motor. Zwei Türen schlugen zu.

Iris lief in den Flur und schaute aus dem Fenster neben der Eingangstür, das einzige, das auf den Hof hinausging, und fuhr zurück.

»Die Polizei.«

Zwei Worte wie ein Schlag, der Franka alle Luft aus dem Körper trieb. Sie versuchte zu atmen, doch es fühlte sich an, als wäre ihre Lunge gelähmt, ihr Brustkorb viel zu eng. Sie waren da. Sie waren gekommen.

»Das muss nichts heißen, hörst du?« Oda packte Franka an den Schultern, ihre spitzen Finger bohrten sich tief in Frankas Haut. »Wer weiß, was sie wollen. Vielleicht geht es gar nicht um uns. Vielleicht ... hat es einen Unfall gegeben, oben auf der Straße, und sie wollen nur wissen, ob wir etwas gesehen haben!«

Die Angst in Odas Stimme strafte sie Lügen. Franka wusste einfach, dass Oda genauso panisch war wie sie, registrierte, wie die Furcht die großen Augen noch mehr weitete, sodass es nahezu grotesk aussah, das Gesicht verzerrte.

»Sie werden klingeln«, sagte Iris, die zurückgekehrt war. »Sie werden in wenigen Augenblicken klingeln. Wir müssen entscheiden, was wir tun sollen. Jetzt. Wenn wir nicht aufmachen, verschwinden sie womöglich, kommen später wieder, das verschafft uns Zeit.«

»Und wenn wir öffnen …« Franka sprach nicht weiter.

»Wir haben keine Ahnung, zu wem sie wollen, was sie wollen«, sagte Iris. »Es kann alles sein oder nichts. Sagt mir, was ihr tun wollt.«

»Es kann doch sein, dass es gar nicht um uns geht. Sondern um diesen Irren, der uns tote Vögel vor die Tür legt.« Oda schaute fragend von Iris zu Franka. »Vielleicht macht der das auch bei anderen. Vielleicht suchen sie einen Verrückten, der die ganze Gegend terrorisiert.«

Oda klang fast sehnsüchtig, und Franka verstand sie. Der Gedanke war verlockend, und gleichzeitig war es fast traurig, dass sie sich nicht mehr wünschten als das.

Es klingelte, in die Stille hinein. Keiner rührte sich, und Franka hörte den Atem der beiden Frauen neben sich, hörte den eigenen Herzschlag in ihren Ohren. Ein Gedanke materialisierte sich in ihrem Kopf, rasend schnell, aus Staub, aus Fetzen. Erst noch lose, vage Bilder, war er bald zu Worten herangewachsen, zu einem vollständigen Satz.

»Wenn sie wegen mir hier sind, dann soll es so sein.« Sie sprach es laut aus.

»Was redest du da?« Iris blickte sie an, als wäre sie verrückt geworden, was sie vermutlich auch war.

»Wenn sie wegen mir hier sind, dann soll es so sein.« Noch

einmal, um sich selbst Mut zuzusprechen, es war die einzige Möglichkeit.

Iris wollte sie aufhalten, doch sie war schon in der Diele. Sie öffnete die Haustür, spürte die kühle, klare Luft, hörte, überdeutlich, das Rauschen der Wellen. Was für ein Hohn, dachte sie. Was für ein Hohn.

Sie lief die Stufen der Eingangstreppe hinunter, zu den beiden Polizisten, die dort standen, sie kritisch fixierten. Ein Mann, um die fünfzig, untersetzt und mit grau meliertem Schnauzbart, hörbar schnaufend. Neben ihm, sehr viel schmaler, seine junge Kollegin, die fast in ihrer Jacke versank. Sie nickte Franka immerhin zu.

Ein dicker, älterer Beamter mit Atemnot, eine junge Anfängerin, die vermutlich direkt von der Polizeischule aufs Land versetzt worden war. So banal kam es daher, das Ende, denn das Ende war es, da war sie sich jetzt sicher.

»Wollen Sie zu mir?«, fragte Franka, und für einen kurzen Moment war sie stolz auf sich, denn sie hatte den Satz herausgebracht, ohne über seine Worte zu stolpern, hatte nicht einmal ängstlich geklungen.

Der Polizist nickte. »Schätze ja. Wir dachten schon, es wäre keiner zu Hause. Sie heißen?«

»Gehring. Mein Name ist Franka Gehring.«

»Wohnen Sie hier?«

»Ich – nein, ich wohne eigentlich in Hamburg. Das Haus hat mir meine Großmutter vererbt. Ich bin nur ein paar Tage hier.«

»Franka Gehring.« Er murmelte leise, während er den Namen notierte. Die Stille, die sich unter den Silben ausbreitete, war allumfassend.

Es war der Moment, in dem sich alles entschied. Der nächste Satz. *Wir haben Sie gesucht. Wir haben schlechte Nachrichten. Ihr*

Mann ist tot, Frau Gehring. Warum sind Sie hier? Warum sind Sie nicht in Hamburg? Warum sind Sie geflohen, Frau Gehring? Warum?

Die Worte, die eingebildeten, hallten ihr durch den Kopf, während der Polizist in seinen Unterlagen blätterte, an einer Seite scheiterte, den Finger ableckte und dann in aller Ruhe weitersuchte.

Seine Kollegin schwieg, wartete. Ihre dunkelblonden Locken kräuselten sich im Wind. Sie sah jung aus, sehr jung und eigentlich recht freundlich. Hellbraune Augen, ein kindliches Gesicht, fast ein Mädchen noch. Sie hätte überall hingepasst, auf ein Stadtfest, in einen Park, in einen Hörsaal, umgeben von Freunden, lachend, plaudernd. Stattdessen stand sie hier, mitten im Unglück, mitten in dem Moment, der alles ändern würde. Ein Fremdkörper in dieser Realität, und Franka hätte ihr am liebsten zugerufen, dass sie flüchten solle, abhauen solle, solange es noch ging. Bevor das Unglück sie ansteckte.

Schließlich, nach endlosen Augenblicken, sah der Beamte auf. »So, entschuldigen Sie. Mein Name ist Wollank, das ist die Kollegin Jäger. Wir sind hier, Frau Gehring, weil eine Leiche gefunden wurde.«

Dunkelheit, die wie Asche rieselte. Von oben wurde ihr Sichtfeld schattiger, alles schwarz und grau, kaum weiß. Eine Leiche. Sie hatten ihn tatsächlich gefunden, er war tot, Vito war tot, und sie waren hier, um sie zu holen. Sie holte zittrig Luft, es war so weit, und vor ihren Augen tanzten Lichtpunkte durch den Ascheregen.

Der Polizist sagte etwas, doch durch das Rauschen in ihren Ohren drang nur ein unverständliches Murmeln zu ihr.

»Wie bitte? Was ... was sagten Sie?«

Der Polizist runzelte die Stirn. »Ich sagte: Nicht weit von

hier. Ein Stück Richtung Dorf liegt an der Straße ein kleiner Abstellplatz für landwirtschaftliche Geräte.«

Franka nickte wie betäubt. *Was redete der Mann?*

»In dem Gebüsch, das den Platz begrenzt, wurde eine männliche Leiche gefunden. Es ist nicht weit von hier, etwa ein Kilometer Luftlinie.«

Nicht weit von hier? Die Worte schallten als tausendfaches Echo durch ihren Kopf, wurden von den Wänden ihres Hirns hin und her geworfen, schwollen an zu einem fanatischen Chor. *Nicht weit von hier.*

Vito war zu Hause gestorben, in Hamburg. Wollten sie sie nur testen? Sie nervös machen? Sehen, ob sie sich verriet?

»Darum befragen wir die Bewohner aller umliegenden Häuser«, fuhr der Polizist fort, offenkundig ungerührt von ihrer Verwirrung. Lediglich seine Kollegin trat unbehaglich von einem Bein aufs andere und warf ihrem Partner einen fragenden Blick zu, doch der nahm sie nicht wahr oder wollte sie nicht wahrnehmen.

»Sind Sie alleine hier?«, fragte Wollank nun. »Wenn Sie in Begleitung hier sind, würden wir gerne …«

»Ich bin alleine hier«, sagte Franka tonlos.

»Ist das Ihr Wagen?«

»Ja.«

Der Polizist schaute zum Haus, dann wieder zu ihr. »Also gut. Kennen Sie diesen Mann, Frau Gehring?« Der Polizist zog ein loses Blatt aus seinen Unterlagen und hielt es ihr hin.

Und dann wurde alles weiß.

Helles, gleißendes Licht, das vor ihren Augen aufflammte und verblasste, weiße glühende Scheiben, die schwammen, sich überlappten und immer heller wurden, bis sie zerflossen.

Sie blinzelte, blinzelte das Licht weg. Sie musste hinschauen, musste sehen. Da war es wieder. Erst die Umrisse, dann das Bild. Der Mann, den es zeigte.

Es war nicht Vito.

Nicht Vito.

Nicht Vito.

Der Mann auf dem Bild war Jannek.

Sie atmete ein, atmete aus. Ihr Brustkorb schmerzte, die Lunge brannte. *Jannek. Jannek war tot.*

Der Polizist hielt ihr noch immer das Blatt hin, fast ein wenig trotzig. »Ob Sie ihn kennen, Frau Gehring. Haben Sie ihn schon mal gesehen?«

Sie atmete. *Atme, atme!* Nur nicht aufhören, auch wenn es sich so anfühlte, als würde die Luft um sie schwerer, als würde sie sie niederdrücken, um sie schließlich zu zerquetschen. Ihre Lunge schmerzte unter dem Druck, ihr Körper fühlte sich schwer und taub an.

Jannek. Es war, als hätte sein Name automatisch allen Klang verloren, in dem Moment, in dem sie erfuhr, dass er nicht mehr lebte. Nur noch eine Abfolge kantiger Buchstaben, und es war, als hätte es ihn nie gegeben, und die Buchstaben rieselten zu Boden wie Staub, um ebenfalls zu sterben.

Jannek war tot. Bilder tropften ihr ins Hirn, von irgendwo, ein hilfloser Versuch, sich daran zu erinnern, dass er irgendwann einmal gelebt hatte. Janneks Lächeln am ersten Tag, ihrem ersten Tag, schief und weltbewegend, unvergesslich. Das Blut, das rot und hell aus der Wunde lief, nachdem er sich während eines Campingausflugs beim Kochen geschnitten hatte. Sein Blut und das rohe Steak, es passte zusammen, passte perfekt zusammen. Ihre Hände auf seiner Haut, ihre Wange an seiner, die warm und kratzig war, sein Atem, der nach Rauch und Schnaps roch und sich mit ihrem vermischte. Sein letzter Blick auf sie, in dem sie alles hätte sehen müssen und nichts gesehen hatte. Das eine Mal, dass er sie betrunken angerufen hatte, nach ihrer Trennung, aber er hatte vor Weinen nicht sprechen können, hatte immer nur ihren Namen geschluchzt, immer wieder, und sie hatten zusammen geweint, bis er aufgelegt hatte.

»Ich kenne ihn.« Kleine Worte für etwas, das ihr so viel bedeutet hatte. »Ja, ich kenne ihn.«

»Wollen Sie sich hinsetzen, Frau Gehring?« Die junge Polizistin schaltete sich nun ein. »Sie sind weiß wie ein Leintuch. Kommen Sie.« Sie wollte nach Frankas Arm greifen, doch ihr Kollege gab ihr einen Wink. Sie gehorchte und trat zurück.

»Es geht schon«, sagte Franka und verlagerte ihr Gewicht von einem Bein auf das andere. Sie konzentrierte sich auf den festen Boden unter ihren Füßen. Die Erde war noch da. Der Himmel war noch da. Sie war hier, sie lebte, sie würde auch das überstehen. Es würde vorbeigehen, irgendwie.

»Sie sagten, Sie kennen den Mann auf dem Bild?«, hakte der Polizist nach.

»Das ist Jannek.«

»Jannek Baumann«, bestätigte Wollank mit einem Nicken. »Wohnhaft in Kiel, stammt aber aus dem Dorf. Das wissen Sie aber vermutlich ohnehin, wenn Sie sich gekannt haben?«

»Das wusste ich, ja.« Sie sah nach unten. Die Kiesel unter ihren Füßen malten wirre, konzentrische Muster, die ihr zum ersten Mal auffielen. Wie konnte es sein, dass sie diese Symmetrie nie gesehen hatte?

»Frau Gehring, wann sind Sie Jannek Baumann zuletzt begegnet?« Die Stimme klang weit weg und doch dringlich. Sie musste antworten.

»Das war ... vorgestern, glaube ich.«

»Waren Sie verabredet?«

»Nein. Er ist einfach hier aufgetaucht. Er wollte mit mir reden.«

»Baumann ist aus Kiel hierhergefahren, nur um mit Ihnen zu reden?«

Franka zuckte schwach mit den Schultern. »Ja, das ist er wohl.«

»Was wollte Baumann mit Ihnen besprechen?«

»Es ging ... es war nichts Konkretes. Er wollte einfach ... wir haben über alte Zeiten geredet, wissen Sie.« Sie sah an Wollank vorbei.

Er seufzte und wischte sich über die Stirn. »Frau Gehring, Sie sind offenbar eine der letzten Personen, die Baumann lebend gesehen haben. Wir müssen eingehender über dieses Treffen sprechen.«

»Glauben Sie etwa, dass ich etwas mit seinem Tod zu tun habe?«

»Nein, Frau Gehring, wir möchten uns einfach nur mit Ihnen unterhalten. Es ist für uns sehr wichtig zu erfahren, wie Herr Baumann seine letzten Tage verbracht hat, wen er getroffen hat. Können wir, äh, können wir nicht hineingehen? Das hier wird länger dauern.«

»Nein. Ich meine, ich möchte lieber hier draußen bleiben. Hier bekomme ich besser Luft.«

»Na schön.« Wollank schaute sich um. »Können wir uns dann irgendwo hinsetzen?«

Hinter dem Haus standen alte Gartenstühle. Ohne Polster, die bloßen Streben rostig, aber etwas anderes fiel Franka nicht ein.

Wollank ächzte, als er sich auf einem der Sessel niederließ. »Noch mal, Frau Gehring. Seit wann sind Sie hier?«

»Seit ein paar Tagen.«

»Geht es genauer?«

»Entschuldigung, wenn ich nicht arbeite, achte ich nicht darauf, welcher Tag es ist. Ich denke, es war letzten Mittwoch. Ja, seit letztem Mittwoch bin ich hier.«

»Machen Sie hier … Urlaub?« Er fragte es mit gerunzelter Stirn, ließ den Blick über das alte Haus wandern.

»So was Ähnliches, ja. Ich … ich brauchte etwas Abstand.«

»Sie kommen nicht oft hierher?«

»Eigentlich nie.«

»Aber jetzt schon.«

»Ja, jetzt bin ich hier.«

Wollank ließ die Stille unangenehm werden, bevor er weitersprach. »Warum? Ich meine, warum jetzt?«

»Ich habe … ich hatte viel Stress in den letzten Wochen und Monaten. Und hier kann ich zur Ruhe kommen.«

»Warum waren Sie dann so lange nicht da?« Sein Blick wanderte über die blinden, gesprungenen Fenster, die auf dem Gartenweg zerschellten Ziegel, die Ranken, die den Zaun überwucherten.

»Es fällt mir immer noch schwer. Ich stand meiner Großmutter sehr nahe.«

Wollank nickte, doch ihm war anzusehen, dass er in Gedanken bereits woanders war. »Wenn Sie nicht regelmäßig hier sind, wie konnte Baumann dann wissen, dass er Sie hier finden würde?«

»Keine Ahnung.«

»Er ist auf gut Glück aus Kiel hierhergefahren?«

»Wie gesagt, das weiß ich nicht. Ich weiß nur, dass er hier war. Unangekündigt.«

»Und Sie kannten sich von früher? Sind Sie hier im Dorf aufgewachsen?«

»Ich habe einen Teil meiner Jugend hier verbracht, ja.«

»Frau Gehring, es würde ungemein helfen«, Wollank schnaufte ungehalten, »wenn Sie sich nicht alles aus der Nase ziehen lassen würden. Sie haben Ihre Jugend hier verbracht und Herrn Baumann wie genau kennengelernt? In welcher Beziehung standen Sie zu ihm?«

Franka betrachtete ihn. Seine Haut hatte einen seltsamen, ungesunden Ton, das Weiß seiner Augen war gelbstichig und das Haar drahtig und grau. Seine Hemdknöpfe spannten über dem Bauch, den er vor sich balancierte wie eine Reliquie. Er wirkte verbissen und genervt, und sie glaubte zu wissen, was für ein Leben er führte. Eines, in dem er seine Arbeit hasste und sie ebenso sehr brauchte. Jeden Morgen ächzend aufstand, sich selbst verfluchte, seine kaputten Knie verfluchte, seine Ex verfluchte und die Alimente, die er an sie zahlte. Bitteren schwarzen Kaffee herunterzwang, nur um den ganzen Tag danach zu riechen, ihn auszudünsten, und jeden Abend fragte er sich, ob es das jetzt gewesen war, wieder mal, ob wieder einmal ein Tag ins Land gegangen war, an dem er nichts bedeutet hatte. Und die Antwort war immer: ja.

»Frau Gehring«, drängte Wollank. »Würden Sie bitte meine Fragen beantworten?«

»Ja. Ja, sicher. Was wollten Sie noch einmal wissen?«

Er schien zu glauben, dass sie es absichtlich machte. Überdeutlich und mit unverhohlener Ungeduld wiederholte er seine Frage.

»Ach ja«, sagte sie. »Wir kannten uns ... durch gemeinsame Freunde, schätze ich. Wir sind nicht in dieselbe Klasse gegangen. Wir waren in verschiedenen Jahrgängen.«

»Hatten Sie eine Beziehung zu ihm?«

»Damals, ja. Heute nicht mehr. Wir hatten uns vor unserer letzten Begegnung ewig nicht gesehen.«

Wollank schien sich nicht so recht einen Reim auf ihre Aussagen machen zu können. Vielleicht war es unvorstellbar für ihn, dass man einer alten Liebe noch einmal begegnen wollte oder dass man überhaupt so etwas wie eine alte Liebe hatte, er schien nicht der Typ dafür zu sein.

»Hat Herr Baumann Ihnen gegenüber angedeutet, dass er in Schwierigkeiten steckt? Dass es jemanden gibt, mit dem er Streit hat?«

»Nein.« Franka schüttelte den Kopf. »Nichts dergleichen.«

»Denken Sie bitte noch einmal nach«, forderte sie nun die junge Polizistin auf, die das ganze Gespräch über geschwiegen hatte. »Gibt es wirklich nichts, was wichtig für uns sein könnte? Hat er darüber gesprochen, dass ihm etwas Sorgen machte?«

Franka schüttelte erneut den Kopf. »Nein. Tut mir leid.«

Die Polizistin nickte. »In Ordnung. Wir möchten Sie aber bitten, noch mal in Ruhe das Gespräch mit Herrn Baumann durchzugehen. Vielleicht fällt Ihnen doch noch etwas ein. Wenn Sie sich darauf konzentrieren, meinen Sie nicht?«

»Vielleicht, ja.« Franka sagte das nur, damit sie sie in Frieden ließen. Sie hatte das Gefühl, dass die Polizisten sie durchschauten.

Gleich würden sie gehen. Gleich würden sie aufstehen und gehen mit ihrer Mappe, in der das Bild lag, Jannek, der in die Kamera lachte, Jannek, der doch in Wahrheit tot war, so tot, dass nichts von ihm blieb. Tot, weil jemand ihn aus dem Leben gerissen hatte, und sie wusste nicht, wer es getan hatte, und sie wusste nicht, wie es geschehen war, sie wusste nicht, ob sie überhaupt ein Recht hatte zu trauern, nach allem, was passiert war. Sie wusste nur, dass es alles änderte.

»Wie ... wie ist er gestorben?«, fragte sie schnell und atemlos, bevor sie der Mut verließ, bevor sie es sich anders überlegte.

Wollank wiegte den schweren Kopf. »Dazu kann ich Ihnen leider nichts Genaueres sagen. Aber …«

»Bitte.« Franka war selbst überrascht, dass das Wort als heiseres Flüstern herauskam. Sie räusperte sich. »Bitte. Es wäre sehr wichtig für mich, das zu wissen.«

»Warum?« Wollank rückte seinen Hintern auf dem Stuhl zurecht. »Was spielt das für eine Rolle?«

»Wie könnte es keine Rolle spielen?«, fragte Franka leise, mehr zu sich selbst, und fuhr dann lauter fort: »Er war mir mal sehr wichtig. Ich will einfach nur wissen, ob er leiden musste. Ob jemand … was ihm angetan wurde.«

»Wie gesagt.« Wollank wuchtete sich aus dem Gartenstuhl hoch und klopfte sich pflichtschuldig die hoffnungslos verbeulte Hose glatt. »Dazu können wir leider keine Angaben machen.«

Dann gingen sie, nicht ohne noch einmal lange Blicke auf das Haus zu werfen, bei Wollank waren sie misstrauisch, bei seiner Kollegin Jäger eher mitleidig und gleichzeitig neugierig.

Franka stand in der Einfahrt und beobachtete, wie sich Wollank hinters Steuer des Wagens fallen ließ, als Jäger noch einmal kehrtmachte und zu Franka lief. Ihrem Kollegen rief sie etwas über die Schulter zu, das Franka nicht verstand.

Dann war sie da, sprach eindringlich. »Hören Sie. Ich darf das eigentlich nicht. Sie wissen das nicht von mir, okay?«

Franka nickte, doch die junge Frau redete bereits weiter. »Baumann wurde erschlagen. Hinterrücks. Mehr kann ich Ihnen nicht sagen, aber vielleicht …« Sie verstummte. »Es ist mehr als nichts«, fügte sie dann hinzu und wandte sich ab.

»Auf Wiedersehen, Frau Gehring«, sagte sie im Gehen. »Das hilft uns in jedem Fall weiter. Schönen Tag noch!«

Die Polizistin stieg in den Wagen, und die beiden fuhren

davon. Franka sah ihnen nach, viel zu lange. Über ihr rissen die Wolken auf und ließen, wie unpassend, die Sonnenstrahlen hindurch. Blasses Licht auf Gras und Erde, auf den Steinen der Mauer, die den Vorgarten umgrenzten. Der Boden unter ihren Füßen, über ihr der wilde Himmel, blau und grau.

Wie konnte eine Welt, in der nun alles anders war, so sehr aussehen wie immer? Wie konnte sich alles anfühlen wie immer, die feuchte Luft, klamm und salzig und kühl auf ihrer Haut, der Wind, der ihr übers Gesicht strich, ihr durchs Haar fuhr. Der knirschende Kies, ihre Fingernägel, die sich in ihre Handflächen bohrten, um ihr zu sagen *es gibt dich noch*.

Alles wie immer. Das Einzige, das sich verändert hatte, war sie selbst. Sie war nur noch eine brüchige, spröde Hülle dessen, was sie gewesen war, und sie stellte sich vor, man hätte ihr diese Nachricht damals überbracht, damals, als Jannek und sie sich noch geliebt hatten. Sie wäre weinend und schreiend zusammengebrochen, wäre auf die Knie gesunken, hätte geheult, laut und klagend, dass man ihr alles nahm, alles, was zählte, nicht wissend, dass sie ihn ohnehin verloren hätte, dass sie gar nicht füreinander bestimmt gewesen waren, alles nur ein Irrtum.

Nun aber stand sie nur da, regungslos, und wusste nicht, was sie denken sollte. In ihrem Kopf brauste und tobte es, die Gedanken waren nicht still, sondern furchtbar laut, sie schrien sich ihr ins Hirn, übertönten sich gegenseitig, brüllten sich und sie nieder, wollten sie in die Knie zwingen. Sie wusste nicht, welchem sie folgen sollte, alle wollten gehört, gedacht werden. Unter all der Trauer, der Wut, der Schuld und der Angst war auch, wenngleich leiser, die Erleichterung zu spüren. Sie kämpfte sich durch, kämpfte sich in die Lücken, die die anderen ließen.

Sie wussten nichts von Vito. Sie wussten nichts von Vito. *Sie wussten nichts von Vito.*

Es hätte genauso gut vollkommen anders laufen können. Dann säße sie jetzt in dem Wagen der Polizisten, auf der Rückbank, würde durchgeschüttelt in den Kurven, würde sie rascheln hören und reden, die junge Polizistin, die einen Kaugummi aus der Tasche kramte, und dieser Wollank, wie er auf den Traktor vor ihnen fluchte, und sie, alleine, so alleine, auf dem Rücksitz, wissend, dass es kein Entrinnen gab, dass es das Ende war, das Ende ihres Lebens und all dessen, was sie sich darunter jemals vorgestellt hatte.

So hätte es sein können, doch so war es nicht. Sie war hier, und der Preis dafür war hoch.

Jannek. Jannek, was hast du getan? Was hast du dort gesucht? War es meine Schuld? Warst du meinetwegen dort? Bist du meinetwegen tot?

Der Gedanke breitete sich kalt in ihr aus. Jannek war nur ihretwegen hier gewesen. War er auch ihretwegen gestorben? Hatte der Mensch, der ihnen unentwegt Angst einjagte, Jannek getötet, weil er ihm in die Quere gekommen war? War sie der Grund für alles, für sein Ende, für seine letzten Momente, nicht weit von hier, deren Schatten sie nicht gespürt hatte?

Sie scheiterte daran, es sich vorzustellen – Janneks Schädel, zertrümmert von einem Stein, sein Gesicht, sein Körper auf die Erde gegossen, schon kalt, die Haut weiß und gipsartig, ein rotes Rinnsal, das vom Hinterkopf über die Schläfe floss, über die stoppelige, kantige graue Wange, ein stiller Zug der endgültigen Vernichtung.

Da waren keine Bilder, nur changierende Pixel, nur ein Aufflackern von Augenblicken, die ihr Kopf sofort wieder mit Dunkelheit löschte, unerträglich waren sie, sie hielt sie nicht aus.

Jannek war tot, und es war ihre Schuld. Sie war hier, Jannek war tot, und Vito lag noch in seinem Blut, das inzwischen zu einer schwarzen Pfütze getrocknet sein musste, glänzend wie Lack, auf dem Holz des Treppenabsatzes, wo sie ihn hatte liegen lassen, so unendlich feige. Und jetzt, endlich, wurden ihr die Knie weich, und sie sank auf die kleine Steinmauer.

Atmen.

Atmen.

Sie wussten nichts von Vito, noch nicht. Aber sie wussten, wo sie war. *Wenn sie Vito finden, kommen sie mich holen. Sie wissen, wo ich bin. Sie wissen, wo ich bin.*

Sie war hier nicht mehr sicher, war es vermutlich nie gewesen, hatte es sich nur so sehr gewünscht. Sie war hier nicht sicher, keine von ihnen war hier noch sicher. Sie mussten weg, und dann würde sie nie wieder an diesen Ort zurückkehren, das alte Haus würde verfallen und mit ihm alle Erinnerungen.

Sie hatte keine Ahnung, wohin sie gehen sollte. Wohin ging man, wenn man nicht mehr war, wer man mal gewesen war? Wenn alles, wovon man überzeugt gewesen war, keinen Bestand mehr hatte? Wenn man sich selbst nicht mehr erkannte?

Überallhin und nirgends.

Sie konnte fliehen, fliehen und fliehen, ihr ganzes Leben lang. Doch abgesehen davon, dass sie sie finden würden, wie sie jeden fanden, würde sie irgendwann feststellen, dass es in ihr drin war. Alles war in ihr, das Dunkle, das Fürchterliche, das, was man als Dämonen bezeichnete, um nicht zuzugeben, dass man es selbst war, die eigene Seele, die eigenen Taten, die eigenen Gedanken.

Sie wandte sich zum Haus. Es erhob sich dunkel gegen den Himmel, über den die Wolken jagten, und zum ersten Mal kam ihr der Anblick nicht tröstlich und beschützend vor. Es fühlte sich an, als wäre da etwas, hinter der Fassade, verwoben in sein Inneres.

Etwas Böses.

Als hätte sich die Einsamkeit, die stoische Ruhe, die es ausstrahlte, verwandelt in etwas Toxisches. Etwas, das einsam *machte*.

Jannek war hier, dachte sie, und nun ist er tot. Der graue schwere Nebel, der seinen Platz auf Erden einnahm, vermischte sich mit der lauernden Trauer, die Elena hinterlassen hatte, der es sogar gelungen war, das Licht und die Helligkeit zu dämpfen, die Elena zeit ihres Lebens verbreitet hatte.

Überall starben Menschen, überall auf der Welt. Vermutlich gab es wenige Häuser, wenige Flecken Erde, wo noch kein Sterbender seinen letzten Atemzug getan hatte, und doch merkte man es ihnen nie an. Dieser Ort jedoch, ihre Heimat, schien den Tod nicht zu verkraften, schien ihm nicht gewachsen zu sein. Ließ ihn eindringen, in seine Fasern, seine Häute, atmete ihn, wurde zu ihm, bis sie unübersehbar war: die Traurigkeit. Die Dunkelheit. Das Misstrauen.

Franka atmete durch. *Reiß dich zusammen.* Das Haus war nicht böse. Dieser Ort war nicht böse. Das Böse war in ihr, war Teil ihres Lebens, war Teil ihrer selbst. Sie konnte nicht fortlaufen. Sie musste versuchen klarzusehen. Musste die Dinge sehen, wie sie waren, sie verstehen.

Jannek war tot. Wer hatte ihm das angetan?

Da war dieser Mensch, von dem sie nicht mehr wussten, als dass er ihnen immer näher rückte. War Jannek ihm tatsächlich in die Quere gekommen? War er ihm begegnet und hatte ihm Fragen gestellt, die falschen, hatte ihn bedrängt, bis er keinen anderen Ausweg mehr gesehen hatte? Es war eine mögliche Erklärung, doch da war dieses kleine, unscheinbare Wort, das ihr ins Hirn schlüpfte, das sich nicht ignorieren ließ. Das alles änderte.

Es war eine Möglichkeit, *falls* ...
Es war eine Möglichkeit, *falls* es diese ominöse Person überhaupt gab.

Sie sah sich noch einmal zum Haus um. In den Fenstern regte sich nichts, nicht einmal ein Zittern der Vorhänge war zu erkennen.

Wenn sie schon alles infrage stellte, wenn schon alles zum Teufel ging, warum dann nicht auch in diesen Abgrund blicken? Sie musste ehrlich zu sich selbst sein: Sie kannte weder Iris noch Oda wirklich, hatte sich nicht einmal die Mühe gemacht, irgendetwas über sie herauszufinden. Es konnte alles gelogen sein, was sie ihr erzählt hatten, komplexe Konstrukte, erschaffen, um sie zu täuschen.

Vielleicht gab es keinen Unbekannten. Vielleicht hatte Iris Jannek umgebracht. Sie hatte aus ihrer Ablehnung ihm gegenüber keinen Hehl gemacht, als ginge eine Bedrohung von ihm aus. Vielleicht hatte er in ihren Augen eine Gefahr dargestellt – er war ein Freund gewesen, wenn auch einer, den Franka seit Jahren nicht getroffen und mit dem sie noch eine Rechnung offen gehabt hatte. Aber immerhin ein Freund. Ein Mensch, der sie sah, ein Mensch, der sie womöglich aus der Abhängigkeit zu lösen vermocht hätte, in der sie sich befand. Ja, sie war abhängig, abhängig von Iris und Oda, weil jeder Mensch einen anderen Menschen brauchte, bis auf wenige Ausnahmen vielleicht. Weil sie sich nach Nähe sehnte, nach jemandes Stimme, der sie lauschen konnte, schlicht, weil sie, ihrer eigenen Überzeugung zum Trotz, an der Einsamkeit wohl irgendwann zerbrochen wäre. Sie brauchte jemanden. Iris und Oda waren jemand – beurteilte sie sie deshalb nicht mit klarem Blick?

Jannek hätte diese Isolation aufbrechen können, hatte sie aufbrechen wollen. Er hätte die Dynamik verändert, hätte alles verändert, vielleicht in einer viel größeren Dimension, als ihm auch nur ansatzweise bewusst gewesen war. Hatte er deshalb sterben müssen?

Sie musste an den Moment denken, in dem sie in Janneks Auto gesessen hatte. Die Millisekunde, in der sie sich entschieden hatte auszusteigen. Was wäre gewesen, wenn sie geblieben wäre? Wenn sie mit ihm davongefahren wäre? Wäre Jannek noch am Leben? Oder wäre sie tot wie er?

Sie presste sich die Hände an die Schläfen, versuchte, ihren Kopf im Zaum zu halten und alles, was darinnen war, verworren zu einem undurchdringlichen Chaos. Ihr war schwindlig, vom Kreiseln ihrer vielen Gedanken, ihrer Ängste. Sie versuchte noch einmal, tief und ruhig durchzuatmen. Panik würde ihr nicht weiterhelfen. Panik würde sie nur lähmen. Sie durfte nicht den Fehler machen, alles auf einmal verstehen zu wollen. Sie musste schrittweise vorgehen, ein kleiner Schritt nach dem anderen, damit sie sah, dass es möglich war, dass sie es konnte. Der erste Schritt war, einfach zu funktionieren. Sonst konnte es nicht weitergehen, und irgendwie musste es doch weitergehen, oder nicht?

Mit schwachen Beinen erhob sie sich von der Steinmauer. Sie ging zum Haus, wo sie schon auf sie warten würden, warten mussten. Sie würde mit ihnen sprechen. Sie würde ihnen erzählen, was passiert war, sie würde sich von ihnen trösten lassen, mit ihnen auf Rache sinnen. Sie konnte ihnen nicht vertrauen und musste es doch. Sie waren alles, was sie hatte.

17

Oda und Iris waren in der Küche. Als sie eintrat, wandten sie sich ruckartig ihr zu.

»Wir haben sie wegfahren hören. Ich wollte, dass wir rausgehen, zu dir«, sagte Oda in einem rechtfertigenden Ton. »Aber Iris meinte, wir sollten dich in Ruhe lassen.«

»Schon okay«, entgegnete Franka und war sich der Ironie ihrer Worte bewusst. »Ist gut, Oda. Ich ... ich brauchte ohnehin einen Moment zum Nachdenken.«

Iris saß am Tisch, eine Tasse vor sich, die sie zwischen den Händen drehte. »Was wollten sie?«

Franka setzte sich. Es wirkte alles so surreal – die marode Küche, die eine notdürftige Gemütlichkeit ausstrahlte. Sonnenlicht, das durch die karierten Vorhänge fiel, eine halb leere Kaffeetasse auf der staubigen Anrichte, eine Jacke über der Stuhllehne. Normal auf eine morbide Weise, und nun kam der Tod mit ihr herein, ganz als würde er sich hier auskennen.

»Es wurde eine Leiche gefunden«, sagte sie. »Nicht weit vom Haus.«

Stille.

Noch mehr Stille. Stille, die dröhnte.

Oda war alles Blut aus dem Gesicht gewichen, die Augen hatte sie aufgerissen. Ihr schönes Gesicht wirkte wie von einem begnadeten, leicht wahnsinnigen Künstler aus Wachs geformt.

Iris starrte ins Leere, ungläubig, die Augenbrauen hochgezogen. Das hatte selbst sie nicht erwartet, sie, die, diesen Verdacht hatte Franka schon länger, in der Überzeugung durchs Leben zu gehen schien, dass sie die Dinge ein bisschen klarer sah als alle anderen um sie herum.

»Es wurde – was?«, fragte sie nun, und ihre Stimme klang auf einmal alt.

»Es wurde eine Leiche gefunden«, wiederholte Franka. »Auf einem Parkplatz nicht weit von hier. Er befindet sich direkt neben der Landstraße Richtung Dorf, ich kenne ihn. Da parken die Bauern ihre Maschinen. Also Traktoren oder Anhänger, und … «

»Vergiss den verdammten Parkplatz, Franka. *Wer ist es?* Wissen sie, wer es ist?«

Iris' Ton war so heftig, dass Franka zusammenschrak. Dann sagte sie, so ruhig sie konnte: »Es ist Jannek. Sie haben Jannek gefunden.« Und noch während sie die Worte sprach, brachen alle Dämme. Sie weinte und schluchzte, dass es sie schüttelte. »Er ist tot«, stieß sie hervor. »Er ist tot, einfach so.« Dann brachte sie keinen Satz mehr heraus. Sie weinte haltlos, obwohl sie das Gefühl hatte, so leer zu sein, dass eigentlich keine Tränen mehr hätten kommen dürfen.

Sie spürte eine Hand auf ihrem Arm. Iris' raue, gefasste Stimme drang zu ihr durch. »Franka, bitte. Beruhige dich. Du schaffst das. Du kannst das. Ich weiß, das ist schlimm für dich, aber … es hilft uns nicht zu heulen. So leid es mir tut. Wir müssen uns darauf konzentrieren, wie wir weitermachen.«

Franka wischte sich mit dem Ärmel über das Gesicht. »Entschuldigt.« Ihre Stimme brach. »Es ist einfach … so unwirklich. Ich kann nicht glauben, dass er wirklich tot ist. Dass er weg ist, für immer.« Sie sah zu Oda hinüber, erhoffte sich ein wenig Verständnis, zumindest von ihr, doch Oda saß blass und mit abgewandtem Blick auf ihrem Stuhl. In ihrer Miene war keine Regung zu erkennen.

Iris war ihrem Blick gefolgt, sah, was sie sah. »Was ist los, Oda?«, fragte sie, bevor Franka etwas sagen konnte.

»Nichts.« Oda schaute Iris an. »Gar nichts.«

»Hör auf damit. Wir können es uns nicht erlauben zu lügen, Oda, nicht mehr. Was ist los?«

Oda wand sich, doch dann sprach sie aus, was ihr Gesicht nicht hatte verraten wollen. »Du hast deinen Mann getötet. Verzeih mir, Franka, aber ich kann nicht anders, als daran zu denken. Du hast deinen Mann getötet, und jetzt ist noch jemand tot, ermordet, nicht weit von hier. Jemand, der kurz zuvor noch mit dir sprechen wollte. Jemand, mit dem du eine Beziehung hattest.«

»Wir wissen nicht, ob Frankas Mann wirklich tot ist«, warf Iris ein.

»Natürlich ist er tot! Warum sollen wir uns etwas anderes einreden? Wir wissen doch alle, dass er tot ist! Er ist tot, weil Franka ihn getötet hat, und jetzt ...« Oda atmete durch. »Jetzt ist dieser Jannek auch tot. Das ist doch kein Zufall, oder? Ich will ja glauben, dass es ein Zufall ist, aber ich schaffe es nicht.«

In Frankas Ohren rauschte es.

»Du glaubst, dass ich es war?«, sagte sie mit schwerer, tauber Zunge. Sie und Oda kannten sich kaum, natürlich hatte Oda jedes Recht, alles in ihr zu sehen, auch eine Mörderin. Dennoch schmerzte es. Schmerzte der Gedanke, schmerzten die Worte.

»Ich glaube das nicht, Franka. Ich will es nicht glauben. Ich bekomme nur den Gedanken nicht aus dem Kopf. Er ist einfach da, unübersehbar, dieser Zufall. Ich weiß auch nicht ...« Sie rang die Hände.

Es tat weh, doch unter dem Schmerz regte sich noch etwas anderes, stieg in Franka empor, stieg ihr heiß in den Kopf. »Du glaubst also, dass ich es war«, sagte sie, mühsam beherrscht. »Und woher soll ich wissen, dass nicht du es warst? Oder du, Iris? Ihr könntet es auch zusammen geplant haben, wer weiß das schon?«

»Ich sage doch gar nicht, dass ...«, setzte Oda an, aber Franka war schon aufgestanden. Sie ging zur Tür. Das Rauschen in ihrem Kopf wurde immer lauter, schon längst konnte sie nicht mehr unterscheiden, ob es die Angst, die Wut oder die Traurigkeit war, die am lautesten dröhnte.

»Franka!« Iris rief ihr etwas hinterher, doch sie hörte es nicht mehr.

Draußen hatten sich die jagenden Wolken längst zu einem bedrohlichen Berg zusammengezogen, der schwarz über dem Horizont hing. Es begann gerade zu regnen, und ein kalter Wind trieb ihr die ersten schweren Tropfen ins Gesicht. Sie lief, ohne zu wissen, wohin, lief, bis sie keuchte. Erst runter zum Strand, am dunkelgrauen Wasser entlang, und dann, als sie sah, dass ihr zwei Spaziergänger in bunten Regenjacken entgegenkamen, bog sie ab in die Wiesen, die früher einmal Schafweiden gewesen waren. Ein kleiner Pfad schlängelte sich durch das Gras. Ihre Füße erinnerten sich an jeden Schritt, kannten jede Stolperfalle, und doch war ihr nicht bewusst, wohin sie unterwegs war.

Erst als das kleine Rund aus Haselsträuchern vor ihr auftauchte, das immer noch so aussah wie eine uralte Kultstätte, wurde ihr klar, wohin ihre Schritte sie geführt hatten.

Die blanke Erde im Inneren des Runds war festgetreten wie damals und dank der Zweige, die sie beschützten, nahezu trocken. Franka trat in die Mitte des Kreises und strich sich mit den nassen, kalten Händen Haarsträhnen aus dem Gesicht. Sie atmete schwer. Alles drehte sich um sie, und das Déjà-vu, das sie überkam, war mächtig und unaufhaltsam. Es war, als hörte sie die Stimmen von damals, als hörte sie sie wirklich und wahrhaftig, das Lachen, die dummen Sprüche, das betrunkene Gejohle und Getuschel.

Becka und Steffi, die kicherten, in viel zu großen Pullovern, eine Flasche Korn zwischen sich. Becka sah umwerfend aus mit ihren schwarz gefärbten Haaren und der blass geschminkten Haut. Sie hatte sogar einen Nasenring, der echt war, und sie war wunderschön, auf eine unberührbare Art und Weise. Die Annäherungsversuche der Jungs parierte sie mit triefendem Sarkasmus, und Franka war hin und weg von ihr, obwohl sie es sich bislang noch nicht getraut hatte, mehr als nur ein paar Worte mit ihr zu wechseln. Steffi war Beckas beste Freundin und ein bisschen weniger Furcht einflößend. Sie war ruhig und blond, mit der makellosesten Haut aller Zeiten. Ihre Noten waren perfekt, und sie hatte das feste Ziel, nach dem Abitur Medizin zu studieren. Für die dummen Sprüche der Jungs brachte sie keine Geduld auf, hob meist nur eine Augenbraue, vor allem, wenn Malte loslegte, dessen Fundus an grenzwertigen Albernheiten unerschöpflich war.

Malte war Janneks bester Freund, seit die beiden laufen konnten, das hatte Jannek Franka erzählt, und auch wenn sie meist nur dumme Sprüche rissen und sich gegenseitig auf die Schippe nahmen, so spürte Franka doch, was Malte Jannek bedeutete und wie wichtig ihm die Meinung seines Freundes war. Malte war der Erste gewesen, der sich länger mit ihr unterhalten hatte, und sie hatte erleichtert gespürt, wie sich sein anfängliches Misstrauen in eine zögerliche Anerkennung verwandelte. Er schien sie zu mögen, obwohl sie verschiedener nicht hätten sein können. Malte kannte alle und jeden, war in unzähligen Vereinen aktiv, spielte Fußball und Tennis, engagierte sich in der Dorfjugend und hörte, wenn er einmal angefangen hatte, kaum noch auf zu reden. Er wollte Agrarwissenschaften studieren, um später den Hof seines Vaters zu übernehmen. Der Hof der Familie Landgrebe war der größte in der ganzen Gegend, und niemand zweifelte daran, dass Malte sein Ziel erreichen und nebenbei vermutlich noch Bürgermeister oder Landrat werden würde.

Neben Malte, Becka und Steffi hatte Franka auch schon Henning, Markus und Jochen kennengelernt, und selbst mit Jochen, der mit seinen fast zwei Metern und dem Vollbart ein wenig einschüchternd wirken konnte, hatte sie ein sinnvolles Gespräch zustande gebracht, ohne zu stottern oder sich zu verhaspeln.

All das waren Janneks Freunde, sein engster Kreis. Er hatte Franka mit hergebracht, um sie ihnen vorzustellen, so richtig. Und so sehr sie es verwunderte, schien er fast vor Stolz zu platzen. Sie war seiner Clique zwar schon flüchtig begegnet, in Kneipen und auf dem Schulhof, aber so wirklich wahrgenommen hatten sie sie nie, höchstens einmal ein paar verstohlene Blicke, damals, als Jannek begonnen hatte, sich für sie zu interessieren.

Doch jetzt sahen sie sie. Boten ihr etwas zu trinken an, Schnaps und widerlich warmes Bier, dazu bröselige, fettige Chips aus Tüten. Sie machten Witze über sie, piesackten sie, weil sie so schüchtern war, und wollten doch gleichzeitig mehr über sie erfahren. Fragten sie nach ihrer Großmutter, nach dem alten Haus, warum sie nicht bei ihrer Mutter lebte, und Franka machte es nichts aus, ihnen die Wahrheit zu erzählen.

»Und deine Mama ist echt tot?«, fragte Becka und klang dabei hörbar beeindruckt.

Franka nickte, und Becka sagte »Krass« und wollte wissen, wie sich das anfühlte.

Sie redeten in dem Haselstrauchrund, redeten und redeten. Die Flaschen gingen rum, jemand fuhr zur Tanke und holte neue, die Chipstüten leerten sich, und Malte leckte sie ungeniert aus. Einer der Jungs hatte tragbare Boxen mitgebracht, und nun tönte das neue Album eines Sängers durch die ansonsten stille Nacht, den Franka nur vorgab zu kennen. In Wahrheit hatte sie noch nie von ihm gehört, aber sie mochte die wütenden Texte.

Die Lautstärke schien genau austariert – laut genug, damit sie sich alle ein wenig rebellisch vorkommen konnten, leise genug, um nicht über die Weiden zum Dorf geweht zu werden und dort irgendwen aufzuschrecken, der sich dann wegen Ruhestörung beschwerte und so womöglich noch ihr Versteck auffliegen ließ.

Jannek legte den Arm um Franka, und sie spürte sein kaltes Gesicht an ihrem. Sein Atem roch nach Alkohol und Zigarettenrauch, und er flüsterte etwas an ihren Hals, das sie nicht verstand. Die anderen warfen ihnen Blicke zu, die irgendwo zwischen spöttisch und wohlwollend lagen, schaut nur, die beiden, so verknallt, wie süß. Malte machte ein Foto von ihnen und behauptete, es für immer aufbewahren zu wollen, als Erinnerung daran, dass die wahre Liebe tatsächlich existierte.

Irgendwann kotzte Henning zwischen die Büsche, und Becka fiel darüber vor Lachen fast von dem Stein, auf dem sie saß. Steffi sagte, dass ihr kalt sei und sie nach Hause wolle, und

Malte bot an, sie zu begleiten. Schließlich schlossen sich ihnen die anderen nach langer Diskussion an. Nach einer lautstarken Verabschiedung mit viel Gefluche, weil Markus der Hausschlüssel aus der Tasche gefallen sein musste und sie ihn im feuchten Gras nicht fanden, war es dann plötzlich abrupt still.

Der Himmel wurde schon vorsichtig hell, ein blasses Grauviolett, und Franka befand sich in jenem seltsamen Zustand, in dem man todmüde und zugleich vollkommen aufgekratzt und hellwach ist. Sie zog Janneks dicken Kapuzenpulli, den er ihr im Laufe der Nacht aufgedrängt hatte, enger um sich. Sie saß auf einer Getränkekiste, und die Plastikstreben schnitten ihr in die Oberschenkel. Ihre Füße waren eiskalt, wusste der Himmel, warum sie geglaubt hatte, es sei eine gute Idee, mit bloßen Füßen in die Turnschuhe zu schlüpfen. Ihre Arme waren ganz verkrampft vor Kälte, so klamm und kühl war die Luft um sie, waren ihre Kleider, ihre Haare. Außerdem war ihr übel, sie hatte viel zu viel getrunken. Sie musste sich konzentrieren, damit der Himmel dort blieb, wo er hingehörte, nämlich oben. Das immer heller werdende Rund über ihr schien abzurutschen, entglitt ihr beinahe, doch sie schloss die Augen, zählte bis fünf, und dann war es wieder an Ort und Stelle.

Jannek kam zu ihr, kniete sich neben sie. Sie spürte seine Wärme, die er unerklärlicherweise immer noch ausstrahlte, auch nach Stunden in der feuchten Kälte, auch ohne Pullover, denn den trug ja sie, und er legte seine Arme um sie.

»Wie geht es dir?«

»Mir ist kalt. Und mir ist schlecht. Kotzübel.« Sie lehnte ihre Stirn an seine und atmete langsam ein und aus.

»Möchtest du nach Hause?«

»Nein.«

»Bist du sicher? Ich kann dich bringen, das ist kein Problem!«

»Ich bin mir sicher, Jannek. Ich möchte hierbleiben.«

Schließlich zerrte er die zerfledderte Isomatte, die Malte – vermutlich absichtlich – hatte liegen lassen, in die Mitte des Runds, und sie legten sich darauf.

Über ihnen das heller werdende Oval zwischen den Zweigen, erst grau, dann fliederfarben, dann blassgelb.

»Kitschig, was?«, sagte Jannek, und sie nickte und schmiegte sich enger an ihn. Elena würde sie vermissen, beim Frühstück, wenn sie nicht schon in der Nacht bemerkt hatte, dass Frankas Bett leer war. Aber sie würde es verstehen, da war sie sich sicher, würde schimpfen und es dennoch verstehen, dass sie jetzt erwachsen war, zumindest fast, dass sie und Jannek sich liebten, vielleicht sogar füreinander gemacht waren. Wer wusste das schon, aber herausfinden musste sie es auf alle Fälle.

Jannek legte die Arme fest um sie. Sie spürte seine Wärme, seinen Atem, spürte, dass sie nirgends lieber sein wollte als hier, auf der schmuddeligen, stinkenden Isomatte, unter sich den kalten Boden, über sich den frühen, kühlen Morgen, und dann, ganz plötzlich, war es vorbei.

Franka blinzelte die Tränen weg und sah sich um. Sie stand allein in dem kahlen Rund, keine Spur von niemandem, nur ein paar Schokoladenriegelverpackungen auf dem Boden deuteten darauf hin, dass der Ort wohl auch heute noch von jungen Leuten für nächtliche Zusammenkünfte genutzt wurde.

Jannek war tot. Er war tot. Hier, wo sie ihn am meisten spürte, ihm am nächsten war, spürte sie auch seine Abwesenheit deutlicher als anderswo.

Ob Malte, Becka und die anderen von Janneks Tod wussten? Waren sie überhaupt noch befreundet gewesen? Und was war mit Janneks Familie? Sie erinnerte sich an seine Mutter Gitta, eine stille, freundliche Frau, die ihre Söhne alleine großzog, und an seinen Bruder Thomas, der einige Jahre jünger war als Jannek und sich damals für nichts anderes interessiert hatte als für seine Kartentricks. Die Nachricht von seinem Tod musste sie völlig zerstört haben. Vermutlich saß Gitta gerade leer geweint in ihrem Wohnzimmer, haltlos an ein Couchkissen geklammert, während Thomas ihr mechanisch über den gebeugten Rücken streichelte. Beide hörten jemandem zu, der ihnen die Welt und den Tod erklären wollte, ein Pfarrer, ein Polizeibeamter, ein Nachbar, der sich selbst eingeladen hatte, offiziell, um Beistand zu leisten, inoffiziell, um seine Neugierde zu befriedigen. Denn wann passierte schon mal etwas so Weltbewegendes in diesem Dorf?

Sie stellte sich Gitta vor, wie sie stumm schluchzte, Thomas, der in seinem alten Zimmer übernachtete, um seine Mutter nicht allein lassen zu müssen, und wütend mit den Fäusten gegen die Wand schlug, sobald die Tür zu war.

Seine Traurigkeit fühlte sich roh und echt an, in Frankas Kopf, ihre eigene dagegen war eine seltsame, hypothetische, denn er fehlte ihr ja nicht wirklich, oder doch? Sie hatte ihn ewig nicht gesehen, und auch wenn er schon vor seinem Tod nicht mehr da gewesen war, so hatte sein Tod doch eine Wunde gerissen, aus dem Hinterhalt. Als klaffte nun ein Loch in ihrer eigenen Geschichte, ein blutendes, jetzt, da es niemanden mehr gab, der sie gekannt hatte, wirklich gekannt hatte, wie sie war, wie sie früher einmal gewesen war. Nun war da niemand mehr, der wusste, dass sie existierte.

Elena war tot. Ihre Mutter war tot. Jannek war tot. Vito war tot.

Die beiden Männer, die sie geliebt hatte, waren gestorben, und es war ihre Schuld, nicht nur in Vitos Fall. Sie hatte auch Jannek umgebracht, selbst wenn sie noch nicht genau wusste, wie. Sie war sich sicher, dass er noch leben würde, wenn er nur nicht zu ihr gekommen wäre, nicht mit ihr hätte reden wollen. Er war zu ihr gekommen, und nun war er tot.

Natürlich hatte es da noch andere Männer gegeben, aber sie hatten nichts bedeutet, keiner von ihnen. Sie hatte sie nicht geliebt, nur die Zeit, die sie mit ihnen verbrachte, und wenn sie aus ihrem Leben verschwunden waren, hatte sie geweint, ohne es wirklich zu meinen.

Die beiden Männer, die sie geliebt hatte, waren tot. Sie hatte sie umgebracht. Was war sie für ein Mensch? Was war ihr Leben für ein Leben? Sie spürte die Angst in sich aufsteigen, die doch keine Angst, sondern nur eine Wahrheit war: Dass dies nun ihre Realität war. Dass all dies für immer war und sich nie wieder würde ändern lassen. Dass sie damit leben musste, was geschehen war, was sie getan hatte, an jedem Tag, der noch kam, in jedem einzelnen Moment. Sie würde damit leben, doch sie hatte keine Ahnung, wie sie das anstellen sollte.

»Wo warst du, verdammt?« Iris' Gesicht war bleich vor Ärger.

»Draußen.«

»Verflucht, Franka, komm mir nicht so! Was hast du so lange gemacht?«

»Ich bin einfach herumgelaufen.«

»Herumgelaufen, Herrgott! Ist dir nicht klar, womit wir es hier zu tun haben?«

»Ich … ich musste raus, okay? Ich musste allein sein. Vito ist tot. Jannek ist tot. Ich kann doch nicht so weitermachen, als wäre nichts geschehen. Als …«

»Kein Mensch verlangt von dir, dass du so weitermachen sollst, als wäre nichts passiert. Du sollst so weitermachen, als würde hier ein Mörder herumlaufen, weil es verdammt noch mal so ist! Hier läuft ein Mörder herum, Franka. Und man muss schon verflucht blauäugig sein, um zu glauben, dass das alles nichts mit uns zu tun hat. Jemand dringt ins Haus ein. Legt uns tote Tiere vor die Tür. Jannek wird umgebracht, kurz nachdem er mit dir gesprochen hat. Und dir fällt nichts anderes ein, als mutterseelenallein draußen herumzurennen, als wäre nichts!«

»Ich ... ich habe niemanden gesehen. Da war niemand.«

»Dass du niemanden siehst, Franka, heißt nicht, dass da niemand ist. Ich habe nicht den Eindruck, dass du die Dinge immer im Blick behältst. Dass du erkennst, was wichtig ist. Du läufst durch die Welt mit großen Augen und nimmst nichts wahr, Franka, nichts. Du nimmst nichts wahr, und du verstehst nichts.«

»Aber du schon, klar.«

»Ich begreife immerhin, dass wir hier nicht sicher sind. Dass wir hier wegmüssen, und zwar schnell.«

»Das weiß ich auch.«

»Und warum wanderst du dann alleine durch die Gegend?« Iris raufte sich die Haare, die ohnehin schon wirr abstanden. »Es ist nicht zu fassen. Ganz ehrlich. Ich habe wirklich das Gefühl, dass ich hier die Einzige bin, die ansatzweise klar denkt.«

»Es bringt nichts, wenn ihr euch ankeift«, mischte sich Oda ein. »Aber ganz ehrlich, Franka, ich finde es auch ziemlich daneben, wenn du einfach abhaust und wir nicht wissen, wo du bist.«

»Ach, du redest noch mit mir? Obwohl ich Jannek umgebracht habe?«

»Ich habe nicht gesagt, dass du ihn umgebracht hast. Ich hatte nur plötzlich diesen Gedanken im Kopf, weil doch das mit Vito ...«

»Ach, und so einen Gedanken kann man nicht mal eben für sich behalten? Nein, man muss ihn gleich herausposaunen, muss ihn jedem unter die Nase reiben, ganz egal, wie verletzend er ist. Hast du auch nur mal eine Sekunde darüber nachgedacht, wie ...«

»Haltet die Klappe. Alle beide«, fuhr Iris dazwischen, und weil sie wütend und entschlossen klang und weil klar war, dass sie die Einzige war, die sie vielleicht retten konnte, hielten Franka und Oda tatsächlich die Klappe. Dann erklärte Iris ihnen, wie sie aus dieser Sache herauskommen würden. Wenn alles gut ging.

Sie schliefen schlecht in dieser Nacht. Franka wälzte sich herum, mit beständig klopfenden Kopfschmerzen hinter der Stirn, und statt gemütlich und vertraut kam ihr Elenas altes Bett auf einmal muffig vor. Die Bettdecke roch alt, das Kissen knisterte störrisch bei jeder ihrer Bewegungen, und sie fragte sich, warum ihr all das nicht vorher schon aufgefallen war. Fühlte sie sich plötzlich nicht mehr wohl, weil sie wusste, dass ihre Zeit in diesem Haus zu Ende ging, vermutlich für immer?

Oben hörte sie Iris unruhig herumgehen, und mindestens zweimal schlich Oda in die Küche, um sich etwas zu trinken zu holen. Das Wasser gluckerte in den Leitungen, wenn sie den Hahn aufdrehte, dann das leise Quietschen, wenn sie ihn wieder zuschraubte. Geräusche wie früher, vertraute Geräusche und doch nicht. Das war nicht Elena, die über die Flurdielen tappte, die leise nach dem Lichtschalter tastete. Aber wenn sie die Augen schloss, konnte sie sich vorstellen, dass es so war.

Dass alles so war wie früher. Dass sie zwölf Jahre alt war und einschlafen sollte, nach viel zu vielen Kapiteln aus der *Unendlichen Geschichte*, während drüben im Wohnzimmer noch leise der Fernseher lief, einer dieser ewigen Uralt-Krimis, die Elena so liebte, und dazu aß sie Mandeln und Apfelschnitze. Wurde es zu spannend, strickte sie. Das leise Klackern der Nadeln war so präsent in Frankas Erinnerung, dass sie es ohne Mühe abrufen konnte, eine Audiodatei, sicher verstaut in ihren Hirnwindungen, die nur darauf wartete, abgespielt zu werden. Klick, klick, klick. Dazu sah sie Elena vor sich, wie sie konzentriert die Maschen zählte und angestrengt vermied, auch nur einen Blick auf den Bildschirm zu werfen, wo gerade eine blasse Frau im Morgenmantel einem Verdächtigen auf dem Hotelflur hinterherschlich. Und sosehr die zwölfjährige Franka es auch versuchte, sie schlief nicht ein, zu wild war das Gedankenkarussell in ihrem Kopf. Statt sie auch beim dritten Mal wieder zurückzuschicken, ließ Elena sie im Wohnzimmer bleiben, eingerollt auf dem Sofa, den Kopf in Elenas Schoß, geborgen unter der kratzigen Häkeldecke, das vertraute Cordmuster der Couch unter den Fingerspitzen.

All das war so weit entfernt, war so weit weg von dem Leben, das sie nun lebte, von dem Mensch, der sie nun war, dass Franka Mühe hatte, es zu erfassen. Wie hatte alles nur so enden können?

18

Am nächsten Morgen war sie wie gerädert, und an den grauen Schatten in den Gesichtern der anderen sah sie, dass es ihnen in der Nacht nicht besser ergangen war. Oda hielt sich krampfhaft an einer Tasse Kaffee fest, während Iris festlegte, wie sie vorgehen würden: »Franka und ich fangen im Keller an, Oda, du kannst oben anfangen, auf dem Dachboden.«

»Ich gehe nicht in den Keller.« Franka stellte sicher, dass man ihren Worten die Unbedingtheit anhörte. »Keine Chance.«

»Bloß wegen dieser Sache neulich?« Iris runzelte die Stirn.

»Ja, bloß wegen dieser Sache neulich. Vergiss es.«

»Also gut. Oda, dann fang du im Keller an. Franka und ich nehmen uns den Dachboden vor. Und denkt daran, das Geld kann überall versteckt sein. In einem alten Koffer. In einem Schmuckkästchen. Oder einem Werkzeugkasten. Was weiß ich. Schaut einfach genau hin.«

»Und du glaubst wirklich, dass wir etwas finden werden? Bist du dir sicher?« Oda runzelte die Stirn. »Ist es nicht … armselig, wenn wir uns an so eine winzige Hoffnung klammern?«

»Ich bin mir nicht sicher.« Iris blickte Oda direkt ins Gesicht. »Aber die Möglichkeit, dass wir tatsächlich etwas finden, besteht. Ich weiß, dass Elena immer Geld im Haus hatte, viel Geld, sie hat es mir selbst erzählt. Franka hat nie etwas gefunden, also muss es noch irgendwo sein. Und da wir sonst nicht gerade viele Alternativen haben ...« Sie zuckte mit den Schultern. »Oder hast du einen besseren Vorschlag?«

Oda hatte keinen besseren Vorschlag. Franka konnte ihre Skepsis nachvollziehen, aber sie war dankbar, dass Iris wenigstens irgendeinen Plan hatte, auch wenn er mehr als dürftig war – immerhin war es ein Plan, und er war das, was einem Ausweg noch am nächsten kam.

Gemeinsam mit Iris stieg Franka die knarrende, steile Stiege zum Dachboden hinauf. Die Tatsache, dass sich hier oben nichts, absolut nichts verändert hatte, nahm ihr für einen kurzen Moment den Atem. Es war, als könnte sie jeden Moment von unten Elenas Stimme hören, die rief: »Ich weiß, dass du dich da oben versteckst«, und Franka würde sich panisch nach dem perfekten Platz umsehen, vielleicht hinter dem alten Sessel oder in der holzwurmzerfressenen Truhe.

»Was denkst du?«, sagte Iris und riss Franka aus ihren Gedanken. »Wo sollen wir anfangen?«

Franka zuckte mit den Schultern. »Keine Ahnung. Hier kann überall und nirgends etwas sein. Tendenziell würde ich sagen, dass wir auf der linken Seite öfter waren. Verstecken gespielt haben. Alte Klamotten zum Verkleiden rausgekramt haben, solche Sachen. Da drüben war es mir zu dunkel, da war ich als Kind selten. Ich an Elenas Stelle hätte, wenn überhaupt, dort etwas versteckt. Da wäre die Wahrscheinlichkeit geringer gewesen, dass ich auf etwas stoße, auf das ich nicht stoßen soll.«

Franka ließ ihren Blick wandern und ging dann in die Knie, um eine alte Truhe zu öffnen, die, wie sich herausstellte, einige alte Handtaschen enthielt. Abgegriffenes Leder, angelaufene Schnappverschlüsse. Kein Inhalt, nur hier und da ein ordentlich gefaltetes Taschentuch und in einem Seitenfach eine Kino-Eintrittskarte mit abgestoßenen Ecken.

Franka realisierte in diesem Moment, was es bedeuten würde, all das zurückzulassen. Sie hatte es in den Jahren nach Elenas Tod nicht über sich gebracht, ihre Habseligkeiten zu sichten, und nun blieb keine Zeit mehr dafür. Sie musste hier fort, würde nie wieder zurückkehren, und alles, was Elena ihr hinterlassen hatte – Gedanken und Notizen, Briefe und Bilder, Schmuckstücke, Nippes und liebevoll zusammengetragene Erinnerungen –, würde nun endgültig verrotten. Bis das Haus, irgendwann vielleicht, zwangsversteigert und geräumt werden würde, alles auf einen Haufen geworfen, um die Sachen zu verramschen – 50 Cent für dies, 80 Cent für das, wer bietet mehr? Gierige Hände würden das Porzellan, die silbernen Karaffen, die Glasflakons befingern, Trödelhändler würden die alten Fotos kistenweise kaufen, wer weiß, kriegt man bestimmt los. Die Möbel, mit ihrer Patina aus Erinnerungen, würden in eine WG wandern oder in ein Wohnheim, und schließlich wäre alles zerstreut, in alle Winde zerstreut.

Es war vorbei. Ihre Geschichte an diesem Ort war vorbei, und sie hatte noch keine andere, wusste keine andere. Sie würde gehen und nicht wiederkommen. Sie würde das einzige Zuhause verlieren, das sie jemals gehabt hatte. Sie würde ihre letzte Verbindung zu Elena kappen, und da wäre nichts mehr, das an sie erinnerte, das sie zuletzt in der Hand gehabt hatte, keine Spuren mehr von ihr.

Mit dem Haus würde auch ihre Großmutter aus ihrem Leben verschwinden, und Franka wusste, dass sie nicht bereit dafür war, nie bereit dafür sein würde. Sie wischte sich mit staubigen, von Spinnweben verklebten Händen übers Gesicht und hoffte, dass Iris die Tränen nicht gesehen hatte.

Natürlich hatte sie sie gesehen, doch sie sagte nichts außer: »Du hast da Dreck an der Stirn.«

Dann zog Iris eine der Kisten zu sich heran, nahm vorsichtig eine lange, schmale Schachtel heraus und öffnete sie. Sie zeigte Franka den Inhalt, zwischen verblasstem Seidenpapier lagen getrocknete Rosen.

»Ich weiß, was das ist«, sagte Franka und musste schon wieder schlucken. »Das sind die Rosen, die Elenas Vater ihrer Mutter geschenkt hat, als er sie das erste Mal ausführen durfte. Elena hat sie von ihrer Mutter bekommen und sie all die Jahre aufbewahrt.« Sachte strich sie mit den Fingerspitzen über die brüchigen, zarten Blütenblätter, die längst ihr Rot verloren hatten. »Wie sollte man so etwas auch wegwerfen?«

Iris verschloss die Schachtel wieder und legte sie zurück. Dann ließ sie den Blick schweifen. »Ich bin mir sicher, dass Elena irgendwo Geld versteckt hatte. Und zwar keine unbedeutende Summe.«

Franka räusperte sich. »Mir hat sie nie etwas davon erzählt, nicht mal eine Andeutung gemacht. Und sie hat es dir gegenüber wirklich erwähnt?«

»Ja. Ich weiß selbst nicht, warum dieses Gespräch mir so gut im Gedächtnis geblieben ist. Vielleicht, weil ich den Gedanken faszinierend fand, überhaupt Geld zu haben. So was gab es bei uns zu Hause nicht. Sie meinte, dass ihr Vater ihr das beigebracht hat. Immer so viel Bargeld im Haus zu haben, dass man die Familie im Notfall damit ein Jahr über die Runden bringen kann. Keine Ahnung, was das genau bedeutete, aber es klang so, als sei das ein unumstößliches Prinzip. Und wenn ich mich im Haus so umschaue – da ist nichts Teures. Keine Antiquitäten, kein Diamantschmuck. Die Möbel sind hübsch und geschmackvoll, aber alt. Vom Trödelmarkt, schätze ich, oder Hinterlassenschaften der Verwandtschaft. Besaß Elena ein Auto?«

Franka schüttelte den Kopf. »Zum Schluss nicht mehr. Kurz vor ihrem Tod hatte ihr Golf den Geist aufgegeben, und sie hatte sich noch keinen neuen Wagen angeschafft.«

Iris nickte. »Siehst du. Genau, wie ich sie in Erinnerung hatte. Sehr sparsam. Sehr vernünftig, wenn's ums Geld geht.«

»Sie war nicht geizig!« Franka hatte das Gefühl, ihre Großmutter verteidigen zu müssen. »Sie hat immer sehr großzügig für mich gesorgt. Ich hatte alles, was ich brauchte, wir sind gereist, haben Dinge unternommen … Es war nicht so, dass wir hungern mussten!«

»Das meinte ich auch gar nicht«, beruhigte Iris sie. »Ich meinte, dass Elena nicht der Typ war, der das Geld zum Fenster rauswarf, etwa für schicke Kleider, für edle Restaurants. Du sagst, ihr habt Reisen unternommen. Wo seid ihr hingefahren?«

»Wir waren in Griechenland, Italien, in den Schweizer Alpen. Unternahmen auch gerne Städtetrips, Wien, Paris, Stockholm. Immer einmal im Jahr eine Wochenendreise und alle zwei Jahre etwas Längeres, ein Strand- oder Wanderurlaub.«

»Siehst du, das meine ich. Keine Kreuzfahrten, Karibikrundreisen, was weiß ich. Nichts, was Unsummen verschlingt. Ich weiß aber, dass sie nicht wenig geerbt hatte, das war einer der Gründe, warum sie sich Indien leisten konnte. Verdient hat sie dort kaum etwas.«

»Du glaubst also, dass hier irgendwo eine größere Summe sein müsste?«

»Vorstellen könnte ich es mir. Oder fällt dir ein, wofür sie ihr Geld ausgegeben haben könnte?«

»Nein, nicht so richtig.« Franka dachte nach. Dann fügte sie hinzu: »Ich dachte immer, dass wir einfach nicht so viel hätten.

Dass wir zurechtkommen, aber nicht so ganz große Sprünge machen können.«

»Hat sie dir Geld auf der Bank hinterlassen?«, fragte Iris und zog eine weitere Kiste zu sich heran.

»Es gab ein Sparbuch mit ein paar tausend Euro. Das war's. Der größte Batzen war natürlich das Haus. Ich glaube, das ist was wert, vor allem aufgrund der Lage. So dicht am Strand darf ja nicht mehr gebaut werden.« Sie zögerte kurz. »Wusstest du, dass Elena in den letzten Jahren Feriengäste hatte?«

Iris schüttelte den Kopf. »Hast du nie erwähnt.«

»Sie hat das Gästezimmer vermietet. Zudem durften Camper im Garten ihre Zelte aufschlagen. Sie hat mir erzählt, dass sie das nicht des Geldes wegen machen würde, viel kam wohl sowieso nicht dabei rum. Es ging ihr mehr darum, ein bisschen Leben im Haus zu haben. Ein bisschen Gesellschaft. Sie war wohl in den Jahren vor ihrem Tod recht einsam.« Franka sah zu Boden und musterte angestrengt die Maserung der Holzdielen. »Versteh mich nicht falsch, ich habe sie besucht, so oft es eben ging. Wobei das gelogen ist – nicht so oft es ging, sondern so oft es mir in den Kram passte. Ich hätte öfter herkommen können. Kommen sollen.« Sie sah zu Iris hinüber, konnte aber auf ihrem Gesicht, das im Schatten lag, keine Regung erkennen. »Die Wahrheit ist, dass es mir meist zu anstrengend war, hier rauszufahren. Und dass es mich gestört hat, dass sie ... mit Vito nicht so richtig warm geworden ist.«

»Du musst dich nicht rechtfertigen«, sagte Iris. »Nicht vor mir.«

Und dann suchten sie still weiter. Franka zerrte eine alte Reisetasche unter einem Schrägbalken hervor. Das grüne Kunstleder war brüchig und zerkrümelte unter ihren Händen, als sie sie öffnete. Sorgsam in altes Zeitungspapier verpacktes Porzellan,

Teetässchen mit hauchdünnen Wänden, bemalt mit winzigen, fein verästelten Rosenzweigen und zarten goldenen Strahlen.

»Sieh mal«, sagte Franka. »Hübsch, nicht? Ich erinnere mich, dass ich manchmal zwei der Tassen vom Dachboden holen durfte, um damit einen Nachmittagstee für meine Puppen zu veranstalten. Da war ich noch ganz klein, und es war dann eine sehr große Ehre für mich. Ich kam mir sehr erwachsen vor.« Sie lächelte. »Ich glaube, das war Elenas Art, mir zu zeigen, dass sie mir vertraut. Dass ich das kann, ohne was kaputtzumachen.« Sie legte die Tässchen vorsichtig zurück und schob die Tasche beiseite. Dahinter befand sich ein kleiner Reisekoffer aus fleckigem Tweedstoff, der ihr nicht bekannt vorkam. Hatte Elena ihn erst hier oben verstaut, als sie selbst nicht mehr auf den Dachboden gestiegen war, um sich zu verstecken oder in alten Sachen zu kramen? Sie erinnerte sich aber auch nicht daran, Elena je mit dem Köfferchen gesehen zu haben. Sie ließ die beiden Schnallen aufschnappen, die trotz Rostflecken noch anstandslos ihren Dienst taten. Sie zögerte kurz. Es beschlich sie das Gefühl, dass dieser Koffer etwas Wichtiges enthalten musste, vielleicht, weil er ihr so fremd war. Doch als sie den Deckel zurückklappte, war er, bis auf ein wenig zerknülltes Seidenpapier, leer.

Sie wollte ihn gerade schließen und beiseiteschieben, als ihr noch etwas einfiel. Sie fuhr mit den Händen über das Innenfutter. Tatsächlich, dort war eine Innentasche, kaum zu sehen, da der Reißverschluss die gleiche Farbe hatte wie der Stoff, mit dem der Koffer ausgekleidet war. Sie öffnete den Reißverschluss, der erst hakte und dann, nach einem kurzen Ruck, widerstandslos aufglitt. Sie griff in das Fach und spürte bündelweise Papier. Es war zu dick und zu großformatig für Geld. Sie zog den Stapel heraus und strengte ihre Augen an, um in dem schummrigen Licht zu erkennen, was sie in den Händen hielt.

»Was hast du da?«, fragte Iris mit einem Blick über ihre Schulter.

»Das sind Briefe«, sagte Franka. »Briefe an mich.«

»Briefe, die du … hier aufbewahrt hast?« Iris rutschte zu Franka, um einen Blick auf die ordentlich beschrifteten, sorgfältig mit einem Brieföffner aufgeschlitzten Kuverts zu werfen.

»Briefe, die ich noch nie gesehen habe.«

Iris nahm ihr einen davon aus der Hand. »Franka Gehring, Am Weidengraben 4, und so weiter.« Sie drehte den Umschlag um. »Absender: Livia Gehring. Livia Gehring? Ist das deine Mutter?«

Franka schloss die Augen. Sie sah ihre Mutter vor sich. Wie immer flimmerte sie, nie hielt sie still, nicht in Frankas Kopf. Sie war umgeben von einem flirrenden Licht, ihr flackerndes Lachen, kühle, schmale Hände. Sie sah das Lachen, wie es sich entfernte, das Lachen, wie es aus ihrem Gesicht verschwand, das schmal und verkniffen zurückblieb.

Sie spürte, wie Iris ihr die restlichen Briefe aus der Hand nahm. »Manche sind nicht abgestempelt. Das heißt, deine Mutter muss hier gewesen sein, um sie einzuwerfen. Oder sie hat jemanden geschickt. Und du hast diese Briefe noch nie gesehen?«

Franka öffnete die Augen und nahm die Briefe wieder an sich. »Nein, noch nie.« Sacht strich sie über das wellige Papier, über die Schrift, nach rechts geneigt und mit perfekten kleinen Bögen. Die Handschrift ihrer Mutter war das Gegenteil ihres Seelenlebens gewesen, ordentlich und akkurat, keine Spur von dem Chaos, das Livias Existenz bestimmte.

»Franka?« Iris riss sie aus ihren Gedanken.

»Wie bitte?«

»Willst du nicht nachsehen, von wann die Briefe sind? Vielleicht steht ein Datum darauf. Oder möchtest du sie gar nicht anschauen?«

Ohne zu antworten, zog Franka mit kalten, tauben Händen die Bögen aus dem obersten Umschlag. Das Papier fühlte sich fest und stumpf an, als wäre es einmal feucht geworden und wieder getrocknet, doch die Schrift schien davon unberührt geblieben zu sein. Die Buchstaben zogen sich gleichmäßig über die Seiten, ohne Pfützen, ohne Seen.

Sie strich die Blätter glatt und begann zu lesen.

Mein liebes Kind. Mit dieser Anrede begann der Brief, und Franka kam das fürchterlich steif vor, niemals hatte Livia sie so genannt. Aber sie war auch nie gut mit Worten gewesen, selten waren ihr die richtigen zum richtigen Zeitpunkt eingefallen.

Mein liebes Kind. Ich weiß, dass du weißt, dass es das Richtige ist für dich. Dass es das Richtige ist, bei deiner Großmutter zu bleiben. Das Beste für dich, das Beste für sie. Vermutlich auch das Beste für mich, denn ich war nie gut darin, deine Mutter zu sein, und es hat mich traurig gemacht, mir das an jedem einzelnen Tag eingestehen zu müssen. Trotzdem will ich, dass du nicht daran zweifelst, dass ich dich vermisse. Nur das. Ich vermisse dich in jedem wachen Moment und wenn ich schlafe. Auch wenn ich keine gute Mutter bin, nie eine war, bin ich doch deine Mutter, und daran ändert sich nichts. Ich will, dass du auch das weißt. Ich will, dass du das nicht vergisst. Ich bin deine Mutter, und ich bleibe deine Mutter. Und wenn du es auch willst, dann komme ich und besuche dich. Ich will nicht, dass du mich vergisst. Ich will nicht, dass du glaubst, ich hätte dich vergessen. Wenn du es willst, dann komme ich zu dir. Für einen Tag, für eine Stunde. Für eine Umarmung. Wenn du es nur willst.
Deine Livia

Jetzt erst merkte Franka, wie flach sie geatmet hatte; sie war so angespannt, dass ihr ganzer Körper sich verkrampfte. Sie atmete tief durch, einmal, zweimal, und las den Brief erneut.

Iris saß daneben und sagte nichts. Es musste sie viel Selbstbeherrschung kosten, keine einzige Frage zu stellen.

»Sie muss ...«, sagte Franka schließlich und räusperte sich, als sie bemerkte, wie belegt ihre Stimme war. »Sie muss das geschrieben haben, kurz nachdem ich ganz zu Elena gezogen bin. Sie schreibt, wie sehr sie mich vermisst.«

Sie griff nach dem nächsten Brief und überflog ihn. Sein Inhalt unterschied sich nicht sehr von dem vorherigen, abgesehen von der Tatsache, dass Livia ein bisschen mehr von sich selbst berichtete, wie es ihr ging, dass sie eine neue Arbeit gefunden hatte, eine neue Wohnung. Doch die Botschaft blieb die gleiche: Ich vermisse dich. Bitte verschwinde nicht ganz aus meinem Leben.

Auch der folgende Brief, der einige Monate später geschrieben worden war, und der darauffolgende waren in einem ähnlichen Ton verfasst. *Ich vermisse dich. Ich vermisse dich. Ich will dich nicht verlieren.* In den restlichen Briefen das Gleiche, bis es irgendwann abbrach, nicht weil ihre Mutter aufgegeben hatte, sondern weil sie gestorben war. Den letzten Brief hatte sie zwei Monate vor ihrem Tod verfasst.

Franka spürte, wie ihr flau im Magen wurde. Sie hatte nichts davon gewusst. Nichts davon geahnt. Hatte nicht geahnt, dass Livia sie vermisste. Sie sehen wollte. Elena hatte stets wissend und verständnisvoll genickt, wenn sie nach ihrer Mutter gefragt hatte, hatte ihr erklärt, dass Livia sie sehr lieben würde, aber im Moment keine Möglichkeit hätte, die Mutter zu sein, die Franka verdiente. Dass mit Sicherheit der Tag kommen würde, an dem Livia sich melden würde, dass sie vielleicht sogar einmal ein enges Verhältnis haben würden wie eine richtige Mutter und eine richtige Tochter. »Irgendwann«, hatte Elena mit ihrer sanften, zuversichtlichen Stimme gesagt, und dann hatte sie Franka eine Tasse Tee gemacht, und sie hatten gemeinsam einen alten Film angeschaut.

»Es ist in allen Briefen das Gleiche.« Franka fuhr über das Papier der Umschläge, damit ihre Hände etwas zu tun hatten und nicht so zitterten. »Sie schreibt, dass sie mich sehen will. Dass ich ihr fehle.«

Sie sah Iris an, sah in das aufmerksame Gesicht dieser Frau, die sie kaum kannte.

»Warum hat Elena mir die Briefe nie gezeigt?« In ihrem Kopf herrschte eine überraschende Ruhe, keine jagenden Gedanken, kein Gefühlschaos, kein Wirbelsturm. Nur diese eine Frage, für mehr war kein Platz, diese eine Frage füllte alles aus, den Moment, ihr Bewusstsein, ihr ganzes Leben.

Sie wusste, dass die Antwort auf diese Frage die Macht hatte, alles zu verändern, ihr alles, was ihr noch blieb, unter den Füßen wegzuziehen, sie endgültig hinabzustürzen in die Haltlosigkeit.

Auch Iris schien sich dessen bewusst zu sein und antwortete in vorsichtigem Ton: »Ich weiß es nicht, Franka. Ich kann nur vermuten. Vielleicht wollte sie dich davor beschützen, manipuliert zu werden? Davor, dass deine Mutter wieder in dein Leben tritt, weil sie dich zuvor schlecht behandelt oder sogar misshandelt hatte?«

»Aber das wüsste ich doch! Meine Mutter war eine verdammt miese Mutter, aber sie hat mich nie geschlagen!«

»Vielleicht hast du es nur verdrängt?«

»Nein, ganz sicher nicht. Meine Mutter war chaotisch und verantwortungslos. Sie hat mich nie verstanden, hat mir nie das Gefühl gegeben, dass ich gewollt bin. Dass ich zu ihr gehöre.

Aber es hätte doch nichts dagegengesprochen, wenn sie sich wirklich ändern wollte, dass sie mich ab und zu besucht! Oder dass wir uns Briefe schreiben. Und selbst wenn es einen Grund gegeben hätte, meine Mutter komplett von mir fernzuhalten – wäre dann nicht der richtige Weg gewesen, mir irgendwann die Briefe zu zeigen? Als ich erwachsen war und sie besser hätte einordnen können?«

»Vielleicht hatte Elena nicht den Mut dazu. Sie hat dir verschwiegen, dass deine Mutter dich sehen wollte. Nie aufgehört hat, an dich zu denken. Und dann war deine Mutter tot. Ihr hattet eure Chance verpasst, euch einander anzunähern. Elena musste davon ausgehen, dass du sie dafür hassen würdest.«

»Sie hätte es mir erklären können. Und ich frage mich, warum sie die Briefe nicht vernichtet hat. Sie wusste doch, dass sie krank war. Sie musste davon ausgehen, dass sie sterben würde und ich hier alles durchsehe. Warum dieses Risiko eingehen?«

»Womöglich wollte sie, dass du sie findest, irgendwann. Nach ihrem Tod. Vielleicht war das ihre Art, dir die Wahrheit zu sagen, weil sie es anders nicht über sich gebracht hatte.«

»Ich ... ich weiß nicht, was ich darüber denken soll. Das ist doch einfach nur feige.« Sie sprach das Wort aus und schämte sich sogleich dafür. Ihre Großmutter war nicht feige gewesen. Sie war mutig und großherzig gewesen, ehrlich und loyal. Was blieb von ihr, wenn sie all das nicht mehr gelten ließ? Wenn all das nicht mehr gelten durfte? Was blieb von ihr, von der Elena, die sie gekannt und geliebt hatte? Hatte es sie je gegeben?

Sie schwiegen. Durch die Ritzen zwischen den alten Dachziegeln drang der Wind und das Rauschen der Wellen. Ein paar Lichtstrahlen verirrten sich zu ihnen herein, malten helle Schächte in die Luft, mit tanzenden Staubkörnern in ihnen, nur um sogleich wieder zu verschwinden und nichts als Schatten zu hinterlassen.

»Denkst du auch an Jannek?«, fragte Iris dann, und Franka sah auf. »Ich meine, das hier, das mit den Briefen. Das könnte bedeuten, dass er vielleicht doch die Wahrheit gesagt hat, oder nicht?«

Franka hatte Mühe zu folgen, nicht weil sie nicht verstand, was Iris meinte, sondern weil ihr Kopf sich scheute, nicht ertragen konnte, was es hieß.

»Wenn Elena deine Mutter bewusst von dir ferngehalten hat, dann könnte sie es mit Jannek genauso gemacht haben. Vielleicht hast du ihm Unrecht getan. Vielleicht hat sie wirklich eure Beziehung beendet.«

Unwiderruflich. Der Bruch würde unwiderruflich sein. Wenn sie so weit dachte, wenn sie diese Zusammenhänge wahrnahm, wenn sie bereit war, das ganze Bild zu sehen, das Iris vor ihr ausbreitete, gab es kein Zurück mehr. Dann wäre die Elena, die sie kannte, verloren, für immer. Doch sie wollte sie nicht verlieren, konnte sie nicht verlieren.

»Franka, ich sage nicht, dass es so war. Ich sage nur, dass das alles sehr gut zusammenpasst. Fast ein bisschen zu gut, um es zu ignorieren.«

Unwiderruflich.

Ihr Impuls war, alles in sich zu begraben. Ihre Fragen mit sich selbst auszumachen, ihre Trauer auch. Doch gleichzeitig war sie sich bewusst, dass da unter Umständen nicht mehr lange jemand war, mit dem sie reden konnte. Sie würden abhauen, jede von ihnen, jede in ihre eigene Richtung. Wenn sie mit jemandem sprechen wollte, der Elena auch gekannt hatte, war jetzt vermutlich eine der letzten Gelegenheiten.

Sie suchte, während Iris schwieg und wartete, nach den

rechten Worten. Sie fand sie nicht, doch sie musste irgendwie anfangen, also sagte sie: »Kannst du dir vorstellen, dass es so war?«

Iris tat ihr den Gefallen, nicht sofort zu antworten. Sie machte es sich offenkundig nicht leicht, und das tat Franka gut. Iris war bewusst, welche Tragweite diese Frage hatte, und nahm sie nicht auf die leichte Schulter.

»Sie war meine Freundin«, erklärte Iris schließlich. »Damals. Nicht meine engste, beste Freundin, aber ich kannte sie gut. Ich habe sie geschätzt, Franka, versteh mich nicht falsch. Sie war klug und mitfühlend. Aber ich werde mich nicht hinstellen und dir erzählen, dass sie ohne Fehler war. Denn das ist niemand. Niemand. Ich nicht, du nicht, Elena nicht.«

»Aber das ist doch nicht einfach nur ein Fehler. Irgendeine Macke. Das ist ... das ändert alles.« Den letzten Satz sagte sie sehr leise, und dann wusste sie nicht mehr, was sie sonst noch sagen sollte.

Elena, ihre Elena, und plötzlich war nichts mehr so, wie es all die Jahre gewesen war, plötzlich sollte alles nichts gewesen sein, alles, worauf sie ihr Leben gebaut hatte.

Und ihre Mutter! Ihre Mutter, die sie gehasst und verflucht hatte, dafür, dass sie so war, wie sie war, dass sie nicht sein konnte, was Franka brauchte. Dass sie irgendwann gar nichts mehr war, erst weg, dann tot, eine Leerstelle, dort, wo andere in ihrem Alter eine Freundin hatten, eine Verbündete oder zumindest jemanden, der sie an den Turnbeutel erinnerte und ihnen zu jedem Geburtstag einen Kuchen buk.

Ihre Mutter, die nun doch eine gewesen war. Eine hatte sein wollen. Sie erinnerte sich an Livias Versuche, so etwas wie einen Familienalltag zu simulieren, als Franka noch klein gewesen war. Ein Verlangen, das, wenn sie oft genug gescheitert war, zügig nachließ und irgendwann ganz abebbte. Wenn ich es nicht kann, dann eben nicht, schien sie zu denken, und darum ließ sie es, bemühte sich gar nicht erst. Was blieb, war eine pragmatische Toleranz gegenüber ihrer Tochter, unterbrochen von kurzen Episoden, in denen es sich lohnte, die Kleine herzuzeigen, weil es was zu holen gab, weil es etwas abzustauben gab. Dann wurde Franka herausgeputzt, herumgereicht, nur um anschließend wieder in ihrer Versenkung aus lauten Cartoons und selbst geschmierten Ketchup-Broten zu verschwinden.

Livia hatte versagt. Ohne Frage. Sie war eine erbärmliche Mutter gewesen, die meiste Zeit – aber woher hatte Elena sich das Recht genommen, ihr die Chance auf einen zweiten, dritten, hundertsten Anlauf zu versagen? Livia hatte offensichtlich ihre vergangenen Fehler wiedergutmachen wollen. Vermutlich wäre ihr das nicht geglückt, wäre sie wieder krachend daran gescheitert, hätte Verabredungen vergessen, Versprechen gebrochen. Aber entscheidend war, dass es Franka etwas bedeutet hätte. Es hätte ihr etwas bedeutet zu sehen, dass ihre Mutter es wenigstens versuchte. Dass sie sie nicht vergessen hatte.

Was hatte es mit ihr gemacht? Zu glauben, dass ihre eigene Mutter sie aus ihrem Leben entfernt hatte, nicht mehr an sie gedacht hatte? Wäre sie mit dem Wissen, dass ihre Mutter um sie hatte kämpfen wollen, ein anderer Mensch geworden? Ein selbstbewussterer Mensch? Stärker, weniger anfällig dafür, sich aufzugeben, sich so sehr aufzugeben, dass ihre Welt zerbrach, wenn ein Mann sie betrog?

Sie spürte, wie sich das Papier der Briefbögen, die sie immer noch umklammert hielt, zwischen ihren Finger bog. Die Knitterfalten zerbrachen die akkuraten Buchstaben, durchzogen sie mit feinen weißen Rissen.

»Hey.« Iris nahm ihr sanft die Briefe aus der Hand. »Ich

weiß, das ist viel. Das ist eine Menge für dich, und es muss dir schwerfallen, damit klarzukommen. Irgendwann musst du dich damit auseinandersetzen, musst herausfinden, was es für dich bedeutet, aber nicht jetzt, okay? Wir müssen dieses Geld finden, irgendwo muss es sein, und wir haben nicht viel Zeit.«

Franka nickte stumm. Es war gleich, wann sie darüber nachdachte, sie würde zu keinem Ergebnis kommen, das die summenden Gefühle in ihrem Kopf zum Verstummen bringen konnte. Es gab keine Lösung. Es gab keine Wahrheit. Es gab nur die Aufgabe, mit alldem irgendwie zu leben.

Sie suchten schweigend weiter. Nach einer Weile kam Oda zu ihnen herauf.

»Habt ihr etwas gefunden?«

Iris und Franka wechselten Blicke. »Vieles, aber kein Geld. Und du?«

»Nichts als Zeugnisse, Unterlagen von Behörden und anderen langweiligen Kram. In dem anderen Keller nur alte Kleider, Einmachgläser, solches Zeug.«

»Dann mach mit dem dritten Raum weiter. Ich gebe uns noch einen Tag, hört ihr? Und der ist schon zu viel. Wir müssen hier weg. Notfalls auch ohne Geld.«

»Und wie soll das gehen? Ohne Geld musst du dich weiterhin verstecken. Und das wiederum ist ohne Geld verdammt schwierig. Ich weiß auch nicht, wohin ich soll. Und Franka ...« Oda hob leicht die Schultern.

Als wüssten wir nicht alle, dachte Franka, dass mir auch Geld nicht wirklich helfen kann. In Wahrheit fürchtete sie sich davor, dass sie welches fanden, genauso wie sie sich davor fürchtete, dass sie nichts fanden. In jedem Fall würde sie eine Entscheidung treffen müssen. Wollte sie wirklich fliehen? Wollte sie sich wirklich die nächsten Jahre, Jahrzehnte verstecken?

Sie hatte keine Ahnung, wie so etwas ging. Wie man das machte. In Filmen sah es immer so einfach aus, die Leute verschwanden irgendwo in Südamerika und bauten sich eine kleine, bescheidene Existenz auf, fernab von allem, was sie fortgetrieben hatte. Aber das war nicht die Realität. Die Realität war, dass sie keine Ahnung hatte, wohin sie gehen sollte.

Es war so abstrakt, als wäre es nicht ihr Leben, das in Trümmern lag, das sich innerhalb weniger Tage in einen schwindelerregenden Alptraum verwandelt hatte, sondern das einer anderen Person, die sie aus sicherer Entfernung beobachtete. Ein Leben auf der Flucht. Oder Jahre im Gefängnis als, das durfte sie nicht vergessen, Mörderin, die sie blieb, selbst wenn sie irgendwann aus der Haft entlassen wurde.

Es gab keinen Weg. Da war kein Weg. Genau darum durfte sie nicht daran denken. Nicht an morgen. Nicht an übermorgen. Nicht an alles, was danach kam.

»Franka?« Oda berührte sie an der Schulter. »Willst du mir nicht antworten?«

»Was hast du denn gefragt?« Sie sah Oda überrascht an.

»Lass sie«, sagte Iris. »Lass sie einfach.«

Dann scheuchte Iris Oda wieder hinunter, und Franka suchte weiter, mechanisch glitten ihre Finger über brüchige Bücher und abgegriffene Kästchen, fuhren in die Taschen speckiger Mäntel und in die Fächer vor sich hin modernder Rucksäcke.

Sie suchten, bis es dunkel wurde. Franka suchte, bis ihr die Augen brannten und die Lunge vom Staub, bis sie bunte Flecken sah, wo keine waren.

Irgendwann schaute Franka, die gerade ein altes Dame-Spiel in einen Holzkasten zurückgelegt hatte, auf. Sie wusste nicht, warum sie es tat, womöglich ein kurzes Knistern in der Luft, eine Störung in der Atmosphäre. Sie blickte zu Iris hinüber, die sich über eine Kiste gebeugt hatte und ein Foto betrachtete, das sie in den Händen hielt. Sie hielt es sich näher vors Gesicht. Hielt es weiter weg. Starrte es regelrecht an.

»Was ist?«, fragte Franka und war sich nicht sicher, ob sie die Antwort wirklich hören wollte.

Iris sagte nichts.

»Was ist?«, fragte Franka noch einmal, ungeduldiger nun. Sie stand auf und ging zu Iris hinüber.

»Ich weiß nicht, was ich dazu sagen soll«, erwiderte Iris. »Es tut mir leid, ich weiß es nicht. Ich bin … also damit …« Sie zog die Augenbrauen hoch, völlige Ratlosigkeit im Gesicht. »Sieh's dir an.«

Sie reichte Franka die Aufnahme, die sich damit unter die kleine, spinnwebenverkrustete Glühbirne stellte. Das Bild zeigte ihre Großmutter im Garten des Hauses. Elena lachte in die Kamera. Die offenen grauen Haare wehten ihr ins Gesicht, die Sonne fiel schräg ins Bild und fing sich in ihrem bunt geblümten Kleid. Sie hatte die Arme links und rechts um halbwüchsige Kinder gelegt, ein Junge, ein Mädchen, vielleicht die Kinder von Feriengästen. Der Junge grinste schräg unter einer dunklen Haartolle hervor, die Hände hatte er in den Taschen seiner Shorts vergraben. Er war groß und schlaksig, die dünnen Arme waren braun gebrannt. Das Mädchen schien seine kleine Schwester zu sein, zumindest war sie schmal und dunkelhaarig wie er. Sie trug ein bunt geringeltes Sommerkleidchen, im Haar steckte eine Sonnenbrille. Ihr Gesicht war schmal und hübsch, und jetzt sah Franka es auch. Das Gesicht war unverkennbar. Das Mädchen war Oda.

19

Franka ließ das Bild sinken. Sie hätte gerne zu Iris hinübergesehen, doch sie fürchtete sich vor der Wahrheit. Davor, in Iris' Gesicht das zu lesen, was sie selbst dachte.

Oda hatte ihnen verschwiegen, dass sie Elena gekannt hatte. Dass sie, vor Jahren, schon einmal Zeit in diesem Haus verbracht hatte. Das war nichts, was man verschwieg, wenn es nicht einen sehr guten Grund dafür gab, und dieser Grund machte Franka Angst.

Iris kam zu ihr, nahm ihr das Bild aus den Händen und drehte es um. »Acht Jahre ist das her. Oda muss damals ... dreizehn oder vierzehn gewesen sein.« Sie betrachtete wieder die Vorderseite. »Sie ist es. Ich würde gerne daran zweifeln, aber ... sie ist es. Franka, ich weiß nicht, was ich sagen soll. Ich hätte nie ...«

»Warum?« Franka presste sich die Handballen an die Stirn. »Warum zur Hölle? Warum kommt sie hierher, macht auf armes, verlassenes Mädchen, quartiert sich im Haus ein und erwähnt mit keinem Wort, dass sie schon mal hier war? Dass sie meine Großmutter gekannt hat! Warum tut man so was? Das ist doch krank!«

Iris hob die Schultern. »Es ging ihr nicht gut, sie war sehr verzweifelt. Vielleicht wollte sie an einen Ort zurückkehren, an dem sie sich wohlgefühlt hat. An dem sie unbeschwert hatte sein können, früher.«

»Natürlich«, sagte Franka spöttisch. »Das ergibt Sinn. Was keinen Sinn ergibt, ist, dass sie uns anlügt. Dass sie so tut, als wäre sie zufällig hier gelandet. Als wäre es eine Fügung des Schicksals, dass gerade wir sie aus dem Wasser ziehen.«

»Ich weiß nicht, warum sie das getan hat, Franka. Aber bevor du auf sie losgehst, lass uns kurz überlegen, was dahinterstecken könnte. Vielleicht gibt es eine Erklärung, eine ganz einfache. Eine, die wir gerade nicht sehen.«

Franka nahm das Bild wieder an sich. »Sie wird uns sagen, was das zu bedeuten hat«, entgegnete sie heiser. »Sie wird es uns verdammt noch mal sagen.«

Sie fanden Oda in der Küche, wo sie sich gerade ein Glas Wasser eingoss.

»Erklär mir das.« Franka warf ihr das Foto hin, das mit einem leisen Geräusch über die Tischplatte glitt.

Oda griff danach und drehte es zu sich herum. Als sie erfasste, was darauf zu sehen war, wurde ihr Gesicht kaum merklich starr. In ihren Augen flackerte es kurz. All die verschiedenen Möglichkeiten, die ihr durch den Kopf schossen, die Wahrheiten und Halbwahrheiten, keine, die sie retten würde.

»Franka, ich …«

»Lüg nicht.«

»Ich wollte doch nur sagen, dass …«

»Lüg nicht! Wehe, du lügst, dann drehe ich dir den Hals um.« Sie hatte Mühe, ihre Stimme unter Kontrolle zu halten. »Ich will die verdammte Wahrheit wissen. Was willst du hier? Warum bist du hier aufgetaucht? Hast du etwa nur so getan, als wolltest du dich umbringen?«

»Nein.«

»Was war es dann? Warum hast du uns weisgemacht, du

wärst zufällig an genau diesem Ort gelandet, als wäre das hier einfach nur irgendein Haus an irgendeinem Strand?«

»Ich bin hierhergekommen, weil … ich weiß auch nicht. Ich war glücklich hier, Franka. Ich hatte nicht die glücklichste Kindheit, und hier war ich glücklich. Wir waren mehrere Sommer hintereinander bei Elena, jedes Mal drei Wochen am Stück. Wir sind den ganzen Tag draußen gewesen, am Meer. Wir sind geschwommen und gerannt, mein Bruder und ich, immer wieder rein ins Wasser, bis wir blau waren vor Kälte. Unsere Eltern lagen in der Sonne, und wir konnten tun, was wir wollten. Wir waren frei. Ich hab mich nie wieder so frei gefühlt wie damals, und ich glaube, das hat mich hierhergezogen, hat mir gesagt, dass hier der richtige Ort ist, verstehst du?«

Franka hatte Oda betrachtet, während sie sprach. Ihr schönes, blasses Gesicht, das nun so angestrengt wirkte, die schmalen, knochigen Hände, mit denen sie spärlich gestikulierte. Der Zug um den Mund.

Sie kannte Oda nicht. Sie wusste nicht, was sie bisher erlebt, was sie schon durchgemacht hatte. Sie wusste nicht, warum sie hier war, was sie erreichen wollte. Aber sie wusste, dass sie in diesem Moment nicht die Wahrheit sagte.

»Du lügst«, sagte sie langsam. »Du lügst und lügst, und ich will verdammt noch mal, dass du endlich damit aufhörst. Warum sagst du nicht, was wirklich passiert ist? Denn wenn es so gewesen wäre, wie du es uns erzählst, dann hättest du es doch einfach gesagt. Es hätte keinen Grund gegeben, uns etwas zu verschweigen. Warum hast du geschwiegen?«

Es war einer dieser Momente, in denen das Schicksal kippt, schwerfällig, in die eine oder andere Richtung, und alles mit sich reißt. Oda hätte schweigen können, hätte weiter lügen können. Doch sie gab sich einen Ruck und erzählte.

Sie erzählte von jenen Sommern in dem alten Haus. Erzählte, mit welcher Hingabe Elena sie und ihren Bruder verwöhnt hatte, wie glücklich und gelassen ihre Eltern gewesen waren, nicht immer nur gestresst, nicht immer im Streit. Sie hielten sich an den Händen, sonnenverbrannt und ausgeschlafen, liefen am Strand entlang, am Rand der Wellen, lachten nur, wenn Oda und ihr Bruder, nach Stunden und Stunden in Vergessenheit, sandpaniert und hundemüde wiederauftauchten, mit Eimern voller Muscheln und Steine.

»Und dann, irgendwann, hatte ich das Gefühl, dass sich etwas änderte. Dass Elena sich änderte. Vielleicht änderte auch ich mich.« Oda hob die Schultern. »Ich hatte das Gefühl, nicht mehr von ihr loszukommen. Egal wohin ich wollte, Elena war da. Las ich im Garten ein Buch, setzte sie sich zu mir. Nahm ich mir in der Küche etwas zu essen, war sie da. Es war, als klebte sie an mir. Vermutlich verhielt sie sich ganz normal, aber mir war es zu viel. Ich war vierzehn, mein Gott, ich … ich mochte Elena, aber ich konnte es nicht ertragen, sie immerzu um mich zu haben. Und ständig erzählte sie von dir.« Oda sah zu Franka hinüber. »Immer wieder. Ich glaube, sie sah dich in mir. Sie konnte nicht aufhören, darüber zu sprechen, wie sehr wir uns ähneln würden, nicht äußerlich, aber dass ich genauso mutig und klug sei wie du, so schüchtern manchmal. Dass wir gleich lächeln würden, dass wir gleich weinen würden, dabei konnte ich mich nicht daran erinnern, dass sie mich jemals hatte weinen sehen. Sie war einfach ständig da, und ich hatte das Gefühl, nicht atmen zu können. Sie nicht loszuwerden. Einmal hat sie erzählt, wie sehr sie dich vermisst, und dabei sind ihr die Tränen runtergelaufen. Ich meine, was hätte ich sagen sollen? Ich war vierzehn! Ich wusste doch nicht, wie man mit so etwas umgeht!

Einmal bin ich aufgewacht, und sie saß an meinem Bett. Saß da und lächelte, sagte, dass das Frühstück bereits fertig sei. Alles ganz harmlos, aber ich fühlte mich bedrängt. In die Enge getrieben.

Ich sagte meinen Eltern, dass mir Elena zu viel wird. Dass sie mir Angst macht. Es war klar, dass sie mich nicht ernst nahmen, dass sie dachten, ich sei bloß hysterisch. Sie haben nur gelacht und gesagt, dass ich mich freuen solle, so umsorgt zu werden. Dass Elena doch fast schon so etwas wie meine Oma sei. Ich wollte es ja auch so sehen. Ich wollte es wirklich, aber es ging nicht. Es war zu viel. Zu viel für mich.

An einem Tag kam ich auf die Veranda. Es war Nachmittag. Elena stand da und goss Blumen, pinkfarbene Blumen und weiße, in … in solchen Hängekörben mit geknüpften Schnüren.«

Iris schaute zu Franka hinüber, die kaum merklich nickte.

Oda fuhr bereits fort: »Sie tat nichts, sie stand nur da, goss mit ihrer kleinen silbernen Kanne und summte dabei vor sich hin. Dann bemerkte sie mich und drehte sich zu mir um. Sie lächelte mich an. Und plötzlich sackte sie in sich zusammen. Ihre Augen waren so leer, und dann lag sie da. Auf der Veranda.«

Franka spürte, wie eine bleierne Kälte sie erfasste, sich nach oben durch ihren Körper fraß, bis in ihre Kehle, ihren Kopf.

»Sie lag da. Und ich hätte ihr helfen müssen. Ich hätte jemanden rufen müssen. Einen Rettungswagen, meine Eltern, irgendwen. Ich hätte zum Strand rennen können, da waren Menschen. Das Telefon war im Flur, nur ein paar Schritte entfernt. Aber ich habe nichts davon getan. Ich stand einfach nur da.« Jetzt, endlich, brach Odas Stimme. Tränen liefen, und sie presste sich die Hände auf den schmerzlich verzerrten Mund. »Ich hab sie da liegen lassen. Bin einfach weggegangen und hab getan, als wäre nichts geschehen. Ich weiß nicht, woher diese Grausamkeit kam. Ich dachte nicht mal an sie während all der nächsten Stunden. Ich setzte mich in die Sonne und las ein Buch. Ein gottverdammtes Buch. So …«, sie schluchzte trocken auf, »so als wäre sie kein Mensch. Als läge dort nicht ein Mensch im Sterben. Ich habe sie mit Absicht vergessen. Als meine Rache an ihr. Mein Gott.« Die Tränen liefen jetzt haltlos, und sie wischte sie grob weg, immer wieder, auf ihren Wangen zeigten sich rote Striemen.

»Ich bin schuld, Franka. Ich bin schuld. Sie wurde gefunden, Stunden später. Ein Mann fand sie, der vom Strand hoch zum Haus ging, um zu schauen, ob dort ein Café war oder ein Restaurant. Meine Eltern erzählten mir und meinem Bruder, dass sie krank gewesen sei. Schon lange. Aber ich habe den Arzt sagen hören, dass er schlicht zu spät gekommen sei. Dass man sie hätte retten können, wenn sie nur früher gefunden worden wäre.« Wieder fuhr sie sich übers Gesicht. »Man hätte sie nicht früher finden müssen. Ich hatte sie doch längst gefunden. Ich habe nur nichts gesagt. Ich habe nichts gesagt.« Sie blickte zum Fenster hinaus, in die Dunkelheit. »Erst im Nachhinein wurde mir klar, was ich getan hatte. Was es bedeutete. Lange habe ich mir eingeredet, dass ich an diesem Tag nicht ich selbst war. Dass ich wie außer mir war, außerhalb meines Körpers, versteht ihr?« Ihr war anzusehen, dass sie nicht damit rechnete, dass man sie verstand. »Aber dann hab ich es kapiert. Ich war keineswegs nicht ich selbst. Ich war ich selbst. Ich bin der Mensch, der Elena hat sterben lassen. Ich bin dieser Mensch. Und ich werde nie ein anderer Mensch sein. Als ich das begriffen hatte, konnte ich es nicht mehr vergessen. Konnte nicht damit leben. Dass ich so bin. Das war der Grund. Für alles. Keiner wusste etwas, aber ich wusste es. Ich wusste, dass ich nichts verdiente, nichts von alledem. Nicht meine Eltern, nicht meine Freunde. Nicht mein Leben. Ich habe lange gebraucht, um zu kapieren, dass es nichts bringt, so zu tun, als könnte ich damit weiterleben. Aber irgendwann habe ich es verstanden. Ich habe verstanden, dass es nie weggehen wird. Weil es in mir ist. Weil ich dieser Mensch bin.«

Es breitete sich eine schwere, hilflose Stille aus. Niemand sagte etwas.

Franka fragte sich, wo die Tränen blieben, wo die Worte blieben, doch vermutlich hätte weder das eine noch das andere etwas geändert, und vermutlich hatte sie weder das eine noch das andere übrig. Stattdessen sah sie sich selbst wie durch einen milchigen, dicken Nebel, wie sie durch den Flur ging, bis zur Haustür. Sie zog sie auf, und von draußen quoll Dunkelheit und kalte Luft herein. Ein kühler Wind trieb vereinzelte Regentropfen durch die Nacht und malte struppige Wirbel in das Gras.

»Franka, was soll das?« Iris trat auf sie zu, angespannt, konzentriert, als wäre Franka ein wildes Tier. »Lass uns doch in Ruhe über alles reden.«

»Nein. Ich will nicht reden. Es gibt nichts zu reden. Sie soll einfach gehen. Ich will, dass sie geht.«

Oda zögerte und wechselte einen Blick mit Iris. »Franka«, sagte diese nun noch einmal. »Bitte. Lass uns eine Nacht drüber schlafen. Oder eine Nacht drüber reden. Wie du willst. Aber schick sie jetzt nicht da raus. Das kannst du nicht machen. Du kannst doch nicht ernsthaft ...«

»Ich will, dass sie geht. Du sollst gehen«, sagte sie überdeutlich und mit mühsam beherrschter Stimme zu Oda. »Geh. Es reicht.«

Und Oda ging. Sie hielt an der Tür kurz inne, um sich den

Pullover vom Leib zu ziehen, der ja Frankas war, doch die schob sie hinaus in die Nacht. »Behalte ihn. Hau bloß ab.«

Erschöpft und mit einem tauben Gefühl im Körper, als wäre es nicht ihr eigener, lehnte sich Franka an die Wand. In ihrem Kopf flossen die Gedanken in immer schneller werdenden Strudeln dahin, trugen ab, was in Stein gemeißelt gewesen war, schliffen weg, was noch zuvor gegolten hatte. Nichts galt mehr. Nichts.

Alle Gewissheiten, die ihr Halt gegeben hatten, an denen sie sich entlanggehangelt hatte die letzten Jahre, waren erodiert, lagen brach. Alles, was Liebe gewesen war, war nun nichts oder Hass, alles, was Sicherheit gewesen war, war nun verloren. Alles, was ihr Leben gewesen war, war nun etwas völlig anderes, etwas, das sie nicht mehr erkannte, mit dem sie nichts anzufangen wusste. Wenn nichts mehr blieb, wer war sie dann? Wenn nichts mehr blieb, was kam danach?

»War es das wert?« Iris trat zu ihr, das graue Gesicht noch grauer, die hellen Augen noch tiefer in ihren Höhlen als sonst. »Ganz ehrlich, Franka, war es das wirklich wert?«

»Keine Ahnung.« Franka schlang ihre Arme um sich, wie um sich selbst aufrecht zu halten. »Ich glaube nicht, dass es sich lohnt, darüber nachzudenken. Es gab keine andere Möglichkeit.«

Iris runzelte die Stirn. »Doch, es hätte Möglichkeiten gegeben. Du hättest sie zumindest bis zum Morgen bleiben lassen können. Oder wir hätten uns eine andere Lösung überlegen können. Dass ich sie zum nächsten Bahnhof fahre, was weiß ich.«

»Warum hätte ich das tun sollen?«

»Weil du kein schlechter Mensch bist, verdammt.«

Franka schwieg.

»Du bist kein schlechter Mensch, aber gerade führst du dich auf, als wärst du einer.«

»Ich habe nur getan, was notwendig war. Wie hätte ich sie bleiben lassen können? Nach all den Lügen? Nach allem, was sie getan hat?«

Iris sah sie an, sah wieder weg. Dann sagte sie zögerlich: »Findest du nicht, dass du sehr hart urteilst?«

»Was willst du damit sagen?«

»Na, gerade von dir finde ich das sehr harsch.« Iris zögerte. »Und sag mir, wo soll sie hin? Sie hat kein Geld, kein Auto, keine Sachen. Abgesehen davon läuft dort draußen ein Mörder frei herum. Wo soll sie hin? Wo soll sie Schutz finden? Im Dorf? Wer lässt schon eine dahergelaufene, nasse, verdreckte Fremde bei sich unterkommen, wenn sie vor der Tür steht?«

»Ich.« Franka wandte sich zu ihr um und fühlte sich unglaublich erschöpft. »Ich hab das getan. Wir haben sie aus dem Wasser gezogen, verdammt, und wären beinahe selber dabei draufgegangen. Ich hab sie hierbleiben lassen, weil es ja sonst nichts gab, wo sie hinkonnte. Ich habe mir ihre Verdächtigungen angehört, ihre unverschämten Verdächtigungen, ich hätte Vito absichtlich umgebracht und Jannek noch dazu. Und wozu? Um mich von ihr anlügen zu lassen. Um irgendwann zu erfahren, dass sie meine Großmutter hat sterben lassen, aus einer verdammten Laune heraus. Kannst du dir vorstellen, wie sich das anfühlt?«

»Ich versuche es«, sagte Iris. »Ich versuche es ja.«

Später saßen sie stumm am Tisch, schwiegen sich müde und vorwurfsvoll an.

»Ich glaube, ich weiß nicht weiter«, sagte Iris schließlich in die Stille hinein und schien selbst überrascht von ihren Worten. »Irgendwie hatte ich bisher noch immer einen Plan, auch wenn's ein schlechter war. Aber jetzt weiß ich tatsächlich nicht weiter.«

Draußen trieb der Wind den Regen an die Scheiben, während das Haus ächzte. Ein monotones Rauschen, das an- und abschwoll, eine unperfekte Stille, die Frankas Nerven etwas beruhigte, bis ein plötzliches Geräusch sie unterbrach.

Iris und Franka saßen kerzengerade auf ihren Stühlen. Sie wechselten einen Blick, und in Iris' Augen sah Franka etwas, das sie noch angespannter werden ließ. In Iris' Augen lag Angst.

Erneut ein Geräusch. Diesmal deutlicher, besser zu hören, da es in eine kurze Pause des Windes fiel.

Ein Schrei. Leise zwar, weit entfernt, aber ohne Zweifel ein Schrei. Franka griff nach Iris' Hand und umklammerte sie. Sie spürte, dass auch Iris ihre Hand drückte. Sie hielten sich kurz aneinander fest, dann stand Iris auf. »Hol deine Jacke.«

Franka gehorchte. In ihr dieses Gefühl, einen gewaltigen Fehler begangen zu haben. Dieses Gefühl, dass er vielleicht nicht wiedergutzumachen war.

Franka hatte alles übereinander angezogen, was sie auf die Schnelle gefunden hatte. Zuoberst ein alter Regenmantel von Elena, und doch war sie innerhalb von Minuten durchnässt und völlig durchgefroren. Der Regen hatte zugenommen, und nun stand in ihren Schuhen das Wasser.

»Hast du eine Ahnung, woher der Schrei kam?«, rief Iris gegen den Wind an.

Franka schüttelte den Kopf.

»Ich glaube, er kam von weiter oben, Richtung Straße.« Iris ließ den Schein der Taschenlampe wandern, die sie aus Frankas Wagen geholt hatten. Aber alles, was er erhellte, waren blitzende, peitschende Tropfen und ein kleines Stück von der Garage.

Sie drehte sich wieder zu Franka um. »Wir müssen uns entscheiden«, sagte sie knapp. »Gehen wir zu zweit, sind wir sicherer. Geht jede von uns allein, sind wir schneller.«

»Allein«, erwiderte Franka, ohne zu zögern. Sie hatte Oda dort hinausgeschickt, und wenn ihr etwas zugestoßen war, würde sie sich nicht einreden können, dass sie keine Schuld daran trug. Ja, Oda hatte sie verletzt. Hatte gelogen. Aber es war kurzsichtig und dumm gewesen, sie deswegen einer solchen Gefahr auszusetzen.

Iris gestikulierte entschlossen, wollte wohl sagen, dass sie sich vom Haus aus nach links wenden wollte. Franka nickte und ging nach rechts. Auch sie trug eine Taschenlampe, doch sie hätte genauso gut ohne Licht gehen können. Das Wasser lief ihr in die Augen, und sie musste die Lider zusammenkneifen, gegen den schneidender werdenden Wind. Mehr als das, was direkt vor ihr lag, sah sie also ohnehin nicht.

Sie umrundete die Garage und wandte sich dann Richtung Straße. Vor ihr lag ein überwucherter Hang, der zwar noch zu Elenas Grundstück gehörte, von ihr aber nie als Garten genutzt oder in irgendeiner Weise gepflegt worden war. Holunderbüsche und anderes Gehölz bildeten ein Dickicht, in dem sie als Kind gespielt und sich versteckt hatte, voller geheimer Gänge und Höhlen, die ihre eigentlichen Bewohner – Füchse, vielleicht Dachse – sicher nur widerwillig mit ihr geteilt hatten. Der Hang erstreckte sich bis zur Landstraße hinauf, die ins Dorf führte.

»He!«, brüllte sie, ohne Hoffnung auf Antwort, in die nasse, windgepeitschte Finsternis hinein. »Oda!«

Von weiter weg trug eine Bö Iris' Stimme herüber, auch sie rief, schrie gegen das Wetter an. »Oda!«

Franka lief vorwärts. Der Regen rann ihr in die Kapuze, in den Kragen, ihre Finger, die die Taschenlampe umklammert hielten, waren steif vor Kälte.

Sie wusste, dass sie nicht nachdenken durfte. Wenn Oda etwas zugestoßen war, wenn ihr jemand etwas angetan hatte, dann war dieser Jemand noch da draußen.

Nicht nachdenken. *Nicht nachdenken.*

Sie versuchte, sich auf Oda zu konzentrieren, sie vor ihrem inneren Auge zu visualisieren. Wenn sie ihre Gestalt nur deutlich genug vor sich sah, ihr bleiches Gesicht zwischen dunklen Blättern und Zweigen, dann fand sie sie auch.

Etwas huschte vor ihrem Gesicht vorbei. Sie erschrak, stolperte und fiel mit voller Wucht der Länge nach auf den Boden. Ihr Sturz war so heftig, dass ihr kurz der Atem wegblieb, krampfhaft rang sie nach Luft. Keuchend stützte sie sich ab, kämpfte sich hoch und bemühte sich, den zuckenden, tanzenden Schein ihrer Taschenlampe zu beruhigen. Hektisch glitt er über das Gestrüpp und den Schlamm zu ihren Füßen, streifte eine schmale Gestalt, streifte weiße Hände, ein blasses, regloses Gesicht.

»Scheiße!« Sie kniete sich auf den lehmigen Boden, drehte Odas Gesicht zu sich. Eine feine Blutspur wurde sofort vom Regen verwässert, weggespült, doch Blut kam nach, immer mehr Blut.

»Iris!« Sie schrie heiser in die Dunkelheit, die sie umgab. »Iris, sie ist hier!«

Sie hörte, dass Iris ihr antwortete, doch sie erfasste die Worte nicht. Sie beugte sich wieder über Oda, nahm ihr Gesicht in die Hände. »Oda! Oda, kannst du mich hören?« Oda reagierte nicht. Hastig suchte Franka nach ihrem Puls am Hals, weinte fast vor Erleichterung, als sie ihn fand. Jetzt sah sie auch, dass Oda atmete, flach, aber sie atmete.

Franka strich ihr sanft über die Haare und hielt dann inne. Blut, plötzlich viel mehr Blut. Zu viel selbst für den Regen, der eifrig prasselte, eifrig wusch.

»Franka?« Das war Iris, die nach ihr rief. »Franka, wo bist du?«

Franka schrie, so laut sie konnte, immer wieder, bis Iris neben ihr aus der Dunkelheit auftauchte. »Verdammt.« Eilig kniete sie sich hin. »Hast du nach ihrem Puls gefühlt?«

»Ja, sie atmet. Aber sie hat eine Wunde am Kopf, die wie verrückt blutet.«

Iris nickte und sagte: »Los, pack mit an.« Gemeinsam zogen sie Oda hoch. Sie rutschten mehr hinunter zum Haus, als dass sie gingen. Sie stolperten über Wurzeln und Steine, und Franka riss sich an einem alten Stück Draht den Knöchel auf und biss die Zähne zusammen, um nicht laut aufzuschreien.

Als sie das Haus erreichten, sahen sie, dass die Tür offen stand. Entkräftet und schwer atmend, standen sie im Regen, die leblose Oda zwischen sich. »Verdammt«, stöhnte Iris. »Sind wir losgerannt, ohne die Tür zuzumachen? Haben wir nicht abgeschlossen?«

»Ich weiß es nicht«, entgegnete Franka erschöpft. »Wir müssen es drauf ankommen lassen. Oda muss dringend ins Haus. Wir müssen die Blutung an ihrem Kopf irgendwie stillen.«

Statt zu antworten, setzte sich Iris in Bewegung. Sie schleppten Oda ins Wohnzimmer, legten sie vorsichtig auf die Couch.

»Zieh ihr die nassen Sachen aus, sie ist völlig unterkühlt«, wies Iris sie an. »Ich bin gleich wieder da. Ich schau mich nur kurz im Haus um.« Dann war sie verschwunden.

Franka zerrte die schlammverschmierten, nasskalten Kleider von Odas Körper. War es tatsächlich erst Tage her, dass sie das Gleiche getan hatte, damals, als sie Oda aus dem Wasser geholt hatten?

Ihr Körper war eisig und weiß, und aus ihrer Wunde lief unaufhörlich das Blut. Sie befand sich oben am Hinterkopf, so, dass Oda sie sich unmöglich bei einem Sturz zugezogen haben konnte. Jemand musste ihr mit Wucht etwas über den Schädel gezogen haben, und Frankas Kehle wurde eng. Wo blieb Iris? War sie nicht schon vor Minuten verschwunden? Wie lange dauerte es, das Haus zu durchsuchen?

»Iris?« Franka deckte Oda zu, zerrte sich dann ihren dünnen Schal vom Hals und versuchte, ihn um Odas Kopf zu wickeln, doch er rutschte immer wieder ab. »Iris!«

Es kam keine Antwort. Hektisch probierte sie erneut, Oda einen provisorischen Verband anzulegen, als sie eine Bewegung hinter sich wahrnahm und herumfuhr.

Iris kam herein und kniete sich neben Franka. »Hat sie was gesagt?«

»Nein, sie ist immer noch bewusstlos. Sie hat eine Kopfwunde, die kaum von einem Sturz stammen kann. Jemand muss ihr einen Schlag versetzt haben.«

»Lass mal sehen.« Iris beugte sich nach vorn und sog scharf Luft durch die Zähne ein. »Das sieht böse aus. Drück einfach etwas auf die Wunde, drück fest drauf. Ein Verband wird nicht halten.«

So saßen sie neben Oda und drückten abwechselnd den Schal auf die Wunde, bis er vor Blut triefte und Franka rasch ein paar Handtücher herbeischaffte.

Jedes Geräusch schreckte sie auf, jedes Klappern der Ziegel, jeder knarrende Balken, und jedes Mal sanken sie, schwach vom abebbenden Adrenalin, wieder in sich zusammen. Irgendwann hatte sie das Gefühl, dass die Blutung nachließ, und nahm sanft das gefaltete Handtuch von der Wunde.

»Sieht schon ein wenig besser aus«, sagte Iris.

An mehr erinnerte Franka sich nicht. Die Erschöpfung musste sie übermannt haben, und sie erwachte erst, als Oda sich regte und stöhnte. Verwirrt blinzelte Franka in das graue Licht der noch weit entfernten Morgendämmerung, das durch die fleckigen Fensterscheiben hereinfiel. Sie sah sich um. Iris hockte zusammengesunken neben ihr auf dem Fußboden, Arme und Kopf auf der Couch, neben Odas Beinen. Sie beugte sich zu ihr hinüber und rüttelte an ihrer Schulter. »Wach auf! Iris, wach auf.«

Iris fuhr hoch, war innerhalb von Augenblicken wach. »Was ist los?«

»Ich glaube, sie kommt zu sich.«

Oda rührte sich erneut, und Iris griff vorsichtig nach ihrer Hand. Langsam öffneten sich ihre Lider. Sie schaute gequält in das matte Licht, versuchte etwas zu sagen, doch nichts als ein heiseres Krächzen drang aus ihrem Mund.

»Ich hole ihr ein Glas Wasser«, sagte Franka eilig und war schon aufgesprungen.

Sie hoben sanft Odas Kopf an, während sie in kleinen Schlucken trank. Dann schaffte sie es zu sprechen. »Was ist denn los?«, fragte sie und hob die Hände, um vorsichtig ihr Gesicht zu betasten. »Warum fühlt sich alles so taub an? Und warum tut mein Schädel so wahnsinnig weh?« Sie wollte den Kopf selbst heben, ließ ihn aber sofort wieder auf das Kissen sinken.

»Du hast ganz schön was abbekommen.«

»Habe ich gestern … hast du nicht gestern …« Sie sah Franka verwirrt an.

»Du hast gestern erzählt, was zwischen Elena und dir vorgefallen ist.« Franka bemühte sich um einen neutralen Ton. »Und ich habe dich deswegen rausgeworfen. Und dann ... dann wissen wir nicht, was passiert ist. Wir haben dich draußen auf dem Grundstück gefunden. Wir glauben, jemand hat dich niedergeschlagen.«

Oda stöhnte leise auf. »So fühlt es sich auch an«, sagte sie schwach, tastete nach Frankas Hand und drückte sie. »Franka, ich weiß, dass du mir nicht verzeihen kannst. Das musst du auch nicht. Aber ich bin ...«

»Sei still«, entgegnete Franka sanft. »Sei einfach still. Du könntest tot sein, Oda. Ich hätte dich niemals da rausschicken dürfen. Niemals. Ich ... ich hätte nicht ...«

Dann schwiegen sie beide und hielten sich an den Händen, bis Iris Franka nach draußen in die Diele scheuchte.

Beide hockten sie sich auf die unteren Stufen der Treppe, und Iris sprach das Offensichtliche aus.

»Wir müssen hier weg. Besser jetzt als in einer Stunde. Aber was sollen wir mit ihr machen? Ich kann sie so nicht mitnehmen. Du auch nicht. Hierlassen geht nicht, nicht, solange dieser Verrückte noch da draußen ist.«

»Wir lassen sie nicht zurück«, sagte Franka und fragte sich, woher ihre Entschlossenheit kam. Noch vor wenigen Stunden hatte sie Oda nichts weniger gewünscht als den Tod, doch sie spürte, dass ihre Wut längst abgeebbt war, spürte nur noch die Leere, die sie hinterlassen hatte. Es kam ihr vor wie Verrat an ihrer Großmutter, doch sie konnte sich nicht dazu bringen, sich dafür zu schämen. Du hast mich auch verraten, dachte sie. Wer weiß wie oft.

»Natürlich lassen wir sie nicht zurück«, schnaubte Iris. »Aber ich weiß nicht, ob sie das alles überhaupt packt. Und was wir mit ihr machen sollen, weiß ich auch nicht. Sie will nicht zu ihrer Familie zurück. Sie will zu niemandem. Wenn wir sie in ein Krankenhaus bringen, haut sie ab. Wer weiß, ob ihre Familie sie als vermisst gemeldet hat, falls ja, ist innerhalb kürzester Zeit die Polizei da, wenn Oda in einem Krankenhaus oder sonst wo auftaucht.« Sie seufzte.

Franka wurde bewusst, welche Bürde Iris trug. Sie war offensichtlich überzeugt davon, dass es ihre Pflicht war, Franka und Oda heil aus der ganzen Sache herauszubekommen. Vermutlich lag sie mit dieser Einschätzung gar nicht so falsch. Sie war die Einzige, die ihre kleine Gemeinschaft noch nicht in Gefahr gebracht hatte, und sie schien auch nicht vorzuhaben, das zu tun.

»Hör zu, wir machen es so«, fuhr Iris fort, und mit ihrem Tonfall gab sie deutlich zu verstehen, dass sie weder mit Widerspruch rechnete noch gewillt war, ihn gegebenenfalls zu akzeptieren. »Wir lassen sie schlafen, lassen sie sich ausruhen, bis heute Nacht. Wenn sie dann einigermaßen klar ist und sich auf den Beinen halten kann, nehmen wir sie mit und setzen sie in einen Zug, auf die Fähre, was auch immer.«

Sie saßen im Wohnzimmer, mit dem Rücken an die Wand gelehnt, weit entfernt davon, die Augen auch nur kurz zu schließen, während Oda auf der Couch schlief. Die Minuten vergingen langsam, unendlich langsam.

Franka, die die letzten Stunden mit dem Kraftakt zugebracht hatte, an nichts zu denken, fühlte sich übermüdet und zugleich auf eine unangenehme Art hellwach. Sie legte den Kopf in den schmerzenden Nacken.

»Wo willst du hin?«, fragte sie die gräuliche Decke, die sich rissig und fleckig über ihnen spannte. »Hast du schon eine Idee?«

Sie hörte, wie Iris mit den Schultern zuckte, der Stoff ihrer Jacke kratzte dabei an der Wand entlang. »Ich weiß es nicht. Es wäre etwas anderes, wenn wir das Geld hätten. Dann stünde mir alles offen. Diese Typen ausbezahlen. Oder einfach abhauen, nach Lanzarote, da war ich mal. Für ein, zwei Jahre.«

Franka schaute zu ihr hinüber und sah, wie Iris die Augen zusammenkniff, als blinzelte sie jetzt schon in die spanische Sonne. »Das könnte ich mir vorstellen. Ein kleines, einfaches Haus. Fünf räudige Hunde. Ein paar Bücher. Mehr nicht.« Iris grinste schwach. »Aber so …« Sie drehte ihr Gesicht zu Franka. »Ich weiß es nicht. Ich habe eine Cousine in Bayern. Die hat mich nie gemocht, aber sie hat einen großen Hof. Vielleicht lässt sie mich dort unterkommen, Kost und Logis gegen Arbeit, was weiß ich.« Sie rieb sich die müden Augen. »Und du?«

Nun war es an Franka, ratlos mit den Schultern zu zucken. »Keine Ahnung. Wohin soll ich schon gehen? Sie werden mich finden, so oder so. Vielleicht sollte ich mich stellen.« Sie blickte nicht zu Iris, denn sie wollte nicht sehen, welche Gefühle sich auf ihrem Gesicht spiegelten, wollte das Mitleid und die Resignation nicht sehen. »Vielleicht sollte ich mich einfach stellen«, sagte sie noch einmal, mit mehr Nachdruck, um zu spüren, wie es sich anfühlte. Ob sie es aussprechen konnte, ohne in Panik zu verfallen, ohne dass ihr die Luft wegblieb und das Adrenalin sie flutete.

»Warst du schon mal im Gefängnis? Ich meine, hast du schon mal eines von innen gesehen, bei einer Recherche oder so?«, fragte sie Iris, doch die antwortete nicht. Offenbar war sie doch eingeschlafen.

Irgendwann in diesem Dämmerzustand, zwischen Schlafen und Wachsein, zwischen vergangenem Tag und dem nächsten, nahm ein Gedanke in Frankas Kopf Form an, den sie zunächst nicht richtig greifen konnte. Immer wieder entwischte er ihrem Bewusstsein, glitt zwischen Ängste und schlechte Träume, bis sie ihn packen konnte. Sie drehte und wendete ihn, erkannte, dass es sich dabei weder um ein Trugbild noch um eine Vision handelte, sondern um eine Erinnerung.

Eine Erinnerung an einen Tag im Sommer, ein heißer Sommer, sie konnte nicht älter als sieben oder acht Jahre gewesen sein. Sie hatte Elena gesucht, im ganzen Haus und im Garten, aber sie nirgends gefunden. Sie hatte Hunger und wollte unbedingt ein Stück von dem Nusskuchen, der zum Abkühlen auf einem Gitter in der Küche stand, doch sie wusste, dass sie zuvor fragen musste. Sie sah sogar im Keller nach; der Hunger war größer als die Angst. Schließlich stand sie auf den Treppenstufen vor dem Haus und überlegte, wo sie noch nachschauen sollte, als sie ein Geräusch aus der Garage hörte. Sie schlich hinüber – sie wusste selbst nicht, warum sie schlich, irgendwie schien die Situation danach zu verlangen – und schaute vorsichtig um die Ecke. Das Garagentor stand offen, und sie sah, wie Elena am hinteren Ende der Garage auf dem Boden kniete. Sie schloss gerade eine metallene Klappe in der Wand.

Franka musste ein Geräusch gemacht haben, denn Elena fuhr herum und erhob sich. Sie scheuchte Franka ins Haus und lud ihr ein Stück Kuchen auf den Teller. Auf ihre neugierigen Fragen hin sagte ihre Großmutter nur, dass das metallene Türchen eine Klappe für Asche sei, und sie habe sie geleert. Franka hatte diese Erklärung damals so hingenommen, doch nun saß sie im Halbdunkel und fragte sich, warum zur Hölle in der Garage, die nicht beheizt war, eine Kaminklappe sein sollte und was Elena dort wohl in Wahrheit getan hatte.

Steifbeinig stand sie auf. Ihr war schwindlig und kalt, sie stolperte beinahe, doch sie fing sich noch rechtzeitig.

Iris hatte die Haustür gewissenhaft abgeschlossen, und Franka musste den Schlüssel zweimal drehen, bevor sie sich öffnen ließ. Fröstelnd lief sie im kühlen Morgenlicht hinüber zur Garage und wuchtete das Tor nach oben, dessen Angeln ein schrilles Geräusch durch die schwindende Nacht schickten. Als ihre Augen sich an die Lichtverhältnisse in der Garage gewöhnt hatten, sah sie die rostige Klappe in der gegenüberliegenden Wand. Sie befand sich etwa auf Kniehöhe, und Franka ging langsam darauf zu. Was, wenn sie richtiglag? Sie kniete sich hin und umfasste mit den Fingern die Kante der kleinen metallenen Tür. Sie schien nicht verschlossen zu sein, denn sie gab ein klein wenig nach, doch öffnen ließ sie sich nicht. Vermutlich klemmte sie. Franka erhob sich und überlegte, was sie als Werkzeug zu Hilfe nehmen konnte. Sie fand einen alten Schraubenschlüssel, den sie als Hebel benutzte. Und gerade als die Klappe widerwillig nachgab, ließ ein Geräusch sie herumfahren.

»Franka. Da bist du ja«, sagte eine Stimme, die sie zuletzt in einem anderen Leben gehört hatte.

20

Da ist sie. Ich stehe vor ihr und schaue ihr ins Gesicht. Es war all die Stunden wert. All die Mühen. All die Ängste. Die Nächte. Die Kälte.

Ich sehe ihr Gesicht und erkenne, dass sie alt geworden ist. Menschen können in Tagen alt werden, in Minuten. Manche altern innerhalb von Sekunden um ein ganzes Leben. Ich habe einmal erlebt, wie eine Frau erfuhr, dass ihr Mann von einem Gerüst gestürzt war und den Unfall nicht überlebt hatte. Es war auf einem Gemeindenachmittag, zu dem mich meine Mutter geschleppt hatte, und die Kollegen des Mannes kamen herein, mit grauen Gesichtern, wollten es ihr selbst sagen. Einer von ihnen sprach es aus, und dann zerfiel sie. Vor meinen Augen zerfiel die Frau in Einzelteile, als hätte ihr das Universum in seiner Gnade einen Moment gegönnt, in dem sie nicht Mensch war, es nicht sein musste, und als ihr Gesicht wieder zu seiner Form zurückfand, sich die Scherben widerwillig und schlampig an ihren angestammten Platz schoben, war sie plötzlich eine alte Frau.

Ich zog an der Hand meiner Mutter, die reflexartig nach mir gegriffen hatte, zog und zupfte und wollte wissen, wie das sein konnte. Meine Mutter sagte nur, dass ich still sein solle. Niemand konnte mir je erklären, was geschehen war. Die Frau blieb für immer alt und für immer ein Mysterium.

Franka steht vor mir und starrt mich an. Sie weiß nicht, was in mir vorgeht, sie sieht nur, dass ich da bin, und das allein genügt, um ihre Welt aus dem Gleichgewicht zu bringen. Ich bin der Windhauch, die leise Erschütterung, der Flügelschlag, der alles zum Einsturz bringt, und sie steht da und starrt. Sie sieht mitgenommen aus und müde, auch wenn sie gerade hellwach ist. Das kommt von der Angst, die durch ihre Adern pumpt.

Sie hat kleine Fältchen um die Augen, ihre Haut ist blass. Ihre dunklen Haare sind zerzaust und strähnig, und sie trägt eine schräge Mischung aus alten Klamotten, die ihrer Großmutter gehört haben müssen. Ich frage mich, was ihr Leben so aus der Bahn geworfen hat, und ich glaube, das bin nicht ich allein gewesen. Ich glaube, Franka hat ihre ganz eigenen Dämonen, die mit ihr hierhergereist sind, die vermutlich überall mit ihr hingehen, und das stimmt mich zufrieden und ein klein wenig froh. Die Dämonen der Welt sollten gerecht verteilt werden, und es wäre wohl ungerecht, wenn ich so viele hätte und sie keinen einzigen.

Sie starrt mich mit schreckgeweiteten Augen an. Der Moment dehnt sich, strapaziert die Gesetze der Zeit, nur sie und ich und die Gerechtigkeit, die endlich wieder hoffen darf.

Franka sagt kein Wort, starrt nur immer weiter, mit diesen großen Augen, die wie Löcher in ihrem bleichen Gesicht sitzen. Ich spüre wieder dieses Gefühl, das in mir nagt, sich von mir nährt, das ich gewähren lasse, statt es fortzujagen.

Da ist diese Macht.

Sie hat Angst vor mir. Dabei ist sie diejenige, die all die Schuld trägt, ich habe ihr nie etwas getan. Und doch genügt mein Anblick, um sie erstarren zu lassen. In ihren Augen ist außer der Angst nichts zu erkennen. Überrascht ist sie, sicher, aber sonst ist da nichts, nur Leere. Keine Erkenntnis, kein Aufblitzen der Schuld, die sie fühlen müsste. Keine Traurigkeit, keine Sentimentalität. Kein Hass, auch wenn der vielleicht einfach seine Zeit braucht. Hass braucht so vieles, um zu wachsen, Zeit und Liebe. Zuwendung. Nahrung. Geduld.

Ich kenne mich aus mit Hass, und es ärgert mich, dass die Menschen ihn nicht verstehen, nie verstanden haben. Hass ist nicht das, was wir ihm zugestehen zu sein. Wir sehen ihn als dieses unbändige Gefühl, das sich unkontrolliert Bahn bricht. Das plötzlich da ist. Doch Hass ist mehr, viel mehr als das.

Er kann alles sein, alle nur denkbaren Gestalten annehmen. Er kann überall sein, kennt alle Aggregatzustände, alle Lautstärken, alle Farben. Hass kann leicht sein, kann beflügeln. Er kann die Dinge unerträglich schwer machen. Er kann die Welt bewegen und zerstören und heilen. Hass kann alles.

Der Hass, den ich für Franka empfinde, ist kein gewöhnlicher. Kein lauter, wilder, ausufernder. Es ist die Art von Hass, die alle Löcher in der Seele füllt. Die von innen wärmt, statt zu verbrennen. Die aus Traurigkeit und Wut gemischt ist, aus dunklen Farben und Schatten, die schweben. Es ist die Art von Hass, die ich brauchte, um bis hierherzukommen, an diesen Punkt in meinem Leben, den ich mir so lange nur ausgemalt, so lange nur versprochen habe.

Sie starrt mich immer noch an. Ich weiß, dass sie mich erkannt hat. Längst erkannt hat, und dennoch sagt sie nichts. Ihr muss klar sein, dass ich den Mann getötet habe, der zuvor noch bei ihr war. Er hat plötzlich vor mir gestanden und all diese Fragen gestellt, wer ich sei, was ich hier wolle, was ich mit Franka zu schaffen habe. Er ging, um die Polizei zu rufen, doch er kam nicht weit. Er hatte kein Recht, sich mir in den Weg zu stellen.

Franka muss auch klar sein, dass ich die Frau niedergeschlagen habe, die bei ihr im Haus wohnt. Ich weiß nicht, was mit ihr ist. Vielleicht ist sie tot. Ich weiß auch nicht, warum ich das getan habe. Es wäre ein Leichtes gewesen, sich einfach zu verstecken und nicht von ihr gesehen zu werden, als sie weinend durch die Büsche stolperte, Schutz suchte vor dem Regen wie ich. Doch ich habe sie niedergestreckt, und ich kann mich nicht dazu bringen, es zu bereuen. Vielleicht habe ich es getan, weil die Frau zu Franka gehört hat, eine Freundin gewesen sein muss. Ist mein Hass so groß? Vermutlich.

Sie weiß all das, und dennoch sagt sie nichts. Vielleicht ahnt sie, dass es keine Worte gibt. Keine Worte, diesen Moment zu beschreiben, keine Worte, etwas zu ändern, und darum schweigt sie.

Es ist nicht, wie ich es mir ausgemalt habe. Da ist kein warmes Licht, das mich erfüllt, keine rauschende Flut, die sich aus dem Meer erhebt. Die Erde bebt nicht unter meinen Füßen. Aber ich bin zufrieden, dass ich es geschafft habe bis hierhin.

21

Die Gestalt, zu der die Stimme gehörte, stand im Gegenlicht. Sie erkannte nicht mehr als die Umrisse, und doch wusste sie, wer es war, wer zurückgekehrt war aus einer längst vergessenen Welt.

Ihre Instinkte trieben sie in verschiedene Richtungen, sie wollte gleichzeitig nach vorne treten, ins Licht, ungläubig, ob es wirklich er war, wollte den Beweis, wollte ihm ins Gesicht schauen. Zugleich suchte sie Abstand, denn dass er da war, wenn er es wirklich war, änderte alles.

War er derjenige, der sie und die anderen in Angst versetzt hatte? War er derjenige, der Jannek getötet und Oda niedergeschlagen hatte? War er in Wahrheit ihretwegen hier? Er war ihretwegen hier, ganz sicher war er das, und er würde sie töten, es gab keine andere Erklärung. Er war hier, um sie zu töten, auch wenn sie nicht wusste, warum. Sie hatte ihm nichts getan, hatte ihm nie etwas getan.

In ihrem Hirn rasten die Gedanken, überschlugen sich. Warum, was will er, was soll das? Sie presste sich mit dem Rücken gegen die kalte Garagenwand, wollte schreien. Sollte sie schreien? Sie durfte nicht schreien!

»Komm ruhig heraus. Es ändert nichts«, sagte er, und es klang fast freundlich, auf eine beunruhigende Weise. »Komm.« Er trat beiseite, machte den Weg frei, und da der Wunsch, zu verstehen und ihn mit eigenen Augen zu sehen, sie trieb, machte sie einen Schritt nach vorn.

Da stand er, im grauen trüben Morgenlicht, in den Nebelschwaden, die über den Boden krochen und ihm um die Füße. Er sah sie an, als sei es eine Selbstverständlichkeit, dass er hier war, hier, in ihrem Leben, als sei es nicht ihres, sondern seines.

Er war groß und kräftig, die langen, inzwischen ergrauten Haare hingen ihm über die Schultern. Er trug eine Lederjacke, die vor Dreck starrte, seine Hose und seine Schuhe waren schlammdurchweicht. Doch was ihr wirklich sagte, dass er seit Tagen draußen herumirrte, war sein Blick.

»Alexander«, sagte sie. »Was tust du hier?«

Er lächelte ein Lächeln, das sie ein wenig an früher erinnerte. Er war immer gutmütig gewesen, vergesslich zwar und gleichgültig ihr gegenüber, oft lethargisch, doch nie laut und aufbrausend, nie gewalttätig wie die anderen Freunde ihrer Mutter. Alexander hatte Livia gutgetan, hatte sie beruhigt, wenn sie wieder hektisch und kopflos einen Tag oder ihr Leben ruinierte, hatte sie runtergeholt, zu sich, bis sie schließlich ebenso antriebslos geworden war wie er.

Sie hatte ihn seit dem Tod ihrer Mutter nicht mehr gesehen und auch bei der Beerdigung nur von Weitem. Sie hatte sich ferngehalten, was nicht leicht gewesen war, denn es waren nur wenige Menschen gekommen, einige Freunde von früher, ein paar Nachbarn, vereinzelt Bekannte aus dem Leben, das sie zuletzt geführt hatte. Ein leeres Leben, kein Leben, das man vermissen würde, dachte Franka, und doch konnte sie sich nicht dazu bringen, richtig traurig zu sein, und dafür schämte sie sich.

Alle tuschelten diskret, als sie in der Friedhofskapelle mit Elena den schmalen Gang zwischen den hässlichen braunen

Stühlen entlangging, bis nach vorne, zu den wenigen Reihen, die besetzt waren.

Ganz vorne stand Alexander, vor dem Porträt ihrer Mutter mit der Schleife und den weißen Blumen drum herum. Es zeigte Livia in einem seltenen Moment der Freude und Zufriedenheit. Von ihrer üblichen Getriebenheit, von der krankmachenden Häme, die ihr Gesicht oft überzogen hatte, keine Spur. Sie lächelte freundlich in die Kamera, ihr Haar von der Sonne aufgehellt, das Gesicht gebräunt. Im Hintergrund waren als bunte Tupfen Sonnenschirme zu erkennen, und in den Bildrand lugte ein Eis am Stiel, das Livia in den Händen zu halten schien.

Wer nur dieses Foto sah und Livia nicht gekannt hatte, gewann den Eindruck, dass es sich bei ihr um eine lebensbejahende, gesunde, glückliche Frau gehandelt haben musste.

Das Bild ist eine Lüge, dachte Franka. Das alles hier ist eine Lüge. Dass ich hier bin, ist eine Lüge. Dass ihr alle hier seid, ist eine Lüge. Sie blickte verstohlen zu Elena, deren Gesicht wie versteinert war. Sie war tatsächlich traurig, das wusste Franka, doch sie glaubte auch zu wissen, dass Elena nicht trauerte, weil ihre Tochter tot war, sondern weil sie nie wirklich eine Tochter gehabt hatte. So sehr Franka ihre Großmutter liebte, so wenig hatte sie je verstanden, was zwischen ihr und Livia vorgefallen war, welche Schlachten zwischen ihnen geschlagen worden waren.

Lediglich Alexanders Trauer schien echt und tief empfunden zu sein. Er räusperte sich krampfhaft; das Geräusch hallte in der nahezu leeren Kapelle. Er stand dort, hünenhaft trotz seines gesenkten Kopfs, hielt die Hände wie zum Gebet verschränkt und schien mit den Tränen zu kämpfen. Hektisch fuhr er sich mit den Ärmeln seines zerbeulten, unförmigen Jacketts über die Augen.

Er hatte Livia geliebt, liebte sie noch immer. Die Liebe drang aus all seinen Poren, seinen Augen, und doch war sie nicht echt, denn die Livia, die er gesehen hatte, die er geliebt hatte, war nicht die wahre Livia gewesen. Vermutlich wusste er es nicht, ahnte es nicht einmal. Aber Franka wusste es. Er hatte ein Abbild geliebt, er hatte geliebt, was sie von sich gezeigt hatte. Er hatte geliebt, was er für liebenswert hielt, und alles andere, alles, was aus ihr einen schlechten Menschen gemacht hatte, gewissenhaft ausgeblendet, in einem fortwährenden, selbstaufopfernden Akt der Treue. Er hatte sie nicht geliebt. Er hatte den Menschen geliebt, den er hatte sehen wollen, und er würde auch nie einen anderen Menschen in ihr sehen. Darum lag auch kein Sinn darin, ihn über seinen Irrtum aufzuklären.

Es war ein regnerischer, milder Tag, es roch nach Erde und Grün, nach Frühling, nach dem Gegenteil von Tod. Als sie im Nieselregen am Grab stand, Elenas Hand fest umklammert, als wäre sie ein Kind und nicht schon fast erwachsen, musste sie daran denken, dass all diese Menschen, die versprengten Trauernden, die zu zweien oder dreien auf den nass geregneten Wegen standen, Livia kaum gekannt hatten, sie selbst eingeschlossen. Sie trauerten pflichtbewusst, mit gesenkten Köpfen und in schwarzen Mänteln, um einen Namen, ein Geburtsdatum, ein Foto. Aber der Mensch Livia? Was wussten sie schon über sie? Nicht einmal Franka wusste, wer Livia wirklich gewesen war. Ihre Persönlichkeit war nichts als Splitter und Glasscherben gewesen, auf die das Licht mal so, mal so fiel, die immer ein anderes Muster an die Wände warfen, die jeden verletzten, der nach ihnen griff. Und wer nicht bereit war, damit zu leben, dass ihm das Blut beständig von den Händen troff, der war nicht bereit, mit ihr zu leben.

Der Sarg wurde in die Erde hinabgelassen, und der Pfarrer

sprach darüber, welche Lücke die Verstorbene im Leben ihrer Angehörigen hinterließ und welche Kraft daraus erwachsen konnte, wenn man diese Lücke gemeinsam mit liebevollen Erinnerungen füllte.

Keine Lücke, dachte Franka. Nur eine Narbe.

Sie gingen, ohne jemandem die Hand zu schütteln. Franka erinnerte sich daran, dass sie sich gefragt hatte, wer wohl wem sein Beileid ausdrücken musste – musste sie Alexander sagen, dass es ihr leidtat? Oder er ihr? Er hatte Livia verloren, aber Franka war ihre Tochter gewesen, ihr Fleisch und Blut – war damit nicht eigentlich sie die engste Angehörige, die, mit der man trauern musste?

Darum war sie erleichtert gewesen, dass Elena sie direkt zum Auto gezogen hatte. Sie hatte sich noch einmal umgedreht, und da hatte er gestanden, Alexander, direkt am Grab, umgeben von den wenigen kümmerlichen Kränzen, endgültig gebrochen, die breiten Schultern zuckend, die Füße Halt suchend, in den Matsch gegraben. Er hatte genau in jenem Moment aufgeschaut, als hätte er ihren Blick gespürt und unbedingt erwidern wollen. Er sah sie an, ohne Groll, und doch drehte sie sich rasch weg.

Es war das letzte Mal gewesen, dass sie sich begegnet waren, und nun stand er hier. Zwanzig Jahre später, wie aus einem früheren Leben in ihr neues gefallen. Ob er spürte, dass sie gescheitert war? Dass sie es geschafft hatte, ihr neues Leben so sehr gegen die Wand zu fahren, dass es so traurig und sinnlos und erbärmlich war wie ihr altes? Für eine Weile hatte es so ausgesehen, als könnte sie sich lösen von Livias Schatten, als könnte sie ihn abschütteln und ohne ihn ein Leben führen, das einen Sinn ergab. Doch nun war klar, dass das unmöglich war. Es war ihr Erbe. Sie war wieder dort angekommen, wo alles begonnen hatte. Ganz unten.

Sie trat aus dem Schatten der Garage in das nun heller werdende Morgenlicht. Er überragte sie, wirkte trotz seiner eingefallenen Wangen und der hängenden Schultern noch immer wuchtig. Sein Gesicht war fahl und müde und von einer Trauer verzerrt, die unmöglich jahrzehntealt sein konnte. Sie wirkte so roh, so brutal, so frisch, als hätte er gerade erst die Liebe seines Lebens verloren. Doch Franka war klar, dass es immer noch um Livia ging, so gewaltig schien seine Liebe zu ihr gewesen zu sein, dass auch die Trauer um sie gewaltig war.

Er musterte sie, ihr Gesicht, ihre Kleider, auf denen Odas Blut zu rostigen, steifen Flecken getrocknet war. Er sagte nichts dazu, sah sie nur an.

»Wusstest du«, sagte er schließlich, »dass Hass und Liebe keine Gegensätze sind?« Er klang konzentriert und aufgeschlossen, als erläuterte er ihr gerade einen interessanten Sachverhalt.

»Das wusste ich«, entgegnete sie und versuchte, unauffällig zum Haus hinüberzusehen. Hatte Iris etwas mitbekommen? Würde sie gleich wutentbrannt zur Tür herausstürmen und sich selbst und Oda in Gefahr bringen? War sich Alexander im Klaren darüber, dass Franka nicht alleine hier war? Mit Sicherheit. Wenn er wirklich derjenige war, der ihnen seit Tagen nachstellte, dann hatte er das Haus beobachtet, war sogar dort eingedrungen. Ihm musste klar sein, dass Iris und Oda im Haus waren.

»Das wusste ich, Alexander«, wiederholte sie. »Das waren sie noch nie.«

Er nickte bedächtig, sagte nichts weiter. Stattdessen ließ er den Blick schweifen, über das Haus und den Garten, über sie.

Unsicher trat sie von einem Bein auf das andere. Was wollte er von ihr? Warum sagte er nichts? Wollte er, dass sie mit ihm sprach? Sie wollte ihn nicht wütend machen. Sie musste erahnen, was er von ihr erwartete.

»Alexander«, begann sie stockend. »Ich bin überrascht … ich meine, es ist überraschend, dich hier zu sehen. Wir sind uns seit Jahren nicht begegnet, und jetzt …«

»Seit Livias Beerdigung nicht«, sagte er und sah sie an. Seine Augen waren rot geädert und traurig. »Seit sie tot ist. Seit sie sie verscharrt haben, auf diesem gottverdammten Friedhof, den sie immer gehasst hat.« Er schluchzte trocken auf, es klang wie ein Röcheln. Daumen und Zeigefinger presste er fest auf seine Lider, wie um die Tränen drinnen zu halten. Als er die Hand wieder sinken ließ, waren seine Augen noch blutunterlaufener als zuvor. »Ich wusste, dass sie ihn hasst, aber ich wusste nicht, wo sie sonst hinsollte. Es gab … es gab keine andere Möglichkeit. Hätte ich gewusst, dass man die Asche auch verstreuen kann, über dem Meer oder im Wald, hätte ich das getan. Das hätte ihr gefallen.« Er wischte sich mit dem Ärmel über die Nase. »Das hätte sie geliebt. Stattdessen hab ich sie vergraben lassen, dabei hatte sie Angst vor engen Räumen. Sie hätte Freiheit gewollt.«

»Ich glaube nicht«, sagte Franka vorsichtig, »dass Livia das so gesehen hätte. Ich denke, sie hätte vor allem gespürt, wie viele Gedanken du dir um all das gemacht hast.«

»Was weißt du schon?«, fuhr er sie an, und sie schreckte zurück. »Du warst doch nicht da! Du warst nie da. Fein raus warst du, weg von uns, bloß weg von uns, zur Frau Großmutter. Den Arsch haben wir uns für dich aufgerissen, damit es dir gut geht. Haben deine Wutausbrüche ertragen, haben dich durchgefüttert, haben alles getan.«

Er log. Doch für ihn schien es die Wahrheit zu sein, so hatte er es sich zurechtgelegt, so hatte er es sich in seinem Kopf erschaffen. Es war sinnlos, ihn mit der tatsächlichen Realität zu konfrontieren, wenn diese in so krassem Widerspruch zu seiner eigenen stand.

Wieder warf sie einen verstohlenen Blick zum Haus. Alexanders Stimme war laut, lauter als das Rauschen der Wellen, und es konnte nicht mehr lange dauern, bis Iris aufwachte und nachsah, was draußen vor sich ging.

»Alexander«, sagte sie, so ruhig es ihr möglich war, »ich frage mich, warum du hier bist. Möchtest du mir sagen, weshalb du hier bist?«

»Ich will nur reden«, antwortete er mit einem Lächeln, das sein Gesicht schmerzhaft verzerrte. »Nur reden.« Doch statt zu sprechen, verstummte er erneut, starrte gedankenverloren in die Weite.

»Lass uns doch hinunter zum Strand gehen.« Kaum war Franka der Gedanke gekommen, hatte sie ihn auch schon ausgesprochen. »Dort können wir uns in Ruhe unterhalten. Und du kannst mir erzählen, was dich hierhergeführt hat.«

Stur schwieg er. Sie spürte, wie ihr der Schweiß die Wirbelsäule hinunterrann, die Angst ließ sie schwitzen. War sie zu forsch gewesen? Glaubte er, sie wolle ihn hinters Licht führen?

Er zögerte immer noch, und sie wagte nicht, noch etwas zu sagen. Schließlich, nach Sekunden, die sich wie Tage anfühlten, wies er auf den kleinen Pfad, der vom Haus zum Wasser führte.

»Du gehst voraus«, befahl er, und sie gehorchte.

Als sie an den Strand kamen, ging Alexander weiter, bis er die Wasserlinie erreicht hatte. Die Ausläufer der Wellen umflossen seine schlammverkrusteten Schuhe.

»Sie hat das hier geliebt«, sagte er zu niemand Bestimmtem, zu den Wellen, zu den Möwen, vielleicht auch ein wenig zu Franka. »Es war auch ihr Zuhause. Es hat ihr das Herz gebrochen, dass Elena sie aus alldem ausgesperrt hat.«

Franka rang um die richtigen Worte. »Ich habe nicht die

geringste Ahnung, was zwischen Elena und Livia geschehen ist. Ich wünschte nur, sie hätten miteinander geredet.«

»Livia wollte reden. Elena wollte das nicht. Hast du gewusst, dass sie dir geschrieben hat, immer wieder? So viele Briefe, und nie kam eine Antwort. Lass es doch sein, hab ich zu ihr gesagt, es tut dir nur weh. Aber sie hat weitergemacht. Es war ihr egal, wie weh es ihr tat, sie wollte nur, dass du weißt, dass sie noch an dich denkt. Dass sie dich nicht vergessen hat.« Er drehte sich zu Franka um. Die ersten, vom Nebel zerstreuten Sonnenstrahlen nahmen seinem Gesicht etwas von der grauen Blässe, ließen ihn wärmer erscheinen. »Hast du die Briefe jemals zu Gesicht bekommen? Hat sie sie dir gegeben?«

Franka presste die Lippen zusammen. Trotz allem, was geschehen war, fiel es ihr nicht leicht, Elena so einfach preiszugeben. Was sie getan hatte, wog schwer, und doch wollte sie Alexander nicht die Genugtuung verschaffen, die er ohne Zweifel aus der Wahrheit ziehen würde. »Ich … ich habe sie gelesen«, sagte sie. »Allerdings erst vor Kurzem. Ich habe sie auf dem Dachboden gefunden.«

Alexander lachte spöttisch auf. »Ich wusste es. Sie hat sie dir nicht gegeben. Warum hätte sie das auch tun sollen? Sie war so doch viel besser dran. Ohne die echte Livia. Stattdessen mit der falschen, die sie erschaffen, die sie dir vorgehalten hat, als Schreckensbild. Die böse, falsche Livia und sie, die gute, die herzensgute Elena. Livia ist hierhergefahren, zweimal, dreimal, um dich zu sehen, und immer wurde sie weggeschickt. Irgendwann hat Elena ihr damit gedroht, die Polizei zu rufen, damit sie nicht mehr kommt. Kannst du dir das vorstellen?«

»Ich habe sie hier nie gesehen«, erwiderte Franka zögerlich.

»Wie auch?« Er bellte ihr die Wörter entgegen, wischte sich wütend mit dem Handrücken Spucke vom Kinn. »Wie hättest du sie sehen sollen? Elena hat sie jedes Mal fortgeschickt, nicht mal kurz sehen durfte sie dich.« Zornig pflügte er mit den Schuhen durch den Sand, zerwühlte die vormals glatte Fläche, malte dunkle Schatten hinein. »Sie hätte um dich gekämpft, weißt du? Sie wollte vor Gericht gehen. Wollte, dass du wieder bei uns bist. Dass ein Richter entscheidet, dass du zu uns gehörst. Dass Elena dich nicht verdient hat.«

Ein Schauder kroch Franka den Rücken hoch. Egal was Elena getan hatte – sie war ihr Hafen gewesen, ihre Rettung. Der Gedanke an lange Jahre mit Livia und Alexander stellte ihr die Nackenhaare auf. Das hätte ich nicht überlebt, dachte sie, das hätte ich nicht gepackt.

»Sie wollte um dich kämpfen«, wiederholte Alexander, sichtlich darum bemüht, Livias Andenken gerecht zu werden. »Aber es war ihr klar, dass wir keine Chance hatten. Wir hatten kein Geld für einen Anwalt. Unsere Wohnung war … nicht ideal für ein Kind. Unsere Lebensumstände auch nicht. Aber«, fügte er eifrig hinzu, »was zählt, ist doch, dass wir dich geliebt haben! Dass wir uns gekümmert hätten! Aber das wäre für die Richter natürlich nebensächlich gewesen.«

Franka hätte nicht erklären können, was in diesem Moment in ihrem Kopf vor sich ging. Es war, als wäre ein Schalter umgelegt worden, als hätte Alexander eine Lüge zu viel erzählt und damit etwas zum Kippen gebracht.

»Du weißt, dass es nicht um die Wohnung ging«, sagte sie mit kühler Stimme. »Du weißt, dass es darum ging, dass ihr euch einen Scheiß für mich interessiert habt. Tagelang wart ihr weg. Tagelang war ich vollkommen allein. Als Kind! Ihr habt euch überhaupt nicht darum geschert, wie es mir ging. Darum, dass ich Hilfe gebraucht hätte. Jemanden, der für mich da ist. *Eine Familie!*« Sie hatte sich in Rage geredet und vergaß alle Vorsicht.

»Darum hat mich Elena zu sich geholt, nur darum. Weil ihr nicht in der Lage wart, an irgendetwas anderes zu denken als an euch selbst. An euren Spaß und eure Scheißkneipentouren.«

Wütend breitete sie die Arme aus, den Wind im Rücken. »Hast du das vergessen? Hast du all das vergessen, Alexander?«

Zu ihrer Überraschung lächelte er. »Das hat sie dir also erzählt, ja?«

»Das musste sie mir nicht erzählen. Das habe ich selbst erlebt!«

»Du glaubst, dass du das erlebt hast, Franka«, sagte er. »Du glaubst es nur. Die Wahrheit ist eine andere.«

Franka musste sich mühsam zurückhalten, um ihn nicht anzuschreien. Es war, als wäre Alexander völlig blind für die Realität, die jahrelang ihr gemeinsames Leben bestimmt hatte. Er war derjenige, der sich etwas eingeredet hatte, weil er nicht ertrug, wie es wirklich gewesen war. Weil er nicht aushielt, dass das Bild seiner Göttin Kratzer bekam. Livia als Heilige, das war lächerlich, es war grotesk, und dennoch schien sich Alexander an dieser brüchigen Lüge festzuklammern, schien sie als Zentrum seiner Welt auserkoren zu haben.

»Du hast die Briefe gelesen«, bohrte er nun weiter. »Dann hast du den Beweis. Das kannst du doch nicht einfach ignorieren. Sie hat dich geliebt, sie wollte für dich da sein!«

Franka biss vor Wut die Zähne zusammen. Er wollte es einfach nicht verstehen. Oder er konnte es nicht. »Das sind zweierlei Dinge, verflucht. Ja, sie hat sich bemüht, und es war nicht in Ordnung von Elena, mir diese Briefe vorzuenthalten. Aber das ändert nichts daran, dass Livia eine schlechte Mutter war. Sie hatte ihre Chancen, sehr viele Chancen, und sie hat keine davon genutzt, weil ich ihr im Grunde egal war. Ja, meinetwegen, dann hat sie später versucht, Kontakt zu mir aufzunehmen, aber das macht nicht ungeschehen, was vorher war. Was sie angerichtet hat. Was ihr angerichtet habt mit eurer Gleichgültigkeit. Ein paar Briefe machen nichts davon wett, nicht im Ansatz, hörst du?«

Er schwieg und atmete schwer. Sie sah, dass sein Gesicht hassverzerrt war. »Sie war keine schlechte Mutter. Sie war kein schlechter Mensch. Sie hat ihr Bestes gegeben, wollte ihr Bestes geben, aber man hat sie nicht gelassen. Elena hat sie nicht gelassen, hat sie ausgeschlossen aus eurem Leben, bis sie es irgendwann leid war, es zu versuchen. Sie hat aufgegeben – verstehst du, was das bedeutet?« Sein Zorn schien nun mit jedem Wort abzuebben, was blieb, war bloße Verzweiflung, bloße Traurigkeit.

»Es hat sie kaputtgemacht. Sie hat nie verwunden, dass sie dich verloren hat. Nie.«

Fall nicht drauf rein. Was Alexander sagte, klang verlockend, so verlockend. Zu denken, dass Livia sie wirklich geliebt hatte, dass alles nur ein Irrtum gewesen war, war so verführerisch, weil es ihr schmeichelte, weil es so unendlich guttat, nach jahrelangem, jahrzehntelangem Grübeln darüber, warum sie für Livia nicht gut genug gewesen war. Eine Mutter, die um sie gekämpft hatte und an ihrer Niederlage zerbrochen war, war der leuchtende Gegenentwurf zu Livias Gleichgültigkeit, mit der sie ihr Leben lang gerungen hatte, an der sie wieder und wieder zerbrochen war. Es war so verlockend, und doch würde sie der Verlockung nicht nachgeben, hätte es auch gar nicht gekonnt, selbst wenn sie gewollt hätte. Sie wusste, wie es wirklich gewesen war.

Alexander stand da, ein gebrochener Mann, vom Schicksal geschunden. Trotz seiner Größe wirkte er klein und einsam, und der Kontrast war frappierend zwischen der erhabenen

Kraft des Meeres und diesem kümmerlichen, bedeutungslosen Wesen, das an seine Ufer gekrochen kam, sich an seiner Schönheit labte, weil es sonst nichts Schönes hatte, nichts Schönes in sich trug.

»Du musst verstehen«, sagte Alexander, »dass deine Mutter dich geliebt hat.« Er schaute übers Wasser, sprach mehr zum Horizont als zu ihr, jedes Wort schwer von Bedeutung. Und dann, abrupt: »Gib es zu. Gib es zu!«

»Was soll ich zugeben?« Sie war verwirrt. Selbst für Alexanders seltsamen Zustand war das ein großer Gedankensprung.

»Dass du glücklich warst über ihren Tod.«

Franka sog scharf die Luft ein. »Ich soll glücklich gewesen sein über ihren Tod? Das ist lächerlich!«

»Ach, dann warst du also traurig?«

Franka presste die Lippen zusammen. Die Wahrheit lag irgendwo dazwischen. Nein, sie lag nicht dazwischen, sie beinhaltete ein bisschen von beidem. Eine Mischung, die Franka damals fast zerrissen hatte. In ihr die ohrenbetäubende, herzbetäubende Trauer um ihre Mutter, die sie, noch fast ein Kind, einfach nicht unterscheiden konnte von der Trauer um ein Leben, das sie nie gekannt hatte. Und als unvereinbarer Widerspruch dazu die fast schon unerträglich leichte und beschwingte Freude, dass es vorbei war, dass sie keine Angst mehr haben musste. Dass sie bei Elena bleiben konnte, für immer, dass sie nie wieder zurückmusste, in ihr erbärmliches altes Leben, das sie nie vergessen, nur verdrängt hatte.

Ihr Gehirn, vor die monumentale Aufgabe gestellt, unvereinbare Gefühle miteinander zu vereinen, reagierte mit heftigen Gewittern, die sich in Alpträumen in der Nacht und Angstzuständen am Tag entluden. Elena tat ihr Bestes, Franka aufzufangen, obwohl sie doch selbst ihr Kind verloren hatte.

»Warst du traurig über ihren Tod?« Alexander wiederholte die Frage mit einer blechernen Ausdruckslosigkeit, die sie dringlicher machte, als jede erhobene Stimme es hätte tun können.

Sie würde nicht lügen, beschloss Franka. Sie hatte ohnehin keine Chance, dem, was Alexander für sie vorgesehen hatte, zu entkommen. Also konnte sie genauso gut ehrlich sein und sich einen Rest Selbstachtung bewahren.

»Ich habe um sie getrauert, ja«, sagte sie. »Aber ich war auch erleichtert, dass ich bei Elena bleiben konnte.«

Er nickte langsam. Es schien ihm einen gewissen Respekt abzuringen, dass sie nicht log, nicht versuchte, die Dinge zu beschönigen.

»Ihr wart schuld daran, musst du wissen«, sagte er nun in einem fast beiläufigen Ton.

»Schuld woran?« Franka spürte, wie ihr die Kopfhaut zu kribbeln begann und wie sich ihre Muskeln verkrampften. Sie ahnte, dass sie der Wahrheit näher kamen, Alexanders Wahrheit, und dass sie ihr Angst machte.

»An Livias Tod. An ihrem Leben auch, an allem, was daraus geworden war. Aber darüber rede ich gar nicht. Ich rede von ihrem Tod, in den ihr sie getrieben habt. Ihr habt sie dazu gebracht!«

»Livia hat sich nicht umgebracht«, erklärte Franka und sah ihn aufmerksam an. War Alexander schon so fern der Realität, dass er nicht einmal mehr die grundsätzlichsten Dinge wusste? »Livia ist bei einem Autounfall ums Leben gekommen. Das wurde zweifelsfrei festgestellt. Ein anderer Fahrer war schuld. Sie hat sich nicht umgebracht und wurde nicht umgebracht, schon gar nicht von uns.«

Sie verriet Alexander nicht, dass es in den vergangenen Tagen kurze dunkle Momente gegeben hatte, in denen sie eine andere Version der Geschichte in Betracht gezogen hatte. Dass sie überhaupt bereit war, so zu denken, setzte ihr zu, denn es sagte etwas aus, nicht nur über sie selbst, sondern auch über den Menschen, der Elena gewesen war.

»Sie war unterwegs hierher, wusstest du das?« Er sah sie an, herausfordernd und anklagend zugleich. »Sie wollte zu dir, wollte es ein letztes Mal versuchen. Sie ist gefahren, obwohl sie getrunken hatte. Ich konnte sie nicht aufhalten, sie war wie von Sinnen.«

»Sie war betrunken?«

Alexander antwortete nicht. Dann sagte er: »Der andere Fahrer hat einen Fehler gemacht, ja. Aber Livia hätte reagieren können, unter normalen Umständen. Hätte sie nichts getrunken gehabt, wäre sie nicht so außer sich gewesen, hätte sie ausweichen können. Das weiß ich. Und hätte Elena sie nicht mit solch einer Grausamkeit aus eurem Leben ausgesperrt, hätte sie gar nicht erst einen Grund gehabt, an diesem Abend loszufahren. Und hättest du nicht hingenommen, dass Livia aus deinem Leben verschwunden ist, hätte sie es auch nicht tun müssen. Verstehst du?«

»Es war ihre Entscheidung«, sagte Franka kühl. »Es war ihre Entscheidung, sich zu betrinken und sich hinters Steuer zu setzen. Das kannst du uns nicht anlasten.«

Alexander schaute sie an, als würde sie eine fremde Sprache sprechen. »Begreifst du denn nicht? Nichts davon wäre passiert, wenn ihr sie besser behandelt hättet. Elena ist schuld am Tod ihrer Tochter. Du bist schuld am Tod deiner Mutter. Wie kannst du das so einfach abtun? Wie kannst du mir ins Gesicht sagen, dass die Wahrheit nicht die Wahrheit ist? Warum stehst du hier, statt weinend am Boden zu kauern und Gott um Vergebung zu bitten?« Den letzten Satz hatte er geschrien, und sein Gesicht zerfiel vor Wut.

Franka kostete es alle Kraft, die sie besaß, um nicht zurückzuweichen.

»Wusstest du«, sagte er im nächsten Moment mit nahezu sanfter Stimme, und sie merkte, wie seine jähen Stimmungsumschwünge sie schwindlig machten, »dass sie sich geweigert hat, sich testen zu lassen?«

»Wie bitte?«

»Elena. Sie hat sich geweigert. Sie haben sie gebeten, ins Krankenhaus zu kommen, als Livia nach dem Unfall im Koma lag. Hätte Livia die ersten Tage überlebt, hätte sie eine neue Niere gebraucht. Die Ärzte hatten festgestellt, dass ihre Nieren völlig kaputt waren, angeblich wegen Schmerzmitteln, die sie nahm. Ich hatte die falsche Blutgruppe, doch deine Großmutter wäre vielleicht als Spenderin infrage gekommen. Aber sie hat sich geweigert. Sie kam nicht. Ihre eigene Tochter lag im Koma, und sie kam einfach nicht. Es hätte vielleicht am Ende nichts geändert, aber es hätte mir Mut gegeben. Hätte mir gezeigt, dass sie einen Rest Menschlichkeit besitzt. Und Livia hätte es auch gespürt, Menschen im Koma nehmen es wahr, wenn es Hoffnung gibt. Ich habe Elena angerufen, sie angefleht, aber sie hat nur gesagt: ›Ich kann nicht‹ und dann einfach aufgelegt.« Er sah Franka direkt an. »In der folgenden Nacht ist Livia gestorben. Die Niere hätte sie nicht retten können. Aber Elena hat mir damals alles gesagt, was ich noch wissen musste.«

In Frankas Kopf taumelten die Gedanken hilflos umher. Elena, dachte sie, was hast du getan? Was noch? Hatte sie ihre Großmutter überhaupt gekannt? Hatte sie sich tatsächlich geweigert, ihrer Tochter das Leben zu retten?

»Woher weiß ich, dass du die Wahrheit sagst?«, stieß sie hervor.

Er zuckte mit den Schultern. »Vielleicht gibt es die Möglichkeit, ihre Akte einzusehen, in dem Krankenhaus oder so. Vielleicht ist es aber auch schon zu lange her, und sie haben sie vernichtet. Du könntest mir aber auch einfach glauben, könntest aufhören, die Realität leugnen zu wollen. Leugnen zu wollen, dass Elena war, wer sie war. Dass du dich von ihr hast einwickeln und blenden lassen.«

Sie zögerte erst, dann fragte sie: »Was würde es ändern?«

Sie fragte ihn und fragte doch sich. Es war die Frage, auf die alles hinauslief. Konnte sie Elena verzeihen? Konnte sie noch sehen, was sie für sie gewesen war, oder zerstörte das, was sie über sie erfahren hatte, all die Erinnerungen, all die Liebe? Konnte man einen Menschen lieben, auch wenn er ein anderer Mensch gewesen war, als man geglaubt hatte? Konnte man immer noch das Gute erkennen, selbst wenn sich das Böse zeigte? Wenn es seine Schatten warf, die Herrschaft an sich riss?

»Sollte es für dich nichts ändern, weiß ich, dass ich recht habe. Mit allem. Elena hat Livias Leben ruiniert. Und du hast sie nicht daran gehindert. Wenn es irgendeine Gerechtigkeit gäbe, wärst du schon längst tot, und Elena wäre elendig verreckt.« Er hielt inne, schien sich sammeln zu müssen. »Ist sie das?«

»Sie ist an Krebs gestorben.«

»Ob sie leiden musste, will ich wissen.«

Franka blickte über das Wasser. »Es war schlimm genug, wie es war.«

»Also nicht«, sagte Alexander und folgte ihrem Blick, hinaus bis zum Horizont. Dann schwieg er, und sie lauschten beide dem Wasser, als hätte es mehr zu sagen als sie.

Franka wusste, dass sie die Frage stellen musste. Sie war es sich selbst schuldig, war sich den Mut schuldig, alles zu einem Ende zu bringen und es nicht feige hinauszuzögern. Denn dass es auf ein Ende hinauslief, ein unwiderrufliches, war kaum zu leugnen. Er schien keine Eile damit zu haben, es herbeizuführen, schien die Dunkelheit, die Ungewissheit zu genießen, in der er sie zappeln ließ. Doch sie würde ihm den Gefallen nicht tun, dieses Spiel weiter mitzuspielen.

»Ich muss dich das jetzt fragen«, sagte sie und hoffte, dass ihre Stimme ihre Angst nicht verriet. »Es führt, so wie ich das sehe, kein Weg daran vorbei.«

Er sah sie aufmerksam an.

»Warum bist du hier, Alexander? Warum hast du das Haus beobachtet, den toten Vogel vor die Tür gelegt? Warum hast du Oda angegriffen? *Warum hast du Jannek getötet? Warum?*«

Das Letzte fügte sie aus einer Eingebung heraus hinzu. Es war besser, die Karten auf den Tisch zu legen. Er musste derjenige sein, der all das getan hatte, es gab keine andere Erklärung.

Er ließ sich Zeit mit seiner Antwort, ganz so, als wolle er den schalen Triumph auskosten, den sie ihm bescherte.

»Das weißt du nicht? Das hast du immer noch nicht verstanden?« Sein Tadel klang fast liebevoll. Er kam einen Schritt näher, streckte die Hand aus. Sachte zauste er ihr das Haar, spielte damit wie der Wind. »Hast du das nicht begriffen, mein Kind?«

Sie antwortete nicht.

»Ich bin hierhergekommen, weil ich wollte, dass Elena stirbt.« Zufriedenheit lag in seiner Stimme. Zufriedenheit und die Überzeugung, dass es keinen anderen Weg hätte geben können. »Dass sie mir zuvorgekommen ist, macht mich sehr unglücklich. Ich meine, mir war klar, dass die Wahrscheinlichkeit besteht, dass sie nicht mehr lebt. Ich hatte sie all die Jahre nicht gesehen, nie mehr von ihr gehört. Aber ich musste es doch zumindest versuchen, nicht wahr?«

Franka nickte, wusste nicht, was sie sonst tun sollte.

»Und dieser Mann, der hier herumgeschlichen ist«, fuhr er fort, »fast kam es mir vor, als suchte er mich. Als wüsste er, dass ich da bin. Er hatte mich entdeckt und wollte mich verraten. Was hätte ich sonst tun sollen? Was, Franka?«

Es schien ihm wirklich daran gelegen zu sein, dass sie ihn verstand. Sie schloss die Augen. Jannek. Er hatte nach demjenigen gesucht, der ihr Angst machte, hatte sie beschützen wollen. Was für ein Vollidiot, dachte sie, was warst du für ein dickköpfiger Vollidiot, jetzt sieh, was dir das gebracht hat, Jannek! Sie war wütend, wütend auf ihn, wütend auf sich, und gleichzeitig war da dieses Gefühl in ihrem Bauch, warm und schmerzlich, das ihr brennend die Tränen in die Augen trieb. Er hatte es für sie getan. Sie war ihm nicht egal gewesen. Zornig wischte sie sich mit dem Ärmel übers Gesicht.

»Aber immerhin«, sagte Alexander, »habe ich dich hier gefunden. Welch Geschenk! Welch ein Geschenk!« Er lächelte selig und schien allen Ernstes zu erwarten, dass sie sein Lächeln erwiderte. »Ich weiß nicht, was du hier tust, du lebst ja offensichtlich nicht hier, so heruntergekommen, wie alles ist. Als ich das Haus sah, dachte ich erst, dass hier niemand sein kann, niemand mehr, aber dann warst du da. Wie durch eine glückliche Fügung warst du da. Mit deinen Freundinnen. Ein Geschenk. Ein Geschenk für mich.« Er legte den wuchtigen Kopf schief, eine fast schüchterne Geste. »Ich habe mich geehrt gefühlt, dass das Schicksal auf meiner Seite ist. Dass sich alles zu einem Ganzen fügt, so wie es sein soll. Dass endlich jemand bezahlt für das, was geschehen ist.« Er lächelte versonnen.

»Glaub nicht, dass es mich nicht traurig macht«, fügte er dann eilig hinzu. »Es macht mich sehr traurig. Aber ihr habt ihr Leben zerstört. Fändest du es gerecht, wenn du dein Leben

einfach so weiterleben dürftest? Wäre das gerecht, Franka?«
Bevor sie etwas sagen konnte, redete er weiter: »Es wäre nicht
gerecht, und ich denke, das weißt du. Darum muss ich es tun,
auch wenn es mich schmerzt.« Er schaute sie an, fast entschuldigend, fast ein wenig wehmütig. »Ich werde es tun, Franka.
Bitte verzeih mir.«

Da war sie, die Wahrheit, die sie so gefürchtet hatte. Lag
vor ihr, bleischwer, so wahnsinnig, dass sie nicht zu fassen war,
und doch war es die Wahrheit. Ihr Hirn spielte verrückt, wie
es ein menschliches Hirn unter Todesgefahr eben tut, allen
Instinkten zum Trotz. Er wollte sie umbringen. Er wollte sie
wahrhaftig umbringen, er war vollkommen wahnsinnig, und
sie spürte, wie ihr das Blut heiß in den Kopf schoss und sich
ihr Brustkorb verkrampfte, sodass ihr das Atmen schwerfiel. In
ihren Ohren rauschte die Panik. Was sollte sie tun? Wo konnte
sie hin? Hatte er eine Waffe? Ein Messer? Wie weit weg musste
sie es schaffen, um außer Reichweite zu sein? Wie konnte sie
wissen, ob er nicht erst ihr etwas antat und dann den anderen? Musste sie sie nicht warnen? Wie konnte sie das tun? Wie
konnte sie Zeit gewinnen?

»Warum ... warum die Steine? Der Vogel?« Wenn sie ihn am
Reden hielt, nur irgendwie am Reden hielt! Vielleicht gelang es
ihr, ihn sehen zu lassen, wie verrückt all das war. Wie sinnlos.

»Warum, Alexander?«

»Ich wollte«, sagte er, als müsste sie es längst wissen, »dass du
an deine Mutter denkst, Tag und Nacht. Dass du verstehst und
bereust und dich schämst, kapierst du das?«

Franka, die Alexanders wirre Denkweise inzwischen besser
begriff, dämmerte, worauf er hinauswollte. »Die Steine«, sagte
sie. »Sie waren blau. Das Gefieder des Vogels war blau.« Livia
war immer stolz auf die Bedeutung ihres Namens gewesen.

Die Blaue. »Blau wie der Himmel«, hatte sie immer gesagt und gelacht.

»Sie waren blau wie ihr Name«, sagte Alexander, und leiser Stolz war in seiner Stimme zu hören. Er vergaß seine geliebte Livia nicht, er nicht. »Es tat mir leid, den Vogel zu töten, wirklich leid. Ich habe geweint, als es vorbei war. Aber es musste sein.«

»Es hätte nicht sein müssen«, hätte sie ihm am liebsten entgegengeschrien, doch sie presste die Lippen aufeinander. Stattdessen schallte es ohrenbetäubend in ihrem Kopf: *Nichts davon musste sein! Nichts davon, das alles ist Wahnsinn, vollkommener Wahnsinn!* Das Klingeln in ihren Ohren schwoll an zu einem schrillen Geräusch, und sie musste sich konzentrieren, mit aller Kraft konzentrieren, um nicht in hysterisches Weinen auszubrechen. *Konzentrier dich! Reiß dich zusammen!*

»Warum jetzt?«, brachte sie schließlich hervor. »Es ist Jahrzehnte her, Alexander, warum jetzt?«

Er sah sie mitleidig an. »Meine liebe Franka. Meine liebe, arme, dumme Franka. Glaubst du wirklich, dass all die Jahre etwas ändern? Wenn man liebt, ändert die Zeit nichts. Ein Jahr nicht, hundert Jahre nicht. Keine Zeit der Welt könnte meine Liebe zu deiner Mutter auslöschen.«

»Aber«, hakte sie vorsichtig nach, »es muss doch einen Grund geben, dass du jetzt ... ich meine, ausgerechnet jetzt all das tust. Warum nicht vor sechs Monaten? Vor drei Jahren?«

»Der Grund ist, dass ich es erst verstehen musste. So viele Jahre lang habe ich mich gegrämt. Habe um deine Mutter getrauert, habe euch verflucht, habe mich verflucht. Aber was habe ich getan? Nichts. Ich kam einfach nicht auf den Gedanken, dass ich etwas tun könnte. Dass es da etwas gäbe, eine Chance, die Dinge ... gerechter zu machen. Ich habe nur getrauert, mich gequält, noch mehr getrauert. Bis ich eines Tages aufgewacht bin und es mir dreckig ging. Schlimme Kopfschmerzen, und alles hat sich gedreht. Ich bin zum Arzt, und dann war es ein Schlaganfall. Ein Schlaganfall, verstehst du? Ich hätte sterben können, einfach so. Es hätte vorbei sein können, und in diesem Moment musste ich mir diese Frage stellen. Was ich bereut hätte, wenn mein Leben vorbei gewesen wäre. Was ich versäumt habe. Wo ich versagt habe, ohne dafür geradezustehen. Und ob du es glaubst oder nicht, da war nicht viel. Andere bereuen, dass sie zu viel gearbeitet haben. Zu wenig gelebt haben. Zu wenig geliebt. Dass sie zu viel gelogen haben. Ihre Gefühle nicht ausgesprochen haben. Verpasst haben zu sagen: ›Ich liebe dich.‹ Dass sie nie an diesem einen Ort waren, der ihr Sehnsuchtsort gewesen ist. Dass sie nie in New York waren, nie in Neuseeland, nie auf dem Mount Everest. Ich nicht. Ich habe, bis es nicht mehr ging, an meinem Sehnsuchtsort gelebt. Ich war bei deiner Mutter. Sie war mein Sehnsuchtsort, sie war mein Alles. Und ich habe mir nicht vorzuwerfen, dass ich ihr das nicht gesagt hätte. Sie wusste es, weil ich es ihr wieder und wieder gesagt habe. Es ihr gezeigt habe. Ich weiß, dass sie nicht so für mich empfunden hat, glaub nicht, dass ich das nicht weiß. Aber es war in Ordnung für mich. Ich durfte sie lieben, verstehst du? Ich durfte sie lieben. Das war alles, was ich brauchte.

Das Einzige, was ich mir hätte vorwerfen müssen, das Einzige, was ich hätte bereuen müssen, wenn ich gestorben wäre, war, dass ich ihr nach ihrem Tod nicht gerecht geworden bin. Ich habe sie nicht gerächt. Ich habe nie die Menschen, die sie in den Tod getrieben haben, zur Rechenschaft gezogen, wie ich es hätte tun sollen. Tun müssen. Ihr habt euch schuldig gemacht. Sie könnte noch leben, wenn ihr ihr nur einen Hauch Menschlichkeit entgegengebracht hättet. Eure Kaltherzigkeit hat sie getötet. Es war eure Schuld. Eure Schande, ganz allein.«

Er atmete heftig. »Mir wurde in jenem Moment klar, dass es jederzeit vorbei sein kann. Mein Leben. Jeden Tag. Jede Minute. Und wenn es vorbei ist, habe ich die Chance vertan. Wenn ich erst tot bin, kann ich nichts mehr tun. Tun kann ich nur noch jetzt etwas. Und das werde ich. Endlich.«

Sein zerfurchtes Gesicht strahlte nichts als Stolz aus, kein Raum für Zweifel, für Fragen.

»Du weißt, dass dir das Livia nicht zurückbringt«, sagte sie. Sie musste es sagen.

»Hältst du mich für dumm?«, fuhr er sie an. »Nichts auf der Welt bringt sie mir zurück. Aber ich kann tun, was richtig ist. Und dann kann ich zu ihr zurückkehren. Ohne mich zu schämen.« Er lächelte traurig. »Wir werden wieder zusammen sein, Livia und ich.«

Über Franka kam ein eigenartiger Frieden. Es war, als hätte sich ihr Körper in den letzten Minuten an das Adrenalin gewöhnt, das durch ihre Adern pumpte. Vielleicht war es aber auch diese leise, beständige Stimme in ihrem Kopf, die sie ruhiger werden ließ. Jene, die wisperte: *Wäre es denn so schlimm? Wäre es wirklich so schlimm?* Was hatte sie zu verlieren? Da war kein Leben mehr, keines, das es wert war, so genannt zu werden.

»Was willst du tun?«, fragte sie und schaute aufs Meer. Kurz hatte sie vor Augen, wie er sie unter Wasser drückte, wie das eiskalte Wasser sie umschloss und ihr die Luft nahm. Wie sie um sich schlug, erst immer heftiger, dann schwächer, wie das Wasser um sie dunkler wurde und nicht mehr nur um sie war, sondern in sie drang, in Mund und Nase, in ihre Lunge. Wie das Meer sie holen kam.

Er war ihrem Blick gefolgt und registrierte ihre Panik. »Keine Sorge«, sagte er. »Das Wasser brauchen wir nicht.« Und zum ersten Mal spürte sie eine Unsicherheit in seinem Gesicht, in seiner Stimme. Er mochte davon überzeugt sein, dass er das Richtige tat, aber er schien nicht davon überzeugt zu sein, dass er es auch wirklich konnte. Dass er nicht im letzten Moment zurückscheuen würde vor der Größe, der Endgültigkeit seines Tuns.

Wie um sich zu versichern, dass er alles durchdacht hatte, zog er eine Waffe aus der Innentasche seiner Lederjacke. Zärtlich strich er über das dunkle Metall. »Ich habe lange geglaubt, dass ich das nicht kann. Hab an mir gezweifelt, ob ich dazu fähig bin. Aber die Wahrheit ist: Ich muss es gar nicht können. Dieses Ding hier tut es für mich. Ich muss nur den Abzug drücken. Und das schaffe ich. Glaubst du das nicht auch?«

Was, in Gottes Namen, antwortete man auf so eine Frage? Ja, du schaffst das? Ja, ich glaube an dich? Frankas Kopf war leer, keine Worte mehr, keine Gedanken mehr, nur noch ein Wunsch: *Lass es uns hinter uns bringen.*

Und dann, aus der Entfernung, hörte sie sie. Iris und Oda, die ihren Namen riefen.

»Da unten ist sie! Franka! Mein Gott, Franka!«

»Bleibt weg«, schrie sie. »Haut ab!«

»Ach«, sagte Alexander, »lass sie ruhig kommen.« Er richtete die Waffe auf sie. »Sie stören mich nicht. Stören sie dich?«

»Haut ab«, flehte Franka. »Er hat eine Waffe. Bitte, haut ab!«

Iris erreichte den Strand als Erste, dahinter, noch blass und offensichtlich nicht sicher auf den Beinen, Oda.

Iris schien einen Moment zu brauchen, um Frankas Ruf, der gegen das Rauschen der Wellen ankommen musste, zu enträtseln. Doch dann blieb sie abrupt stehen und hob die Hände.

Als Oda sie erreichte, sagte sie etwas zu ihr, das Franka nicht verstand, und nun starrten sie beide auf sie, auf Alexander. Die Szene, die sich ihnen bot, musste grotesk anmuten – zwei Menschen, die einander gegenüberstanden, Alexander, der Hüne, in seinen dreckigen Kleidern und mit den filzigen Haaren, sie, wie gelähmt, verloren, vor dem weiten Meer. Beide starrten wie gebannt auf die Waffe, die alles richten sollte, die sie richten sollte, und für einen kurzen Augenblick musste Franka an ihr Leben denken, wie es vor alledem gewesen war, und es kam ihr vor wie Lichtjahre entfernt. Nichts hatte sie geahnt, nichts von den Trümmern, in denen alles liegen würde, nichts von der Endgültigkeit.

Aus den Augenwinkeln sah sie, wie sich Iris langsam, Schritt für Schritt, näherte. Oda folgte ihr in einigem Abstand.

»Franka«, rief Iris gedämpft. »Darf ich näher kommen? Frag ihn, ob ich näher kommen darf!«

»Du sollst verschwinden«, zischte Franka.

Alexander übertönte sie jedoch. »Sie soll sich ruhig trauen«, rief er.

Franka wurde das Gefühl nicht los, dass er sich selbst davon zu überzeugen versuchte, dass er keine Angst hatte, kein Publikum scheute.

Iris wagte sich bis auf wenige Meter heran. Franka blickte in das mittlerweile vertraute Gesicht, das von dem kalten Licht der Sonne gnadenlos ausgeleuchtet wurde. Entschlossenheit lag darin und die Ruhe, die sie schon kannte. Doch sie sah noch etwas anderes. Wahnsinn. Todesmut. Fatalismus. Sie fragte sich, ob Iris an dem gleichen Punkt angelangt war wie sie, ob sie auch dachte: *Und wenn, wäre es so schlimm?*

»Ich bin Iris«, sagte Iris zu Alexander. »Und wer sind Sie?«

»Iris also«, konstatierte er, ohne auf ihre Frage einzugehen.

Er drehte und wendete das Wort in seinem Mund, wie um ihr zu beweisen, dass er keine Angst vor ihr hatte. »Iris. So heißen Sie also. Und wer *sind* Sie?«

»Ich bin eine Freundin von Franka«, antwortete Iris mit klarer Stimme. »Genau wie Oda.« Sie wies hinter sich.

»Iris und Oda.« Alexander lächelte müde. »Sieh nur, Franka, du bist nicht allein. Ist das nicht schön? Nicht allein sterben zu müssen ist ein Privileg.«

Franka hörte, wie Oda scharf die Luft einsog. Iris reagierte nicht auf die Provokation, trat nur unauffällig von einem Bein aufs andere.

»Sehen Sie«, sagte sie, »nun weiß ich schon eine ganze Menge über Sie. Ich weiß, warum Sie hier sind. Ich weiß, dass Sie Hass und Wut in sich tragen. Ich weiß, dass Sie Jannek getötet haben. Meinen Sie nicht, dass Sie mir nun verraten können, wer Sie sind?«

Alexander blickte sie nur ausdruckslos an. Franka beschloss, es einfach zu wagen, mehr als das, was Alexander ohnehin vorhatte, konnte ihr nicht passieren.

»Das ist Alexander, mein Stiefvater«, sagte sie, so gelassen sie nur konnte. Sie nahm wahr, wie ein Erkennen über Iris' Gesicht glitt. Ohne viel zu wissen, schien sie sich bereits einiges zusammengereimt zu haben, schien sich an Livias tragische Geschichte zu erinnern, an ihren Tod, an das komplizierte Verhältnis zwischen Mutter und Tochter.

»Ich verstehe«, sagte sie.

»Nein, das tun Sie nicht.« Unter Alexanders aufgesetzter Sachlichkeit blitzte Zorn hervor. »Wie können Sie sich überhaupt anmaßen, verstehen zu wollen, was hier vor sich geht?«

Iris hob beschwichtigend die Hände und wich einen Schritt zurück. »Entschuldigen Sie, ich wollte Sie nicht kränken.

Wenn Sie möchten, erklären Sie es mir. Ich würde Ihnen gern zuhören.«

Alexander zögerte. Er schien zu erfassen, auf was Iris aus war, aber das Geltungsbedürfnis war zu groß. Er hatte schließlich eine Botschaft, nichts anderes war es, die Botschaft musste hinaus in die Welt, und wenn es keine Welt gab, so gab es doch diese erbärmlichen, frierenden Gestalten, die gewillt zu sein schienen, ihm zuzuhören. Und so nahm er, was er kriegen konnte.

Iris und Oda lauschten mit starren Mienen seinen anklagenden Ausführungen. Iris nickte ab und zu, als verstünde sie. Franka versuchte angestrengt, seinen wirren Sätzen zu folgen, aber ihre Konzentration ließ nach, sie stand schon zu lange unter Hochspannung. Ihr verkrampfter Nacken schmerzte, und ihre Beine wurden langsam schwach. Vorsichtig versuchte sie, ihr Gewicht zu verlagern, einen sichereren Stand zu finden. Ihre Augen hielt sie auf die Waffe in Alexanders Hand gerichtet, aber sie merkte, dass ihr Blick immer wieder daran abglitt, unscharf wurde. Sie musste sich konzentrieren! Sie hörte nun, wie Iris Alexander etwas fragte, es ging um seine Liebe zu Livia, wie sie sich kennengelernt hatten, und Alexander antwortete, erst zögernd, dann flüssiger.

Es folgte ein steter Strom von Fragen, interessiert und respektvoll, und Franka sah, dass Iris mit jeder Frage näher an sie und Alexander herankam, kaum merklich. Sie ahnte, was Iris vorhatte, sie wollte ihn überwältigen, ihm zumindest die Waffe aus der Hand schlagen. Franka traute Iris alles zu, aber noch war sie zu weit weg, und Alexander, dem die Tränen übers Gesicht liefen, helle Spuren auf seiner Haut hinterlassend, schien nun zu bemerken, dass sich sein Abstand zu ihr deutlich verringert hatte.

Er packte die Waffe in seiner Hand fester. Ihr Lauf mäanderte zwischen Iris und Franka hin und her, unentschlossen, wo die größere Gefahr drohte. »Kommen Sie nicht näher«, sagte er. »Keiner kommt näher.«

Iris nickte. »Natürlich. Keine Sorge. Sehen Sie, ich halte Abstand.« Sie trat einen Schritt zurück. »Aber lassen Sie mich noch eine Frage stellen. Ich würde gerne wissen, ob ...«

»Keine Fragen mehr«, unterbrach Alexander sie scharf. »Genug Fragen. Du«, er wies mit der Waffe auf Iris, »weiter zurück. Geh zurück!« Dann richtete er die Mündung auf Franka. Er schien Mühe zu haben, seinen Blick zu fokussieren, blinzelte hektisch die Tränen weg, die noch immer liefen.

Franka konnte erkennen, wie er mit sich rang. In seinen Augen lag alles blank, die Überzeugungen, die er so mühsam genährt hatte, seine Hoffnung, ein altes Unrecht endlich in Recht zu verwandeln, endlich jemand zu sein, endlich etwas zu tun. Und nun, da er am Ziel war, verließ ihn seine Kraft, die er heraufbeschworen, heraufgeträumt hatte, und er sagte ohne Nachdruck: »Ich werde es tun. Ich kann es. Ich weiß, dass ich es kann!«

»Du kannst es nicht.«

Oda. Das war Oda. Franka sah, wie die schmale Gestalt mit blutverklebtem Haar und rostroten Schmierflecken im bleichen Gesicht vortrat, einen Schritt, noch einen, bis sie vor Alexander stand, direkt zwischen ihm und Franka. Sie versank fast in ihrem Pullover, wirkte so zerbrechlich im Vergleich zu ihm, doch sie wich nicht, wankte nicht.

Alexander fuchtelte hektisch mit der Waffe herum. »Hau ab. Ich hab gesagt, keiner kommt näher! Hau ab.«

Oda schüttelte den Kopf. »Nein. Denn du kannst es nicht. Du wusstest die ganze Zeit, dass du es nicht kannst. Du hast dir eingeredet, dass du die Kraft haben würdest, dass du es schon hinbekommst, aber du kannst es nicht.«

Alexanders Hand, die die Waffe hielt, zuckte. Sein Arm gab leicht nach, und Franka schloss die Augen.

Nichts. Kein Laut. Dann seine Stimme. »Du sollst still sein!«

»Ich werde nicht still sein.« Franka wagte es, die Augen wieder zu öffnen, und sah, wie Oda das Kinn reckte.

»Du sollst still sein!«

»Ich bin nicht still. Ich sage die Wahrheit. Du musst die Wahrheit hören. Du kannst es nicht, weil du den Schuldigen kennst.«

»Sei still!«

»Du bist schuld, Alexander.« Oda wirkte völlig furchtlos, aller Angst entrückt.

»Sei still!«

»Du hast sie nicht beschützt. Du hast nichts getan, um ihr Kind zurückzuholen.«

»Still, sage ich!«

»Hast du etwas getan, um ihr Kind zurückzuholen?«

»Nein!«

»Hast du sie beschützt?«

»Sei still!«

»Hast du sie verraten?«

»SEI STILL!«

Er schrie es. Er riss die Waffe hoch. Der scharfe Knall zerriss das Geräusch der Wellen, zerriss den Wind, zerriss die Zeit.

22

Ich habe es getan. Was habe ich nur getan? Über mir der Himmel, der den mächtigen Widerhall des Schusses wieder und wieder zurückwirft, unentwegt dröhnt er auf mich ein.

Ich habe es getan. Was habe ich nur getan?

Ich weiß nicht, ob die Zeit stillsteht oder ob es etwas anderes ist, etwas Größeres. Irgendwas ist zerbrochen, in mir, um mich, und alles steht still.

Habe ich es wirklich getan?

Ich habe mich gefragt, habe mich oft gefragt, wie es sich anfühlen wird. Jetzt ist alles anders. Es ist alles anders als in meinen Gedanken, nichts erinnert an meine Träume, die oft dunkel waren, ein Triumph der Schatten, doch nun fühle ich nichts als Liebe. Liebe, die mich umgibt, Liebe, die mich umfängt.

Livia. Nur für dich. Ich weiß nicht, ob ich das Richtige getan habe, aber ich habe es für dich getan. Auch wenn es das Falsche war, ich habe es für dich getan.

Der Himmel ist hell und weiß. So weiß, dass mir die Augen tränen. In meinen Ohren hallt noch der Schuss. Ich weiß, dass es ein Geräusch ist, das nie verklingen wird, das ewig bleiben wird, hin und her geworfen zwischen meinen Schädelwänden. Für einen Moment packt mich die kalte Angst, dass das Echo sie übertönen wird. Sie, Livia. Ihre Stimme. Ihr Lachen. Doch die Angst ist unbegründet, denn ich höre sie, höre sie in diesem Moment, und es fällt ihr gar nicht ein, sich übertönen zu lassen. Sie singt mit dem Echo im Chor.

Ich denke an sie, an sonst nichts. Ich denke daran, wie ich ihr das erste Mal begegnet bin, daran, wie sie mich ausgelacht hat. »Weswegen, weiß ich nicht mehr«, habe ich immer gesagt, dabei wusste ich es ganz genau. Sie hat gelacht, weil ich auf den Stufen vor der Eingangstür des Kinos gestolpert bin, und dann noch einmal, weil ich mich schnaufend ans Geländer klammerte wie ein Ertrinkender. Ich weiß noch, dass ich mich fragte, was für ein Mensch man wohl sein muss, um so befreit und fröhlich zu lachen, ganz ohne Scham, über das Unglück der anderen, hat diese Person denn keinen Anstand? Dann rappelte ich mich auf, drehte mich zu ihr um und sah, dass sie keinen Anstand brauchte.

Sie war alles, was man sein konnte. Die späte Sonne fiel schräg von hinten auf sie, ließ sie leuchten. Es war Sommer, ein früher Sommerabend, kaum jemand ging ins Kino, aber sie schon, ich schon. Und da stand sie und lachte und war wunderschön. Klein und stolz, mit geradem Rücken. In einem bunt bestickten Kleid, die welligen Haare locker zurückgesteckt, über der Schulter einen Jutebeutel.

Alles an ihr war so zufällig und doch perfekt komponiert, wie nur ein Genie es sich hätte ausdenken können. Ein wahnsinniges Genie, das seine Zeit in einer Dachkammer verbrachte, um an einem wahren Meisterwerk zu feilen, das nie jemand völlig verstehen und in all seiner Bedeutung begreifen würde.

Sie lachte immer noch, hielt sich die Seiten, und ihre Augen waren unbeschreiblich hell und tief und unendlich, ihre Haut gebräunt und strahlend. Und da waren Flecken auf ihrem Kleid, geschmolzenes Schokoladeneis, vom Schicksal präzise hingetropft, damit sie nicht allzu perfekt war, damit man glauben konnte, dass es sie wirklich gab.

Ich hatte mich noch nie zuvor auf den ersten Blick verliebt, ich hatte mich überhaupt noch nie wirklich verliebt. Aber in diesem Moment trat alles ein, was jemals einem jungen Mann versprochen worden war.

Ich liebte sie. Dort, auf diesen Stufen, wusste ich, dass ich sie lieben würde, dass sie mein Untergang sein würde und mein ganzes Glück. Ich wusste, dass sie mir nicht bestimmt war, aber ich ihr schon. Dass ich alles für sie tun würde, und das sagte ich ihr auch. »Ich werde alles für dich tun«, sagte ich, genau diese Worte. Das war wohl das Dümmste, was man zu einer wunderschönen lachenden Fremden auf den Stufen eines Kinos sagen konnte, doch es war auch genau das Richtige, denn sie schickte mich nicht weg. Stattdessen fragte sie, ob ich nicht mitkommen wolle, nach dem Film, sie wolle mit Freunden noch etwas trinken. Ich sagte ja und bereute es brennend, als wir später auf den Bänken auf dem Rathausplatz saßen, jeder mit einem Bier in der Hand. Livia redete hier, redete da, lachte, umarmte, und ich wusste nicht, was ich tun sollte.

Ich bereute es nicht mehr, als wir danach zu zweit durch die laue Nacht schlenderten und ihr warmer, weicher Arm meinen streifte. Ich bereute es nie wieder. Ich wusste, dass ich nicht der Einzige war, nie der Einzige für sie sein würde, dafür war sie zu schön, zu wunderbar, zu wild. Sie hatte andere Männer, natürlich hatte sie die. Aber ich war der Einzige, der bleiben durfte. Der Einzige, der Teil ihres Lebens wurde. Ich weiß nicht, wie, vielleicht war es meine Hartnäckigkeit. Ich sah keinen Grund, sie zu verlassen, also blieb ich, ging mit ihr durch dick und dünn.

Manche sagten, ich würde mich zum Narren machen, mich von ihr ausnutzen lassen, doch ich sah es nicht so. Ich war für sie da, war für die kleine Franka da, weil ich da sein wollte. Und sie ließen mich für sie da sein. Mehr brauchte ich nicht. Mehr würde ich auch heute nicht brauchen.

Ich werde alles für dich tun. Und nun stehe ich hier und habe alles für sie getan. Alles. Nicht das, was du gewollt hättest, Livia, aber das, was ich tun konnte. Du wirst mir verzeihen, ich weiß es. Ich liebe dich, Livia, ich werde nicht damit aufhören. Ich sehe dich. Sehe dein Bild als Himmel über mir, weitgespannt und hell. Jetzt gibt der Boden nach, und ich falle. Und falle. Und falle.

23

Alexander fiel zu Boden. Mit wenigen Schritten war Iris bei ihm und riss ihm die Waffe weg. Franka beugte sich über ihn, sah das Blut nicht, das sich seinen Weg durch den Sand suchte, der es aufsaugte zu wolkigen Mustern, sah die Wunde nicht. Sah nur seine weit aufgerissenen Augen, starr in den Himmel gerichtet, sah, dass da nichts mehr war, kein Blick, kein Erkennen.

Er war gegangen, und sie war noch hier. Er war tot, und sie lebte noch.

Die Erleichterung überkam sie wie eine mächtige Welle. Sie sackte in den Sand und schluchzte auf, rang nach Luft, nach Fassung. Oda kniete sich neben sie, schlang die Arme um sie und hielt sie fest. Sie wisperte ihr Worte ins Ohr, die Franka nicht verstand und die sie doch erreichten, die ihr sagten, dass sie nicht alleine war. Dass sie nicht fiel, ins Leere, sondern festen Boden unter sich hatte. Kalter, nasser Sand unter ihr, feuchte, kühle Luft, die sie umgab. Das Meer, das unbeeindruckt heranströmte und sich wieder zurückzog, in einem gleichgültigen Rhythmus, wie schon seit Jahrtausenden. Sie war hier. Sie war noch hier. Für keinen anderen Gedanken war Platz. Sie grub ihre Hände tief in den Sand, spürte seine raue, körnige Struktur, die Muschelscherben, die Steine, die Holzsplitter. Der Schrei einer Möwe weit über ihr. Sie war noch da. Sie war noch da.

Iris ging vor ihr in die Hocke und nahm ihr Gesicht in beide Hände. »Hör mir zu. Ich weiß, du bräuchtest Zeit. Aber wir haben keine. Bald könnten Spaziergänger auftauchen. Wenn jemand Alexander findet, ist hier alles voller Polizisten. Dann wird es unmöglich sein, ungesehen von hier zu verschwinden. Wir müssen uns entscheiden, was wir tun wollen, und zwar schnell. Lassen wir ihn liegen und hauen ab? Dann aber sofort. Wenn nicht, werden sie Fragen an dich haben. Sie wissen, dass du hier warst, im Haus. Die Polizei war hier, um dich zu befragen, man wird dich automatisch mit der Sache in Verbindung bringen.« Iris sah sich hektisch um. »Wir können auch versuchen, den Toten zu verstecken. Mir ist zwar nicht klar, wie wir ihn weiter als ein paar Meter transportieren sollen, denn er ist definitiv zu schwer für uns, aber vielleicht fällt mir etwas ein.«

Sie richtete sich auf. »Dort hinten, das alte, umgedrehte Ruderboot. Das benutzt doch sicher kein Mensch mehr. Wenn wir ihn darunter verstecken, dauert es vielleicht ein paar Tage oder sogar Wochen, bis ihn jemand entdeckt. Das würde uns Zeit verschaffen.«

Franka spürte, dass Iris sich um Sachlichkeit bemühte, doch die Sorge hinter ihren Worten war nicht zu überhören. »Am besten wäre es natürlich«, fuhr Iris fort, »wenn wir ihn ganz verschwinden lassen könnten. Sodass man ihn nie findet. Aber mir fällt nichts ein.«

Franka rappelte sich mühsam auf, ihre Knie zitterten, als sie stand. Ihr Blick fiel auf Oda, die sich verwundert den Hinterkopf betastete und dann ratlos auf ihre blutverschmierte Hand starrte.

»Wir müssen«, sagte Franka heiser, »uns Zeit verschaffen. Zeit zum Nachdenken. Um irgendwie auf die Beine zu kommen. Ich kann kaum stehen. Odas Kopf blutet wieder. Verschaff uns Zeit.« Sie sah zu Iris, die die Stirn runzelte. »Bitte, verschaff uns Zeit.«

Franka war Iris unendlich dankbar, dass sie, in diesem Moment, eine Entscheidung traf. Sie selbst war dazu nicht in der Lage, aber Iris schaffte es. Sie wies Franka und Oda entschieden an, ihr zu helfen, und so packten sie alle an, packten ihn an, auch wenn es sie grauste. Sie zerrten Alexanders schweren, leblosen Körper ein Stück den Strand hinauf, zu dem Boot, immer mit einem kritischen Blick entlang der Wasserlinie, ob nicht doch ein früher Spaziergänger oder ein Hobbyangler auftauchte. Franka zerrte und zog, längst spürte sie ihre Beine und Arme nicht mehr. Alexanders Kopf schlenkerte hin und her, stieß gegen sie, und sie hatte Mühe, sich nicht in den Sand zu übergeben.

Als sie das Boot erreichten, waren sie schweißgebadet. Oda lief das Blut in Rinnsalen aus den Haaren, ihr Gesicht war so weiß, wie ein Gesicht eigentlich nicht sein durfte.

Iris wuchtete das alte Boot hoch, das trotz seiner abgeblätterten Farbe und seines Alters kein Leck zu haben schien. »Schiebt ihn drunter!«, sagte sie, und Franka und Oda schoben mit Kräften, von denen Franka nicht wusste, woher sie stammten. Schließlich fiel das Boot wieder in den Sand, und Alexander war verschwunden.

Schwer atmend, saßen sie da. Über ihnen kreisten Möwen, schrien missbilligend, und die Wellen rauschten ungerührt, als hätten sie nichts gesehen.

»Noch haben wir es nicht geschafft«, sagte Iris, als sie wieder zu Atem gekommen war. »Da ist noch Blut, da muss Sand drauf. Und die Schleifspuren …« Sie wies auf die tiefen Furchen, die sich den Strand hinauf bis zu ihnen zogen. Ächzend kämpfte sie sich auf die Beine.

»Bleib sitzen«, sagte Franka zu Oda, die Anstalten machte, ebenfalls aufzustehen. »Bleib sitzen und drück irgendwas auf die Wunde. Egal was.«

Sie selbst rappelte sich auf, folgte Iris auf wackligen Beinen, hinunter zu der Stelle, an der sich das Blut in dunkelroten Schwaden in den Sand gefressen hatte. Franka war darauf gefasst, dass ihr der Anblick wie eine Faust in den Magen fahren würde, doch nichts dergleichen geschah. Vielleicht war sie zu erschöpft, vielleicht hatte sie schon zu viel Schreckliches gesehen, und ihr Körper und ihr Kopf ließen kein Entsetzen mehr zu.

Sie schoben frischen Sand über den dunkelroten, wälzten alles um, bis es nur noch so aussah, als hätte dort ein junger Hund gewühlt und gespielt. Dann schleppten sie sich den Strand hinauf, immer der Spur nach, verwischten sie mit Händen und Füßen, bis fast nichts mehr zu sehen war.

»Der Wind erledigt den Rest«, sagte Iris schließlich, mit einem kritischen Blick auf ihr trauriges Werk, und klopfte sich den Sand von der Kleidung.

»Nein, nein«, sagte sie dann hastig und packte Franka, die sich gerade neben Oda hatte fallen lassen wollen. »Hoch mit dir. Wir müssen ins Haus. Wir müssen uns um Oda kümmern und wieder warm werden. Wir müssen uns ausruhen. Und dann müssen wir entscheiden, wie es weitergehen soll.«

Gemeinsam halfen sie Oda auf. Sie schleppten sich zum Haus, und Franka konnte nicht mehr klar denken, so erschöpft war sie. Irgendwie schafften sie es hinein, legten Oda auf die Couch. Während Iris ein Handtuch für ihre Wunde holen ging, setzte sich Franka neben der Couch auf den Boden, lehnte ihren Kopf an die Polster und schloss die Augen. Nur für einen kurzen Moment, dachte sie, nur ganz kurz.

24

Sie erwachte auf dem Boden, zerschlagen und frierend, trotz der Decke, die Iris wohl über sie gebreitet hatte.

Sie hätte hungrig sein müssen, sie erinnerte sich nicht, wann sie das letzte Mal etwas gegessen hatte, doch sie spürte nichts, ihr war nur schwindlig und kalt. Vermutlich war sie über den Punkt hinaus, an dem man Hunger verspürte, und das war wohl auch gut so, denn sie hatten ohnehin nichts mehr zu essen, und an eine Fahrt zum Supermarkt war nicht zu denken.

Iris kam herein. »Ach, du bist wach«, sagte sie und verschwand gleich wieder. Kurz darauf kehrte sie mit einem Glas Wasser zurück und reichte es Franka, fast entschuldigend. »Hier, nimm. Wasser haben wir immerhin noch.«

Franka trank das kühle Wasser gierig und wischte sich dann mit dem Ärmel über die Lippen. Ihr Mund fühlte sich pelzig an, ihr Kopf wattig.

»Wie lange habe ich geschlafen?«, fragte sie und versuchte durch die Vorhänge und die dreckigen Scheiben den Himmel auszumachen. War es Nachmittag? Früher Abend? In den Raum fiel nur trübes Licht, aber das mochte an den Wolken liegen.

»Es ist gleich fünf«, sagte Iris. »Du hast lange geschlafen, und Oda schläft immer noch.«

»Hat ihre Wunde aufgehört zu bluten?«

Iris nickte. »Irgendwann schon.«

»Hast du dich auch ein wenig ausruhen können, oder hast du dich die ganze Zeit um sie gekümmert?«

»Ich hätte sowieso nicht schlafen können. Ich musste nachdenken. Außerdem hab ich den Strand beobachtet.« Iris wies matt zum Fenster. »Vier Personen sind vorbeigekommen. Keiner hat das Boot beachtet.«

»Wieso sollten sie?« Franka setzte sich auf und stellte das leere Glas weg. »Es liegt da, wo es immer liegt. Warum sollte sich irgendjemand dafür interessieren?«

»Ich weiß nicht.« Iris ließ sich auf den Korbstuhl neben der Couch nieder, er knarzte laut in die Stille. »Ich dachte, dass vielleicht doch jemand die Spuren bemerkt. Dass ein Hund etwas wittert. Keine Ahnung. Ich glaube, es gibt mir einfach Sicherheit, wenn ich alles im Blick behalte.«

»Kann ich nachvollziehen«, sagte Franka, und dann schwiegen sie.

Es war ein seltsamer Moment, so ruhig und doch voller Anspannung. Franka merkte, wie sich etwas in ihr zusammenzog, wenn sie daran dachte, dass dies die letzten Stunden waren, die sie gemeinsam verbrachten. Sie mussten hier weg, an dieser Tatsache bestand kein Zweifel, und sie würden getrennter Wege gehen.

Sie betrachtete Iris im blassen Gegenlicht, die älter aussah als bei ihrer Ankunft und müder. Franka wurde bewusst, wie vertraut ihr die grauen Augen und das Gesicht mit dem störrischen Zug um den Mund schon waren. Als wäre Iris eine alte Freundin von ihr und nicht von Elena. Vermutlich geschah das, wenn man viel zusammen durchmachte, und viel zusammen durchgemacht hatten sie, Todesangst, Streit, Misstrauen. Sie hatten mehr überwunden als die meisten Menschen in einer lebenslangen Freundschaft.

»Danke«, sagte sie unvermittelt.

Iris sah sie an, die Augenbrauen hochgezogen. Sie hätte fragen können, wofür, sie hätte mit einer Floskel antworten können, »Gern geschehen, jederzeit«, doch sie tat es nicht. Sie nickte nur und grinste matt.

»Weißt du«, sagte sie schließlich, »von allen Menschen auf der Welt, mit denen ich in so einer Situation festsitzen wollte, seid ihr die letzten.« Sie lachte leise. »Ein emotionales Wrack und ein Nervenbündel.«

»Was davon bin ich?«

»Such's dir aus.« Iris lehnte sich in ihrem Stuhl zurück und starrte an die Decke. »Such's dir aus.«

»Na, vielen Dank auch«, sagte Franka, und dann schwiegen sie wieder.

Als Iris das nächste Mal die Stille brach, klang sie viel ernster. »Du hast doch nicht vergessen, dass wir noch eine Entscheidung treffen müssen, oder? Wir könnten einfach abhauen, in der Nacht, sobald Oda wieder einigermaßen beisammen ist. Das verschafft uns ein paar Tage. Aber wenn sie die Leiche finden, werden sie automatisch eine Verbindung zu dir herstellen und irgendwann vermutlich auch zu uns. Unsere Spuren sind an ihm. Wir alle waren hier im Haus. Wir werden also unweigerlich in die Sache mit hineingezogen werden.«

»Haben wir Alternativen?«, fragte Franka und wusste nicht, ob sie, wenn es welche gab, sie überhaupt hören wollte.

»Klar gibt es die. Wir müssen uns nur fragen, wie realistisch sie sind. Wir …« Iris zögerte. »Wir könnten ihn vergraben. Dort, wo er Oda niedergeschlagen hat. Die Stelle ist nicht einsehbar. Wir müssen nicht fürchten, dass uns irgendjemand beobachtet oder die Polizei ruft. Wir müssten ihn nur irgendwie dort hinaufschaffen.«

»Wir können doch keine Leiche vergraben«, protestierte Franka.

»Können schon«, sagte Iris. »Mich schreckt eher ab, dass wir ewig brauchen werden. Man unterschätzt leicht, wie hart die Erde ist. Wie anstrengend das Graben.«

»Woher weißt du das?«

»Ich weiß es einfach.« Sie seufzte müde. »Die Alternative wäre ...«

»Ja?«

»Ich nehme das Boot. Ich glaube, es ist seetüchtig. Irgendwo finden wir schon Ruder, im Haus muss es welche geben. Ich rudere hinaus mit der Leiche, so weit ich kann, und werfe sie über Bord. Wer weiß, wohin sie getrieben wird. Es kann lange dauern, bis die Wellen sie irgendwo anspülen.«

»Das ist Wahnsinn«, sagte Franka tonlos. »Das ist alles Wahnsinn. Wir haben nichts getan. Er hat sich erschossen. Wir haben damit nichts zu tun. Warum können wir nicht ...«

»Es wäre einfacher«, unterbrach Iris sie sanft, »wenn wir wüssten, was mit Vito ist. Wenn er lebt, und das ist eine Möglichkeit, Franka, wenn er lebt, könnten wir mit dem hier umgehen. Wir könnten die Polizei rufen, sagen, dass Alexander sich umgebracht hat, dass wir in Panik geraten sind, das war's. Wir würden vermutlich nicht mal großen Ärger bekommen. Dein Problem wäre aus der Welt, bliebe nur noch ich. Und sie«, Iris wies mit dem Kinn zu Oda. »Wobei sie noch die geringsten Sorgen hat.«

»Vito ist tot«, sagte Franka. »Ich weiß nicht, warum ihr das nicht verstehen wollt.«

Sie stand auf. »Komm mal mit. Ich muss dir etwas zeigen. Ich glaube, zumindest ein Problem kann ich lösen.«

Stumm standen sie vor der metallenen Klappe im Inneren der Garage. Franka ging in die Knie, ignorierte den Schmerz in ihren Beinen und griff in die Öffnung. Vorsichtig zog sie eine stählerne Kassette heraus, die überraschend schwer und mit einem Zahlenschloss gesichert war.

»Ich glaube, ich kenne die Kombination«, sagte Franka.

Sie stellte die Zahlen ein, und es klickte. Behutsam klappte sie den Deckel zurück.

»Franka … das sind ja … mein Gott. Das sind ja …« Iris' Finger glitten über die ordentlich gebündelten Scheine. »Mein Gott. Das sind mindestens dreißigtausend! Nein, das müssen noch mehr sein, vierzigtausend vielleicht.«

»Hilft dir das?«

»Ob mir das hilft? Natürlich. Aber ich kann das unmöglich alles annehmen, Franka. Du brauchst das selbst. Wenn du wirklich verschwinden willst, brauchst du alles, was du kriegen kannst. Wie willst du sonst überleben?«

Franka klappte den Deckel der Kassette zu und ließ das Schloss zuschnappen. »Wir werden sehen«, sagte sie leise.

Sorgfältig verstaute sie die Kassette im Kofferraum ihres Wagens. Dann gingen sie gemeinsam an den Strand hinunter. Es fühlte sich seltsam an, sich plötzlich wieder freier bewegen zu können, ohne sich ständig umzusehen, ohne den Unbekannten, der sie aus den Schatten heraus bedroht hatte, der nun kein Unbekannter mehr war.

Franka ließ den Blick über das Wasser schweifen. Ein letztes Mal, sagte sie sich. Ein letztes Mal. Wer weiß, ob ich all das jemals wiedersehe. Ob ich Iris jemals wiedersehe.

Sie standen stumm und ehrfürchtig da, mit Blick zum Horizont. Das Meer wogte nachtgrau und endlos, eine träge, unglaublich mächtige Masse. Wir sind nur hier, dachte Franka, weil das Meer uns lässt. Es könnte uns auslöschen, uns vernichten, wenn es ihm beliebte, aber das tut es nicht.

»Ist das nicht wunderschön«, sagte sie, und weil es keine Frage war, antwortete Iris auch nicht.

»Ich glaube«, sagte Franka schließlich mit einem scheuen Blick zum Boot, das in der um sich greifenden Dämmerung kaum noch auszumachen war, »wir sollten ihn dort lassen. Es ist, wie es ist. Wenn er gefunden wird, soll es so sein. Ihr werdet keinen Nachteil daraus haben. Und ich will nicht, dass du dich in Gefahr bringst, um etwas zu vertuschen, wofür wir nichts können.«

Iris nickte. Dann fragte sie: »Hättest du je gedacht, dass er es sein könnte? Dass er es ist, der all das tut?«

Franka lachte freudlos auf. »Alexander? Niemals. Ich habe seit dem Tod meiner Mutter keinen Gedanken mehr an ihn verschwendet. Ich hätte niemals geglaubt, dass da so viel Hass in ihm ist, nach all den Jahren. Dass er Elena und mich verantwortlich machen könnte, dass ihn seine Trauer so zerfrisst. Vielleicht war das mein Fehler. Dass er und seine Gefühle für mich keine Rolle gespielt haben.«

»Du weißt, dass du keine Schuld trägst. Daran, was deiner Mutter geschehen ist, meine ich.«

Franka hob die Schultern. »Ich glaube, wir alle haben einander Unrecht getan. Ich bin nicht unschuldig, ganz sicher nicht. Aber das ist keiner von uns. Keiner in dieser Familie, wenn man es denn so nennen kann.«

Stumm gingen sie ganz hinunter zum Wasser, das sie mit salziger Gischt umfing. Die Ausläufer der Wellen fuhren ihnen über die Schuhe. Franka spürte, wie ihre Socken nass wurden, doch es störte sie nicht. Küstenkinder, dachte sie, stören sich nicht an nassen Socken. Und das war sie. Ein Küstenkind. Elena hatte sie zu einem gemacht, hatte dafür gesorgt, dass dies hier ihr Zuhause war, ihre Heimat. Immer ihre Heimat bleiben würde, selbst wenn sie diesen Ort nie wiedersah.

Neben ihr stand Iris und hing ihren Gedanken nach. Sie war sehr still, stiller als sonst. Schließlich schien sie sich einen Ruck zu geben. »Es gibt da noch etwas, was ich dir sagen muss«, sagte sie, ohne ihren Blick vom Horizont zu wenden.

Franka konnte ihr Gesicht in der Dämmerung kaum noch ausmachen, und dennoch erkannte sie den Ausdruck darauf. Bedauern. Mitgefühl.

»Was denn? Was ist?«

Iris schwieg, schien die Wörter, die sie in den letzten Minuten in ihrem Kopf gewälzt haben musste, noch einmal neu zu sortieren.

»Ich habe dir erzählt, dass ich hierhergekommen bin, um bei einer alten Freundin Unterschlupf zu suchen.«

»Ja?«

»Das war nicht die Wahrheit. Nicht die ganze.«

Franka schloss die Augen. Nicht schon wieder. Nicht noch ein Mensch, der doch ein anderer war, nicht noch eine Wahrheit, die sich als zähes Gespinst aus Lügen entpuppte. Gab es irgendjemanden, irgendeinen Menschen, der war, wer er vorgab zu sein? Dem sie vertrauen konnte?

Einsamkeit. Sie schwappte mit den Wellen, floss über die Wolken, wirbelte um ihre Füße. Da war niemand. Da war nur sie selbst. Vielleicht sollte sie es einfach akzeptieren. Dass Vertrauen nur Schmerz mit sich brachte, immer und immer wieder neuen Schmerz. Dass es niemals aufhörte.

Sie hatte alle verloren, alle um sie herum. Alle, die sie geglaubt hatte zu kennen, waren in Wahrheit vollkommen andere Menschen gewesen. Warum konnte Iris ihr nicht das Wenige lassen, das ihr noch blieb?

»Hättest du nicht einfach schweigen können?«, fragte sie leise und wütend. »Musst du jetzt damit anfangen, was immer es ist? Ich schätze, du willst dein Gewissen erleichtern, aber hast du mal eine Sekunde darüber nachgedacht, wie es für mich ist? Was es mit mir macht? Vielleicht will ich lieber ohne die Wahrheit leben. Vielleicht macht das, was du mir erzählen willst, nur noch mehr kaputt. Ich glaube, ich will es nicht hören. Was, wenn ich es nicht hören will?«

»Glaub mir, ich habe darüber nachgedacht, dir nichts zu sagen.« Iris schaute sie immer noch nicht an. »Lange nachgedacht. Viel nachgedacht. Aber auch wenn ich nicht weiß, ob du mich hinterher hassen wirst, glaube ich doch, dass du die Wahrheit verdienst. Gerade nach allem, was war. Um klarer zu sehen. Um zu wissen, wer du bist.«

»Niemand weiß, wer er ist. Wer weiß das schon?«

Sie wollte nicht hören, was Iris zu sagen hatte, aber in ihrem Kopf begann es unweigerlich zu rotieren. Was hatten Iris' Absichten gegenüber Elena damit zu tun, wer sie war? Was sollte das alles?

Iris seufzte. »Franka, du solltest das wissen. Ich sage nicht, dass du es hören willst. Aber erfahren solltest du es. Dann kannst du immer noch entscheiden, was du damit anfängst.«

Franka schwieg. Iris würde erzählen, was sie erzählen wollte. Sie konnte sie nicht dazu bringen zu schweigen. Ihr Entschluss war gefallen.

»Ich bin nicht zu Elena gekommen, um mich zu verstecken«, sagte Iris unaufhaltsam. »Zumindest nicht nur. Ich brauchte Geld, das weißt du ja. Ich wusste oder ahnte vielmehr, dass sie welches hatte. Und ich war entschlossen, es von ihr zu kriegen.«

»Wieso hast du angenommen, dass sie es dir geben würde?«

Iris zögerte, dann sagte sie: »Als Elena und ich uns das letzte Mal sahen, wusste ich danach, dass es das letzte Mal gewesen war. Unsere Freundschaft ist nicht einfach im Sande verlaufen. Wir hatten einen Streit. Ein ernsthaftes Zerwürfnis.« Endlich schaute sie Franka an. In ihrem Blick lag eine Traurigkeit, die seit jenem Tag überdauert haben musste. »Als wir uns trafen, freute ich mich wirklich. Ich hatte Elena in den Jahren zuvor kennengelernt und mochte sie. Ich wusste, dass sie eine Tochter hatte, dass Livia Anfang zwanzig war. Du warst noch nicht geboren, glaube ich, aber von ihrer Tochter hat sie viel erzählt. Dass es nicht leicht war, dass sie darum gekämpft hat, mit ihr in Kontakt zu bleiben. Für sie da sein zu dürfen. Aber Livia war wohl ein schwieriger Charakter, und das scheint Elena sehr mitgenommen zu haben. Ich denke, sie hat sehr an sich gezweifelt, daran, eine gute Mutter sein zu können.

Wie bei jedem unserer Treffen haben wir zusammen gegessen, zusammen getrunken, ein englischer Kollege hatte uns eine Flasche guten Wein geschenkt. Je später es wurde, desto ehrlicher, desto schonungsloser mit sich wurde Elena. Ich merkte, dass da etwas war, das sie loswerden wollte. Es musste wohl aus ihr heraus. Ich glaube, sie suchte Absolution. Jemanden, der ihr sagt, dass sie kein schlechter Mensch ist. Darum hat sie mir ihr Geheimnis anvertraut, ihr Lebensgeheimnis. Sie muss unglaublich schwer daran getragen haben. Und mich hat sie ausgewählt, um es zu teilen, ich weiß nicht, warum. Wir hatten eine Verbindung, aber wir waren uns nicht … nicht so nahe wie echte Freundinnen. Wir sahen uns ja höchstens zwei-, vielleicht dreimal im Jahr, immer nur zufällig. Dennoch hat sie mir vertraut.«

Iris schwieg eine Weile, dann fuhr sie fort: »Ich bin diesem

Vertrauen nicht gerecht geworden. Ich konnte nicht das Verständnis aufbringen, das sie sich erhofft hatte. Ich habe sie verurteilt, heftig verurteilt, für das, was sie getan hatte. Wir haben uns gestritten … wobei es eigentlich kein Streit war. Sie hat geweint, ich habe sie angeschrien. Ich wollte nicht mehr mit ihr befreundet sein, nicht unter diesen Umständen. Ich wollte sie nie wieder sehen, und das habe ich ihr auch gesagt. Ich glaube, das hat etwas in ihr zerbrochen.« In Iris' Augen war zu erkennen, wie schonungslos sie gegen sich selbst war. »Sie hatte all das jahrzehntelang mit sich herumgetragen, fand dann endlich den Mut, sich jemandem anzuvertrauen – und wird so bitterlich enttäuscht. Kein Trost. Keine Absolution. Nur noch mehr Vorwürfe, noch mehr als die, mit denen sie sich ohnehin schon selbst gequält hatte. Ich war selbstgerecht, Franka. Ich habe so getan, als hätte ich nie im Leben einen Fehler gemacht, was lächerlich ist. Und dann, über dreißig Jahre später, war ich verzweifelt genug, ihr Vertrauen in mich noch ein zweites Mal zu enttäuschen. Als hätte es nicht gereicht, ihr einmal das Herz zu brechen.«

Franka dachte nach. Sie drehte und wendete Iris' Worte in ihrem Kopf. Und dann sah sie plötzlich klar, alles fiel an seinen Platz. »Du wolltest sie erpressen«, sagte sie langsam. »Du bist hierhergekommen, um sie zu erpressen, mit der Geschichte, die sie dir damals anvertraut hat. War es das?«

Iris schaute schweigend zur Seite.

»War es das, Iris?«

Iris nickte. »Ja. Mir war bewusst, dass sie, wenn sie noch lebte, es niemals zulassen würde, dass die Wahrheit ans Licht kommt. Sie hätte alles getan, um das zu verhindern. Und ich war so weit unten, dass ich das ausgenutzt hätte.« Iris schien nicht bereit, irgendeine Form von Nachsicht für sich selbst zu zeigen. »Ich wollte einen Menschen, der sich mir anvertraut hatte, ans Messer liefern, zu meinem eigenen Vorteil. Mein Gott, wie erbärmlich! Ich ... wollte sie erpressen, und als ich erfuhr, dass sie nicht mehr lebte, wollte ich ihr Geld auf andere Weise. Da du nichts von ihm zu wissen schienst, dachte ich, dass es noch da sein muss. Ich habe im Haus danach gesucht, falls du das nicht bemerkt hast. Nach dem Geld und den alten Tagebüchern, denn ich war mir sicher, dass sie irgendwo unseren Streit erwähnt hatte. Ich wollte das Geld, ich wollte es für mich, egal auf welche Weise. Auf den Gedanken, es mit euch gemeinsam zu suchen und mit euch zu teilen, kam ich erst später. Als es wirklich ernst wurde. Und ihr mir nicht mehr egal wart.«

Franka biss die Zähne zusammen. Das Geld war ihr gleichgültig, Iris' Verrat an ihr war ihr gleichgültig, doch der an Elena schmerzte sie, ein Phantomschmerz, stellvertretend, aber dafür nicht weniger heftig. Sie war froh, dass Elena all das nicht mehr erlebte, dass ihr die Angst erspart geblieben war, die Iris' Auftauchen bei ihr ausgelöst hätte.

Sie räusperte sich. Ihre Stimme klang fremd, selbst in ihren eigenen Ohren. »Was hat sie dir gesagt?«, fragte sie. »Was war es? Sag mir, was es war.«

Iris atmete durch. Der Augenblick war gekommen, und sie wusste es.

»Deine Großmutter erzählte mir, dass sie bei einem ihrer ersten Hilfseinsätze in Indien eine Frau kennenlernte, eine Engländerin. Wenn ich mich richtig erinnere, war ihr Name Sara. Sie freundeten sich an, sie waren beide Anfang zwanzig, beide jung und unerfahren, beide entschlossen, die Welt zu retten. Sara verliebte sich in einen Kollegen. Sie hatten eine Affäre, und Sara wurde schwanger. Elena unterstützte sie, half ihr, als sie die Unterkunft ihrer Organisation verlassen musste, denn es war ein christliches Hilfswerk. Sara bekam ihr Kind in irgendeiner Absteige; Elena war bei ihr. Als die Kleine da war, muss Sara völlig die Beherrschung verloren haben. Sie hatte Panik, sie wusste nicht, was sie tun sollte, sie hatte Angst, ihrer Familie die Wahrheit zu sagen. Aber sie wusste auch, dass sie nicht alleine über die Runden kommen würde. Nicht ohne Unterstützung.«

Iris rieb sich die Stirn. »Elena hat mir erzählt, dass sie Sara angeboten hat, das Kind zu sich zu nehmen. Es war wohl aus einer Eingebung heraus. Es war nicht so, dass Elena selbst keine Kinder bekommen konnte oder dass sie sich nach einem Kind sehnte. Sie meinte, sie hätte vorher nie wirklich darüber nachgedacht, ob sie irgendwann Mutter werden wolle. Aber als sie dieses Neugeborene sah und auch, dass seine Mutter es nicht wollte, muss das etwas mit ihr gemacht haben. Sie musste dieses Kind retten, so hat sie es damals beschrieben. Es war ihr Kind, so fühlte es sich für sie an. Sara war unendlich erleichtert, die Kleine bei Elena lassen zu können. Sobald sie wieder bei Kräften war, suchte sie das Weite.

Doch wie zu erwarten, bereute sie es bald. Sara kam nach zwei Tagen wieder und wollte ihr Kind zurück. Sie war überzeugt, dass Elena ihr die Kleine geben würde, schließlich war sie die Mutter. Doch Elena konnte nicht. So hat sie es formuliert, sie konnte nicht, hat es nicht über sich gebracht. Sara wurde wütend, wurde panisch. Sie wollte ihr Kind zurück, doch Elena warf sie hinaus. Sara drohte, dass sie wiederkommen würde, drohte mit der Polizei, drohte, dass sie niemals aufgeben würde. In der Nacht haute Elena mit dem Neugeborenen ab. Irgendwie schaffte sie es, das Baby nach Deutschland zu bringen. Sie erzählte allen, dass es ihres sei, und niemand in ihrer Umgebung schien daran zu zweifeln, warum auch? Warum sollte jemand so eine Lüge erzählen? Ein Kind als das eigene ausgeben, wenn man dadurch als unverheiratete Mutter dasteht und vom Rest der Welt quasi geächtet wird, wie es damals der Fall war – das macht doch niemand freiwillig. Darum haben ihr vermutlich einfach alle geglaubt.

Sie muss in ständiger Angst gelebt haben, dass Sara irgendwann bei ihr auftauchen würde. Aber sie hatten wohl keine Adressen getauscht, Sara wusste nur, dass sie aus dem Norden Deutschlands stammte, mehr nicht. Und so konnte Elena die Wahrheit verborgen halten, all die Jahre. Irgendwann, über zwanzig Jahre später, hielt sie es nicht mehr aus und musste sich jemandem anvertrauen, wie es eben meistens ist, wenn jemand ein Geheimnis hat, der nicht dafür gemacht ist, Geheimnisse zu haben. Und sie hat ausgerechnet mich gewählt, wer weiß, warum. Und das ist eigentlich alles.«

Iris drehte ihren Kopf weg, weg von Franka. Die Dunkelheit hatte sich vollständig über sie gesenkt, und Franka sah die Wellen nur noch dort, wo das Licht des Mondes auf sie fiel. In ihrem Kopf hallten Iris' Worte wider, ohne dass sie ihre Dimension erfassen konnte. War es wirklich so einfach? So unendlich komplex und einfach zugleich? Es ergab alles einen Sinn. Alles ergab endlich einen Sinn.

»Livia war nicht Elenas Kind«, sagte sie in die Stille hinein. Die Worte bildeten eine fest in sich gefügte Einheit, rund, glatt, unzerstörbar. *Alles ergab einen Sinn.* All die Ablehnung, die Angst, die Verletzungen. All die Entfernung, die Einsamkeit, die Schuld. Es gab eine Erklärung, und sie war so simpel, so absurd, dass Franka niemals auch nur im Traum an sie gedacht hätte.

Livia war nicht Elenas Kind. Sie selbst war nicht Elenas

Enkeltochter. Sie alle gehörten nicht zusammen, vielleicht hatte das Schicksal deshalb mit aller Macht versucht, sie auseinanderzureißen – um geschehenes Unrecht in Recht zu verwandeln. Vielleicht hatten sie sich deswegen gegenseitig so unglücklich gemacht, hatten es sich gegenseitig so schwer gemacht.

Sie war nicht Elenas Enkeltochter. Mit ihr verband sie nichts. Sie war Livias Tochter gewesen, zu ihr hatte sie eine Verbindung, dem Blut nach, dem Papier nach die engste, die man haben konnte. Sie hatte den einzigen Menschen, der wirklich Familie für sie war, verlassen, um bei einer Frau zu leben, die einer Mutter den Säugling gestohlen hatte.

Noch sperrte sich ihr Kopf dagegen, die Ausmaße dieser Wahrheit zu erfassen. Es waren nur Worte, blanke Fakten, nichts, was man begreifen oder durchdringen konnte. Wer wusste, ob ihr das jemals gelingen konnte; ihr wurde ja schon schwindlig bei dem bloßen Versuch. Ihr wurde schwindlig angesichts all der Fragen, die auf sie einströmten, ein Strudel, der sie mitriss. Statt einer Antwort immer nur noch mehr Fragen.

Wer war Elena wirklich gewesen? Hatte sie sie geliebt? Hatte sie Franka beschützen wollen oder nur ihr Geheimnis, nur sich selbst? Konnte sie Elena noch lieben, sie nach alledem als guten Menschen sehen?

Vielleicht gab es Elena gar nicht. Nicht den Menschen, den sie als Elena kennengelernt hatte. Sie war nichts weiter als eine Konstruktion aus geschickt verwobenen, jahrzehntealten Lügen, die all die Zeit unberührt hatten überdauern können, nur um dann dem ersten Lufthauch widerstandslos nachzugeben und zu Staub zu zerfallen.

Vielleicht gab es auch sie selbst nicht, vielleicht war auch sie nichts als eine Illusion, ein Trugbild. Wer war sie, Franka? Franka Gehring war sie schon einmal nicht. Sie hatte sich damals geweigert, Vitos Namen anzunehmen, teils, weil sie sich nicht zu Tode buchstabieren wollte – Franka C-a-s-t-r-o-g-i-o-v-a-n-n-i bei jeder Pizzabestellung, jeder Hotelbuchung, jedem Behördengang schien ihr ein bisschen viel verlangt – und teils, weil sie auch dem Namen nach mit ihrer Großmutter hatte verbunden bleiben wollen. Aber das war in Wahrheit gar nicht ihr Name. Vielleicht hätte der Franka Smith, Franka Donovan oder Franka Gould lauten müssen. Gab es eine Chance zu erfahren, woher sie wirklich stammte? Wollte sie es überhaupt wissen? Irgendwo wartete vielleicht eine Familie auf sie. Irgendwo gab es vielleicht noch ihre wahre Großmutter. Irgendwo hoffte vielleicht eine Frau namens Sara darauf, dass ihre Tochter, deren Namen sie nicht kannte, noch lebte, und fragte sich, ob sie Enkel, ob sie Urenkel hatte. Oder hatte Sara Livia längst vergessen und verschwendete auch keinen Gedanken daran, ob jemand wie Franka existierte?

Letztlich musste sie sich wohl schlicht der Realität stellen – sie hatte keine Familie. Hatte niemals eine gehabt.

Iris schien zu ahnen, in welchen Spiralen sich Frankas Gedanken bewegten; vermutlich war es auch nicht besonders schwer zu erraten.

»Es sind nicht die Gene, die bestimmen, wer eine Familie ist«, sagte sie. »Elena hat Fehler gemacht. Schwere Fehler. Unverzeihliche Fehler. Sie mag nicht der Mensch gewesen sein, den du in ihr gesehen hast, den du gekannt hast. Aber sie hat dich geliebt. Anders lässt sich nichts von alledem erklären. Sie hat dich geliebt, vielleicht zu sehr, aber sie hat dich geliebt. Zweifle nicht daran. Tu dir das nicht an, Franka, nicht auch noch das. Sie hat dich geliebt, und das ist, was zählt. Das ist, woran du dich festhalten kannst. Was dir immer bleiben wird.«

Franka schwieg. Sie wusste nicht, ob Iris recht hatte oder ob sie sich bloß wünschte, dass es so war.

Auch Iris sagte nichts mehr. Gemeinsam starrten sie geradeaus, in die Dunkelheit über dem Meer.

Franka war, als wäre der Abschied überall. In der Luft, in dem Salz, das sie schmeckte. In dem Wind, der kühl, aber nicht schneidend über ihre Haut fuhr. Abschied von Iris und Oda, aber auch Abschied von diesem Ort. Abschied von allem, was er ihr bedeutet hatte. Abschied von Elena, von all ihren Versionen und Schattierungen. Abschied von Livia und dem, was sie hätte sein können. Abschied von allem, was gewesen war. Es fühlte sich schwer und zugleich leicht an.

»Du hast sie nicht verraten«, sagte sie schließlich leise. »Du hättest sie verraten können, damals. Livia hätte die Wahrheit erfahren. Alles wäre anders gekommen.«

Iris schüttelte den Kopf. »Das hätte ich niemals getan. Ich war wütend auf Elena, ich fand ihr Verhalten abstoßend, unerträglich. Aber ich wusste auch, dass es Livias Leben komplett auf den Kopf gestellt hätte. Dass es Elena zerstört hätte. Dass es zu spät war, um noch irgendetwas zu tun, das etwas anderes als Schmerz hervorgebracht hätte.«

Franka nickte. Sie konnte Iris' Gründe nachvollziehen, wusste aber nicht, wie sie selbst sich in einer solchen Situation verhalten hätte. Hätte sie dafür gesorgt, dass die Wahrheit ans Licht kam? Dass Leben zerstört, Beziehungen zerrissen wurden, in der Hoffnung, dass andere, legitime Beziehungen aus den Trümmern erwuchsen?

Sie wusste es nicht. Dann fiel ihr etwas ein – noch etwas, das plötzlich einen Sinn ergab, ein kleiner Stein nur in diesem großen, bunten, verwirrenden Mosaik, aber immerhin ein weiterer, der seinen Platz fand.

»Weißt du, was mir Alexander erzählt hat? Er sagte, dass Elena sich damals geweigert hätte, sich als mögliche Organspenderin für Livia testen zu lassen. Jetzt verstehe ich, warum. Livia war nicht ihre leibliche Tochter. Durch den Test wäre vermutlich alles aufgeflogen. Sie hat das getan, um mich nicht zu verlieren. Es war ihre Entscheidung für mich. Gegen Livia.«

Franka zitterte, vor Kälte, vor Erschöpfung und weil das brutale Ausmaß der Entscheidung, vor der Elena gestanden hatte, sie erschütterte.

»Sie hätte zugeben können, dass sie nicht Livias Mutter ist. Sie hätte mit dem, was sie wusste, dazu beitragen können, Livias leibliche Mutter oder andere Verwandte zu finden. Sie hat sich dagegen entschieden.«

»Wenn es wirklich so war«, mutmaßte Iris, »dann hat sie das wohl aus Liebe getan. Oder aus Angst. Oder beides hat dabei eine Rolle gespielt. Wir werden nie erfahren, Franka, ob wir nun die ganze Wahrheit kennen oder nur einen Teil davon. Es kann auch sein, dass es noch eine ganz andere Wahrheit gibt. Du musst lernen, damit zu leben, dass Rätsel bleiben. Dass Narben bleiben. Sonst frisst es dich irgendwann auf.«

Franka nickte abermals, doch in ihrem Kopf wuchsen den Fragen und der Wut bereits immer neue Tentakel. Sie wollte sich nicht auffressen, wollte sich nicht durchdringen lassen, doch wie?

Wer warst du, Elena? Wer?

Zerrissen war sie gewesen. Zutiefst gestört. Getrieben. Fehlbar. Und doch Frankas Hafen, ihr Halt.

Es passte nicht zusammen. Ihr Kopf scheiterte daran, den Dingen einen Sinn zu geben, sie miteinander zu versöhnen. Eine logische Erklärung zu finden. Was war in Elena vorgegangen? Waren wirklich Angst und Liebe ihr Antrieb gewesen, ihr völlig fehlgeleiteter, irrationaler, wahnwitziger Antrieb? Hatten Angst und Liebe sie blind gemacht für die Konsequenzen, für die Dimensionen ihres Tuns?

Elena hatte Sara Unrecht getan und damit großes Unglück über sie und sich selbst gebracht. Das Zerwürfnis zwischen Livia und Elena war die Nachwirkung jenes Unrechts, die logische Folge aus Elenas Angst, Elenas Schuld, Elenas Schmerz. All das hatte sie Livia mit auf den Weg gegeben, und aus ihr war eine fragile, wütende Frau geworden, die die verletzte, die ihr am nächsten waren, die kläglich daran scheiterte, ihr Kind vor den dunklen Schatten in ihrem Inneren zu schützen, ihrer Tochter das zu geben, was ihr selbst fehlte: Sicherheit, Geborgenheit, Stabilität. Eine Tochter, die nun ihrerseits vor ihren eigenen Trümmern stand, die nun ihrerseits das Gewicht ihrer falschen Entscheidungen trug.

Es war eine ewig währende Kettenreaktion aus Schuld und Traurigkeit, aus Unrecht, das begangen und nicht korrigiert wurde. Wann würde sie enden?

»Wir müssen gehen.« Iris unterbrach ihre Gedanken und wandte sich zum Haus. Es wirkte, als fiele es ihr schwer.

Schweigend stapften sie hoch zum Haus. Im Wohnzimmer fanden sie Oda, erschöpft auf der Couch kauernd, aber immerhin blutete die Wunde an ihrem Hinterkopf nicht mehr, und sie wirkte auch einigermaßen klar.

Iris schien dennoch nicht vollkommen überzeugt davon, dass es eine gute Idee war, nun mit ihr aufzubrechen. Aber sie hatten, so weit sie ihre Möglichkeiten überblicken konnten, keine andere Wahl.

Unten am Strand lag eine Leiche unter einem alten Boot. Es würde nicht mehr lange dauern, und ein schnüffelnder Hund würde sie aufstöbern und mit seiner neugierigen Nase eine Kaskade unaufhaltsamer Dinge in Gang setzen.

Und selbst wenn das nicht geschah – wie lange konnten sie noch davon ausgehen, dass sich aus den Schatten, die Vitos Schicksal auf das alte Haus am Meer warf, keine Konsequenzen für Franka ergaben? Nein, sie mussten weg. Dringend, auch wenn sie nicht wirklich wussten, wohin.

Stumm packte Franka ihre Sachen zusammen, alles, was sie an jenem schicksalhaften Abend in ihrem Koffer mitgebracht hatte, bis auf jene Kleidungsstücke, die sie Oda überlassen hatte. Sie war versucht, noch einige Erinnerungsstücke mitzunehmen, Livias Briefe, Elenas geliebten Seidenschal mit den Mohnblüten, das Urlaubsfoto aus der Küche. Doch in einem kurzen, schmerzhaften Impuls entschied sie sich dagegen. Sie wusste noch nicht – oder nicht mehr –, was sie für ihre Großmutter empfinden sollte, und auch nicht, wie ihre Gefühle gegenüber Livia aussahen.

Es war alles ein einziges Chaos, wie verschlungene Wurzeln, die sich auf einem düsteren, schattigen Waldboden umeinander rankten, eine um die andere. Verholzte Knotenpunkte, feine, dünne Triebe, die sich in die Quere kamen, sich verhakten. Und kein Ende, keine Lösung in Sicht, auch keine Klinge, um alles mit Gewalt zu zerteilen.

Vielleicht würde sie irgendwann hierher zurückkehren. Vielleicht wusste sie es dann besser.

Noch einmal ließ sie wehmütig ihren Blick über Elenas Schätze, die Zeugnisse ihres Lebens wandern. Bilder, die für sie bedeutsame Momente zeigten, Notizen und Briefe, die sie geschrieben oder erhalten hatte, die Kästchen und Porzellandosen, die Krimskrams und Schmuck enthielten. Darunter Dinge, die tatsächlich von Wert waren – ein mit Rubinen besetzter Ring, der Elenas Urgroßmutter gehört hatte, ein fein gearbeitetes goldenes Kreuz an einer zarten Kette, in dessen Mitte eine matte Perle saß, ein Bilderrahmen aus Porzellan mit unglaublich detailreichen, farbigen Verzierungen. Die meisten aber waren nur wertvoll, weil sie Erinnerungen in sich bargen, weil sie von einem bestimmten Menschen geschenkt, an einem bestimmten Ort gekauft worden waren oder an einem bestimmten Punkt in Elenas Leben eine Rolle gespielt hatten. Franka war sich bewusst, dass sich ihr Wert, sobald sie den Raum verließ, in Luft auflösen würde. Sobald es niemanden mehr gab, der um ihre Geheimnisse wusste, waren sie nichts als billiger Tand. Sie würde gehen – und alles wäre wertlos.

Dieser Raum war der letzte Zeuge. Er hatte die Elena gesehen, die Franka gekannt hatte, hatte ihre Wärme, ihre Zuversicht gekannt, hatte sie widergespiegelt und vertausendfacht. Hier hatte die Luft, hatten Polster und Tücher, Lehnen und Kissen nach ihr gerochen, hatten sie über die Jahrzehnte aufgesogen, hatten alles Flüchtige an ihr materialisiert, wenn auch nicht für die Ewigkeit, so doch für einige Jahre. Auch wenn ihr Geruch, ihr Lachen nun verflogen waren, hatte Franka das Gefühl, dass sie noch etwas davon erhaschte, letzte Spuren, kurz bevor sie sich endgültig davonstahlen. Ein Mensch hatte hier gelebt, ein Mensch mit Fehlern, ein Mensch, der ihr nie die Wahrheit gesagt hatte, aber auch ein Mensch, der sie zweifellos geliebt hatte. Vielleicht war dies mehr, als man verlangen konnte.

Franka nahm ihren Koffer und ging zur Tür. Ein letzter Blick noch, dann trat sie in die Diele und zog die Schlafzimmertür hinter sich ins Schloss.

Iris und Oda warteten bereits auf sie. Eine nervöse Unruhe umgab sie, Abschiedsschmerz und Ungewissheit, vermischt zu greifbarem Unbehagen. Es war klar, dass das Ende ihrer Zeit in diesem Haus nun keinen Aufschub mehr duldete.

Iris' bescheidene Habseligkeiten standen schon an der Haustür bereit. Oda hatte ohnehin nichts, was sie mitnehmen konnte, und so gab ihr Franka noch einen alten Mantel aus dem Garderobenschrank. »Hier, nimm auch den Schal.« Oda schlüpfte in den Mantel und legte sich den Wollschal um den Hals.

Dann war es so weit. Sie machten das Licht aus, das die letzten Tage über flackernd und sirrend gegen sein Ende angekämpft hatte. Nun hatte es seine Pflicht erfüllt und erlosch ein letztes Mal mit einem erleichterten Zischen.

Franka griff sich die Autoschlüssel und ging hinaus. Ihre Beine waren taub und schwer, als sie über die Schwelle trat, und obwohl sie es nicht wollte, liefen ihr Tränen übers Gesicht.

Sie stiegen in den Wagen. Franka startete den Motor, spürte das vertraute Vibrieren des Lenkrads, normal, viel zu normal für diesen Moment, der doch so aus der Zeit gefallen schien.

Sie fuhr an und trat dann doch noch einmal auf die Bremse, wandte sich um. Ein letzter Blick zurück. Der letzte, den sie sich gestattete.

Das war ihr Zuhause gewesen. Ihre Heimat. Der einzige Ort, an den sie immer hatte zurückkehren können, der Ort, der sich ihr nun endgültig verschloss. Der Ort ihrer Kindheit, ihres Glücks, ihrer Hoffnungen. Der Ort, an dem ihr Leben eine Wendung genommen hatte, weg von der Einsamkeit, in der Livia sie gehalten hatte, hin zu einer echten Kindheit. Der Ort, der ihre höchsten Hochs und ihre brutalsten Tiefpunkte gesehen hatte. Der Ort, an dem ein vom Leben bitter enttäuschter Mann tot unter einem umgedrehten hellblauen Boot lag. Der Ort, der Janneks Verderben gewesen war und gleichzeitig der, an dem sie ihn das erste Mal geküsst hatte. Ein Ort, den sie niemals vergessen würde, niemals vergessen konnte, der sie heimsuchen, verhöhnen und trösten würde, ihr Leben lang.

Es war vorbei. Ihre Zeit hier war vorbei. Sie riss sich los und gab Gas.

25

Sie fuhren durch die Nacht. Iris saß neben ihr auf dem Beifahrersitz, den Kopf an die Scheibe gelehnt, in die Schatten versunken, die draußen vorbeihuschten. Auf dem Rücksitz Oda, ganz still und in sich zusammengefallen. Franka fragte sich, ob sie nicht irgendetwas reden sollten, etwas Bedeutsames, das dem gerecht wurde, was sie erlebt hatten. Aber ihr kam nichts in den Sinn, das diesen Anspruch erfüllt hätte.

Sie hatten vereinbart, dass sie Oda zum Fähranleger bringen würden. Am Morgen würde sie von dort wegkommen. Oda wusste nicht, wohin genau sie wollte, erst nach Schweden, dann weitersehen, irgendwie würde sie sich schon durchschlagen, meinte sie. Das Einzige, was sie sicher wusste, war, dass sie nicht wieder nach Hause wollte.

»Nie wieder?«, hatte Franka gefragt, und Oda hatte mit den Schultern gezuckt. Irgendwann vielleicht, sollte das wohl heißen, in hundert Jahren.

Franka sorgte sich um Oda, sie wirkte so verloren. Wenn sie auf dieses Schiff stieg, würde sie verschwunden sein, ohne Bindung, ohne Wurzeln, und sie würde sie nie wiedersehen. Wer würde sie davon abhalten, sich einfach in Luft aufzulösen?

Aber sie bestand darauf, Abstand zu brauchen, von allem. Sie wollte neu anfangen, wobei Franka den Verdacht hegte, dass Oda nicht im Ansatz wusste, wie dieser Neuanfang aussehen sollte, dass er nicht mehr war als eine vage Hoffnung auf eine Erlösung, die es nicht geben konnte. Niemand wurde jemals völlig erlöst, weder von seiner Vergangenheit noch von sich selbst.

Iris hatte sich bislang beständig geweigert, Elenas Geld anzunehmen, aber Franka hatte das Gefühl, dass sie irgendwann nachgeben würde. Zu verlockend musste das Angebot sein, auf einen Schlag alle Sorgen loszuwerden. Vielleicht nicht komplett alle, ihr Stiefsohn und seine unglückliche Neigung, in Schwierigkeiten zu geraten, würden ihr ja erhalten bleiben. Aber zumindest wäre ihr akutestes Problem gelöst. Sie würde nach Hause zurückkehren können, und die Tage in dem alten Haus am Meer wären nichts als eine weitere schräge Episode in ihrem bewegten Leben.

»Wisst ihr«, sagte Iris plötzlich in die Dunkelheit zwischen ihnen hinein, »dass wir uns nicht schämen müssen? Keine von uns.« Dann war sie wieder still.

Franka widersprach ihr nicht. Nicht weil sie einer Meinung mit ihr war, sondern weil sie die Vorstellung tröstlich fand, dass es jemanden gab, der so über sie dachte.

Der Rest der Fahrt verlief schweigend. Jede von ihnen hing eigenen Gedanken nach, und sie schienen sich einig zu sein, dass es keine Gedanken waren, die sie miteinander teilen mussten.

Irgendwann erreichten sie den Fähranleger. Er war menschenleer, der Wind trieb lediglich einige Plastiktüten und Papierfetzen durch die grellen Lichtkreise, die die Straßenlaternen von hoch oben auf den Asphalt warfen. Ein Lkw stand abseits, die Windschutzscheibe verdunkelt. Der Fahrer schlief vermutlich, um die Zeit bis zur ersten Fähre am Morgen zu überbrücken.

Sie stiegen aus. Franka schlang fröstelnd die Arme um sich, und auch Oda zitterte, trotz des dicken Mantels, den sie trug.

»Verrückt«, sagte sie mit klappernden Zähnen. »Verrückt, dass es ... wirklich vorbei ist.« Es sollte vermutlich scherzhaft klingen, aber ihre Stimme schwankte kurz und strafte ihre Worte Lügen. »Verrückt, dass ich euch vor ein paar Tagen erst kennengelernt hab. Und verrückt, dass es jetzt wieder vorbei sein soll.« Sie versuchte sich an einem Lächeln, das aber missglückte. »Ich glaube, euch könnte ich nicht mal vergessen, wenn ich es wollte.«

»Natürlich vergisst du uns nicht.« Franka ging um den Wagen herum zum Kofferraum, nahm die Kassette mit dem Geld aus dem Wagen und klappte sie auf. »Frag nicht, Oda. Und du wehr dich nicht, Iris. Ihr braucht das dringender als ich.« Sie nahm die Bündel mit Geldscheinen heraus und drückte sie den beiden in die Hände. Die Scheine waren nicht glatt und akkurat gestapelt, sie waren gebraucht und leicht zerknittert, von Elena mit Gummibändern umwickelt.

Oda stand da und starrte. Iris verstaute ihr Geld kopfschüttelnd in ihren Taschen und sagte immer wieder: »Und was ist mit dir?«

»Keine Ahnung.« Franka hob die Schultern. »Ich weiß es nicht. Schon klar, ich sollte es wissen, aber da ist nichts.« Und da war wirklich nichts. In ihrem Kopf nichts als Leere, nichts als dunkler Sternennebel, die Ursuppe ihrer Ängste, die nichts zustande brachte, keine Entscheidung, keine Lösungen. Sie musste etwas tun. Musste *es* tun, doch alles in ihr sträubte sich dagegen.

»Du kannst es nicht länger hinauszögern«, sagte Iris sanft, die in den letzten Tagen ein Talent dafür entwickelt zu haben schien, Franka zu durchschauen. »Tu es einfach. Es wird wehtun, aber dann hast du es geschafft, hast es hinter dir. Tu dir diese Ungewissheit nicht länger an. Das macht dich kaputt.«

Iris hatte recht. Natürlich hatte sie recht. Und so Furcht einflößend er auch war, Franka musste wohl einsehen, dass der Moment gekommen war. Sie zog ihr Telefon aus der Tasche. Es war die ganze Zeit aus gewesen, und Franka hatte es nicht einmal in die Hand genommen, als wäre es verflucht. Nur ein- oder zweimal hatte sie den Impuls verspürt, es anzuschalten, doch sie hatte immer widerstanden.

Glatt, schwarz und flach lag es nun in ihrer Hand. Ein schraffierter Kratzer im Glas zeugte von einer Zeit, in der ihr Leben normal und ein Kratzer auf dem Display ein Grund gewesen war, sich ziemlich aufzuregen.

Mit dem Daumen fuhr sie über den Knopf. Versuchte sich dazu zu bringen, ihn zu drücken. Versuchte sich vorzustellen, was geschehen würde, und wollte es doch nicht wissen. Sie zog den Daumen wieder zurück.

»Ich kann es nicht.«

»Schalt es an. Sonst tu ich es.« Iris ließ keinen Zweifel daran, dass sie es ernst meinte.

Franka wandte sich ab und ging ein paar Schritte. Sie atmete tief durch. In ihrem Kopf pochte es, ihre Kehle zog sich so eng zu, dass sie fast würgte. Sie hasste diesen Augenblick, hasste ihn so sehr. Hasste alles, was dazu geführt hatte, dass sie nun hier stand. Hasste also vor allem sich selbst.

Sie musste es tun. Es gab keinen anderen Weg.

Sie schaltete das Handy ein.

Der Bildschirm wurde hell, ein grelles Lichtblau. Ihr Hintergrundbild erschien, sie selbst und Vito, wie er sie von hinten mit beiden Armen umfing. Sie, wie sie den Kopf in den Nacken legte und lauthals lachte, während er schief in die

Kamera grinste. Im Hintergrund war ein blühender Baum zu sehen, und wenn man genau hinschaute, entdeckte man am Bildrand das glitzernde Wasser der Alster.

Sie hatte Bilder von sich selbst nie gemocht, vor allem jene, die sie spontan und ohne aufgesetzten Gesichtsausdruck zeigten. Als Vito ihr zum Geburtstag das Fotoshooting geschenkt hatte, hatte sie ihn erst ausgelacht, weil ihr die Idee so albern vorkam, so kitschig, und dann hatte sie sich verrückt gemacht, weil sie wusste, dass sie auf jedem einzelnen Foto dämlich aussehen würde.

Aber die Bilder waren fantastisch geworden, und sie hatte vor allem jenes geliebt, das sie jetzt anleuchtete. Sie hatte damals nicht darüber nachgedacht, wie sie sich am besten in Szene setzen konnte, welcher Gesichtsausdruck wohl perfekt rüberkam. Sie hatte einfach und ehrlich und laut gelacht, über eine dumme Bemerkung von Vito, und sie hatte sich angenommen gefühlt, so völlig sorglos. All das steckte in dieser Aufnahme, und all das war eine Lüge gewesen, durch und durch. Doch statt Wut durchfloss sie nur Trauer um diese Frau, die sie auf dem Foto sah, so unbekümmert und naiv, so scheißglücklich.

Das kleine Rädchen am oberen Bildschirmrand drehte sich eifrig, fleißig auf der Suche nach einem Netz. Dann stoppte es zufrieden, und augenblicklich begann das Display zu blinken. Eine Nachricht nach der anderen rasselte herein, ein entgangener Anruf wurde angezeigt, noch einer, insgesamt zweiunddreißig von Claire, dazu unzählige Voicemails.

Mit kalten Fingern öffnete sie den Nachrichtenverlauf mit Claire, zahllose Blasen, alle unbeantwortet, und die Buchstaben verschwammen vor ihren Augen, kein Wort war zu erkennen. Dann blieb ihr Blick an der letzten Nachricht hängen, in verzweifelten Großbuchstaben, die ihr entgegenschrien:

VERDAMMT FRANKA, VITO IST TOT. WO BIST DU? WARUM GEHST DU NICHT ANS TELEFON?

Das Handy glitt ihr aus der Hand und schlug mit einem splitternden Geräusch auf dem Asphalt auf. Sie schluchzte laut und heiser, der Schmerz, der in ihrer Kehle saß, aus ihrer Lunge empordrängte, wollte hinaus in die Nacht. Sie atmete und schluchzte, verschluckte sich, schnappte nach Luft und wimmerte, dann gaben ihre Knie nach.

Oda und Iris schafften es nicht, sie aufzufangen. Sie entglitt ihnen, sank auf den kalten Boden, und so hockten sie sich neben sie, legten ihre Arme um sie und ließen sie weinen.

Vito war tot. Er war wirklich und wahrhaftig tot. Sie hatte ihn umgebracht, und auch wenn sie es nicht gewollt hatte, war es doch die Wahrheit. Sie hatte nie wirklich daran gezweifelt, und doch war da diese armselige Hoffnung gewesen. *Was, wenn er doch noch lebt? Was, wenn ich nicht schuld bin?* Sie hatte sich nicht gestattet, diese Gedanken tatsächlich zu denken, aber sie waren da gewesen, hatten hypothetisch existiert, hatten ihren Ängsten einen Ausweg geboten, wenn sie zu übermächtig geworden waren. Hatten Druck entweichen lassen, bevor ihr Kopf zerbarst.

Jetzt war dieser Ausweg versperrt, die rettende Lücke geschlossen. Sie hatte Vito umgebracht. Sie hatte den Mann getötet, den sie geliebt hatte, der sie geliebt hatte, zumindest hatte er das behauptet. Vielleicht kam es aber auch gar nicht darauf an, ob er damit die Wahrheit gesagt hatte. Es kam doch darauf an, dass er Liebe in ihr Leben gebracht hatte. Ganz gleich, ob sie sich nachher als echt oder falsch herausstellte – als es sie noch gab, war sie echt gewesen, echt für Franka. Sie hatte sie angenommen, sie hatte ihr, auch wenn sie nur eine Illusion gewesen war, als echte Liebe gedient. Hatte ihr das gegeben, was echte Liebe einem gab. Sie hatte sich *geliebt gefühlt*. Und nun war die

Quelle dieses Gefühls tot, kalt, am Verwesen. Wo er wohl war? Hatten sie ihn schon beerdigt? Lag er in der Gerichtsmedizin, in einer dieser Kühlkammern?

Ob er da überhaupt hineinpasste? Er war doch so groß, so wuchtig, hatte in manche Autos gar nicht erst einsteigen können, hatte im Flugzeug immer Probleme gehabt, sich in seinen Sitz zu falten. Ob sie XXL-Kühlfächer hatten für große, breite Menschen? Was, wenn keines dieser Fächer frei war? Was passierte dann? Und was spielte das für eine Rolle? Was zur Hölle spielte das für eine Rolle?

Sie schluchzte. Was zählte, war, dass Vito tot war. Und dass sie die Schuld daran trug. Sie würde lernen müssen, damit zu leben, aber sie wusste nicht, wie.

Oda nahm ihr Gesicht in ihre kalten Hände. »Sieh mich an, Franka. Bitte, sieh mich an. Vito ist nicht mehr am Leben. Aber das macht dich nicht zu einem schlechten Menschen. Du wolltest seinen Tod nicht. Du wolltest nichts davon. Bitte, zerfleisch dich nicht. Lass dir eine Chance auf ein Leben.«

Franka kämpfte sich hoch und ging über den Parkplatz bis zu dem Geländer, von dem aus man das nachtschwarze Meer überblickte. Bleierne Wellen, unendlich, tröstlich.

Sie sollte sich ein Leben bewahren. Aber wie sollte das gehen, wenn sie noch nicht einmal wusste, ob sie ein Leben verdiente?

Iris und Oda traten neben sie. Oda legte die Arme auf das Geländer, atmete die kalte Luft ein. »Was hast du vor?«, fragte sie. »Wo willst du hin, Franka? Gibt es etwas, was wir für dich tun können? Wir geben dir dein Geld zurück, okay? Damit haust du ab. Irgendwohin, weit weg. Nach Lateinamerika, nach Südafrika. Irgendwohin, wo es so schön ist, wie du es verdienst.« Sie lächelte unter Tränen. »Geh einfach weg. Egal wohin. Aber bleib nicht hier!«

Franka sah sie an und sah ihre Angst. Oda und Iris fürchteten, das las Franka in ihren Gesichtern, dass sie vom Pier ins Meer springen würde, ins eiskalte Wasser. Sie fürchteten, dass sie mit der Last nicht leben konnte. Und sie hatten recht, sie konnte es nicht. Sie musste sich von der Last befreien.

»Ich gehe nirgendwohin«, sagte sie. »Nehmt das Geld. Iris, du kannst meinen Wagen haben und abhauen, wohin du willst. Zahl diese Typen aus oder verschwinde nach Südfrankreich, wonach auch immer dir der Sinn steht. Oda, steig auf die Fähre und such dir deinen Platz in Schweden. Oder auch nicht, fahr weiter. Vielleicht ist dein Platz in Russland oder in Japan. Irgendwo wird er sein, und ich bin mir sicher, du findest ihn.

Auf mich wartet kein Platz. Ich könnte … ich könnte nicht mit mir leben. Nicht so, wie ich bin. Meine Großmutter«, sie wählte bewusst das Wort, »hat schlimme Fehler gemacht. Meine Mutter hat schlimme Fehler gemacht. Und jetzt ich. Aber ich werde dafür büßen. Ich muss dafür geradestehen, was ich getan habe. Anders habe ich keine Chance auf ein Leben. Ich *will* aber ein Leben haben, irgendwann.«

»Du willst dich ernsthaft stellen?«, fragte Oda. »Aber du kannst doch nicht …«

Doch Iris winkte ab. »Lass sie. Siehst du nicht, dass wir sie nicht umstimmen werden? Wenn es ihr Weg ist, ist es ihr Weg.«

Sie umarmten einander fest. Iris stieg in den Wagen, und Oda ging, durch die kalten Lichtkreise hindurch, zu dem kleinen Fährticketbüro, das noch geschlossen war, aber eine windgeschützte Warteecke bot.

Franka sah, wie sie kleiner wurden. Über dem Meer zeigten sich die ersten Ausläufer der bleichen Dämmerung, und sie war nicht so dumm, das als Zeichen zu sehen, dass alles noch gut werden würde. Nein, es wurde hell, weil es immer hell wurde, so wie es immer dunkel wurde, jeden Abend. Sie spielte dabei keine Rolle, niemand spielte dabei eine Rolle, und vielleicht lag gerade darin etwas Tröstliches.

Sie wandte sich um; die Lichter der Stadt, die langsam und mit einem verschwommenen Leuchten erwachten, zeigten ihr die Richtung. Sie würde an der Uferstraße entlanggehen, durch den schneidenden Wind. Würde sich ihren Weg suchen, durch die schmalen Gassen, bis zum Polizeirevier. Würde ihre Geschichte erzählen und allen sagen, dass sie nicht log, ganz gewiss nicht log, dass sie nur die Wahrheit sagen wollte, endlich. Was dann geschah, lag nicht mehr in ihrer Hand, und das war gut so.

Sie setzte sich in Bewegung, immer Richtung Lichter, Richtung Ende. Sie war diesen Weg noch nie gegangen, aber sie erinnerte sich daran, ihn früher schon einmal gefahren zu sein, in die entgegengesetzte Richtung, mit Elena. Sie musste ungefähr acht gewesen sein oder zehn. Sie hatten die Fähre genommen, kichernd und aufgeregt, hatten viel zu wenig Gepäck dabei und nichts geplant. Aber sie fanden eine Unterkunft, und dann trugen sie drei Wochen lang ohnehin nichts anderes als Badeanzüge und kurze Hosen, lagen in der Sonne in wackeligen, ausgebleichten Klappliegestühlen oder auf dem heißen, silbrigen Holz des Stegs. Sprangen aufgeheizt in das eiskalte Wasser, gegen jede Vernunft.

Abends wanderten sie, sonnenverbrannt und ausgehungert, zu einem schmuddeligen kleinen Restaurant, dem einzigen in dem Dorf, das nicht weit von ihrem Häuschen lag. Sie aßen Krebse, knackten sie mit den bloßen Händen, die Arme bis zu den Ellbogen verschmiert, die karierten Tischdecken vollgetropft. Daran musste Franka jetzt denken, an diese Wochen, deren Leichtigkeit und Helligkeit einen so brutalen Kontrast zeichneten zu ihrer Gegenwart.

Sie würde so etwas nie wieder erleben. Das wusste sie und musste es akzeptieren. Die Leichtigkeit und die Helligkeit waren für immer fort. Sie hatte sie verspielt, verjagt, zerbrochen, hatte ihnen keine Chance gelassen. Ihr Leben lag dunkel und schwer vor ihr, und doch war da eine Hoffnung. Dass sie irgendwann wieder freier würde atmen können. Dass sie irgendwann würde leben können, mit sich, mit allem, was sie getan hatte, ohne sich zu hassen. Es gab Hoffnung. Es musste immer Hoffnung geben. Wie sollte es sonst weitergehen?

26

Vier Jahre später.

Es hatte sich nichts verändert und doch alles. Franka saß reglos hinter dem Steuer des geliehenen Wagens und starrte durch die von Mückenleichen gesprenkelte Windschutzscheibe, das Lenkrad fest umklammert, die Stille nach dem Verklingen des Motors dröhnend in den Ohren.

Wenn sie die Tür öffnete, würde sie die Luft riechen. Den Tang, den Sand, die Einsamkeit. Würde das Salz und die Traurigkeit in der Luft schmecken, die Feuchtigkeit spüren, die sich auf ihre nackten Arme legen würde wie eine zweite Haut.

Wenn sie die Tür öffnete, würde sie die Wellen hören und den Wind. Die Vögel, die schrien, als hießen sie sie willkommen, dabei hätten sie sich nicht weniger für den Menschen interessieren können, der da unter ihnen mit seinen Dämonen kämpfte, während sie durch den Himmel jagten und ihn mit ihren Flügelschlägen zerschnitten.

Wenn sie die Tür öffnete und ausstieg, dann wäre sie zurück. Zurück an dem Ort, an dem alles begonnen und, irgendwie, alles geendet hatte. Zurück an dem Ort, an den sie sich geträumt hatte, wider besseres Wissen. Sie hätte sich in die Karibik träumen können, auf eine einsame griechische Insel oder an einen australischen Strand. Stattdessen waren ihre Gedanken immer wieder, eigensinnig und stur, hierher zurückgekehrt. In dieses alte Haus, an diesen Strand, der zu viel gesehen hatte, um sie jemals wieder mit warmen Gefühlen willkommen zu heißen.

Sie atmete ruhig durch. Einmal, zweimal, wie sie es gelernt hatte. Sich nicht überwältigen lassen von der Flut der Gefühle, die sie überrennen würden. Vier Jahre lang hatten sie auf sie gewartet.

Sie stieß die Tür auf und trat in das gleißende Sonnenlicht, das ihre Haut sofort wärmte. Der Himmel war grellblau, wie um allen dunklen Erinnerungen vehement zu widersprechen, und das Meer roch, wie es nur im Sommer roch, verheißungsvoll und kühl, wild und jung.

Sie lauschte nach den Wellen. Sie waren nur ganz leise zu hören, es ging kaum Wind, doch sie waren da. Ein Geräusch wie ruhiger Atem, wie der Herzschlag dieses Ortes. Ohne dass sie es wollte, kamen ihr die Tränen.

Sie wandte sich um. Das Haus erhob sich trotzig und würdevoll vor ihr. Es wirkte nicht feindselig, aber auch nicht vertraut. Es war, als hieße es sie nur widerwillig willkommen, beinahe missbilligend. Als hieße es nicht gut, was Franka aus ihrem Leben gemacht hatte, erkannte aber dennoch an, dass sie eben hierhergehörte, was sollte man machen? Da war es, das Mädchen, das beschlossen hatte, dass hier seine Heimat war, und nun konnte man es nicht mehr wegschicken, die Türen nicht vor ihm verschließen.

Sie sah genauer hin. Das Haus hatte sich kaum verändert und war doch nicht mehr dasselbe. Ein oder zwei Scheiben waren zerbrochen und notdürftig ausgebessert worden. Die Fassade war durch Wind und Wetter noch fahler geworden, der Vorgarten kaum noch als solcher zu erkennen, so eifrig hatten die Pflanzen alles überwuchert. Insbesondere die Brombeerranken hatten ihr Möglichstes getan, die Spuren des einst hübsch angelegten Gärtchens zu verwischen.

Die Wegplatten, die bei Frankas letztem Besuch vor vier Jahren größtenteils noch heil gewesen waren, waren nun allesamt zersprungen. Ein hässliches grellrotes Graffiti, ungelenke schiefe Buchstaben, nahezu unleserlich, prangte auf dem rissigen Putz neben der Eingangstür. Vermutlich das Werk eines Jugendlichen aus dem Dorf, und dann war wohl davon auszugehen, dass dort stand, wer wen liebte oder hasste. Beides interessierte Franka nicht, sie würde die Buchstaben einfach übermalen.

Sie sah, dass sich die Regenrinne am Vordach gelöst hatte und sanft quietschend im leisen Wind schaukelte, dass einer der hölzernen Klappläden, der damals noch schief in den Angeln gehangen hatte, nun ganz heruntergefallen war und auf dem Boden vor sich hin moderte.

Man sah dem Haus die Jahre an, die hinzugekommen waren. Sein Verfall war unnachgiebig fortgeschritten, auch wenn es die Vernachlässigung mit Würde zu ertragen schien. Doch der wahre Unterschied war ein anderer. Das Haus war nicht mehr dasselbe, weil es nicht mehr Elenas Haus war. Es war Frankas Haus.

Ihr Haus.

Sie würde bleiben. Sie würde die zerborstenen Scheiben ersetzen, eine nach der anderen. Sie würde die Eingangstreppe herrichten, sodass man sie hinaufsteigen konnte, ohne dabei Gefahr zu laufen, sich den Knöchel zu brechen. Sie würde die schöne alte Eingangstür streichen, vielleicht in Flaschengrün. Sie würde den Putz ausbessern, das Dach erneuern. Dafür würde sie Hilfe brauchen, aber es würde gehen. Sie würde alle Möbel verkaufen oder entsorgen, würde die Küche herausreißen und eine neue einbauen. Die Böden würde sie abschleifen, auch ein neues Badezimmer musste her. Sie würde nicht ruhen, bis es ganz ihres war, ihres allein, das Haus ihrer Vorstellungen.

Es ging ihr nicht darum, Elena und ihre Spuren völlig zu tilgen. Sie hegte keinen Groll gegen ihre Großmutter; Elena war Teil ihrer Geschichte und damit auch ihres Lebens, das ließ sich nicht ändern. Es ging ihr auch nicht darum, mit aller Macht einen Neuanfang zu erzwingen. Ein vollständiger Neuanfang war ohnehin nicht möglich, sie konnte nur ein neues Kapitel beginnen. Und das hing nicht von Äußerlichkeiten ab, nicht von makellosem Putz und schicken Küchenmöbeln.

Nein, es ging ihr darum, einen Ausgleich zu schaffen. Schönheit zu schaffen dort, wo so viel Hässliches geschehen war. Liebe und Geduld in einen Ort zu stecken, der einst für genau das gestanden hatte und der aus dem Gleichgewicht geraten war, weil plötzlich Angst und Schuld und Misstrauen das Ruder übernommen hatten.

Sie würde dem Haus zurückgeben, was es verloren hatte. Seine innere Ruhe.

Sie trat einen Schritt zurück und kniff die Augen zusammen.

Das Haus war nicht mehr dasselbe. Der Ort war nicht mehr derselbe. *Sie* war nicht mehr dieselbe, nicht mehr dieselbe wie vor vier Jahren, nicht mehr dieselbe, die damals, als Kind, quietschend und juchzend zum Strand hinuntergewetzt war, wenn Elena ihr erlaubt hatte, schwimmen zu gehen. Sie war eine andere, heute anders als gestern.

Aber wer blieb schon, wer er war? Menschen veränderten sich, von einem Tag auf den anderen, von einem Jahr zum anderen, einem Leben zum anderen. Wer blieb, wie er war, war vermutlich tot.

Sie hatte vier Jahre hinter sich, die alles verändert hatten.

Wer sie war, wie sie dachte, wie sie die Welt sah. Vier Jahre, die noch einmal ihr Leben umgewälzt hatten, so wie es bereits in jenen Tagen, die ihnen unmittelbar vorausgegangen waren, geschehen war.

Vier Jahre voller Monotonie und endloser Zyklen der Schuld, vier Jahre voller immer gleicher Tage und ewiger Nächte.

Vier Jahre ohne einen einzigen Zweifel, dass sie das Richtige getan hatte.

Ihr Anwalt war beinahe daran verzweifelt, dass sie sich durch ihr Geständnis selbst belastete; denn sonst gab es kaum etwas, das gegen sie sprach. Offenbar gab es keinerlei Beweise dafür, dass sie Vito gestoßen hatte. Natürlich, sie hatte keine Hilfe geholt, aber das hätte sie, so erklärte es ihr der eifrige Herr Sassnitz, niemals für so lange ins Gefängnis gebracht. Einzig ihr Geständnis sorgte dafür, dass man sie für schuldig befand, und als das Urteil gesprochen war, hatte Franka längst aufgegeben, Herrn Sassnitz erklären zu wollen, warum sie die Wahrheit sagen *musste*. Warum es keinen anderen Weg gab.

Herr Sassnitz hatte nur wieder und wieder den Kopf geschüttelt, hatte ihr versichert, dass er gerne mehr für sie getan hätte, dass er aber unter den gegebenen Umständen, und damit meinte er unzweifelhaft ihr irrationales Verhalten, nicht mehr hatte erreichen können. Es bliebe ihm nur, ihr alles Gute zu wünschen, und das hatte er dann auch getan und war gegangen.

Sie hatte nicht erwartet, dass er sie verstand. Sie hatte nicht erwartet, dass irgendjemand sie verstand. Wobei die Zahl derjenigen, um deren Verständnis sie sich hätte sorgen können, nach ihrer Verurteilung rapide abnahm. Da war kaum noch jemand. Kaum jemand, der in ihrem Leben bleiben wollte, aber auch das hatte sie erwartet.

Claire war die Einzige, die ihr unerschütterlich die Treue hielt. Die dafür gesorgt hatte, dass zumindest ihre persönlichen Dinge aus ihrem Haus in Hamburg gerettet und eingelagert wurden, bevor Vitos Familie sie vernichten konnte. Die sie besuchte, ihr Mut machte, auch wenn Franka sich Mühe gab, ihr klarzumachen, dass sie keinen Mut brauchte, sondern einfach nur durchhalten musste, mehr war es nicht.

Mehr als einmal war sie versucht gewesen, Claire wegzuschicken und sie zu bitten, nicht wiederzukommen. Nicht weil sie sich ihr nicht verbunden fühlte oder weil ihre Besuche ihr keine Freude schenkten, sondern weil sie das Gefühl hatte, jene Freude nicht zu verdienen, Claires Beistand nicht zu verdienen. Aber dann hatte sie es doch nicht über sich gebracht.

Außer Claire hatte nur Iris ihr geschrieben. Jeden dritten Monat eine Karte, mit gnadenloser Verlässlichkeit und ohne jegliche Sentimentalitäten. Iris ließ sie wissen, wo sie gerade war, wie es ihr erging, und zwischen den hingekritzelten Zeilen sagte sie, dass Franka nicht alleine war. Iris eben.

Iris war nicht nach Hause zurückgekehrt. Sie hatte ihren Stiefsohn nicht rausgekauft, da sie, wie sie Franka auf einer der wenigen etwas ausführlicheren Karten erklärte, keinen Sinn darin sah. Er würde es wieder tun, hatte sie nüchtern konstatiert, und dann stünden sie erneut am Anfang. An diesem Anfang wolle sie aber nicht mehr stehen, und darum war sie einfach immer weiter gen Süden gefahren. Eine Weile hatte sie in Italien gelebt, mal hier, mal dort, überall, wo man eine kräftige Hand gebrauchen konnte, und schließlich hatte ihre alte Sehnsucht gesiegt, und es hatte sie nach Lanzarote verschlagen. Dort lebte sie nun, genauso wie sie es sich vorgestellt hatte, in einem alten Häuschen, dessen Wasserhähne leckten, mit zwei räudigen Kötern und traumhaften Sonnenuntergängen.

Natürlich weigerte sie sich, dieses glückliche Ende zu einem solchen zu verklären, und behauptete, das Schicksal würde ihr nur eine kurze Verschnaufpause gönnen. Franka wünschte ihr von Herzen, dass diese Verschnaufpause von Dauer war.

Von Oda hatte sie nie wieder etwas gehört, aber sie malte sich aus, dass sie ebensolches Glück gehabt hatte wie Iris. Vielleicht lebte sie in einem kleinen schwedischen Dorf, arbeitete in einer Bäckerei oder einem Blumenladen. Vielleicht wohnte sie aber auch in einer hippen WG in Stockholm, feierte die Nächte durch und ging tagsüber in die Uni. Dass sie womöglich in einer zugigen, düsteren Einzimmerwohnung hauste, in einer zugigen, düsteren Kleinstadt, ohne Ziele, ohne Freunde, diese Möglichkeit blendete Franka aus. Oda musste es einfach gut gehen, jemand wie sie war dafür gemacht, ein erfülltes Leben zu leben oder zumindest eines, an das sich hinterher alle erinnerten.

Vielleicht würde eine von beiden eines Tages bei ihr vor der Tür stehen. Sie glaubte nicht daran, aber wer wusste schon, was die Zukunft brachte. Es gab ihr jedoch ein gutes Gefühl, an dem Ort zu sein, an dem Oda und Iris sie immer finden würden.

Sie hatte unterwegs auf dem Friedhof im Dorf Halt gemacht. Janneks Grabstein sah noch aus wie neu, keine Flechten, kein Staub oder Dreck. Er glänzte weiß und schlicht in der Sonne, mit schwarzen, schmalen Buchstaben, die nüchtern verkündeten, dass hier Jannek Baumann ruhte. Geburtsdatum, Sterbedatum, das war es. Keine betenden Hände, keine Trauerworte. Nur die Fakten.

Vermutlich hatte seine Mutter jemanden beauftragt, das Grab und den Stein in Ordnung zu halten. Franka konnte es sich nicht vorstellen, dass sie es schaffte, sich selbst darum zu kümmern. Vielleicht halfen ihr auch Janneks alte Freunde dabei.

Franka hatte nicht zu seiner Beerdigung gehen können, aber Claire war für sie dort gewesen und hatte einen kleinen Strauß Rosen ins offene Grab geworfen. Sie hatte Franka hinterher berichtet, dass sich einige alte Freunde zusammengetan hatten, um während des Gottesdiensts gemeinsam ein paar Worte zu sagen und Fotos zu zeigen. Außerdem hatte sie Franka eine Traueranzeige mitgebracht, die sie aus der Zeitung geschnitten hatte, und Franka fand es tröstlich, dass es Menschen gab, die an ihn dachten, die ihn vermissten. Nur in sehr schwachen Momenten konnte sie nicht anders, als darüber nachzudenken, ob Jannek und sie unter anderen Umständen, in einem anderen Leben, vielleicht noch eine Chance gehabt hätten.

Wo Alexander begraben lag, wusste sie nicht. Er war nicht mit Livia verheiratet gewesen, und somit war sie keine Verwandte. Sie wusste noch nicht einmal, wer sich um die Formalitäten gekümmert hatte. Machte das in so einem Fall irgendein Amt?

Wenn er Glück gehabt hatte, hatten sie ihn neben ihrer Mutter beerdigt, das war sicher das, was er sich zu Lebzeiten gewünscht hatte. Mit Pech lag er in irgendeiner zufällig ausgewählten Ecke eines zufällig ausgewählten Friedhofs und verzehrte sich auch noch im Tod nach ihr.

Man hatte ihr geglaubt, dass sie mit seinem Tod nichts zu tun gehabt hatte. Die Spuren bewiesen, dass er sich selbst getötet hatte, und sie konnte schlüssig erklären, wie er in ihre Nähe und an den Strand gelangt war.

Auch dass Alexander für Janneks Tod verantwortlich gewesen war, hatten die Ermittler zweifelsfrei belegen können. Die

Spuren an Janneks Körper – Haare, soweit Franka wusste, und auch Blut – ließen sich eindeutig Alexander zuordnen. Und so stand fest, wer Janneks Mörder war, auch wenn er nicht mehr lebte und dadurch Janneks Mutter die Möglichkeit nahm, ihm hasserfüllt in die Augen zu sehen.

Franka ging um den Wagen herum zum Haus. Sie stieg die brüchigen Stufen zum Eingang hinauf, schloss auf und trat in den lichterfüllten Flur. Staubkörner tanzten in den pastellfarbenen Streifen, die die Sonne durch die bunten Fenster schickte. Unter all den Jahren, unter all dem Staub roch es wie damals, nach Holz und Wärme, nach gewachsten Dielen und Lavendel.

Ihre Kehle zog sich zusammen. Das hier war ihr Zuhause, ihres allein. Sie verzieh Elena, wusste, dass sie ihr verzeihen musste, aber dennoch hatte sie hier nun keinen Platz mehr. Elena hatte so viele Fehler gemacht, so tragische, so unbegreifliche Fehler, die nicht aufzuwiegen waren. Narben, die nicht heilen würden, nichts konnte an ihnen etwas ausrichten, nicht die Jahre, nicht die Liebe, die Elena trotz allem in sich getragen zu haben schien. Die Liebe, ohne die Franka verloren gewesen wäre, zweifellos, aber die nun verklungen war, ihre Kraft verloren hatte.

Dies hier war nicht mehr Elenas Haus. Es war Frankas Haus.

Sie ließ ihre Handtasche fallen und stieg die Treppe hinauf, zu ihrem alten Zimmer. Jahrelanger Zerfall, vom Sonnenlicht gnädig weichgezeichnet. Sie trat ans Fenster und sah hinaus.

Das Meer. Dort lag das Meer, wie es immer dort gelegen hatte, unabänderlich, unbeirrbar. Sie lehnte ihr Gesicht an die Scheibe und ließ sich von den Reflexionen des Lichts auf den Wellen blenden. Sie war, wo sie sein wollte.

Dank.

Viele großartige Menschen haben mich auf meinem Weg unterstützt und mir den Rückhalt gegeben, den ich brauchte, um dieses Buch zu schreiben:

Barbara Heinzius und das ganze Goldmann-Team. Mein Agent Dr. Harry Olechnowitz. Meine so geduldige und umsichtige Lektorin Regina Carstensen. Meine Schwiegereltern. Meine Freundinnen, die mir beim Schreiben und im Leben zur Seite stehen, ganz besonders Johanna, Fabienne, Loui, Angela, meine einzigartige Kathi und natürlich Linda, die sich schlicht selbst übertroffen hat.

Meine wunderbaren Eltern. Meine Schwester, die ich so sehr bewundere. Mein Mann, mit dem ich alles schaffen kann. Und meine Kinder, die mein ganzes Glück sind.

Ich danke euch von Herzen.

Unsere Leseempfehlung

 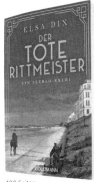 

416 Seiten
Auch als E-Book erhältlich

400 Seiten
Auch als E-Book erhältlich

432 Seiten
Auch als E-Book erhältlich

Norderney 1912: Im eleganten Seebad verbringt die feine Gesellschaft der Kaiserzeit die Sommerfrische. Auch die junge, unabhängige Viktoria Berg genießt die Zeit am Meer, bevor sie ihre Stellung als Lehrerin antritt. Doch die Idylle trügt. Gemeinsam mit dem Hamburger Journalist Christian Hinrichs stößt sie in der adeligen Seebadgesellschaft der Belle Époque bald auf dunkle Geheimnisse …

www.goldmann-verlag.de
www.facebook.com/goldmannverlag

Um die ganze Welt des
GOLDMANN Verlages
kennenzulernen, besuchen Sie uns doch
im Internet unter:

www.goldmann-verlag.de

Dort können Sie
nach weiteren interessanten Büchern ***stöbern***,
Näheres über unsere ***Autoren*** erfahren,
in ***Leseproben*** blättern, alle ***Termine*** zu Lesungen und
Events finden und den ***Newsletter*** mit interessanten
Neuigkeiten, Gewinnspielen etc. abonnieren.

Ein ***Gesamtverzeichnis*** aller Goldmann Bücher finden
Sie dort ebenfalls.

Sehen Sie sich auch unsere ***Videos*** auf YouTube an und
werden Sie ein ***Facebook***-Fan des Goldmann Verlags!

www.goldmann-verlag.de
www.facebook.com/goldmannverlag